魅丽文化
花火
花火工作室

璃华 著

江苏凤凰文艺出版社
JIANGSU PHOENIX LITERATURE AND
ART PUBLISHING, LTD

图书在版编目（CIP）数据

深不可测的你 / 璃华著. -- 南京 : 江苏凤凰文艺出版社, 2018.11
ISBN 978-7-5594-2892-9

Ⅰ. ①深… Ⅱ. ①璃… Ⅲ. ①长篇小说－中国－当代 Ⅳ. ①I247.5

中国版本图书馆CIP数据核字(2018)第215737号

书　　名	深不可测的你
作　　者	璃华
出版统筹	张在健　邹立勋
选题策划	黄　山
责任编辑	蔡晓妮
文字编辑	尚利娜
责任监制	刘　巍　江伟明
出版发行	江苏凤凰文艺出版社
出版社地址	南京市中央路165号，邮编：210009
出版社网址	http://www.jswenyi.com
印　　刷	湖南凌宇纸品有限公司
开　　本	880 mm×1230 mm 1/32
字　　数	264千字
印　　张	9.5
版　　次	2018年11月第1版，2018年11月第1次印刷
标准书号	ISBN 978-7-5594-2892-9
定　　价	34.80元

目 录

C O N T E N T S

目 录

CONTENTS

楔子

这是一间布置得相当小清新的病房，墙壁刷成了草绿色，纯白色窗帘被风吹起，荡来荡去。窗外是翠绿色的草坪，一名黑人护工正用轮椅推着一个中风的白人老头儿在草坪上散步。

知了不知疲惫地叫着，迎着西沉的太阳响起来的，还有此起彼伏的蝈蝈叫声。

病房的门被人从外面推开，一个穿着白色衬衫的年轻人走了进来，来人看上去二十四五岁，有一头亚麻色短发，带点自然卷，但他打理得很整洁，看上去并不邋遢。这是个非常俊美的东方男人，尤其是那双眼睛又黑又亮，薄唇轻轻抿着，嘴角略微上翘，似乎心情很愉悦。

男人显然对这间病房很熟悉，他将搭在臂弯里的卡其色风衣挂在椅背上，而后慢步走到挂在窗边的日历本前，抬起手，将二〇一七年七月八日那一页撕了下来。

风卷着绿叶落进来，白窗纱在男人的身侧飘荡起来，那一瞬间，布满西天的晚霞将他整个人笼罩其中。这样的画面仿佛一幅唯美的水彩画，完完整整地落入了一双有些木讷的眼睛里。

那是一双特别纯粹的眼睛，虽稍显木讷，却又格外清澈，像是初次来到人世间的婴儿，而拥有这双眼睛的就是这间病房里的病人。

然而和这双眼睛不相符的是她过于肥胖的身体，她的五官被肥肉挤压得严重变形，看上去没有一丝一毫的美感。

她正在看他，又好像只是在看一处美丽的风景，他不过恰好在景色中。

短短的几秒钟，被风吹得飘起来的窗帘又缓缓落了下去，感觉到有人在注视自己，男人狐疑地侧过头朝病床看去，却见病床上，痴肥丑陋的女病人闭着眼睛，仍在沉睡。

男人眼里闪过一丝失落之色，他将窗户关上，缓缓走到病床边，长久地凝视着她，修长的手指从她的脸上轻轻抚过。此番情景，若将病床上又胖又丑的女人换成个病西施，应当非常养眼。可惜病床上躺着的是一个臃肿丑陋的女人，而男人似乎并未在意这点。

“你要睡到什么时候啊？你已经睡了两年了。”他叹了口气，在她边上的看护椅上坐下，“以前不是挺嚣张的吗？”随后笑了起来，眼神有些落寞，“你这人啊……”

未等他说完，手机先响了起来，他有些烦躁地抓起手机看了一眼，可来电人的名字让他宛如被戳破的气球一样，瞬间就泄了气。他站起来，一边拎起风衣，一边将电话凑到耳边：“爷爷……我？我现在在国外呢……”声音最终消失在门背后。

仿佛接收到某种信号，躺在床上的痴肥女病人又一次睁开了眼睛，这一次她眼中的木讷之色没有了，多出来的是惊恐和慌张。

她是谁？她为什么会在这里？刚刚那个似乎和她很熟悉的男人是谁？为什么她的大脑会一片空白？

那个男人说她睡了两年，这只有一种可能，她当了两年的植物人。

她醒来得毫无预兆，睁开眼睛就看到风把白色窗纱卷起、男人沐浴在晚霞中的情景，美得仿佛一个梦境。

而后纱幔落下，梦境瞬间破碎，她急急忙忙地闭上眼睛，在最初的惊艳之后，心中只剩下一无所知的恐惧。她不认识这个男人，甚至连自己是什么人都不知道。

她不敢动弹，也不敢说话，慌张得不知所措。

她在犹豫，等男人回来之后，要不要让他知道自己已经醒来？她纠结了整整一夜才酝酿出一丝勇气，可第二天推开房门进来的，却是穿着白色大褂的医生。

医生是个中年大叔，当他浅绿色的眼睛对上她漆黑的眼睛时，并没有多停留，如同往常一般很快就挪开了，然而下一秒，他又飞快地移回视线——病人醒了。他的瞳孔蓦地收缩了一下，惊得手里的听诊器都掉在了地上。

躺在病床上的女病人也看着医生。她能知道他是医生，说明她虽然很多东西都不记得，却并未忘记所有，保留了一些基本知识和常识。

医生忽然用女人听不懂的语言惊叹起来，从医生的表情和语气可以推断出，她的苏醒似乎是一个奇迹。

接下来，就像是经历了一场世界大战，原本安静的病房一阵兵荒马乱，护士将她推走，她不得不接受各种检查。她语言不通，根本听不懂这些人在说什么。她尝试着开口，却发现自己只会说中文，可惜在这家外国疗养院里，除了她，没有第二个中国人，而她醒来那天见到的男人没有再出现过。

所以，她依然不知道自己叫什么名字、来自哪里、为什么会成为植物人。

当她拖着肥胖的身体在两个护工的帮助下做复健时，经常会想一件事，如果那天在男人转身的刹那，她没有因为内心的恐惧而闭上眼睛的话，她或许已经知道一切谜题的答案，但那一瞬间的恐惧，逼迫她做出了选择。不过，她早晚会知道答案的。

然而她没有想到，仅仅是知道自己的姓名，就花去了她一个月的时间！

一个月后，一家布置得相当小资的咖啡馆里，女人穿着一件麻袋似的裙子，对面坐着一个东方面孔的男人。

“你再说一次？”女人抱着水杯，声音因为激动显得又急又细，还带着一点颤音。

“我说，你叫林蔚然。”坐在女人对面的男人举手投足间充满魅力，看上去二十七八岁的样子，身上散发着一种上流社会的人才会有的矜贵气质。他骨节分明的手握着咖啡杯，看着女人的眼神充满温暖的爱意:“你是我的未婚妻。”

“你说你是谁？”她不敢相信，眼前这个英俊优秀的男人竟然是自己的未婚夫？！她又胖又丑，竟然还有个一听就是漂亮女人才拥有的文雅名字！

“我是叶朝晖啊。”叶朝晖的眉心拧出忧郁的弧度，他轻轻握住她胖胖的手，深情地道，“你不记得我了吗？蔚然，我们订过婚，也曾很相爱。”

她叫林蔚然吗……还有个这么帅气的未婚夫？大脑中仍然没有一丝记忆的林蔚然觉得自己需要时间来消化这些信息。

“什么都不记得了也没关系……”叶朝晖笑起来，如同春阳化雪，“如果什么都不记得了，我们就来制造新的回忆吧。”

啪——她情不自禁地落下泪来，心口酸胀得厉害。她怔怔地望着眼前这个自称叶朝晖，还是她未婚夫的男人。为什么明明什么都不记得，可只是听到他这么说，她就觉得心口酸胀到发痛，眼睛酸涩到落泪？

第一章
女神的姓名

事情要从三天前说起。

三天前的林蔚然还在疗养院里做复健，因为语言不通，她醒来之后，就只能机械地由护工摆弄，每天清晨由护工叫她起床，给她穿好衣服，然后等特定的时间就带她去做复健。

一开始她还尝试着和周围的人沟通，但是一连半个月都没有成功之后，她就泄气了。她每天被带出去，练出一身汗，然后再像条死狗似的被送回病房，如此这般，周而复始。

林蔚然完全想不起来自己到底曾生活在什么样的环境中，为什么能够容忍自己养出这么一身肉。她称过体重，竟然重达一百公斤，而她的身高只有一米五八，林蔚然觉得自己简直就是一头猪！

这样的生活一直持续到三天前，那个她醒来时见到的男人终于又一次出现了！当时她刚做完复健，累得满头大汗，抬起头的时候，正好看到他大步朝自己走来。

“你终于醒了！”他的声音听起来很激动。

听到这熟悉的中文，林蔚然更激动！度过了将近一个月语言不通的日子，听到中文简直让她热泪盈眶，这真是太亲切了！

她甩着一身肥肉朝他跑去，肥肥的双手抓住他的手臂，开始倒豆子般发问：“你是谁？你是不是认识我？我是谁？为什么在这里？我怎么会什么也不记得……”

“停停停！”面对林蔚然的一箩筐问题，男人一头冷汗，“这些问题等会儿再说，将来的日子还长，现在你只要知道一点，我姓罗，名叫罗子骜，两年前是我把你送进这家医院的，这就够了。”

“罗子骜？”林蔚然绞尽脑汁想了一通，可惜记忆里空空如也，很显然这三个字的分量，不足以让她回想起藏在空白幕布背后的往事。

“是的。”罗子骜笑着点了点头。

这时，一个金发碧眼的漂亮护士走了进来，她看着罗子骜的眼神大胆又热情。如果不是在医院，这护士小姐怕是要当场和罗子骜约会了。不过话说回来，反正林蔚然也听不懂他们在说什么，说不定他们已经约上了呢？

林蔚然暂时压下满肚子的疑问，让到一边，看着护士和罗子骜流利地交谈着。

“我去帮你办出院手续，半个小时后去病房接你。”罗子骜对林蔚然露出一个和煦的微笑。

他笑得如此亲切，应该对自己没有敌意吧？他既然能帮自己办出院手续，证明他肯定是自己的熟人。

林蔚然目送着那两个人离开，在护工的帮助下，如同往常一样，大汗淋漓地回到了病房。

有护士给她拿来一套干净的衣服，因为习惯了和她语言不通，就直接比画着告诉她，她可以洗个澡。

开始的几天，林蔚然无法一个人完成如此高难度的动作，但随着日子的推移，她已经能够自己洗澡了。

林蔚然抱着衣服进了浴室，浴室里装了一面很大的镜子，看着镜子里那个痴肥丑陋的女人，林蔚然心里仍然无法适应。这张脸她已经看了一个月，虽然接受了自己是个死胖子的事实，却仍无法适应。

看着镜中的自己，林蔚然开始唉声叹气。她的前半生到底都经历过什么？这种一无所知的感觉真是糟糕透顶。

脱掉身上的病号服，林蔚然实在不想看见镜子里那堆积的肥肉，伸手挡住了视线。她蓦地回想起罗子骜对她露出的那个笑容，艰难地咽了口口水。罗子骜和自己到底什么关系，竟然能够看着这样一张脸，露出那样的笑容？难道是亲戚，或者是好朋友？

不得不说，在此时的林蔚然心里，罗子骜简直等同于会发出圣光的佛陀，因为在佛眼中，无论是美是丑，不过只是一副皮囊而已。啧啧，想不到这个罗子骜觉悟这么高，竟然不会以貌取人，在这个看脸的时代，这真是太难得了！

林蔚然急忙从镜子前走开，她觉得自己再多看一眼都要吐了。从自己的年纪算起来，她应该大学毕业了，那这张脸自己也看了很多年，应该连灵魂都默认自己是个胖子了啊，为什么她会如此排斥现在的模样呢？

林蔚然唉声叹气地洗完澡，换衣服的时候却发现，护工今天给她的竟然不是定制的大号病号服，而是一件特大号的白色连衣裙。

林蔚然别别扭扭地穿上裙子，明明应该非常有仙气的雪纺裙子，穿在她身上简直就像是被肠衣层层包裹的五花肉，丑得她根本不想再看第二眼。林蔚然匆匆跑出浴室，回到病房，刚好看到护工走进来开始打扫卫生。林蔚然觉得自己挺碍事的，想了想，决定去找罗子骜。

医院就这么大，这些天她早就走熟了。办出院手续的地方在收费处，林蔚然找了一圈，却没看到罗子骜。她有些慌了，难道这人又要像上次那样，一消失就是一个月吗？这可不成，这个地方她一刻也不想多待了。

林蔚然挨着病房一间一间地找起来，最后在医院的天台上发现了罗子骜的身影。他正站在栏杆边，背对着林蔚然。

她正要喊他，就听到他说："她已经醒了，这种时候我怎么能回去？再说了，那东西只有她知道在什么地方。"

林蔚然的动作僵住了，声音也卡在了嗓子眼里。他什么意思？是在说她醒过来了吧，那么他说的那东西是指什么？本就非常没有安全感的林蔚然此时全身紧绷，大气也不敢出。

"对啊，我就是为了那东西……不然你以为呢？我会看上她？我看上她什么啊？拜托，她现在又丑又胖，还分文没有，身上唯一值钱的，也就剩下心肝脾肺肾了吧。"罗子骜的声音忽然拔高，像是在和谁据理力争，“拉去卖器官？哈哈哈——”

罗子骜狂笑出声，林蔚然却抖了起来。其实她离得不是太近，他的话她也是听得断断续续的，但是“卖器官”这三个字她听得异常清晰。她这是遇到贩卖人体器官的黑心贩子了吗？林蔚然的心扑通扑通狂跳，额头上都见了汗。她小心翼翼地缩了回去，哆哆嗦嗦地走回病房。有路过的护士和医生看向她，她顿时觉得那些眼神也充满了恶意。她就像个迷途的待宰羔羊，而这里的人全是大灰狼。

林蔚然越想越害怕，越怕就抖得越厉害，最后她干脆一咬牙，直接逃跑了。医院的护工很快追出来，一边追一边用林蔚然听不懂的语言喊着什么。林蔚然脑补了一出逃命大戏，最后“哇”一声哭了起来。她一身肥肉一边跑一边抖，脸上也分不清是眼泪还是汗，乱七八糟地糊了一脸。她跑到筋疲力尽，甚至连稍微动一下的力气都没有了，万幸的是，她终于甩脱了追着她的那些人。

暂时安全后，林蔚然长长地呼出一口气。这时肚子开始叫唤，林蔚然这才意识到自己身无分文，并且语言不通，顿时哀号一声，想着再没有比这更悲惨的现实了。

她度过了三天没吃没喝的日子，饿得头晕眼花，想找到大使馆一类的建筑物，可惜她根本看不懂外文。她一个中国人到底是怎么跑到国外的，难道是因为受伤被送来治疗？似乎也只有这个可能了。

林蔚然走了很远的路，身上又臭又脏，饿得都要开始出现幻觉了，突然看到有人将一堆吃的放在她面前，她顿时激动地抬起手就抓。

就在这瞬间，刺耳的尖叫声响起，林蔚然也终于回过神来。此时的林蔚然正站在一个街头小吃摊边上，面前的推车上放着很多热狗、汉堡，而她的手正抓着一个汉堡，面前一个蓄着浓密大胡子的外国大叔正冲她狂吼。就算不知道他吼的具体内容，林蔚然也知道他一定是在骂她。

她下意识地露出一个微笑，天知道这个笑简直太惊悚了，让人看了都要做噩梦。大叔显然被她吓到了，越骂越凶。四面八方很快围了一些人过来，有人在尝试和她沟通，可惜她不懂他们到底在说什么。

林蔚然非常着急，因为她看到穿着制服的警察也朝这边赶了过来。她不会被丢进外国监狱吧？她不过是情不自禁地抓了个汉堡，虽然这行为的确不对，但也没严重到要蹲大牢的程度吧！林蔚然焦急万分，心脏紧紧揪在了一起。

她有点后悔了，是不是不应该从疗养院跑出来？虽然那个罗子骜说了“卖器官”这种可怕的话，但也不代表他一定是坏人啊，她想起他对她露出的那个微笑，越来越后悔。她先是故意不让他发现自己醒了，又因为害怕他有可能是坏人而逃跑，怎么看都是她对他的戒备心太强了。这有点奇怪，她明明什么都不记得了，怎么潜意识里就断定他一定是不可靠的呢？

——罗子骜你在哪里，快出现吧，再不出现，我就要被警察带走了！林蔚然灵光一闪，突然想到，说不定警察能找来一个懂中文的人和她沟通呢！她越想越觉得有道理。

就在这个时候，有个穿着深蓝色衬衫的男人分开人群走了过来，他一直紧紧地盯着她的眼睛，眼里闪烁着震惊和狂喜之色。

在林蔚然茫然的眼神中，他大步走到了林蔚然面前。林蔚然突然有种眩晕的感觉，这人长得也太英俊了吧！不，这不是关键，关键是这人一看就是中国人！

“你没事吧？”他关切地开口，整个人透着一股矜贵的气质。他应当是出身富人家庭，被养出了一种客气得体的疏离感，人明明近在眼前，却给人一种捉摸不透、无法靠近的感觉。

“我没事。你会说中文！你知道这是什么地方吗？还有，请你和他们解释一下，我不是故意要拿走他的汉堡！”林蔚然说着，抬手指了一下那个大胡子大叔。

他神色一怔，上下打量她一番：“你不知道这是哪里？那你叫什么？”

林蔚然顿时叹了一口气，倒豆子般说：“我不知道啊，我醒来后发现自己脑中一片空白，什么也不记得了。你认识我吗？”

林蔚然问完，心里咯噔一下，为什么在面对这个人的时候，她那堪称神经质的戒备心会消失呢？他们在大街上遇见，她同样不认识他，为什么会对这个人说这些？她总觉得这个人是可以相信的，甚至觉得有点亲切。

“我当然认识你。”他唇边浮现出一丝浅浅的笑容，笑意升至他寒冰似的星眸里，让人瞧了心生欢喜，想要溺死在那双眼睛里。

“我是谁？”林蔚然急急地问。

“我先处理一下眼前的状况。”他的举止含蓄内敛，态度彬彬有礼。

林蔚然觉得这个人简直太符合她的择偶标准了，要不是自己又丑又胖，她一定会爱上这个人的。

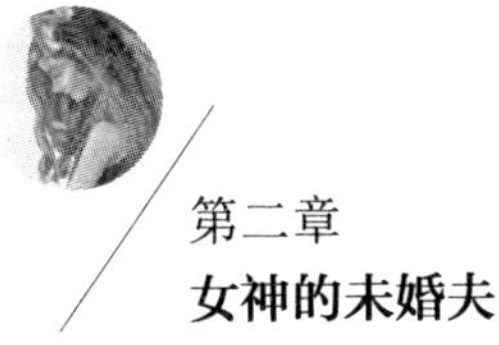

第二章
女神的未婚夫

半个小时后，男人游刃有余地处理完那一出闹剧，然后就将林蔚然带到了咖啡馆。他要了一些甜点和两杯咖啡，接着告诉她，她的名字叫林蔚然，是他的未婚妻。

“你确定是我？”林蔚然紧张得声音都变了，反手指着自己的鼻子，“就我这样的，也能当你的未婚妻？”

叶朝晖眼中闪过一丝疼惜，他抓着她的手轻轻捏了捏：“你在我眼中，一直是最美的。”

“你是不是忘戴眼镜了？”林蔚然盯着他的眼睛，那里面倒映的的确是胖到连五官都模糊的自己，“最美？”她这副尊荣，怕只有瞎子才会觉得她美吧。

“没听说过情人眼里出西施吗？”他露出宠溺的微笑，“蔚然，曾经的你是很多男人眼中的女神。”

“啊？”林蔚然越来越觉得这个英俊到不像话的男人是在胡说八道了，“你……你确定？”

叶朝晖松开林蔚然的手，拿出手机，翻出一张照片放在林蔚然面前，林蔚然只看了一眼就挪不开视线了。

照片上是一个漂亮又气势张扬的年轻女人，身材凹凸有致，正拿着话筒站在舞台上，眼神坚定又自信，还有一张几乎找不出任何缺点的脸。精致的五官、剔透的肌肤，那个人干净得像个水晶娃娃般完美，林蔚然不禁感叹上帝太过偏心，将一切好的统统给了她。

“她就是你。”叶朝晖接下来的一句话，惊得林蔚然差点摔了手机，“生病前的你。”

“生病？哦对，我是从医院跑出来的。”林蔚然拧着眉头问，“我生了什么病，为什么我什么都不记得了？你说你是我的未婚夫，是你把我送到这里的？”

叶朝晖唇边仍带着轻浅迷人的笑：“你出了车祸，撞到头，为了让你醒过来，我就把你送到了这边的医院。”

“你送我来的？”林蔚然下意识地追问了一句。

在医院里，罗子骜曾说过是他送她去的医院，而且医院里的护士和医生似乎都认识罗子骜，也很放心地由着罗子骜靠近她，这说明他一定经常到医院，而且经常出现在她身边，可叶朝晖却说将她送到医院的是他……

“当然是我，不然还有谁？”低沉的声音打断了林蔚然的思绪，叶朝晖抬起手轻轻地将她乱七八糟的刘海拨整齐，“为什么不乖乖待在医院里？如果我没有出现，你要怎么办？”

林蔚然心头一暖，这人不经意的一句话，总会让她有一种想要落泪的冲动。她对这个叶朝晖似乎有种没道理的信任感，难道是因为他在她最茫然无措的时候出现，英雄救美了一把？也不对，就算他是英雄，她也不是美人，她这副尊容换作是谁都不愿多看一眼，他救她根本没什么道理可循。

所以……他说的是真的？她真的叫林蔚然，曾经又瘦又美，是男人心目中的女神，是这个看上去高不可攀的男人的未婚妻？

“可是，你就是出现了呀。”她下意识地说。话音一落，叶朝晖和林蔚然同时怔住了。林蔚然看着叶朝晖的眼睛，那里看上去风平浪静，可藏在深处的，有她看不懂的暗流。

“嗯，以后不要再乱跑了。我带你回我住的地方吧。”他又露出淡淡的笑。

这人情绪非常内敛，不像罗子骜，情绪外放。林蔚然心里突然咯噔了一下，这种时候她怎么会想起罗子骜？罗子骜和叶朝晖都说是自己送她去医院的，这就意味着他们两人中至少有一个在说谎。

她的记忆一片空白，若是非要在叶朝晖和罗子骜中选择一个值得信任的，她觉得她应该选择叶朝晖。毕竟叶朝晖没有必要骗自己，她一无所有，又丑又胖，根本没有被骗的价值。至于罗子骜，与其说是“卖器官”这三个字吓跑了她，倒不如说是醒来那天，他转身时，她心里涌起的惧意让她先入为主地对他有了防备之心。林蔚然相信，就算自己什么都不记得了，但身体的本能还在，人的一些感觉和习惯，永远比记忆更加忠诚。她的潜意识在抗拒罗子骜，本能地想要靠近叶朝晖，她觉得这应该就是她选择相信叶朝晖的理由。

但她到底还是没有丧失理性，没有在叶朝晖面前提起罗子骜，更没有提过在医院发生的一切。努力相信叶朝晖，就是她眼下唯一可以做的事。她脑子里一片空白，好不容易抓住一根救命稻草，何必再节外生枝给自己增加困扰？

喝完咖啡后，叶朝晖就带着林蔚然离开了。林蔚然注意到，服务员们在她起身时都松了一口气，看样子她的形象真的很糟糕，已经到了有碍市容的地步。

“叶朝晖。”下台阶的时候，林蔚然下意识地抓住了叶朝晖的手，叶朝晖似乎有一瞬间的僵硬，但他很快就回握住了她的手。

“怎么了？”他回头看向林蔚然，眼睛里满是宠溺。

“你说曾经的我是个女神，那你怎么认出现在的我的？”林蔚然看着叶朝晖的眼睛问，“我和照片里的女人毫无相似之处，谁都不会相信我曾经是那个样子。”

叶朝晖轻轻勾了勾唇：“傻瓜，我隔三岔五就会来医院看你，怎么可能认不出你。而且，你的眼睛一直没有变。”他抬起另一只手轻抚她的眼角眉梢，“我怎么可能认不出你呢……”他的声音变得有些悠远，下垂的睫毛挡住了眼里的思绪。

听到他清冷的声音，感觉到他的手指拂过自己的肌肤，看着他的面容在眼前缓缓放大，林蔚然突然有些眩晕，身体也禁不住微微战栗，心脏开始快速跳动。

“无论你变成什么样子，蔚然……”叶朝晖低头在她唇边印下一个吻，“我都一定会找到你。”

轰——林蔚然的脑中像是炸开了一团璀璨的烟花，五颜六色的暖光照亮了她空白的记忆。林蔚然瞪大眼睛看着叶朝晖，他的脸近在咫尺，睫毛又长又密，站姿笔直挺拔，英俊得像是从童话里走出来的王子。

他说他们曾非常相爱，她原本将信将疑，但此时此刻，哪怕只是一瞬，她相信了。她的血液变得滚烫，胸腔里有某种似曾相识的感情决堤而出。她坚信自己就是林蔚然，必须是林蔚然，因为叶朝晖爱林蔚然，所以她就是林蔚然。

“我们回家。”叶朝晖牵着她的手，转身带着她往前走，而后在她看不到的地方，像是不经意地用手背擦拭了一下亲吻过她的嘴唇。

“好，回家。”林蔚然眼眶泛红地挽上他的手臂。苏醒后，她终于遇到一件好事，套在这副丑陋皮囊之下的她，第一次有了幸福的感觉。

叶朝晖嘴里所说的家，其实就是一间高端酒店的顶楼套房。

他打开门将林蔚然让了进去，林蔚然看着奢华高档的房间，有一种从心里溢出来的自卑感。她穿着三天没换的裙子，因为裙子太紧，勒得腰间的赘肉尽显无遗，那些赘肉像是迫不及待地要摆脱衣服的桎梏，臃肿地堆积在衣服里面，连她看了都心中作呕。而纤尘不染的地板衬着她双脚的肮脏，使她看上去像个乞丐。在最初的幸福感消退之后，林蔚然心里就只剩下了自惭形秽。

“去洗个澡吧。”叶朝晖一点都不在意地看着她说，“洗完澡，我带你去吃好吃的。”

“嗯。”林蔚然仔细观察他的表情，见他的确没有一丝一毫不悦，这才放下心来，接过他递给她的浴袍，飞快地走进盥洗室。

叶朝晖站在原地没动，直到林蔚然的身影消失在门后，他才缓缓地低下头，看向地板上的泥脚印，那是林蔚然留下来的。英挺好看的眉微微拧起，他走到电话边，拨通了前台的电话，要前台马上安排一个服务员过来做清洁，然后才走到盥洗室外，弯腰拎起林蔚然丢在洗衣篮里的裙子，连同篮子一起丢出了客房。

盥洗室内，温热的水自头顶洒下，林蔚然一共洗了三次头，身上也反反复复用沐浴露洗了好几次。直到她觉得洗干净了，她才用毛巾擦干身体，套上浴袍走出盥洗室。

房间里却不见叶朝晖的踪影，林蔚然四下看了看，这个套房一共有两个房间，主卧那间收拾得异常整齐，若不是摆在床头柜上的一摞洗干净的衣服，林蔚然完全不觉得这里有谁居住过的痕迹。

叶朝晖是个有洁癖的处女座，林蔚然脑中突然涌上这样一个念头，然后她就愣住了。有关于自己的事情她什么都记不起来，却想起了这些乱七八糟的小事，她越来越相信叶朝晖是她的未婚夫了。

嘴角泛起有些甜蜜和惊喜的笑容，林蔚然回到客厅，见客厅似乎被打扫过，地面仍然纤尘不染。她在沙发上坐下，面前的茶几上摆着一份报纸，可惜不是中文的，她看不懂。

肚子又在咕咕叫了，显然之前的小点心并不能让她填饱肚子，这臃肿的身体需要更多食物才能得到满足。林蔚然起身走进厨房，打开冰箱，但里面什么都没有。

林蔚然有些惊讶，叶朝晖不是说他隔三岔五就会到医院去看自己吗？罗子骜说她在医院里昏迷了两年，如果叶朝晖经常去看她，应该也在这座城市待了很久……可这里半点生活痕迹都没有，倒像是他刚住过来一样，他平时都不用吃东西的吗？不过，看他那一身矜贵的气质，想来也不会自己动手，应该是在酒店订餐或者是去一些高档餐厅解决吃饭的问题吧。

唉，叶朝晖到底去了哪里，说好的等她洗完澡，然后带她出去吃饭呢？林蔚然将心里一闪而过的疑问抛到脑后，哀怨地回到了客厅，正好看到叶朝晖打开门从外面走进来。

“你去哪儿了？”林蔚然张口便道，声音里还带着一丝质问。问完林蔚然就愣住了，这种语气，似乎是女朋友质问男朋友吧……

“喏。”叶朝晖却一点也不生气，朝她伸出的手里提着一个纸袋。

“给我的？”林蔚然不确定地问。

“嗯。”叶朝晖点点头，眼神里有一丝期待。

林蔚然这才将纸袋接过来，见里面放着一条橘色裙子，她展开裙子对着自己比画了一下：“你刚刚是去给我买衣服了？”所有的哀怨化作了感动，他的细心温柔让林蔚然受宠若惊。

“嗯，你喜欢橘色，我找了好几家才有适合你的尺码。内衣在下面，去换上，我们出去吃饭。”叶朝晖微笑着说。

“嗯！”林蔚然提着袋子飞快地转身，眼里浮上氤氲的水汽。

她后背抵在门上，双手紧紧抱着纸袋。一个月来的彷徨不安、胆战心惊，似乎都在这一刻得到了发泄和纾解。她觉得相信这个人是对的，她出了车祸，成了植物人，他为了治好她将她送到这里，她沉睡了两年终于苏醒，因为害怕而跑出医院，最后他在她最无措的时候找到了她，她愿意相信事实就是这样。

他说她叫林蔚然，他叫叶朝晖，而她是他的未婚妻，她曾经是个女神，喜欢橘色，她也相信了。

她拼命不去想为什么罗子骜会出现在医院，为什么罗子骜会说是他把她送去医院的，为什么他和医院的护工乃至医生都很熟稔。她觉得罗子骜很危险，所以不愿意相信他。不相信，那就否定吧。

因为眼前这个人太完美，完美到让她拼命地希望这一切都是真的。是的，她希望自己相信。

林蔚然深吸一口气，慢慢往前走了几步，解下浴袍的腰带，将浴袍脱掉，将叶朝晖买的衣服穿上。

如他所言，他一定是找了很多地方才找到这个尺寸，她站在镜子前面，虽然镜子里的自己依然胖得毫无形象，可是穿上这条橘色裙子，她却觉得这样的自己似乎也不是那么面目可憎。

林蔚然微笑，镜子里的自己也笑了，那双眼睛有些泛红。叶朝晖说，这双眼睛从未改变。她曾经看一眼都嫌弃无比，现在却仔仔细细地看着自己的眼睛，然后她发现这双眼睛的确和照片里的那个女人一模一样。又找到一条叶朝晖没有说谎的证据，她开心极了。

林蔚然打开门走出去，叶朝晖听到声音抬起头朝她看来。迎着他的目光，林蔚然面带微笑，走进这套公寓时的局促和不安消失了，她走得坚定而自信。

“好看吗？”林蔚然笨拙地转了一圈。

叶朝晖双手枕在脑后，眼里充满笑意：“嗯，很好看。”

“走吧。”他站起来，递给她一只手，“我带你去吃好吃的，你一定饿坏了吧。”

林蔚然朝他走去，将胖胖的手放进他骨节分明的手里：“好。”

一样陌生的街道，一样语言不通，她曾彷徨无措，可是现在，有叶朝晖在身边，她就觉得无比安心。

“叶朝晖。”她偏过头看他。

“嗯？”他恰好低头，两人的目光在湿润的空气中相遇。

“没什么，只是觉得我的过去有你，真是太好了。”林蔚然看着他的眼睛说。一想到那些空白的记忆里曾有他的身影，她就有一种热泪盈眶的感动。

第三章
女神归来

异国他乡，叶朝晖竟然能找到一家港式茶餐厅，林蔚然相当惊讶。她偏头看身边的叶朝晖，他依旧沉稳内敛，看向她的目光却温柔得似能滴出水来。心脏里满溢的幸福感不断发酵膨胀，林蔚然觉得能与他相逢，三生有幸。

叶朝晖带着林蔚然在餐厅靠窗的位置坐下，修长干净的手拿起菜单就要递给林蔚然，林蔚然摆了摆手没有接菜单。叶朝晖并没有坚持，喊来服务员很熟练地点了几道菜。

“都是你爱吃的。”他撩起她耳边垂落的一缕发丝，细心地别在她的耳后。这亲昵的举动立刻引起了餐厅许多食客的注意，数道异样的目光投注到了林蔚然身上。

林蔚然有那么一瞬间的紧张，自卑的情绪也跟着涌上心头，她抬起头，却撞见叶朝晖温和宠溺的笑脸，紧张和自卑的感觉顷刻间便烟消云散。

——全世界都嫌弃我也没关系，你不嫌弃，我就有勇气去面对这个世界。

林蔚然坦然地扭过头，看着那些对她投以奇怪目光的人，也不知是不是她的眼神太干净坦然，那些人立刻收回视线，有些还对她尴尬地笑了笑，没有再像之前那样露骨地打量她。

菜很快就上齐了，林蔚然着实饿得慌，抓起筷子就开始吃。叶朝晖低笑出声，林蔚然抬头看他，他低声说：“你还是和以前一样，喜欢吃港餐。国外的中餐终归没有国内的好，等我们回国了，就去你最喜欢的那家餐厅。”

“原来我爱吃这个啊。”林蔚然脑海中没有这些信息，也并不觉得自己对港餐特别喜爱，她单纯觉得饿了，所以才显得对眼前的食物无比渴望，但叶朝晖这么说，她就点了点头，“我记着了。”

“不记得也没关系，丢掉了过去的记忆，我会给你更加幸福的现在和未来。”叶朝晖说得不疾不徐，声音好听得像低奏的大提琴，“就当我只是个喜欢你很久的陌生人，带你重新找回喜欢和心动的感觉。”

“叶朝晖，你真好。”林蔚然鼻子一酸，声音变得哽咽起来。这人是点满了情话的技能点吗？为什么他说出来的话总让她有想哭的冲动？

“快吃吧。”叶朝晖伸手刮了刮她的鼻尖。

那瞬间，某种极其熟悉的感觉自脑海中一闪而过，林蔚然伸手触了触自己的鼻子。怎么回事？明明脑海中空空如也，但这种感觉如此令人心悸。心中莫名一慌，为了掩饰这种心慌，林蔚然抓起筷子开始狂吃。

叶朝晖说得没错，国外的中餐永远做不出国内那种味道，但林蔚然仍然狼吞虎咽的，似乎只有这样，才能将那一瞬间的心慌彻底压下去。眼前这个人没有理由欺骗她，她要对此深信不疑，那些似曾相识的感觉更不会骗人，她一定要相信叶朝晖。

餐厅里的人因为林蔚然的吃相，再次将目光投到了她身上。直到发泄般吃光了眼前的饭菜，林蔚然才打着饱嗝放下筷子。

“饱了吗？要不要再吃点什么？”叶朝晖面对她如此暴饮暴食的模样，全然没有一丝嫌弃。在旁观者眼里，他简直完美得无可挑剔，这两个人的组合，活脱脱帅哥与野兽的搭配。所有人都觉得很惋惜，更不明白这样的帅哥为什么会如此想不开，找个痴肥粗俗的丑女人伤害自己。

“饱了。”看着叶朝晖，林蔚然觉得很不好意思，刚刚她毫无形象，连累他也被别人用奇怪的眼神打量。

叶朝晖沉稳地笑笑，拿纸巾替她擦了擦嘴角：“没吃饱的话就和我说。蔚然，我是你的未婚夫，在我面前你就是你，不用在意别人的眼光。”

该如何形容林蔚然的心情呢？感动中掺杂着些激动，搅得她心里百转千回。她实在不敢相信世上竟会有如此完美的男人，帅气多金、温柔周到，还对她说他是她的。

林蔚然脑海中突然涌出一个念头，减肥吧，甩掉这一身让自己难堪，也连累叶朝晖被人指指点点的肥肉吧。为了这个男人，她要变回从前的样子。这样的男人，值得她做任何事情。

“回去吧。”叶朝晖温柔的声音传入她耳中。

“好，回去。”林蔚然重重地点了点头。

因为想瘦下来，晨跑就成了林蔚然计划中的日常活动。每天天不亮她就爬起来，到酒店附近的小公园里跑步。

她并没有对叶朝晖多说什么，但她每日回到家里，餐桌上总会出现一盘营养餐。于是她更加卖力地运动，希望可以早一点瘦下来。

但她忘了自己刚从医院醒来，不久前还在做复健，这种高强度的运动根本不是她现在的身体承受得起的，所以她的减肥行动并没有持续多久。

几日后的一个清晨，当她跑完步回到家里，突然双腿一软，摔倒在门口。

叶朝晖正拿着一份文件走到客厅，刚好将她狼狈的模样收入眼里，他微微一愣，然后脸色一变，随手将文件扔在茶几上，大步朝她走了过去。

或许他们过去也有过这样的经历，叶朝晖无比自然地伸出手，试图将林蔚然抱起来带到屋内。他习惯性地将手伸进她的腰间和腿弯下，微微用力——结果叶朝晖的表情出现片刻的僵硬，额角青筋也几不可见地跳动了一下。

两人维持着诡异的姿势静止在门口，林蔚然靠在叶朝晖怀中，原本脸颊泛红、心里羞涩，但片刻后就反应过来两人正面临着什么处境——他抱不动她。以她现在一百公斤的体重，叶朝晖揽住她的腰都稍显费劲，至于公主抱什么的，怕只有健美杂志上的壮硕肌肉男才能做到吧。

林蔚然的脸色瞬间涨得发紫，她下意识地用力推了叶朝晖一下，不顾腿上的疼痛，跳起来冲进了屋：“我……我没事的……”林蔚然龇牙咧嘴地缩在沙发上，侧过身偷偷地伸手揉着膝盖。

“蔚然……”叶朝晖压下眼里一闪而逝的尴尬，看着她额头上擦破的伤口皱眉，“你根本不用这么辛苦。”他不紧不慢地关上门，朝林蔚然走过去，眼里流露出一丝心疼之色，“我说过，不管你变成什么样子，我都爱你。”

林蔚然想也不想地抬头看向他，目光异常坚定：“我要变回原来的样子，要和你并肩而立，成为你的骄傲。现在这样怎么可以！”

叶朝晖脚步一顿，有一刹那的失神，随后他低头看着林蔚然的脸，脑海中一闪而过的却是一张自信又美丽的脸。那个林蔚然和眼前的人全然不同，她张牙舞爪，仿佛这世界是围绕着她转动一般，讨厌的人她就往死里讨厌，喜欢的人，她无论如何都要抓住。

他曾经很讨厌那样的林蔚然，讨厌到近乎厌恶的地步。他仍然记得很清楚，她注视着他的眼神傲慢又嚣张，她说：“叶朝晖，你是我的人，只有我这样的人生赢家才配和你并肩而立。”那一瞬间的她锐利得刺目，他却该死地觉察到了心脏悸动的声音。

仿佛隔着一段漫长的时空，那个耀眼的人与眼前这个又胖又丑的女人重合在一起，又迅速分开。快得他来不及反应，那种遽然被人拿走最心爱之物的惶恐感，驱使着他伸出双臂，将眼前这个女人紧紧地拥入怀中。

“蔚然。”他低低地喊了一声，分不清是在喊眼前的林蔚然，还是在喊记忆中那个幻影。

“哎，我在这里。”林蔚然愣了半晌，嘴角微微勾起，拥住了他，“在这里啊。”

“嗯。”他将头埋在她颈间，低沉的声音里压抑着没人明白的情绪。

阳光穿过窗棂洒在她面前的桌子上，她侧目看着窗户外的晴空，原本灰暗迷茫的未来，也像这蓝天朝阳般充满了崭新的希望。

微风拂过，一阵纸张被掀动的脆响传入林蔚然耳中，她目光下移，看到了面前茶几上那一沓厚厚的文件，那是叶朝晖刚才拿在手中，匆忙间扔下的文件。

文件上的字是大片大片的英文，边缘掉落了一张名片，她看到了名片上的一个单词——Hospital。即便她不懂英文，但她之前在医院复健时经常看到这个单词，知道这个单词的释义。

医院？叶朝晖刚才在看和医院有关的文件？林蔚然干净纯粹的眼睛里泛起了一丝疑惑和茫然之色，无意识地用力收紧拥抱着叶朝晖的双手，侧头将脸埋进叶朝晖怀中，不再去探究桌子上那份文件。

医院啊……叶朝晖一定是在了解她的身体状况，那应该是她住过的医院送来的资料，有关她之前的病历报告一类的吧。他这几天总是外出，一定是去医院处理后续事宜，并且询问她的恢复情况。

林蔚然笑得更加灿烂。你看，她是如此丑陋，他却这样完美，这样关心她，她有什么理由不去相信他，又有什么理由不为他倾其所有呢？

林蔚然闭上眼睛，告诉自己，一定要为了叶朝晖变回昔日的女神。

虽然叶朝晖说了会等她，她心里却比谁都焦急，怎么也不愿意叶朝晖长久地面对自己丑陋的皮囊。

她咬了咬牙，又给自己加了一个小时的锻炼时间。即便这过程让她痛苦又疲惫，但她还是苦苦地坚持了下来。

转眼间，一个月过去，林蔚然的记忆仍没有恢复，但她觉得岁月静好，甚至想着若是以后的人生都能像现在这样，即便她永远无法恢复记忆也没有关系。

每天清晨，叶朝晖都会来陪她吃早餐，然后再出去办事。他空闲的时候会带着她四处转转，让她所有的时间都填满他的身影。林蔚然觉得叶朝晖说得没错，不记得过去也不要紧，因为他们现在所经历的一切都会变成新的记忆，这些记忆会刷新她空白的过往。

她从来不问他去做什么，也不问他什么时候再来，因为她知道他不会丢下她。她也不知道这份笃定从何而来，但她就是想要相信，不会怀疑叶朝晖，直到时间的指针指向她和罗子骜注定再会的这一刻。

这一日，林蔚然照例去公园跑步，隐隐约约听到有人在叫她的名字，她停下，四处看了看，却并没见到熟悉的面孔。

“疑神疑鬼的，想什么呢？”林蔚然不禁失笑，这样的异国他乡，除了叶朝晖，哪会有人认得她。

然而她刚准备继续跑，突然有人拍了拍她的肩膀。林蔚然心里一惊，飞速转头，一张俊美的脸就出现在她眼前：“你……”林蔚然被吓了一跳，倒吸一口气，踉跄着后退了几步。

“我什么？”微冷的声音传来，声音的主人脸色也不怎么好看。出现在林蔚然面前的，正是一个月前被她误会为人贩子的罗子骜。

那一瞬间，一个月前在医院发生的一切又出现在林蔚然的脑子里，她直接甩开罗子骜的手，拔腿就朝前方跑去。

“林蔚然！”罗子骜脸色又是一沉，瞬间怒了，她这副见鬼的样子是怎么回事？

一个月前在医院，他不过是离开了一下，哪知道完全失忆的林蔚然竟然逃出了医院。他找了她整整一个月，如今好不容易找到了，这女人竟敢露出一脸看到穷凶极恶的歹徒的表情。

听到罗子骜叫自己的名字，林蔚然下意识地停住了脚步。

为什么这个人知道自己的名字？当两个人都这么喊她的时候，她是不是就可以彻底放心，她果然是林蔚然，不存在被叶朝晖错认这种事？

林蔚然还在走神间，罗子骜一步上前攥住了她的手腕，瞪着她骂道：“你为什么看到我就跑？不告而别地从医院逃跑又是怎么回事？你知不知道我找了你多久？”

“我又不认识你，为什么不能跑？”林蔚然被他吼得一抖，捂着耳朵往后缩了缩。

罗子骜气笑了：“那你告诉我你认识谁？脑子空空的，防备心倒是不弱，我真是瞎操心。要不是怕你人生地不熟，在异国他乡当乞丐，我才懒得找你。”

“反正我不认识你，你个人贩子。”林蔚然使劲想要挣脱罗子骜，却不想罗子骜语气虽然凶狠，嘴里吼着要跟她老死不相往来的话，攥着她的手却用了十分力道，显然没打算放开她。

“你把话说清楚，什么人贩子？我好心送你去医院，给你付了两年的医药费，我怎么就成人贩子了？”罗子骜脸色发黑，显然被林蔚然气得不轻。

“我听到了，你那天在电话里说要卖我的器官！我告诉你，我这种胖子的器官都不健康，脂肪比例太高，你拿去也卖不掉！”林蔚然一边挣扎一边用手臂护住自己的胸口，试图阻止他再打自己的器官的主意，看上去却是一副防备他扑上来对她图谋不轨的架势。

看着林蔚然排斥中又带着些害怕的表情，再看看她这不伦不类又有些搞笑的架势，罗子骜忽然心里一软，暴躁的脾气也缓缓平复下来，他松开她的手，没好气地戳了戳她的脑袋。

“会不会算账？”罗子骜翻了个白眼，“我送你去医院，还付了两年的住院费，请最高级的护工来照顾你，就是为了把你救醒，然后贩卖你的器官？你觉得自己有那么值钱？拆开卖也捞不回本！而且，谁会把买卖器官这种违法的事摆在明面上？你是觉得住的那家医院像黑诊所，还是觉得各国的律法都是摆设？你有没有想过自己跑出来有多危险？你就没想过我是你的家人，你跑了我会不会担心？”

听罗子骜说到“家人”两个字，林蔚然立刻愣住。是啊，当时她怎么就完全没有想过，这个人有可能是自己的家人呢？

“那你是吗？”林蔚然认真地问，心里闪过一丝希冀。

她身在异国他乡，又失去了以前的记忆，若是能找回她的家人，或许就不会这么没有安全感了，也能很快找回自己的过去吧。想到这里，林蔚然就有些懊悔，自己还是太冲动了啊！

“我怎么可能有你这么笨的家人！”罗子骜一脸嫌弃，嘴角却勾起一抹释然的笑，“我是你的救命恩人，要不是我，你早就死了。”

“怎么回事？”林蔚然心中有些乱。

她一直不去思考在医院里发生的一切，以及自己过往的经历，就是潜意识地害怕会牵出什么她不愿接受的真相。从她遇到叶朝晖开始，她就像是沉浸在梦里。或许是因为不想去怀疑叶朝晖吧，也只有这样，她的美梦才不会醒来。她还是坚信叶朝晖没理由对她说谎，可眼前这个名叫罗子骜的男人，似乎更没什么理由骗她，甚至他说的一切听起来更加合理。

罗子骜见林蔚然傻傻地发愣，原本干净透彻的眼睛里像是蒙上了一层水雾，里面闪烁着纠结、畏惧和不安，他不由得皱起眉头，放缓声音用轻松的语气道："其实也没什么，两年前我出差来到这里，因为身体不太舒服去了医院，却看到你满脸是血地躺在附近的巷子口。当时是晚上，四周没有人，你脑袋上有伤，几乎可以用面目全非来形容。我看你黑头发、黄皮肤，猜你应该是落难同胞。我总不能丢下你不管，就顺手把你带进了医院。"罗子骜说得相当精简，眼神却有些闪烁，显然是隐瞒了什么，可愣怔中的林蔚然并没有发现。

这两年的点点滴滴在罗子骜眼前不断回放，他插在裤兜里的右手也缓缓地握紧。

过去的两年里，他每天都热切地祈盼她能醒过来，但他无论如何都想不到，当她真的醒过来后，会是眼前这种局面。想到这里，罗子骜嘴角微抿，眼神也变得有些失落和委屈。

"我当时伤得那么重吗？"林蔚然看到罗子骜这副神情，心中生出些许愧疚，语气不由得缓和下来。

"嗯，很重……"罗子骜点了点头。

林蔚然微微低头，轻咬着嘴唇，心里的不安如波涛汹涌，多日来被她强硬压下的种种疑惑几乎一瞬间摧毁她的理智，也摧毁了她整整一个月梦境般的安稳生活。

两年前的林蔚然，头破血流地昏倒在小巷子里——怎么看，这都很不正常。她为什么会出现在这个陌生的国家？为什么会头破血流？为什么两年了，都没有人找她？她真的是林蔚然吗？是能够和叶朝晖并肩站立的女神林蔚然吗？

她的脑袋因为想得太用力，疼得像要炸开一般。呼吸变得急促起来，她也变得异常烦躁，想离开这里，离开这个让她情绪如此不安的人。

林蔚然下意识往后退了一步，却因为踩到一块石头而踉跄了一下。眼见就要和大地来一次亲密接触，一只手紧紧地拉住了她，肌肤相贴的触感令林蔚然浑身一颤，心尖战栗了一下。

罗子骜手心的温度和叶朝晖不一样，叶朝晖的手很凉，那沁入心里的凉意总能冷却她心头的焦躁；罗子骜的手却很烫，在她好不容易平静下来的心海里掀起惊涛骇浪。

像是被烫伤一般，林蔚然飞快地甩开罗子骜的手。她讨厌罗子骜，哪怕他是自己的救命恩人，也抵消不了心里对他的排斥，像是动物本能地趋利避害……

“跟我走吧。”罗子骜再次朝她摊开手，他的手修长干净，肌肤柔软，阳光落在上面，像在他手上放了一面浅金色的纱巾。

明明他的态度前所未有的好，林蔚然却再度悄悄地往后退了一步。

“喂！”这动作实在是有些伤人，罗子骜怒了，怕她又误会自己不是好人，他明明态度很好，可这对她来说显然没有什么用，“你这人真是……不识好人心！”

见他变了脸，林蔚然反而放心了，她就说嘛，刚刚他的态度让她觉得相当违和，她实在不适应他那种别扭的温柔，那只会让她觉得这个危险的男人心里藏着什么秘密，像是一头正在图谋不轨的狼，要把她骗进洞里，吃得骨头渣都不剩。

“你不要管我了。”林蔚然很认真地看着他，“我说真的，我现在和我的未婚夫在一起，挺好的。”

“未婚夫？”罗子骜顿时黑了脸，“你很有能耐啊，这才多久不见，你竟然凭借这一身肉，找到了未婚夫？”

“朝晖本来就是我的未婚夫……”林蔚然下意识反驳，“总之，你不用管我了！关于你说的是你送我去医院这件事，我会去弄清楚的。”这种事稍微查一下就能知道真假，她之前没有这么做，是因为没想过会再次见到罗子骜。

“朝晖？”听到这个名字，罗子骜的语气陡然变了，“你说的那个朝晖，该不会是叶朝晖吧？”

林蔚然愣了一下：“你认识他？”

“果然是他。”罗子骜没有回答林蔚然的问题，冷冷哼了一声，“叶氏的执行总裁嘛，我当然认识了，年纪轻轻，本事不小。”

“那你应该知道，他有个未婚妻吧？”林蔚然的语气变得有些急切。

她对记忆空白的自己感到沮丧，每次想要从叶朝晖那里打听一些事的时候，叶朝晖总会说，想不起来不要紧，因为他们可以创造更多美好的回忆。然而，怎么可能真的有人对失去记忆做到毫不在意？

“我怎么知道。”罗子骜没好气地说，“我和他又不熟。总之，我对你毫无恶意，你最好还是小心点那个叫叶朝晖的。”

“喂！”这话她就不爱听了，“你自己也说了和他不熟，那为什么要说这种话？你凭什么啊？”

本来想问出点身世之谜的林蔚然非但没听到半点有用的信息，反而听他数落起叶朝晖，林蔚然内心顿时燃起愤怒的小火苗。她发现眼前这个人总能撩起她的怒气，让她失去理智，不顾形象地跟他争吵。

“凭什么？就凭你现在这副尊荣！”罗子骜被林蔚然无脑维护叶朝晖的态度伤到了。

这人真是狗咬吕洞宾，不识好人心！在他为她担惊受怕的时候，她竟然跟另外一个男人朝夕相处，还为了对方不分青红皂白地质疑自己！

“林蔚然，我原来还觉得你挺有自知之明的！”他气得口无遮拦，“就算你不知道叶朝晖是什么人，光看外表，你也该清楚你们是两个世界的人！”

林蔚然瞳孔一缩，心脏像是突然被扎进了一根刺，疼得无以复加，让她无法忍受。

上帝在创造人类的时候，给了人类说话的权利，但那个时候的上帝大概没有想过，语言有时候也会变成一种伤人的利器。

自知之明吗？她怎么可能没有自知之明？林蔚然知道自己现在的模

样惨不忍睹，她每天看着臃肿丑陋的自己，何尝不觉得自惭形秽。她是一个没有过去的丑八怪，她何德何能可以得到叶朝晖的爱……

可她太留恋叶朝晖给她的温暖了。如果没有叶朝晖，她不知道要怎么面对现在的自己，要如何面对惶恐的现状，还有一无所知的未来。

听到罗子骜如此不客气地说出这些话，林蔚然觉得像是被当众扒光了衣服一样难堪。那点好不容易建立起来的感恩之心，那点对罗子骜稍稍卸下的心防，顷刻间就烟消云散了。这个出口伤人的自大狂，怎么可能是自己的救命恩人？

“我就是一个又丑又胖、不识好歹的人。”林蔚然涨红着脸，眼泪几乎就要夺眶而出，却握紧了拳头倔强地道，“我知道我自己什么样，用不着你来提醒我！”

“我……我不是这个意思。”罗子骜看着她通红的双眼，神色一僵，随即皱紧眉头，心里涌出愧疚以及悔意。他怎么会说出这种话？他明明知道她会不安，也一直比谁都担心她。

“你走开！”林蔚然却不想再听这个人说下去，用力推了罗子骜一把，低着头，拖着臃肿庞大的身躯，飞快地朝前方冲去。

罗子骜被推了个趔趄，捂着被林蔚然撞得发痛的胸口扬声喊道：“林蔚然，我不是那个意思！你不要生气嘛！”

林蔚然闻言停下脚步，罗子骜立刻松了口气，以为得到了林蔚然的原谅，笑着想要迎上去。

“别再来打扰我了，我希望这辈子都不要再见到你！”林蔚然的话却将他的双脚死死地钉在原地，他怎么也无法再往前走出哪怕一小步。

罗子骜看着她说完这句话，头也不回地跑开，心里忽然变得非常非常难过。被她撞到的地方还在隐隐作痛，他伸手覆上心脏的位置，心脏在胸腔里以一种近乎失控的方式跳动着。

“一定是她太胖了，撞人……真疼啊。”他低声喃喃着，垂下的眼睫挡住了眼里的落寞。

真疼啊，林蔚然。

第四章
女神的决定

林蔚然回到住处，站在门口整理了一下自己的情绪，露出一丝笑容，刷卡走进了房间。叶朝晖像往常一样替她准备好了早餐，丰盛的食物就摆在白色餐桌上。

他坐在餐桌旁，侧对着林蔚然，从林蔚然的角度可以清楚地看到他完美的腰身、修长笔直的双腿。他只不过随意那么一坐，就彰显出独有的优雅贵气。他正安静地看着一份外文报纸，客厅的窗子半开着，徐徐的微风轻拂着他深灰色的西装裤脚，衬得她目光所及的一切都美得像一幅欧风彩绘。

听到门口的响动，叶朝晖放下报纸，看了看表，回头对她笑道："怎么今天回来得这么晚？"

林蔚然一直在纠结要不要把刚才见到罗子骜的事情告诉叶朝晖，可看到叶朝晖对自己温柔关心的模样，她立刻决定有关罗子骜的一切只字不提。罗子骜说了那么多诋毁叶朝晖的话，让叶朝晖知道了也是添堵，既然她已经决定相信叶朝晖，那就没必要把罗子骜说的话放在心上。

林蔚然上前抱住叶朝晖，将头埋进他怀里，藏起了自己眼里的恐惧——她害怕，害怕自己会失去叶朝晖。

林蔚然深吸一口气，听到自己闷闷地说："今天状态好，就多跑了一会儿。"

一个多月以来，这是林蔚然第一次主动对叶朝晖做出如此亲昵的举动，叶朝晖的身体有一瞬间的僵硬，但他很快就放松下来，反手抱住了她。

“你这么辛苦，我真的很心疼。”

他轻轻推开林蔚然，两只手搭在她的肩上，和她拉开了少许距离：“其实，有一件事我一直没有告诉你。”

“什么事？”林蔚然声音一抖，眼里闪过一丝紧张之色，心脏也莫名地开始加速跳动。

他要说什么？说要离开她？说他其实认错人了？

或许是罗子骜说的话太有杀伤力，让林蔚然没办法不心烦意乱。她下意识地揪住了叶朝晖的衬衣袖口，生怕他下一刻会冷漠地抛下她，或者说出什么她无法接受的真相。

“别紧张，不是什么大不了的事。”见林蔚然如此紧张，叶朝晖顿了顿，用柔和的声音继续说，“这一个多月以来，我一直在为你安排抽脂和微整形手术。”

“抽脂，微整形？”林蔚然怔住了。

她突然想起了之前看到的那张名片，那其实不是叶朝晖找之前的医院要来的健康报告，而是他在筛选整形医院？他从刚见到她起就决定给她安排整形手术了？

“对，这样你就可以恢复原来的样子了。”叶朝晖的表情很自然，看着她的眼神也温柔和煦，她却打了个冷战。

她是从医院里逃出来的，对那个地方会下意识地恐惧和排斥，她忘不了刚醒过来时一无所知的茫然。但林朝晖提到抽脂和微整形手术，却像是吃饭喝水一样轻松，仿佛她只是暂时披上了一副丑陋的皮囊，换个模样就和换件衣服一般简单。果然……她现在这个样子，不会有人喜欢吧。就算是叶朝晖，喜欢的也只是曾经的自己吧——如同罗子骜所说的那样，残忍又真实。

林蔚然放开叶朝晖的手，下意识地背过身，心里泛起了酸涩的委屈，她不想看到叶朝晖的眼睛：“所以，你其实很介意我现在的样子，对不对？”

“当然不，如果可以，我愿意和你一辈子就这样待在这个与世无争的地方，只有我们两个人。”叶朝晖的声音压得很低，带着无处可藏的深情，他从身后抱住她，“不管你变成什么样子，我都爱你。可是蔚然，我不想看着你这么辛苦，还有……我想早点带你回家。”

“回家？”林蔚然微微一怔，这是叶朝晖第一次和她说起这个话题。

其实林蔚然一直有些排斥这个话题，因为她心里仍然觉得不安。万一她是个冒牌货怎么办？叶朝晖或许会认错，但是朝夕相处的家人不会。她害怕，害怕见了那些人，她会失去现在所拥有的一切。

“你难道没想过，自己在这个世界上还有其他亲人？”叶朝晖的声音很好听，带着胸腔里的共鸣，给人一种非常温柔的感觉。

“我的家人会排斥我现在的样子吗？”林蔚然微微侧头，只觉得他英俊的侧脸说不出的好看，那些短暂的不安和怀疑也被她刻意地压下。

“你的家人也许不会，但是其他人会。”叶朝晖冲她露出一个温和的笑容。

“可是，可是……我已经在跑步减肥了啊！”像是做坏事被抓包了一样，林蔚然飞快地回头，不敢再直视叶朝晖的眼睛。

“那样太辛苦，蔚然。”叶朝晖扳过林蔚然的身体，让她正视自己，“我不想让你那样辛苦。你很不安吧，因为什么也不记得，什么都想不起来。”

有水汽迅速积蓄在眼里，林蔚然忽然觉得很委屈，委屈得她不想再去纠结用这副样子放声大哭会不会很丑，她只想不管不顾地哭出声来。

被岁子鹜那样说，她不曾想哭，可是现在，因为这个人的一句话，她却再也忍不住了。

“蔚然，没关系的。”叶朝晖拥她入怀，宛如哄劝一个哭闹不停的婴儿般拍着她的后背，“有我在，只要有我在，你就不用害怕。”

怎么可以有人温柔成这样？林蔚然埋在他怀中，仿佛要将全部委屈发泄出来一般，号啕大哭。

“没关系的，没关系的。”他低低地在她耳边呢喃，眼中似乎溢满了深情，又似乎空空如也，什么也没有装下。

林蔚然不知道自己到底哭了多久，也不知道自己是何时在叶朝晖怀中睡着的，等到她睁开眼睛时，天已经黑了。

她拧开床头的小夜灯，眼睛因为哭过，乍然见到亮光，有一阵酸涩的痛意。自己竟然会失控到哭泣，还以那个丑样子睡着了，林蔚然心中无比懊恼。她这么重，叶朝晖要把她抱回房间，一定很不容易吧。不久之前她就在家门口闹过笑话，现在她又让叶朝晖为难了。如果……她瘦下来就好了。理所当然地，这样的念头越来越强烈。

很多时候我们觉得保持原状也不错，但是一旦有了想要与之在一起的人，就会想要变得好一点，再好一点，这样才能和那个人并肩站在一起。

叶朝晖的提议其实也不错啊，这个时代，抽脂和微整形很常见。更何况，他并不是因为嫌弃自己才做出这种决定的，因为是怀着爱意的，所以没有关系。

林蔚然推开房门走了出去，想就这个问题和叶朝晖聊聊，然而意外的是，她找了一圈也没有找到叶朝晖。

“是出去了吗？”她嘀咕一声，肚子咕咕叫了起来。

从小冰箱里翻出一根香蕉吃掉，林蔚然闻到了一股汗味，而后她发现这股汗味是从自己身上散发出来的，她这才想起来，她跑完步回来没有洗澡。脸噌地红了，她竟然带着臭汗味去拥抱那么优雅完美的叶朝晖，并且还在他怀里睡着了！林蔚然伸手按住自己的额头，天知道她到底干了什么蠢事！

她飞快地冲进浴室，打开花洒，让温热的水流将自己冲洗干净。

换了身干净衣服后，林蔚然走进厨房，胡乱找了点吃的填饱肚子后，已经是晚上十一点，叶朝晖还是没有回来。她躺在床上睁着眼睛，一直在留意外面的声音，想要马上告诉他自己的决定。然而外面十分安静，叶朝晖仍然没有回来。

林蔚然也不知道自己是怎么睡着的，她明明告诉自己必须等到叶朝晖回来，可最终还是不知不觉陷入沉睡。等她再次睁开双眼时，天已经亮了，她急急忙忙走出去，却看到餐桌上放着一份早餐，叶朝晖不知道什么时候回来过，现在又不知道去了哪里。

算了……林蔚然叹了口气，掩去心里的失落，吃掉桌上的早餐，然后像往常一样，换上运动服出门跑步。

和林蔚然不一样，罗子骜失眠了一整晚，林蔚然转身离去时的背影，始终徘徊在他眼前，怎么都散不去。他索性爬了起来，换上衣服出门。那时候天空还没有彻底亮起来，只有孤单的路灯还亮着，他就像只迷路的野犬，在异国他乡的街头独自游走。

不知怎么的，他就走到了林蔚然跑步的那个公园入口。他苦笑了一下，原来再怎么装作若无其事，有些人终归是不能被抛之脑后的。昨天他的确说了很过分的话，但他不想和她再也不见，从没想过。

罗子骜伸了个懒腰，清晨的空气异常清新，他头脑清醒了一些。那么，他就在这里等着吧，或许她今天还会从这里路过呢。

不知道老天爷是不是听到了罗子骜内心的诉求，他等了大概两个小时之后，林蔚然拖着庞大的身躯，气喘吁吁地出现在了他的视线里。罗子骜立刻蹲在地上，一条长腿使劲儿伸出去，佯装在压腿。

林蔚然正目不斜视地跑着步，脚下冷不丁绊到个东西，她踉跄了两下才站稳。林蔚然回过头想要看一眼绊到自己的东西，跟着就见到了罗子骜那张怎么看怎么想揍一顿的脸。

罗子骜见她终于看到自己了，张嘴就要说话。

“你神经病啊！”林蔚然没给他机会，心有余悸地拍了拍胸口，狠狠瞪了他一眼。

一大早被人骂神经病，罗子骜非但不生气，还咧开嘴，露出了一排白森森的牙齿：“这么巧啊！”

林蔚然顿时有一种被人当作白痴的感觉，她虽然失去记忆，但还没傻，这假得不能再假的偶遇，分明就是他故意的！林蔚然压根不想搭理他，径直从他身边跑开了。

罗子骜若无其事地追上去，凑到林蔚然身边笑眯眯地同她东拉西扯，从天气预报扯到中东局势。就在罗子骜要再讲一遍天气预报时，林蔚然终于停下脚步，气喘吁吁地问：“你到底要干什么？”

“林蔚然，我知道我昨天的话重了一些，我向你道歉，你只当我是关心则乱。我昨天想了一夜，越想越后怕，怕叶朝晖会伤害你。”原本还嬉皮笑脸的罗子骜一扫纨绔的模样，认真地说道。

“罗子骜，你到底有什么目的啊？”林蔚然喘得厉害，心里的火气又冒了出来，她索性坐到旁边的石凳上，仰着脸问他。

“我？什么目的？”罗子骜被问得一头雾水，顺势坐在林蔚然身边，望着她的脸问。

明明眼前这个人满脸肉，但仔细看的话，还是有几分可爱的嘛。罗子骜突然被这奇怪的念头吓了一跳，想着他一定是因为缺少睡眠，精神错乱了！

“对啊，你这样一路跟着我，非要我跟你走，还老说叶朝晖的坏话，到底有什么目的？”林蔚然瞪着罗子骜，实在是不想搭理他，但眼前这人看似不会轻易放过她，她只能压抑着满肚子的怒火，咬牙质问道。

“我就是怕他伤害你，否则我不是白救你了？”仿佛为了掩饰心虚，罗子骜蓦地站起身，声音不自觉地抬高了一些。

“好，就算他会伤害我好了，这和你有什么关系？你是我什么人？”林蔚然也腾地站了起来，瞪大眼睛怒视罗子骜。

罗子骜张了张嘴，却发现自己没有办法回答她这个问题。

是啊，他是她什么人？他有什么资格带她走？他要如何对一个什么也不记得的人解释当时那么复杂的局面？

罗子骜深深地叹了口气：“这事情真的非常复杂。这样，你先跟我回去，我从头到尾跟你解释一遍，行不行？”

林蔚然想都不想就要说不行，然而如此近距离看着罗子骜这张脸，这种话她有些说不出口。他的表情非常认真，一双眼睛又黑又亮，红润的唇上泛着浅浅的柔光。她虽然知道罗子骜长得不错，却没有认识到这个人岂止是长得不错，简直可以说是妖孽！一腔怒意瞬间化为乌有，林蔚然觉得自己真是没有原则。

“喂……怎么样，跟我走吗？你不会还在生气吧？”罗子骜见她不说话，试探着开口。

他这一问，林蔚然瞬间回过神："当然不可能跟你走。好了，我要继续跑步了，你别再跟着我了。或许就如你所说，朝晖对我另有所图，但是我不在乎！"她看着他的眼睛，说得异常认真，"我不在乎，你明白吗？"

"你……你爱上他了？"罗子骜的手下意识地握紧了。

只有爱上一个人，才会这样不问缘由、不问凶吉，只想和那个人待在一起。

"什么叫爱上他了，是我一直爱着他吧。"林蔚然说，"他是我的未婚夫，我会和他在一起。罗子骜，谢谢你的关心，但是……我挺好的，真的。"她其实并非不识好歹的人，不管为了什么，他这样三番五次来提醒她，总归是好心。

"你难道就一点也不好奇吗？"罗子骜的目光有些复杂，"或许……"

"既然会被忘记，就说明没有什么值得铭记的。"林蔚然打断他的话，"过去的就让它过去吧，我相信我和叶朝晖会经历更好的事，到时候空白的记忆就会再次被填满。"说着，顿了顿又道，"我要继续去跑步了，罗子骜，有缘再见吧。"林蔚然丢下这句话，头也不回地朝着远处跑去。

罗子骜站在原地，看着她肥胖的身体笨拙地拐了一个弯，最后消失在路的尽头。他抬起手捂住了自己的脸："有缘再见吗？"然后低声笑了起来，"那一定会很快再见面吧，毕竟……我们很有缘啊。"

回到住处后，林蔚然满头大汗地瘫倒在沙发上。

叶朝晖从房间走出来时，林蔚然正在大口大口地喘气，他忙走过去，摸了摸林蔚然的额头："怎么了，不舒服吗？"

"没有。"林蔚然摇了摇头，"跑太快了吧，所以浑身是汗。"

"我去给你倒杯水。"叶朝晖收回手，站直腰时，一张照片从他的口袋里掉了出来。

林蔚然捡起来一看，心猛地一颤："你一直随身带着这个吗？"

“嗯，这么多年习惯了。”他将照片接过来，小心地放回了口袋里。

那是一张合照，就是叶朝晖初次见她时拿出来给她看的那一张。照片上，女神一样的林蔚然笑靥如花，神采飞扬。

“朝晖……”林蔚然抬起头来对他笑了，“我接受你的提议，其实昨天我就决定好了，只是一直没有见到你。”她想变成最好的样子去拥抱他。

她笑起来的时候，眼里像是藏了整个星空。叶朝晖怔了怔，下意识地伸手触上她的眉眼，仿佛隔着一层血肉，触碰到了某个日思夜想的幻影。

车子在盘山公路上开了很久，最终在一幢白色欧式建筑门前停下。

林蔚然被叶朝晖扶下了车，她有些好奇地看着眼前的建筑。因为年代久远，除了脚下踩着的这块草坪，四周都被密林环绕，空气里满是树木的清香。这地方看起来极其隐蔽，她指了指房子："这就是那家医院吗？"

叶朝晖笑着点了点头，牵着林蔚然走进去。医院里也很静谧，迎他们进去的是一位亚裔护士，开口却是一嘴蹩脚的普通话："我们已经准备好了，现在就可以开始了。"

林蔚然忽然紧张起来，叶朝晖心领神会，攥着她的手："别怕，有我在。你只当是进去睡一觉，等一觉醒来，你就会发现世界都不一样了。"

林蔚然看着叶朝晖重重地点头，随即跟着护士往前走，陈旧的木质走廊发出很有年代感的声响。林蔚然下意识地回头看了一眼，走廊的另一侧，叶朝晖仍然站在原地，大片的自然光从他身后的窗户打进来，他藏在那光影里。林蔚然看不清他的脸，只感觉这条走廊是那么长，长到她几乎都要失去继续向前的勇气。然而，半途而废是不行的，她回过头，深吸一口气，走进了那扇已经缓缓打开的门。

林蔚然根据指示躺在冰冷的手术床上，头上的白炽灯晃得她睁不开眼，医生和颜悦色地用她听不懂的话说了句什么，她听到四周有金属碰撞的声音，心仿佛悬在半空中，感觉自己的牙齿和嘴唇都在抖。而后，她感觉有凉凉的液体注入自己的身体里，没多久就睡了过去，睡得很沉很沉……

林蔚然也不知道自己到底睡了多久，梦里光怪陆离，似乎梦到了很多人和事，可她一点也没有记住。刺痛感将她从梦中唤醒，她睁开眼睛，发现自己躺在一间装扮极为复古的房间里。

林蔚然缓缓坐起来，突然发现这次坐起来显得不那么费力了，她低下头摸了摸自己的肚子，那块油腻腻的大肥肉竟然不见了！她又看了看自己的双臂，原本握不住的手臂竟然变得很细，就连臃肿的手指此时也纤细如笋。

手术成功了吗？她已经瘦下来了？她不再是以前那个又丑又胖的丑八怪了？林蔚然有些急切地四处望了望，想要找到一面镜子，看一看自己现在的模样。

就在此时，有人推门走了进来，林蔚然抬头看了一眼，是穿着白衬衫的叶朝晖。

“你醒了？感觉怎么样，有没有哪里不舒服？医生说，麻药劲儿过了可能会有些痛，不过过几天就会好的。”他朝她走去，脸上带着淡淡的笑意。

林蔚然下意识地摸了摸自己的脸，触手却是一层缠的极好的绷带。

“朝晖。我的脸……”林蔚然的声音里不自觉地带出了几分彷徨和不安，万一手术失败了怎么办？

“别担心，再过些日子，绷带就可以拆了，到时候你就会变回曾经的你。”叶朝晖语气很轻柔，这让林蔚然彷徨不安的心渐渐平静下来。

“要多久才好呢？”林蔚然问。

“医生说，半个月后就可以拆掉绷带，不过彻底恢复，需要两个月。”叶朝晖很耐心的解释。

“两个月啊……”林蔚然再次碰了碰脸上的绷带，心里也多了一些期待。

两个月后，曾经的林蔚然，你会回来吗？

第五章

女神回国

两个月后，改头换面的林蔚然正静静地坐在沙发上，对着镜子默默地出神。

叶朝晖没有说谎，她就是林蔚然，女神一样的林蔚然。

手术后的刺痛感已经彻底消失，脸部也完全消肿了，林蔚然看着镜子里自己的脸，眼神有些迷离，心情也有些飘，嘴角却忍不住扬起，原来变美是这么令人愉快的事。

因为手术的关系，林蔚然在家里闷了快两个月，她太想出去走走，可是也知道自己的样子出去不好，只能窝在沙发上看书打发时间。

“蔚然。”叶朝晖端了一杯咖啡走到她身边坐下。

“嗯？”林蔚然抬起头来，叶朝晖忽然凑近她的脸，仿佛在看一样价值连城的艺术品，看得异常仔细。

“嗯，完全恢复了。”他眼里漾起一抹笑意，“闷坏了吧？”

“是啊。”林蔚然露出一个沮丧的表情，“我可是在家里闷了两个月啊。”

“走吧。”叶朝晖伸手揉了揉她头顶的发，“出去走走，顺便你也应该买几件属于林蔚然的衣服了。”

“真的吗？”林蔚然顿时乐了，没有注意到他话语里的异常之处。之前她也曾和叶朝晖说过想出去走走，可惜他每次都拒绝了她的请求。

“真的，快去换衣服吧。”叶朝晖看着她骤然亮起的双眸，心脏漏跳了一拍。眼前这个女人，明眸皓齿，美中又带着一丝得意的猖狂——

那是他记忆中无比熟悉的模样，却又带了些他从未见过也不曾想过的率直、可爱。

“好！”林蔚然丢下书，穿上拖鞋跑进了自己的房间。

半个小时后，林蔚然坐在叶朝晖的车子里，充满异国风情的美景在车窗外倒退，林蔚然却无心欣赏。

这个位子她不是第一次坐，却是第一次觉得这车子竟这样宽敞。林蔚然在车子里频频换姿势，叶朝晖见状忍不住问：“怎么，座位不舒服？”

“哦，不是，我是想看看自己可以在这里变换几种姿势。也真是奇怪，原来觉得这里很挤，感觉单是两条腿就要把前面的空间塞满了，可是你看，我现在可以这样……”说着林蔚然把二郎腿跷了起来，“我还可以这样……”她又把腿伸得笔直，“简直是一点压力都没有。”

叶朝晖忍不住笑了一声，伸手摸了摸她的头：“坐好了，这样不安全。”

“好。”林蔚然相当配合地不再乱动。

叶朝晖的车子开得很稳，像他的性子一样，温和安静，让人很有安全感。

先前的浮躁、激动退去之后，林蔚然的眼神就禁不住凝在了叶朝晖身上。

她不再是以前的丑胖女人了，已经变回了昔日的女神。哪怕她脑子里没有半点记忆，也能够和他并肩而立，再也不会给他惹来嘲笑的目光了。一想到这里，林蔚然心里就无比期待，期待此刻的自己和他站在一起的模样，就像是稚童得到了渴盼已久的宝贝，迫不及待地想要对所有人展示，期待得到所有人的肯定与赞美。

就在这种雀跃中掺杂着不安、激动中又带着一点小纠结的情绪中，她抵达了目的地。

将车子停到地下停车场，叶朝晖很自然地牵起了林蔚然的手，乘着电梯到楼上。

林蔚然下意识地朝边上看了看，果然，曾经的异样目光消失了，即便仍有人关注他们两个，那目光也不再是诡异的奚落、嘲笑或质疑，而是变成惊艳、欣赏、倾慕与赞叹。她和叶朝晖是来自异国的恩爱情侣，郎才女貌，佳偶天成。曾经让她失落、自卑、不安的根源，已经不复存在。

“真好。”她低下头，带着一丝得意地偷偷笑了。叶朝晖余光扫到她的表情，连他自己都没有觉察，他的唇也扬起了一个愉悦的弧度。

他们来到一家服装店，店员热情地招待着他们，虽然林蔚然听不懂，但也能猜出是“你好”“有什么可以帮忙的”之类的话。他们随意转了转，林蔚然觉得哪一件衣服都好看，反倒不知道该试哪一件。这时店员拿来一件白色连衣裙，款式非常少女，大概是询问要不要试试。

林蔚然已经不是曾经的胖子了，如今的她可以穿下这里的任何一件衣服！她非常自信地伸手接过衣服，转身打算走进试衣间去试衣服。却没想到，叶朝晖直接从林蔚然手里接过裙子，将裙子递回给店员，同时对店员说了什么，店员笑了笑将裙子拿走了。

林蔚然皱了皱眉：“干吗不让我试啊？我觉得挺好看的啊！”

叶朝晖解释道：“风格不适合你，我们继续看看。”

“好吧。”叶朝晖的解释成功取悦了她，她没有再问，她相信叶朝晖的眼光。

然而这种无条件的信任，却在三个小时之后第一次出现危机。

“不是带我来买衣服的吗？我喜欢的，怎么都不买？”逛了半天商场，每次喜欢的都被叶朝晖说不适合之后，林蔚然终于有了小情绪。

“那些都不是林蔚然喜欢的风格。”叶朝晖漫不经心地说。

之前被忽略的异常，终于让林蔚然觉察到了：“你什么意思？我就是林蔚然，我就站在这里，那些都是我喜欢的，是我自己做出的选择。你为什么要说这种话？就好像我是另外一个人一样！”

林蔚然从未对叶朝晖露出过这种激烈的情绪，她一直小心翼翼地跟在他身边，用自卑又不安的眼神仰望着他。可此时，当叶朝晖毫不犹豫地否定了她的选择，将那些她一无所知的过往和喜好理所当然地套在她身上时，她终于忍不住做出了反击。

似乎是心里长久的猜疑和恐惧终于找到出口，也或许是现在的模样给了她质疑的勇气，她一脸倔强地望着叶朝晖，眼睛里蕴藏着浓浓的发泄不出的晦暗。

叶朝晖显然被这样的林蔚然吓了一跳，安抚道："我的意思是，那些衣服都不太衬你。"他抬起手安抚地摸了摸林蔚然柔软的黑发，手心触到的温软让他长指一滞，像是被烫到一样很快缩回手，"蔚然，我想给你最好的。"不知是不是林蔚然多心了，她总觉得叶朝晖说这句话的时候，眼神有些闪躲。

叶朝晖又道："我来帮你选。"仿佛为了避开这有些微妙的气氛，叶朝晖大步向前走了几步。林蔚然在原地站了一会儿，缓缓地跟了上去。

果然，住在叶朝晖心里的是曾经的林蔚然吧，对于什么都不记得的自己，他是凭借着对昔日林蔚然的爱意，才愿意一直待在她身边吧。

林蔚然眼里闪过一抹黯然之色。她是不是太贪得无厌了？她变成了美丽的林蔚然，为的就是有资格和他并肩，而现在她想要的，似乎不只是并肩那么简单。她想要他忘记过去的自己，因为那是她怎么也不可能再找回的曾经。曾经不可得，但是未来，她能够抓住。

"朝晖。"她伸手扯住他后背的衣服，"现在的我……很糟糕吗？"

叶朝晖身体蓦地一僵，他回过头来，这一次他的眼里清清楚楚地映出了她的模样："当然不是这样……现在的蔚然，我很喜欢。"

"一定很难过吧。"她伸手抚上他的脸，"两个人的过去，只有一个人还记得，怎么可能一点都不在意。对不起朝晖，我弄丢了和你在一起的过去。"

"这不是你的错。"叶朝晖勾了勾嘴角，像是试图对她露出一个笑容，可惜失败了，那个笑让他看上去更加寂寞。

"你一直在我身上寻找过去的我，让你失望了吧。"她放下手，很认真地看着他的眼睛说，"但是朝晖，我会努力的，虽然现在的我或许很糟糕，但是我一定会努力成为更好的林蔚然。"好到就算我和曾经不一样，你的眼眸里依然能够映出我的模样。

叶朝晖伸手抓住她的手腕，而后用力一拉，将她拥入怀中。这样的拥抱，彼此看不到对方的脸，只有心跳声，打鼓似的一声响过一声，“对不起蔚然。”

林蔚然反手圈住他的腰：“没关系，走吧，不是要给我挑衣服吗？今天不买到我尽兴，我是不会原谅你的。”

“好。”他牵过她的手，“一定，陪你尽兴。”

“多和我说说过去的我吧。”林蔚然说。

“好。”叶朝晖应她。

两人这么一边说一边逛，叶朝晖手里很快拎满了购物袋。

“呃……是不是买太多了？”虽然说要买尽兴，但是这么多衣服买下来，林蔚然也有些心疼了。

叶朝晖听她这样说，不禁哑然一笑。

“怎么？”见他笑了，林蔚然下意识地问了一声。

“这话从你口中说出来倒真是稀奇，原来的你可不会管衣服是不是太多、价格是不是太贵，只管买买买。”叶朝晖忍俊不禁地笑了起来。

“我原来很铺张吗？”林蔚然仰着脸问他。

“不是铺张，是嚣张。”叶朝晖刚要继续说什么，看了林蔚然一眼，又说道，“曾经的你，骄傲得像个女王。”

“那么，现在的我像什么？”林蔚然问。

“嗯，我想想……”叶朝晖上下打量她，“像知书达礼的大家千金。”

“那……你比较喜欢哪一种的我？”林蔚然眼里闪过一丝狡黠。

可能叶朝晖没想到林蔚然会这样问，看着她那少女一样的清澈眼眸，一双又亮又大的眼睛一眨不眨地望着他，他微微一怔，随即又揉了揉她额前的碎发，微笑着说道：“只要是蔚然，无论什么样，我都喜欢。”

林蔚然的脸噌地红了。这是不是就是传说中的，撩人不成反被撩？

买好了衣服，叶朝晖又驱车带林蔚然来到一家理发店。两人走进理发店的时候已经接近中午，理发店的人不多，有人迎上来，叶朝晖交涉了一番，就有一位造型师从里屋出来。林蔚然坐定，只见叶朝晖拿出林蔚然的一张照片，用她听不懂的话交代着造型师，造型师频频点头。显然，叶朝晖是要造型师比照她的照片，把她的头发也剪成以前的模样。

林蔚然像个乖顺的小猫咪，虽然对叶朝晖此举下意识排斥，可一想到他刚才那失落黯然的表情，她心里那一点小纠结也就放下了。其实在叶朝晖面前，她觉得自己的喜好一点都不重要，女为悦己者容，只要是他喜欢的，她其实怎样都无所谓。

她不记得是从哪里看来的一句话：女人一旦爱上一个人，会让自己低到尘埃里。或许她现在就是让自己低到了尘埃里吧，但有什么关系呢？因为对方是朝晖啊，不是其他什么人，是她喜欢的叶朝晖。

又折腾了许久，林蔚然才烫好头发，是和照片中一样的鬈发。叶朝晖从镜子中端详她的样子，海藻一般的头发浓密又黑亮。“喜欢吗？”他有些失神地看了半晌，才压抑着低沉的嗓音问。

“很喜欢。”林蔚然点了点头。照片里的自己，就是这样的发型。真的回来了呢，林蔚然。她看着镜子里的自己，仿佛和照片里的林蔚然彻底重叠了。

林蔚然抬头，与叶朝晖的目光交会，却见他的眼神却有些失焦，又出现了那种望着她却似乎只是透过她在寻找另一个人的模样。他是在想念以前的林蔚然吗？林蔚然悄悄地握紧手，贝齿禁不住轻咬下唇，手心里全是濡湿的汗。身材回来了，发型回来了，可是丢失的那些记忆，何时才能回来呢？叶朝晖，你何时才能真正看着我呢？

回去的路上，叶朝晖开着车，林蔚然小心翼翼地和叶朝晖说着话。似乎在彻底变回林蔚然之后，她反倒更加不安了，于是只能不停询问叶朝晖一些琐事，来压下自己心里的忐忑。但叶朝晖像是多了什么心事，盯着前方的眼睛里幽暗迷离，有时候还无法跟上林蔚然的话题。

好不容易挨到住处，林蔚然拦住要回房间的叶朝晖：“你怎么了？心事重重的样子，是发生什么事了吗？说出来，就算我不能为你做什么，但是有个人倾听，也会轻松点吧。”

“蔚然。”叶朝晖眼里闪过一丝挣扎之色。

“和我有关吗？”林蔚然看他这个样子，不得不做出这样的猜想。

叶朝晖没有说话，像是在思考要不要说出口。

“到底发生了什么？没事的，你说吧。”林蔚然不愿意看他为难，伸手将他皱着的眉头揉开，“别皱眉了，会变成小老头的。”

“是你父亲。”叶朝晖轻声说，“他身体不好，一直住院。我带你去选衣服、做造型，尽力让你变回以前的样子，就是为了等你恢复好后，带你去见他。”

“啊？”林蔚然愣住了，“我父亲？”

“是的。”他握住她停留在他眉心处的那只手，“蔚然，我知道你没有准备好，我本想让你再无忧无虑地待一阵子的，可是……对不起……”

“这不是你的问题，不要说对不起啊。”有一个人这样念着自己，她很开心。

“你想听吗，关于你家的事？”叶朝晖问。

“嗯，你说吧。”林蔚然从冰箱里拿出两罐啤酒，一瓶递给叶朝晖，一瓶留给了自己。

其实，她下意识有些排斥那些过去。她沉浸在叶朝晖给她编织的二人梦境里这么久，对自己的过去一无所知，但她的世界到处都有叶朝晖，让她觉得安全又满足。如果碰触那些失去的过往会打破这种平静，她未来会不会后悔？但她更不愿意看到叶朝晖担心忧郁的模样，所以，只要是他所期望的，她都愿意去尝试，努力找回自己的过去。

林蔚然在沙发上坐下，叶朝晖沉默了一会儿，将要说的那些事情梳理了一遍，而后缓缓开口，将有关林家的事，娓娓道来。

林家祖上是苏州的大户，以苏绣手艺发家，代代经营着绣品生意，直到民国时期都颇受欢迎，因绝佳的手法和工艺被誉为业界的佼佼者。当时的军阀统帅、大户人家的女眷都是店里的常客。之后因为时局动荡，苏家一度遭到重创。直到林蔚然的爷爷那一代，才以祖传技艺重振家族威望。到了林父这一代，林父更是将传统技法与现代工艺相结合，并以此作为延伸，从养殖蚕丝到设计销售，形成了非常成熟的销售链条。改革开放以后，林父抓住机遇，率先做起出口贸易，赚得盆满钵满，打造了现在声震海内外的林氏集团。而林蔚然就是林氏集团的大小姐，也就是林氏集团的继承人。

林蔚然静静地听叶朝晖说完了林氏集团的发家史，歪着头问："那林董事长，我是说……我爸爸，他是个什么样的人？"林蔚然坐在沙发上，将长长的鬈发束成高高的马尾，看起来少女感十足，只是眼中一片迷茫。

林家的大小姐吗？林蔚然有些恍惚，不久之前她还在医院里惴惴不安，以臃肿丑陋的模样在街头徘徊，转眼间她就多了一个完美的未婚夫，然后又变成又美又瘦的女神，现在还多了显赫的家世……这一切真的不是做梦吗？

"他……"叶朝晖也沉思良久，最终说道，"你父亲平时不大讲话，给人的感觉总是很严厉，但他非常疼你。"叶朝晖抿了一口杯子里的红酒。

"我是他的女儿，他疼我也没什么稀奇吧。"林蔚然抱着靠垫，往沙发里面挪了挪，几乎要陷进沙发里。

"林可欣也是他的女儿，他对她不及对你的半分……"叶朝晖下意识反驳。

"林可欣？"林蔚然愣了一下，"她是谁？"

林蔚然有些惊讶地看着叶朝晖，似乎想在他脸上找出什么不同。她总觉得他方才的语气里带了些不满，可那种感觉一闪即逝，眼前的男子还是她那个完美到无懈可击的未婚夫，是令她越陷越深的憧憬。

她有些自嘲地勾了勾嘴角，自己到底在紧张些什么呢？她都有些草木皆兵了，这样下去朝晖一定会讨厌她吧。他说以前的林蔚然美丽又嚣张，绝对不会像现在这样患得患失。她说好了要努力找回过去，可似乎离以前的自己越来越远了……

"她是你的妹妹。"叶朝晖低沉好听的声音继续传来。

"啊？既然是妹妹，为什么父亲会偏心？"林蔚然有些无法理解，"不都是他的女儿吗？"

"不是的。"叶朝晖缓缓摇了摇头，"她是林家的养女。"

“就算是养女，既然收养了，也应该好好对待吧。”林蔚然理所当然地说。

“大概是因为你母亲不喜欢她。”叶朝晖没有隐瞒，“当然，这也是有原因的，据我所知，林可欣其实是你父亲的私生女。”

“哦。”林蔚然点了点头，转头看向窗外。父亲、母亲、妹妹……原来她还有这么多亲人。

林蔚然本以为只有电视里才会出现这么狗血的情节，却没想到这一切竟然落在了她身上，可她心里为什么半点波澜都没有呢？难道失去记忆，过往的感情也会消失，连一些本能反应也不复存在？可她为何又在看到叶朝晖的时候心里酸涩，哪怕回忆一片空白，也觉得自己已经认识他许久呢？果然只有他才是特别的吗？

她的态度令叶朝晖有些意外，问道：“你不介意？”他原本以为她会惊讶，可她表现出来的比他想象的要淡定许多，这样的淡定甚至让他觉得她有些冷漠。

“我为什么要介意？”林蔚然有些莫名其妙，“归根结底，那是上一代的事吧，而且你也说了，父亲非常疼爱我。”

叶朝晖似乎松了一口气：“嗯，先说这么多吧，剩下的，等回去之后我再仔细告诉你。你父亲身体状况很差，他……”叶朝晖欲言又止，最终握住林蔚然的手，凝视着她的眼睛道，“蔚然，你愿意跟我回去吗？你父亲一直很想你，如果你回去，他的情况说不定会好转。”

“那就回去吧。”林蔚然望着叶朝晖温和沉静的眼睛，想也不想地回答道。

其实她是想拒绝的啊，毕竟她对那些所谓的家人没有任何印象，甚至在听说他们的存在后半点渴望和激动的心情都没有，她只觉得害怕……

林蔚然深吸一口气，佯装镇定地对叶朝晖露出一个笑容。

反正伸头是一刀，缩头也是一刀，林蔚然明白的，既然她接受了自己是林蔚然的事实，那么就必须以这个身份好好地走下去。逃避不过是一时，该面对的她迟早要自己面对。

“好，那我去买最快回去的机票。”叶朝晖说，“蔚然，你好好休息吧，明天要早起。”

“嗯。”林蔚然丢下抱枕站起来，正打算离开时，手臂忽然被人抓住，而后一阵大力袭来，她被迫弯下了腰，温热的气息靠近，叶朝晖的唇轻轻印在了她的脸颊上。

“晚安。”他的声音极其低沉，带着说不出的暧昧意味。

“晚安！”林蔚然脸一红，逃也似的离开客厅，做贼一样将卧室的门锁上。

她后背抵着门板，脸上滚烫无比，呼吸乱了节奏。不过是一个简单的吻，却揪紧了她所有的情绪，令她的心彻底乱了。

这一夜，林蔚然失眠了。一部分是因为那个晚安吻，但更多的是对回国之后要面对的各种不确定因素所生出的惶恐所致。

回去之后的生活是怎样一番情形？她要如何面对那些她毫无印象的家庭成员？那个被叶朝晖形容为豪门的林氏到底是什么样子的？是不是真的把那个丢失的林蔚然找回来，她和叶朝晖就能好好地在一起？她想要的其实不多啊，平平静静地守在叶朝晖身边，陪那个人看日出日落，至于什么显赫的家世，那些都不重要。

每一种未知、每一个假设都让林蔚然心绪不宁。她不知道自己是什么时候睡着的，只是原本设定好的闹铃响了好几次她都没有醒过来，最后还是被叶朝晖从床上拽起来的。

林蔚然迷迷糊糊地赶到机场，头昏脑涨地跟着叶朝晖进入机舱，一抬头却看到了一张熟悉的脸。

四目相接，那双熟悉的黑眸一瞬间绽放出了炽热的火光，林蔚然的心脏顿时像被狠狠地攥紧，所有的困顿一瞬间退去，她有些紧张地皱眉，飞快地移开了视线。

罗子骜？！真是冤家路窄，林蔚然心里掠过无数种不好的设想，万一他冲过来跟自己打招呼该怎么办？万一他又说那些有的没的要怎么办？叶朝晖现在就在她身边，他们两个会不会起什么冲突……这么想着，林蔚然偷偷抬眼又看了罗子骜一眼，却发现罗子骜已经转过头，仿佛刚才那异样的眼神只是她的错觉。

叶朝晖伸手轻轻拍了拍林蔚然的肩头，低语道："蔚然，你的座位在前面。"

林蔚然如梦初醒，连忙应了一声，快速走到自己的座位坐好。

头等舱里有六个座位，却只有林蔚然、叶朝晖和罗子骜他们三个乘客。罗子骜与林蔚然之间隔着叶朝晖。林蔚然心里忐忑，却又安慰自己，她已经不是那个引人瞩目的胖子了，罗子骜可能根本就没有认出她来，刚才那让她心慌的眼神，只不过是他看到漂亮女人时的惯有反应，一定是这样的。想到这里，林蔚然才略微放心。

飞机即将起飞，林蔚然透过窗子，最后看了一眼这座她沉睡了两年，却只有寥寥记忆的城市。她突然觉得自己像一只居无定所的候鸟，它们之所以能无牵无挂地飞来飞去，除了天气和环境的变化，是不是也因为它们记忆有限？还是说它们在来回迁徙的时候，也会对未知的生活感到恐惧和不安，只是为了生存和对未来的美好憧憬才不得不做出妥协？

尽管叶朝晖说，曾经的事情不记得也好，可以忘掉很多不快乐。可如果真是这样，他为什么总要用那种怀念又复杂的眼神看着自己，在自己身上寻找过去的林蔚然的影子？她和叶朝晖曾经历的一切，不管是好的坏的，她都希望可以记起来。还有那些即将面对的亲人，两年未见，她该用什么样的态度和相处方式来对待他们？

林蔚然抬手揉了揉额角，重重地叹了口气。现在的她根本算不上完整的林蔚然吧，只有外表恢复到从前，果然还是不行的吧……

"蔚然？"林蔚然只觉眉心传来一丝凉意，叶朝晖抬手轻触她额前的碎发，关心地看着她问，"怎么了？你脸色很难看，昨晚没睡好？哪里不舒服吗？"

林蔚然恍然回神，发现飞机已经起飞了。她刚要回答叶朝晖，目光掠过另一侧，发现一旁的罗子骜也正盯着她，这一次，他没有回避她的视线。而林蔚然也确定，那专注灼热中似乎又含着一丝关切的眼神，绝对不是看着一个陌生人时该有的。她如惊弓之鸟一样侧头，躲开叶朝晖的手，勉强地对他笑笑：“昨晚没睡好，我去洗把脸。”

飞机已经进入平流层，机舱里不再禁止乘客走动，林蔚然解开安全带，就朝洗手间的方向走去，途中有空姐过来询问，她只是摆了摆手就转进了洗手间。随手将门掩上，林蔚然使劲拧开水管，将凉水扑到脸上，借以平静内心的慌乱。

其实她根本没必要惊慌的吧，不过是见到了罗子骜而已，就算他认出自己又如何？她并没有做过什么亏心事，为什么要心虚地躲着他，像是生怕被他拆穿什么秘密一样？

轻叹口气，林蔚然无比自然地抽出纸巾将手擦干，然后她突然一愣，有些愣怔地侧头朝四周看去。陌生的地方，陌生的环境，头等舱里的装潢比叶朝晖之前租住的高档公寓还要精致，哪怕这里只是洗手间，都处处彰显着张扬的奢华。这是她从医院醒来以后第一次坐这么奢华的航班，她的脑海里没有任何以前的记忆，也不知道以前的林蔚然到底过着什么样的生活。可当她站在这里时，一举一动都显得那么从容自然，就好像她已经来过这里无数次一样。她果然是个养尊处优的大小姐，是那个富可敌国的林氏集团的继承人？她以前经常坐国际航班，所以才对头等舱的布局如此熟悉？

她回头看向镜子里的那张脸，看自己细致的眉、清澈的眼，看着自己对镜中的人影扯出一抹完美诱人的笑，却只觉得自己五官僵硬，像是提线木偶，笑得牵强、虚假又为难。她伸手虚空一握，像是想要抓紧以后的人生，却只能抓住自己冰冷的指尖。

她苦笑着摇了摇头。林蔚然啊林蔚然，你到底在怀疑什么，到底在纠结什么、质疑什么呢？

“没关系的，林蔚然。”林蔚然深吸一口气。

没有什么好紧张害怕的，不过就是失忆而已，她身边还有叶朝晖，他就是串联起自己的过去和未来的纽带。不过是遇到一个定数之外的罗子骜，她根本不需要怕，也不需要担心罗子骜会给自己已经稳定的人生带来什么大的变数。她已经找回了“林蔚然”这个名字，迟早也能找回过往的一切，因为她身边有叶朝晖。

想起叶朝晖刚才那关切的眼神，还有昨晚那个担忧安抚的轻吻，林蔚然终于释然一笑，转头朝洗手间外走去。

朝晖一定等急了吧，他那么温柔细心，一定也看出了她的紧张和纠结，所以才由着自己来平复情绪，希望她用自己的方式振作起来。这种沉默的尊重、藏在眉间心头的深情，以及那种铭刻在细微温暖下的惦念，只有如朝阳暖风般温柔的叶朝晖能做到。真好。林蔚然心里有些泛酸地轻笑，她何其有幸，有这样一个温暖到令她想哭泣的未婚夫。

一道阴影出现在门口，心事重重的林蔚然漫不经心地抬头，然后瞳孔一缩，一声惊叫尚未出口，就被人捂住嘴巴、拽着胳膊推回了洗手间。

“咔”一声，房门被人锁上，林蔚然柳眉一竖，瞪着眼前突然冒出来的俊美男子，压低声音斥道：“你干什么？”

罗子骜一只手插进裤子口袋，一只手扯松衬衣的领带，似笑非笑地靠在洗手间的门上，上下打量着林蔚然道：“啧，两个月不见，没想到你真的瘦下来了。怎么样，成为美女的心情如何？”

罗子骜的心情显然不错，殷红的嘴角弯着，平日里凌厉的眉眼也因为他慵懒的语气变得温和，衬得他五官越发俊美，修长挺拔的身躯像是放松下来小憩的美洲豹，连额前垂落的发丝似乎都散发着致命的诱惑。

林蔚然呼吸一窒，突然觉得原本宽敞的洗手间变得拥挤又狭小，狭小到四面八方都是他灼热的气息。她忍不住后退了两步，冷脸看着他质问：“你是谁？我不认识你。你就这样闯进来，不觉得很失礼吗？”

罗子骜眉梢一扬，墨眸中闪过一丝笑意：“林蔚然，你在跟我装蒜？”

林蔚然顿时泄气，清澈的眼睛里满是懊恼。也是，眼前这个男人讨厌又恶劣，似乎生来就是考验人类的耐心和承受极限的，她跟他装傻有什么意义，谁知道他会做出什么丧心病狂、不可理喻的事来，到时候生气的还是自己。

虽然已经知道“贩卖器官”那个电话只是个误会，但林蔚然对“罗子骜是个坏人"的第一印象却已经无法扭转，再加上他们上次的不欢而散，她始终无法摆出什么好脸色来面对他。

"我记得我跟你说过，不要再出现在我面前，我不想再看到你。"林蔚然下巴微仰，眼里流露出明显的厌恶和排斥，那冷漠的眼神令罗子骜嘴角的微笑一滞，但很快又被他掩饰过去。

他满不在乎地轻哼一声："你欠我的债，我还没讨回来，怎么，想赖账啊？"

"留个联系方式，回国之后就和你清算。"林蔚然向前一步，试图将罗子骜推开，可惜对方挡在门口纹丝不动，林蔚然禁不住提高了声音，"你让开！"

外面的空姐为什么没有阻止他？竟然会犯这种低级错误，等下了飞机，她一定要投诉这家公司，连带着罗子骜她也不会放过！

她的眉眼间突然闪过一丝盛气凌人的冷意，向来如同少女般瑟缩怯懦、小心翼翼地跟在叶朝晖身后的林蔚然，像是披上了女王的外衣，柔弱的外壳"喀"的一声碎开了细微的缝隙。

罗子骜微微一愣，刹那间有些恍惚。那一瞬间，他仿佛看到心里牵挂了无数个日夜的幻影凝聚成形，那个嚣张艳丽、不管站在哪里都能惹来万众瞩目的女人又出现在他面前。

他有些失控地一把攥住林蔚然的手，声音也因为压抑的情绪变得低沉沙哑："闭嘴，你把空姐叫来，是想让她看到你和我孤男寡女共处一室，然后叫你那个道貌岸然的未婚夫来围观？"

他这两年来频繁往返两国，这趟航班他坐过不知道多少回，熟到哪班飞机上哪个时间段里的机组人员的名字都叫得出来。支开一个空姐，在这里制造和她单独相处的时间，对他来说轻而易举。

她这么急切地想逃开他，就是为了外面那个男人！这个想法如剧毒一样啃噬着罗子骜的思绪和理智，他到底哪里比不上叶朝晖了？明明是他先找到她，把她捡回来的……

罗子骜这翻脸比翻书还快的反应瞬间戳破了林蔚然强装的强势，她有些惊惶地瞪大了眼睛："你到底要做什么？"

林蔚然用力推阻着罗子骜的身体，愤怒地咬牙，却放低了声音说："我原本还为误会你感到抱歉，现在……"

她的眼睛里有水光在打转，她却倔强地不肯让眼泪掉下来："欠你的，我说了会还你，你为什么还要跟我过不去？你就这么见不得别人好吗？是不是见我过得平静自在，你就不开心？你这种人是不是就喜欢把自己的快乐建立在别人的痛苦上？"

罗子骜脸色一黑，眼睛一眯，额边青筋跳动："我这种人？林蔚然，你很了解我吗？"

林蔚然借机一把将他推开，往门口逃去："我不想了解你，我说了永远不想再见到你！"

罗子骜站直身子，冷笑一声："林蔚然，我看你最该整的不是脸也不是身材，而是你的脑子。就你这样的，人家把你卖了，你还给人家数钱呢！"

"你……"林蔚然气的话语一滞，突然明白自己为什么那么讨厌罗子骜。他总是带着嚣张的表情俯视着别人，仿佛什么都不放进眼里，还有那一出口必伤人的毒舌，他就不懂得"尊重"两个字怎么写吗？

林蔚然倔强地伸手在眼前一抹，抹去了险些滑落的眼泪，傲然地抬起下巴道："就算被卖了又怎么样，数钱也轮不到你来数！"说完用力拽开门奔出去，然后重重地将门摔上，沉默了片刻，待情绪平复后才大步朝叶朝晖走去。

洗手间里只剩下罗子骜一个人，他面无表情地看着门的方向，幽深的目光似乎能在门上穿出一个洞来。不一会儿，有细微的敲门声传来，罗子骜瞳孔一缩，下一刻却看到空姐推开门进来，她脸上的表情无比忐忑。显然，她注意到了洗手间里的争执，也看到林蔚然脸色难看地离去，怕惹出什么麻烦，才会过来询问。

"我和女朋友有些小矛盾。"罗子骜一扫之前的暴戾，对空姐露出一丝友善的笑，懊恼地对空姐说，"放心，我会处理好的，不会给你添麻烦。"

他俊美的笑容像是蛊惑人心的毒药，伤心中带着一丝落寞的眼神轻易地说服了空姐。空姐松了口气，对他点了点头，然后静静地关上门离去。

罗子骜清楚地看到空姐在离去前同情地看了他一眼，大概是对他和林蔚然还有叶朝晖的关系感到混乱，不理解为什么他口中的女朋友会跟着另外一个男人登机，还坐在一起吧。只不过，这个机组的人都清楚他的身份，对叶朝晖反倒比较陌生，所以不敢得罪他，更不敢来询问而已。

脸上的微笑敛去，罗子骜站在刚才林蔚然站过的地方，面无表情地对着镜子看了片刻，然后睫毛一垂，薄唇微扬，眼里的黯然一闪即逝，他此刻的模样却显得更加落寞。

果真还是无法忍受……他强忍了这么久不去打扰她，退到暗处默默地关注着她，用尽各种方法去打听她的处境，最终还是在得知她要回国的消息时破功，想也不想地订了同一航班的机票，并且将头等舱剩下的座位都包了下来，就是为了不被人打扰地与她共处一室。

但他也知道，叶朝晖是他暂时无法跨过的一堵墙，就那般碍眼地挡在了自己和林蔚然之间，让他如鲠在喉，吞不下吐不出，逼得他每次见到她都会失去冷静，然后出口伤人，推得她离自己越来越远。

不管是现在还是过去，他其实都知道林蔚然和叶朝晖已经在一起了，可当她和叶朝晖一起出现在他面前时，他仍忍不住心中那团怒火。如果不是叶朝晖，此刻坐在她身边的人应该是自己吧。明明是自己把她捡回来的，可最后她仍然选择相信叶朝晖。

罗子骜有些懊恼，也有些沮丧，他原本只是想问问她最近好不好，为什么在这么短暂的时间内变回了原来的样子，结果一时没忍住怒火，出口伤人，让两人再次不欢而散。在林蔚然面前，他仿佛永远弄巧成拙，永远不得要领。

罗子骜将水管拧开，和林蔚然进来的时候一样，将水流开到最大，直接将头埋了进去。

机舱内，林蔚然理好了自己的情绪，然后故作轻松地朝叶朝晖走去。

她离开的时间不算短，心里也一直担心叶朝晖会着急，却没想到，当她踏入机舱的时候，刚好看到叶朝晖正心不在焉地看着窗外，那双她最喜欢的温柔无比的眼睛此刻明明暗暗，像是有暗流在涌动，脸上似乎也带着一层化不开的阴影。心慌的感觉再度袭来，林蔚然几步上前，伸手轻扯着叶朝晖的衣袖道："朝晖？"

叶朝晖微微一愣，而后抬头对林蔚然笑道："回来了？"还是温和好听的声音，他又恢复了平时谦和礼貌的模样，脸上带着完美到无懈可击的笑容对她道，"我们还有很久才到，你如果累了，就休息一会儿吧。"

林蔚然默默地坐好，挽着叶朝晖的胳膊，靠在他的肩头。

他似乎根本没注意到自己离开了多久，也完全不知道洗手间里发生了什么。从昨晚他们决定回国……不，也许是从他提出要她整容开始，他就经常心不在焉，让她猜不透他到底在想些什么。甚至有时候她半夜醒来，会看到他正在和谁通电话，表情很放松，和与她说话时全然不一样。

以前，林蔚然并不觉得这有什么不对，即便是情人之间也应该互相尊重，她不会冒失地去探究叶朝晖所有的秘密。可眼下，她突然觉得自己笃信的安全感变得无比脆弱，而这架飞机就是她最后一道壁垒，当她跨出这最后一道防线，她所有的笃信就将灰飞烟灭。

林蔚然偷偷抬眼看向叶朝晖，他安静地坐着，眼睛里一片深沉。林蔚然飞快地闭上眼睛，逼自己将所有的疑惑压在了心底，而后不久，她沉入了一个冷冰冰、湿漉漉的梦境中。

阴雨绵绵的大海上，她被海水卷起又落下，窒息的感觉压得她喘不过气来，她用力伸出手想要抓住什么，却被冰冷的海浪高高掀起，然后朝礁石重重地砸下。

"叶朝晖！"一声尖叫在机舱内响起，林蔚然噌地坐起，一把扣住叶朝晖的手臂，四目相对，她和叶朝晖都从彼此眼中看到了错愕。

"做噩梦了吗？"叶朝晖伸手替她擦掉额头上冒出的冷汗。

"嗯，一个令人讨厌的噩梦。"她不敢再闭上眼睛，刚刚梦到的场景她一点都不想再经历一次。

林蔚然心有余悸地坐直身子，向窗外望去，此时应该是半夜两三点，外面黑压压一片，什么也看不见。她下意识又朝另一侧看了一眼，刚好看到罗子骜朝不远处的空姐摆了摆手，不一会儿，空姐端着一杯热牛奶朝她走了过来，而罗子骜将头扭到了另一边，闭上眼睛不再看她。

空姐甜美的声音传入耳中，然后，叶朝晖便接过热牛奶递到林蔚然面前。林蔚然眼中闪过一丝惊讶，她看了看悄无声息的罗子骜，又看了看对她一脸关切的叶朝晖，而后皱了皱眉头，将那杯热牛奶一饮而尽。有细细的暖流在胃里扩散开，迅速地传遍了全身，林蔚然深吸口气，紊乱的心跳缓缓重归平静。

就这样飞行了八个多小时，飞机终于抵达C城。

第六章
女神的家人

机场外，叶家的司机早已经等候多时。看到叶朝晖后，司机立刻上前，微微低头对叶朝晖做了个请的手势。叶朝晖点了点头，淡淡地道："带我们去林家。"

林蔚然默默地跟在叶朝晖身后上了车，车子一路向林家开去。

沿路经过的各种风景映在林蔚然的眼里，依然是陌生的，而叶朝晖低沉的嗓音也适时地在耳边响起。他告诉她林家的别墅距离机场有一段距离，在C城的市中心，生活方便。不过那里是一块独立的别墅区，隔音效果良好，又不会被市区的喧闹干扰。

林蔚然禁不住想，能住在那种地段的别墅区中，林家果然家大业大、财力雄厚……

当车子抵达别墅区大门，保安只看了一眼车牌就礼貌地放行，车子平稳地抵达林家的别墅门口。

叶朝晖下车为林蔚然拉开车门，林蔚然呆坐了几秒才磨磨蹭蹭地下来，她微微抬起头，看着眼前这幢雅白色的三层别墅，仿佛隔着门就能想象出里面的贵气逼人。这里的一切都让她觉得寂静又压抑，更让她心生排斥。

叶朝晖并未多言，牵着林蔚然的手来到门口，抬手按了按门铃，对讲机里很快就传来一道温和的女声："叶先生？"

大门"咔"的一声打开，林蔚然的心也随着那开门声微微一抖，叶朝晖无比自然地牵着她朝院子里走去。接着一个中年女人出现在林蔚然的视线中，中年女人脸上挂着礼貌的微笑，朝叶朝晖迎了过来：“叶先生，您……”声音猛然一滞，脸上闪过一丝惊讶、错愕，然后便失态地朝林蔚然冲了过去，“大小姐？”她一把抓住林蔚然的手，激动得几乎语无伦次，“大小姐，真的是大小姐吗？”

林蔚然被她激动的反应吓得一愣，然后皱眉朝叶朝晖身后躲去。但对方几乎是用尽了全部力气紧抓着林蔚然的手，声音哽咽地继续道：“大小姐，这两年您到底去哪儿了？自从您走了以后，董事长就一病不起，太太也整天以泪洗面，二小姐也……”

林蔚然脸上的表情变成了无奈，她完全搞不清楚眼前是什么状况，更不知道要如何回应这个陌生女人如此激烈的感情，于是只能尴尬又无措地望着叶朝晖。

“张妈……”叶朝晖也皱了皱眉头，不动声色地将林蔚然拉到自己身边，“伯父和伯母呢？”

张妈微微一愣，这才反应过来自己的失态，连忙后退几步，竭力平复自己失控的情绪，道：“大小姐回来得正好，是叶先生把大小姐找回来的吗？您快带小姐到圣林医院去看看吧，董事长前几天半夜突然发病，被送进圣林医院抢救，太太这几天也一直在医院陪着。我守在家里，还不知道董事长是个什么情况。”说着，张妈脸上带了些焦急之色。

叶朝晖也脸色一变：“我们这就去医院。”

说着，他又拽着林蔚然快步朝外走去。唯恐司机放行李会耽搁时间，叶朝晖亲自驱车向医院一路狂奔而去。

“抢救的话，应该要送进ICU吧？除了固定时间，应该不能探视吧？我们现在赶去医院，能见到我爸爸吗？”沉默中，林蔚然突然开口道。

“圣林医院是林氏集团投资的一家私立医院。”叶朝晖安抚地一笑，“林叔叔一直住的私人病房，医院里也有专门的VIP科室，我们自然没有那些限制。”

林蔚然不说话了，突然有些泄气。

“蔚然，你在害怕吗？”叶朝晖见她脸上带着明显的排斥神色，忍不住问，“在飞机上的时候我一直没有问，是想给你适应的时间。你不想见他们对吗？”

“我爸爸……会死吗？”林蔚然看着叶朝晖忧愁的表情，并没有回答他的问题，而是问了另外一个问题。

“不知道，要去看了才清楚。”叶朝晖伸手握住林蔚然的手，放在自己唇边轻轻地吻了吻，“不要太担心，你父亲已经病了两年，之前也有这样的情况，但都是虚惊一场，这次也不会有什么危险的。”

“我应该很难过对不对？”林蔚然微微蹙眉，一双明亮的眸子显得分外忧伤，“我的爸爸正躺在医院里，听那个张妈的描述，他的病情应该非常不乐观。按理说我应该很难过，可我完全想不起关于他的任何事情，一丝一毫记忆都没有。我不记得他的样子，甚至连一点点悲伤的情绪都没有……我是不是挺过分的？如果我没有发生那场意外就好了。”她露出一个惨淡的笑容，“换了以前的我，应该会担忧难过，或许还会害怕得痛哭一场，但也好过现在麻木不仁的样子吧。如果我爸爸看到我现在的样子，会不会病得更加严重？”

可惜，这世上哪有那么多如果。如今的她已经变成这副模样，触不到过去，看不清未来，那些她不愿意面对的现实，在她得知自己父亲生病的刹那，全都从心里涌了出来，冲破了她自以为是的心防，压得她几乎喘不过气来。她并不觉得自己有多么悲伤，可就是有那么一股郁气憋在心头，堵在嗓子眼里，憋得她鼻间发酸，但眼里又是一片干涩。她是个没有过去的人，所以，也是个情感缺失、残缺不全的人对吗？

蓦地，罗子骜说的一句话自她的脑海中闪过，就在不久前的飞机上，他说“两个月不见，没想到你真的瘦下来了”……她前后的模样相差如此之大，罗子骜却能一眼认出她。可他不是也说过，他在去医院看病的时候无意中看到自己昏迷在小巷子里，出于人道主义关怀才对自己伸出援助之手吗？那他在此之前应该和自己是从无交集的陌生人才对。

所以……罗子骜认识自己，他认识以前的林蔚然！这个想法让林蔚然倒吸一口凉气，手心里也一片冰凉。罗子骜果然说谎了吗？他究竟对自己隐瞒了什么？她为什么会流落异国他乡，毫无知觉地在医院里躺了两年？

“蔚然，蔚然？”叶朝晖看着林蔚然一阵红一阵白的脸色，只当她是过于紧张，却不知道该如何安慰，他心里也生出一丝莫名的烦躁，于是收回右手，打开一半车窗，拽松领带，狠踩了一脚油门，继续向医院开去。

林蔚然的父亲林崇阳前天半夜突然脑溢血发作，林母邬曼云当时还在客厅里抱着林蔚然的照片发呆，突然听见卧室里传来“扑通”一声，推门进去，就看到林崇阳倒在地上。幸好家里有私人看护在，连忙叫了救护车将他送进医院，否则，他或许当天就已经不在了。

刚从VIP病房里走出来的邬曼云心力交瘁地坐在了门外的沙发上，此时已经是下午，太阳刚刚落山，走廊里显得有些昏暗。林蔚然出了电梯，脚步一顿，站在长廊的尽头远远地望着邬曼云。她看不清楚邬曼云的表情，只能看到其单薄的身形，兴许是四周太过安静，她听见邬曼云几不可闻地叹了口气。

邬曼云听到电梯的响动，原本以为是公司的董事会又来人了，她疲惫地起身，一抬眼却惊得半天说不出话来。自从林蔚然出事以后，她无数次梦见自己的女儿还活着，每一次梦醒之后，都忍不住跑到女儿的房间，在那个空荡荡的房间里枯坐到天亮。她一次次地对着林蔚然的照片问：“女儿，你到底什么时候才回来？”

次数多了，她仿佛也习惯了，在她心里林蔚然并没有死，只是去了一个很遥远的地方。如今她突然看到一个活生生的林蔚然，一个不只是出现在梦里的林蔚然，顿生一种恍然如梦的错觉。在一瞬间的恍惚后，她飞快地冲过去，紧紧地抓住林蔚然的手，声音微微颤抖地唤道：“小然，是你吗？是你回来了吗？”

林蔚然站在原地未动，表情僵硬地看着面前眼圈泛红、从里到外都透着疲惫，却在看到自己时像抓住救命稻草的女人，这个人应该是她的母亲……她喉咙里又是一阵干涩，那声妈妈怎么也叫不出来。

邬曼云终于忍不住紧紧地抱住了林蔚然，那样用力，像是终于找回求而不得的宝贝，嘴里不停地叫着“小然”，叫着叫着，她再也忍不住，两行热泪夺眶而出，所有的声音都哽在了喉咙里。这两年，她觉得像是过了两个世纪那么漫长。

她的丈夫原本是个在商界呼风唤雨的男人，他的每一个决定、每一句话，都足以改变一群人的命运。可当他病倒之后，就如同大山崩裂、大河断流，曾经的霸气全部变成了如今的萎靡。他行动不便，连说话都那般艰难，那日渐浑浊的眼睛里透出的全是深深的挫败和绝望。如今，大脑出血将他彻底摧毁，他形如朽木，一脚已经踏入了棺材。

邬曼云忍不住偷偷地想，如果林崇阳没有语言障碍，他是不是会要求直接结束这煎熬的人生？可是于她而言，她已经失去了女儿，倘若再失去林崇阳，那她的生活还有什么指望呢？兴许是老天知道了她的痛苦，明白了她的煎熬，所以才大发慈悲地把林蔚然重新带回她的生命里。邬曼云抱着林蔚然，就这样胡乱地想着，不停地流泪，久久不肯松手。

林蔚然只觉得自己被拥抱得快要窒息，心里更是有什么压抑的东西想要冲破胸膛，扯得她五脏六腑都撕裂般难受。林蔚然有些抗拒地推开了邬曼云的手，从她怀里挣脱出来，轻咬着嘴唇后退了几步。

林蔚然微微抬眼打量着邬曼云，不知道她在医院里折腾了多久，以至于她的脸上满是疲惫，再加上刚刚哭过，脸上还挂着未擦去的泪水，更显得她此时的模样无比狼狈。可即便如此，她身上依然透露着一股上流人士才有的雍容温雅。

看着她伤心难过的样子，林蔚然觉得自己应该亲近她、安慰她，可林蔚然搜寻不到任何有关她的记忆，这个应该被自己叫作妈妈的女人，于林蔚然而言等同于陌生人，林蔚然做不到对她的悲伤感同身受，更挤不出任何亲切的表情。不是说亲人之间血脉相连，哪怕相隔万里，失散多年，也能在茫茫人海里一眼认出彼此吗？那些天生的感应、血浓于水的羁绊，为什么自己一点都感受不到呢？

邬曼云对林蔚然的举动惊诧不已，难以置信地看着两年来日思夜想的女儿，她如今对自己如此生疏，那眼神分明就是在看一个陌生人。

邬曼云有一肚子话要问，想问林蔚然这两年到底去哪儿了，过得好不好，怎么现在才回来，到底都经历了什么，可是此刻，这一肚子话都被林蔚然躲闪和后退的举动给逼了回去，邬曼云没有勇气再问下去，她疑惑不解地看向叶朝晖。

叶朝晖有些为难地对邬曼云说："伯母，因为那次意外，蔚然失忆了，忘记了所有的事情，所以才会这样……"

邬曼云又是一愣，然后踉跄地后退了一步，声音微颤道："怎么会这样……"

"伯母，你不要太难过，蔚然她已经回来了，其他事情我们慢慢来。"叶朝晖上前扶住邬曼云，耐心温和地安抚道。

是啊。邬曼云看着距离自己仅仅几步之遥的林蔚然，比起永远失去女儿，现在的结果已经很好了不是吗？她还想再奢求什么？邬曼云深吸一口气，待情绪平复后，慢慢地走到林蔚然面前，想要笑，眼泪却禁不住再度滚落："不管怎样，回来就好。"她张了张口，想要再说什么，却话音一哽，沉默地攥住了林蔚然的手。

叶朝晖抬头看了看前方紧闭的病房房门："伯父怎么样？"

邬曼云摇了摇头，似乎在找回了林蔚然后也找回了勇气，声音里多了一丝镇定："情况不太好。从前天昏过去以后就一直在发烧，偶尔也能睁眼，但医生说他的意识并没有恢复。院方已经联系了最好的心脑血管方面的专家，会诊结果给出了两个方案，一个是做开颅手术，另一个就是靠药物维持生理机能。如果手术成功，他应该可以脱离危险清醒过来，但手术的风险很大，成功率只有三成。可如果放弃手术，选择保守治疗，他大概会一直这么昏迷下去，成为一个植物人，直到脑死亡那一刻。"

植物人。听到这三个字，林蔚然的身体几不可见地一颤。

她也在床上躺了两年，其间无知无觉，毫无意识。她从来不敢去细想自己作为植物人时经历过的一切，她觉得自己或许会因此而崩溃甚至疯狂。如今，她的父亲也要和自己一样，面临那种暗无天日、浑浑噩噩、苟延残喘的煎熬吗？

“小然？”邬曼云察觉到了她细微的颤抖，忙不迭扭头看向她，正巧叶朝晖的声音也同时传来：“伯母打算怎么办？”

“做手术。”不等邬曼云回答，林蔚然想也不想地开口道，叶朝晖和邬曼云同时一愣，就见林蔚然第一次扭头直视着邬曼云道，“如果我是他，绝不愿意像个死人一样躺在病床上，毫无尊严地苟延残喘。”说着，她禁不住侧目朝病房的房门望去，像是能通过那层冰冷的木门直接看到里面的病人，同时下意识握紧了邬曼云的手，“做手术吧……我们应该相信他，相信他能挺过这一关。”

如果是她，她拼尽一切也要清醒过来，因为她还有牵挂的人，因为她不愿当个行尸走肉，她不愿意让叶朝晖看到自己狼狈的模样。说不清自己为何有这种直觉，林蔚然就是那般笃信，那个应该被她称为父亲的男人，一定会赞同自己的决定。

“小然。”邬曼云的眼泪再度夺眶而出，她一把抱住林蔚然，失声痛哭。

她的女儿回来了，那个嚣张自信、无所不能的女儿回来了。失去林蔚然几乎令她绝望、崩溃，如今绝境逢生，连女儿都回到了自己身边，这岂不是上天在告诉她否极泰来，所有的悲伤都会逝去，她的丈夫也一定会好起来？

“明天……明天就给他做手术，医生们早就准备好了，就等我签字决定。明天……我这就签字，他明天一定能好起来……”邬曼云语无伦次地哭道。

滚烫的泪水落在林蔚然的胸口，瞬间灼痛了林蔚然的心。她的身体依然僵硬，但她抗拒排斥的眼神有了些微松懈，她尝试着放软身体，像是初次从壳子里探出触角的蜗牛，缓缓地伸出手，有些笨拙地回抱住了邬曼云。

看着母女相认这感人的一幕，叶朝晖立在原地没动，脸上的表情也一如既往的安静、温和，可他的眉心几不可见地拧起，清亮的眼神逐渐晦暗。

突然，林蔚然扭头看向他，眼里带着些无奈的释然，还有一些担忧、羞涩，那是他最近看惯了的神色，似乎她在自己面前永远习惯摆出这小心翼翼的神色，然后在自己看不到的时候出其不意地崭露锋芒，慢慢地敲碎外面那层柔软的外壳。这样的林蔚然，经常给他一种错觉——真的是以前的林蔚然回来了。

叶朝晖眼睫一垂，扬唇露出一丝浅笑。他微微启口，无声地对林蔚然称赞：做得很好。

见林蔚然眼睛一亮，然后对自己笑得干净又讨好，叶朝晖顿时笑得更加温柔，如同清晨升起的朝阳，看不到一丝一毫的阴影。

林蔚然的出现无比突然，却让邬曼云找回了被各种打击消耗掉的勇气，其直接结果就是将圣林医院搅了个人仰马翻。

邬曼云决定给林崇阳做手术，院方高层连夜会诊，将林崇阳的开颅手术定在了第二天上午九点。这期间，邬曼云一直忙着签署各种术前协议、通知公司董事会各大股东、旁听手术方案，可以说忙得脚不沾地。林蔚然对此一无所知，即便想帮忙也无从下手，只能坐在隔壁的休息室枯等。幸好叶朝晖也在，能帮邬曼云应付一下董事会高层，还有那些闻风而来的记者，否则，林蔚然真怕邬曼云会撑不住倒下。

第二天清晨，坐不住的林蔚然拉开了房门，静静地立在门口看着走廊里来来往往的医护人员。

林崇阳是圣林医院最大的股东，也是林氏集团的董事长，特护科室的每个人都如临大敌、神经紧绷，打起了十二万分精神来应对即将开始的手术。

过了一会儿，隔壁的房间也传来一阵响动，林蔚然侧头，立刻看到几个特护推出了一张病床。病床上躺着一个头发花白的男人，双目紧闭，眼窝深陷，即便身上有毯子遮挡，她也能看到那薄薄的料子下枯瘦如柴的身形。她的心脏被狠狠地揪住，闷痛又开始漫向五脏六腑，她昨晚其实有机会去探望他的，可她躲在隔壁的房间里枯坐了一夜，没有勇气去推开相邻的那扇门。

这就是她的父亲吗？他怎么看上去如此苍老？他本该俊朗健硕，虽然不苟言笑，却对她无比宠爱。这想法不知道是来自她遥远的记忆，还是因为叶朝晖曾灌输给她的概念，当病床经过她身边的时候，她下意识地上前一步，伸手向病床上的人抓去，却被随行的护士撞到了一旁。

“爸爸。”林蔚然踉跄一步，想也不想地脱口唤道，与此同时，病床上昏迷已久的男人眼皮微颤，费力地睁开了浑浊的眼睛，只一眼，而后男人与林蔚然擦肩而过。

“爸爸……”林蔚然的眼泪夺眶而出，呢喃着再度轻唤了一声。

她扶着墙壁站稳后，刚想要追上去，却听身后传来一道清甜的声音：“林蔚然？”

有人在叫她。林蔚然回头，身后不远处站着一个二十三四岁的年轻女人，她站在走廊的阴影里，缓缓地朝林蔚然走过来，脸上挂着一丝惊讶之色：“真是你啊，我还以为是我看错了！”

论长相，她不是林蔚然这种天生丽质的类型，林蔚然的美仿佛是上帝精雕细琢出来的，完美得找不到任何瑕疵，可就是因为太美了，会让人觉得林蔚然既嚣张又有攻击性。

眼前这个女人不同，她的五官非常温软，透着一股娇俏的甜美，让人一眼望过去就觉得分外暖心，亲切得像是一个邻家女孩。可林蔚然在看到她的时候莫名地不安，此时女人脸上带着一丝微笑，那笑容明明甜得腻人，林蔚然却偏偏觉得刺目，那清脆甜美的声音也让林蔚然觉得刺耳。这个人给她一种很微妙的感觉。

“你是……”林蔚然有些抱歉地问道。

“呵，就算你再讨厌我，也不用装作不认识我吧？”女人双手抱臂，上扬的嘴角带了些讽刺意味。

“对不起，我是真的不记得了。”心里隐约闪过一个念头，林蔚然却不太敢确定。

“不记得？失忆？”女人指了指自己的头，不知道是不是错觉，林蔚然总觉得她问得有些急切，并且语气里还有一丝紧张。

“嗯……大概，大概就是失忆吧。”

“林蔚然，我以前怎么不知道你演技这么好啊！”女人脸色突然一变，嘴角的浅笑仍在，眼睛里猛然露出的刻薄却扭曲了她甜美的五官，让林蔚然觉得有些毛骨悚然，她咄咄逼人地上前一步，“我亲爱的姐姐，你这又是在玩哪一出啊？”

“你说什么！”一声怒斥传来，林蔚然和眼前的女子同时一愣，接着林蔚然就看到刚才还盛气凌人的女人瞬间换了一副模样，垂下头露出了委屈的神色，仿佛刚才的咄咄逼人都是错觉。另一处，邬曼云快步走了过来，冷脸看着那突然出现的女人道，“林可欣，你来做什么？”

林蔚然在心里轻叹口气，这女人果然是她同父异母的妹妹林可欣。叶朝晖在介绍自己的家庭成员的时候，曾说过自己和这个妹妹关系不是特别好，可林蔚然没有想到，竟然会糟糕到几乎水火不容的地步。

“我来看爸爸，爸爸不是要做手术吗？”面对邬曼云的疾言厉色，林可欣不气也不恼，脸上带着委屈和伤心，咬着嘴唇忧郁地看向林蔚然，“只是，我没想到死了两年的姐姐会突然出现，还是在这种时候……”她的眼里又露出那种似嘲讽似讥诮的眼神，却是用甜甜的声音无辜地问，“姐姐，你怎么总是这么会挑时机啊？论聪明，我果然还是比不上你啊。”

听出林可欣话中的冷嘲热讽，林蔚然不禁皱起眉头。这是什么情况，为什么林可欣要这么针对自己？

“林可欣，你什么意思？公司上下和家里都忙成一团，你还有心思在这里添乱！滚出去，我不想看见你。”邬曼云将林蔚然拉到身后，依然冷脸看着林可欣。

林可欣讨好地笑笑：“妈，我只是担心爸……我就站在一边不招你烦，你别生气……”说完她就要退到角落里。

谁知邬曼云却大步上前，一把拽住了林可欣的手腕，像是要发泄近期所有的压力般怒道：“我让你滚，你听不懂人话是不是？”

林可欣脸上的笑容一僵，眼里的讨好荡然无存。面具碎裂，她一把甩掉邬曼云的手，后退一步，静静地看着邬曼云问：“为什么你总是这么对我？虽然你一直不待见我，还在爸爸生病后把我赶出了叶家，但我从未恨过你，也没再回来招惹过你。我到底叫了你们这么多年的爸妈，如今爸爸命在旦夕，我不过是来看看他，想尽尽孝，陪他走完最后一程，这样的要求很过分？”

“你不配！”邬曼云听到林可欣说什么最后一程，顿时怒火中烧，那眼神像是要把林可欣千刀万剐似的。手术还没开始，她就说什么最后一程，就好像林崇阳一定会死在手术台上一样。他们当年就不该瞎了眼，收养这么一个白眼狼。

“是，我是不配，在你心里只有林蔚然最高贵！”林可欣的眼睛里顿时迸出刻骨的恨意，她伸手指着邬曼云身边的林蔚然，眼里闪动着隐忍的水光，她露出嘲讽的笑容，哽咽道，“可你也无法抹杀我的存在不是吗？就因为我是私生子，我连出现的资格都没有？你把我赶出叶家，就能抹掉我也是林崇阳的女儿的事实了？”

邬曼云脸色一白，身子也气得发抖，但她依然维持着最后的几分涵养，压抑着心头的怒火，冷笑道：“你的存在就是个错误，你就是没资格站在这儿！你是自己滚，还是我叫保安把你轰出去？”

这句话像是压倒林可欣的最后一根稻草，她身子微微一晃，上前一步，一字一句地说：“我不配？那她就配了？”林可欣走到林蔚然面前，指着林蔚然笑道，“她不是死了吗？爸爸卧床两年，需要人照顾的时候，她在哪儿？如今爸爸快要死了，她就回来了？她倒是挺能折腾啊，谁知道她这两年在哪里逍遥快活？她是为了爸爸的遗产才回来的，她有什么资格站在这里！还是说，真正的林蔚然已经死了，你处心积虑找回来一个冒牌货，就是为了彻底剥夺我的继承权？”

“你……”邬曼云被气得一个踉跄，林蔚然连忙伸手扶住她。

她此刻觉得无比头疼，回国前，她设想了无数种可能要面临的局面，却万万没想到会是现在这样。林家内部的矛盾超出了她的想象，她站在这里感觉浑身僵硬、尴尬无比，完全不知道该怎么应对。

想到刚刚被送进手术室的林崇阳，林蔚然心头猛然一颤，恐慌和后怕的情绪顿时将她吞噬，一个可怕的念头开始在脑海中蔓延。邬曼云说过，林崇阳手术成功的概率只有三成，如果他没有撑过死劫，就这么死在手术台上呢？她昨晚鬼使神差地抢在邬曼云前面选择了做手术，邬曼云听从了她的决定，连夜定下了手术时间，如果林崇阳就这样死了，那岂不是等于是她亲手把自己的父亲推向了死亡？又或者，林可欣无意说出的话才是真相，她根本不是林蔚然，不过是一个冒牌货？她存在的意义是帮助邬曼云驱逐林可欣这个私生女，彻底抹杀这个污点，剥夺林可欣的继承权？

可这也不对，将她找回来的是叶朝晖！邬曼云对她的归来一无所知，完美温柔的叶朝晖又怎么会联合邬曼云做出这种事情？不不不，她一定是林蔚然，她必须是林蔚然，否则，她就是个因为一时冲动害了林父的罪人，也是个欺骗了林母、冒充别人的女儿的骗子。她与林蔚然长得一模一样，怎么可能不是林蔚然？

从沉睡中醒来的惊惶、流落街头的无助、碰到叶朝晖时的憧憬一遍又一遍地在林蔚然的脑海中回放，这其中还掺杂着她决定整容前的排斥、与罗子骜数次见面时的猜忌，还有压在心里的各种质疑……这一切都被林可欣尖锐的指责催化，变成梦魇一样的阴影，令林蔚然的前路变得一片黑暗。

林蔚然脸色惨白，双唇微微发颤，她舔了舔嘴唇，想为自己辩解些什么。她还拽紧邬曼云的手臂，想要安慰邬曼云不要伤心，想说服邬曼云和自己，林父一定能渡过这次难关。然而，她的嗓子像是被什么堵住了一样，半点声音都发不出来，她甚至觉得自己脑袋眩晕，眼前的世界变得天旋地转。

“蔚然？”就在林蔚然的世界彻底崩塌的前一秒，叶朝晖清凉的声音传入了耳中。

她飞速地回头，刚好看见叶朝晖大步朝她走来。他脸上带着关切的神情，墨色的眉峰紧紧地拧着，眉眼间透着一丝难掩的疲惫。他径直走到林可欣面前，脸色有些难看地皱眉道："可欣，你怎么来了？"

林可欣眼睛一眯，像是被触碰到什么禁区一样别开视线，倔强地回道："你也觉得我不该来？"

叶朝晖回头看了林蔚然一眼，眼里闪过一丝为难，随即叹了口气，摇头道："别闹了，我知道你心里委屈，但你这么闹下去对大家都不好。伯母近些日子忙坏了，这会儿也正在气头上，你平时不是最懂事的吗，为什么非要在这个时候火上浇油？蔚然是我找到的，也是我带回来的，她现在身体不太好，你就别再添乱了。"

"我……"林可欣身上的尖刺顿时软化，泪珠在眼里打转，她低下头呢喃道，"我不是故意的，我只是想看看爸爸。"

"乖乖在这里等着，我去和伯母说。"叶朝晖微微一笑，右手下意识抬起来，然后又微微一僵，握紧手指，将手插进了裤子口袋里。

林可欣瞬间由张牙舞爪的刺猬变成柔顺的小猫，一声不吭地坐下。叶朝晖则转身走到邬曼云面前，低声道："伯母，外面还有很多记者，董事会的人也都在，闹开了大家都不好看。可欣她……"他回头看了林可欣一眼，见她独自蜷缩在角落里，娇小的身影显得孤单又落寞，叶朝晖话语一滞，然后若无其事地继续道，"伯父应该也不愿看到你们这样，让她留下来吧，等伯父脱离了危险期，我就送她回去，她不过是想尽孝而已。"

温润平和的声音轻易地化解了这不堪的局面，剑拔弩张的气氛被缓解，邬曼云脸上的表情也有了松动。大约是真的忌惮引来记者的关注，闹出什么意外的风波，邬曼云冷冷地看了林可欣一眼："等手术结果出来，你马上给我消失。"说完，邬曼云转身朝一旁的休息室走去。

没了邬曼云的支撑，林蔚然双腿一软，险些栽倒在地上。她一直以为是自己扶着被气坏了的邬曼云，此刻才发现原来站不住的人是自己，而她的后背也早已经被冷汗浸湿。

“蔚然！”好听又熟悉的男声传入耳中，随后，叶朝晖飞快地伸手揽住了林蔚然。林蔚然就像是沙漠中缺水多日，此时终于找到了可以休憩的绿洲的旅人，就势偎进了叶朝晖怀中，死死地将自己埋了进去。

“蔚然别怕。”叶朝晖抬手顺了顺她的长发，拍着她的后背安抚道，“别怕，有我在。”

林蔚然在他怀中轻轻地点头，藏起来的脸上满是感激。

还好有他在。她就知道，只要有他在，他就能为自己解决所有的麻烦，为自己化解所有的困局，还好有他在……只要藏进这个温暖的怀抱，她就可以不用假装平静，哪怕是强迫自己应对空白的人生，她也能找到休憩的港湾，得到片刻的喘息和谁也给不了她的安全感。

幽静的长廊再度恢复寂静，叶朝晖和林蔚然相拥的一幕像是唯美的油画一般。

不远处，林可欣静静地缩在角落里，面无表情地看着相拥的两人，目光在叶朝晖颀长的背影上缓慢游移，羽扇般的睫毛在脸上投下了一片不小的阴影。许久之后，林可欣红润的樱唇微微一勾，露出了一丝冷漠的笑容，脸上带着浓浓的不屑和讥诮，移开了视线。

就在林蔚然以为一切即将尘埃落定，所有风浪都将静止的时候，嘈杂的脚步声再度响起，她看到有人急匆匆地朝休息室赶来，而后有急切的声音将零碎的话传入了她的耳中——林崇阳脑部大出血，抢救无效，脑死亡，手术失败。曾经叱咤风云的商界巨擘，一手缔造了林氏集团的董事长林崇阳，生命永远静止在了手术台上。

林蔚然空白的记忆中突然被铭刻上这样一句黑色铭文——她的父亲，林崇阳死了。

第七章
女神的婚事

从找回亲人到失去亲人，对林蔚然来说只经过了短短一天。然而仅仅这一天，她的人生再次发生翻天覆地的变化。

林崇阳身为林氏集团的董事长，他病逝的消息如预期一样掀起了轩然大波。早就等候在医院门口的媒体不知从哪里得到了风声，在医生确切宣布了林崇阳死亡的消息后，疯了一样冲进医院，想要抢占第一手新闻。

邬曼云对此显然早有准备，林氏集团也安排了无数保安守住病房的各个入口。

于是，林蔚然听到各种嘈杂的喧闹声突然从楼下传来，忽远忽近，纠结在耳边，如同她第一次在异国他乡的医院中醒过来一样，吵得她无比头疼，心里却一片茫然。她眉心微蹙，抬头看着叶朝晖道："发生什么事了？"

手术室就在走廊尽头，她其实清楚地听到了医生的宣告，但她像是无法消化这个事实一样，不自禁地攥紧了叶朝晖的手，问道："那个人刚刚说什么？"

林蔚然回头，看到有一大群西装革履的陌生人围在还穿着无菌手术衣的医生周围，人群正中就是她的母亲邬曼云。她母亲昨晚曾在自己面前失态痛哭，但此刻，在医生宣布了林崇阳的死讯以后，她母亲反倒变得无比镇定，面无表情地屹立在人群中应付着一切。林蔚然脸色有些泛白，身体也抑制不住地在发抖。

叶朝晖伸手扶住她，道："蔚然，你还好吧？"随后也抬头朝前方

看了一眼，欲言又止，“你……”

最终叶朝晖轻叹口气，将林蔚然轻拥进怀里，拍抚着她的后背道：“节哀……之前我就跟你说过，伯父的身体状况很差，其实大家早就料到今天了，但我没想到他会在你刚刚回来就……蔚然……”

他话还没说完，林蔚然突然一把将叶朝晖推开，转身朝手术室的方向走去。

“蔚然！”叶朝晖心里一惊，抬手想抓住她，却失手抓了个空。

又一阵细碎的脚步声响起，原本静静地待在角落里的林可欣突然冲过来，一把拽住林蔚然的手臂重重地一推，直接将林蔚然推倒在地上。林可欣俯视着林蔚然，冷笑道：“林蔚然，爸爸死了。你听到医生刚才说的话了吗？爸爸死了！都是你，若不是你两年前离开家，让爸爸以为你出了意外，他也不会受打击倒下！如果不是你提出给爸爸做手术，爸爸也不会死在手术台上！这一切都是因为你，爸爸就是被你害死的！你为什么要在这个时候回来？”

林蔚然猝不及防地被林可欣推倒在地上，身体剧烈的疼痛终于惊醒了她昏沉的神志，她瞳孔一缩，抬头看看满脸愤恨的林可欣，又看看正前方手术室门口依然喧闹的人群，垂下头低喃：“是我害死的？”

如果不是她冲动地提出给林崇阳动手术，他就不会死在手术台上。如果选择给他保守治疗，就算只能维持最基本的生理机能，让一个商业王者从此躺在病床上做一个无知无觉的植物人，但他还能保住性命，还能留在他们身边……

林蔚然突然想起晨间与林崇阳擦肩而过时他那浑浊的眼睛，酸涩的感觉顿时涌入眼眶，顷刻间模糊了她的双眼。她还没有当面叫他一声爸爸呢……

“蔚然！”叶朝晖急切的声音传入耳中，他两步上前，在林蔚然身边单膝跪下，扶着她对林可欣斥道，“可欣，你又在闹什么！”

林可欣早已是满脸的泪，她瞪着林蔚然道：“因为你，妈妈把我赶了出去，爸爸也不认我这个女儿，如今我不过是想回来陪爸爸走完最后一程，想最后再叫他一声爸爸！但你连我这最后一点愿望都夺走了！林蔚然，你为什么还要活着？你两年前就该死了！”

“林可欣！”更加冰冷的怒斥从身后传来，林可欣呼吸一窒，身子一僵，接着，邬曼云快步走了过来，目光扫过跌倒在地的林蔚然，眼里闪过冰冷的怒意，但她不再像起初见到林可欣那般失态，而是嘴角一勾，带起一丝冷嘲的笑意，“你这个时候出现在医院里，以为我不知道你在想些什么？”她走到林蔚然身边，拉起林蔚然，攥紧了林蔚然的手。林蔚然微微一怔，这才发觉邬曼云的手心一片冰凉，但她像是个高傲的斗士一样护着林蔚然，望着林可欣道，“既然这样，我就让你彻底死心。”

林可欣脸色一白，死死地咬住嘴唇，单薄的身子如同风中落叶，随时都要倒下一样。叶朝晖皱了皱眉，不自禁地上前一步：“伯母……”

走廊尽头的人已经散了，跟在邬曼云身边的只剩下四五个，叶朝晖认得，这些人都是林氏集团的大股东，还有一个是林崇阳的律师，也是林氏集团律师团的首席顾问。

邬曼云冷脸看了叶朝晖一眼，直接推开一旁的房门，带着林蔚然走了进去，律师等人和叶朝晖紧跟其后。林可欣有一瞬的犹豫，然后也快步奔了进去。邬曼云淡然地在沙发上坐下，然后递给律师一个眼神。

“林董事长留下了遗嘱。”律师四下看了一眼，然后取出一份文件。

屋子里的气氛顿时变得肃穆又压抑，林可欣低着头站在门口，那柔弱的样子与整个屋子的人显得格格不入，像是被整个世界排斥到了黑暗的角落。几位股东的神情也变得有些紧张，所有人都盯着律师手中那几页薄薄的纸。

律师继续道：“受林先生委托，我现在对诸位宣读遗嘱。根据《中华人民共和国民法通则》《中华人民共和国继承法》等法律、法规的规定，林崇阳先生于二〇一〇年五月二十一日委托吴帆律师全权办理遗嘱事宜。吴帆律师已充分告知委托人林崇阳先生其权利义务，林崇阳先生为防止自己百年之后出现不愉快的事情，特立此遗嘱，内容如下：一，林蔚然为林氏集团唯一合法继承人；二，林崇阳名下所有房产、股票、基金、债券以及保险柜中的现金、金银首饰等，均归唯一的女儿林蔚然所有；三，如林蔚然意外身亡，所有财产悉数捐给慈善机构……”

没等吴律师宣读完毕，林可欣就按捺不住，猛然冲上前，一把夺过遗嘱，激动地翻阅着从律师手上夺过的那几页纸：“不可能，这不可能！”她飞速看完，手仿佛一下子变得无力，几页纸从她手里“哗啦”一声掉落到地上，“我到底叫了他二十年的爸爸，想不到他竟然这样对待我。唯一的女儿……唯一的女儿？他心里半点没有把我当女儿看待过吗？他心里真的就只有林蔚然？”

“演得倒是挺像，你以为我不知道你心里真正盘算的是什么？你一直肖想的不就是林氏集团的继承权吗？”邬曼云冷冷地道，“林可欣，你都看清楚、听清楚了？是不是可以死心了？从今以后，我们林家跟你再无瓜葛。”

“呵，你们这么做，难道不怕遭报应吗？”林可欣缓缓地站直身子，瞪着邬曼云的眼睛里迸出了强烈的仇恨光芒。

“养了你这么多年，我们对你仁至义尽了。”邬曼云漠然地回答，“不然呢，你还想我们把林氏集团给你？”

“养了我……呵呵，养了我？你们真正把我当女儿看过吗？”林可欣冷笑道，“我原本以为他心里是把我当女儿的，没想到他到底还是把我当个外人！你当我真的稀罕你们林家的财产？”林可欣眼里露出了浓浓的伤心与绝望，“我不过是想他能认可我，为他当年做过的一切负起责任！可你们一直防备着我，始终把我想得那么不堪！”

屋内的气氛顿时剑拔弩张，仿佛林可欣下一刻就会冲上来将邬曼云撕个粉碎。几位股东眉头紧锁，神色各异地打量着林蔚然和林可欣。

林蔚然浑身僵硬地站在一旁，有些茫然地看着眼前发生的闹剧。这种时候，她应该做出什么样的反应才好？应该去劝架吗？怎么劝？

“朝晖……”林蔚然下意识伸手拉住身旁叶朝晖的袖子，喃喃道，“这种时候，我要怎么办？”她偏头去看他，这段时间以来，他成了她的主心骨，无论多么无解的局面，只要有他，一定能够妥善地化解。

“蔚然……”叶朝晖眼里闪过一抹无奈，低声道，“这种状况……”

不等叶朝晖说完，林可欣的声音再度传来：“妈，这是我最后一次叫你妈了。既然爸爸不认我，我以后不会再与林家有任何瓜葛！但你们记住，多行不义必自毙，你们欠我的，迟早有一天会还回来的！”说完，林可欣高傲地昂着头，转身朝病房外走去，冰冷的眼神扫过邬曼云身边的林蔚然，眼里的不屑和嘲讽瞬间刺得林蔚然一抖。

邬曼云脸色铁青，未再吭声。几位股东如坐针毡，有些尴尬地面面相觑。

林崇阳早年的风流过往他们也有所耳闻，自然也知道林家收养的二小姐其实是林崇阳的私生女。但这种事情没人会摆在明面上说三道四，他们更没想到林可欣会在林崇阳去世的当日与邬曼云撕破脸，将一切捅出来。

“几位叔叔，我送你们出去吧，公司里还有很多事情要处理，之后就有劳你们了。”叶朝晖见几人有了去意，却不好向邬曼云开口，连忙上前一步温和地说道。

几位股东闻言迅速站起，连连对邬曼云说了几声“节哀”，然后跟着叶朝晖离开了休息室。偌大的屋子里瞬间就只剩下邬曼云和林蔚然两个人，邬曼云呆呆地坐在座位上，突然长出一口气，然后颓然地缩进了沙发中。

林蔚然张了张口，一声“妈妈”到底还是没能叫出来。她上前两步，邬曼云一把就抓住她的手，全然没有了和林可欣对立时的剑拔弩张。林蔚然也不知道该说什么宽慰她的话，只能任由她抓着自己的手，沉默地坐在她身旁。

“其实我早就料到会有这么一天，昨晚你提出要给他做手术，我就想过手术台上也许就是终结……这两年他一直病着，整个人浑浑噩噩、神志不清，我看着他煎熬的模样，再想想以前的事情……我以为我们的感情早就被时间和矛盾给耗光了，可现在他走了，我心里竟还是一下子空了。”邬曼云的声音出奇平静，她像是说给林蔚然听，又像是在喃喃自语。

此时刚刚过午，正是一天内温度最高的时候，但林蔚然隔着窗户看着外面的艳阳，只觉得屋内特别冷，心里也莫名变得酸痛、怅然。

她刚刚回来，就经历了这样一场生离死别，最亲的父母，她毫无印象；炙热的感情，她无法回应；那些责任、重担，包括那些巨额财产，这么多混乱不堪的局面，她要怎么应对？她下意识抬头去寻找叶朝晖的身影，却又想起他出门去送那些林氏集团的股东了。

林蔚然在脑海中慢慢勾勒他的模样，细化他精致的侧颜，虽然他在她脑中总是笼着一层薄雾，隔着不远不近的距离，让她看不清他的表情，猜不透他的心思，但这个人的名字，莫名有一种安定人心的力量。

林蔚然握紧邬曼云的手，像是在安慰自己一样开口道："会好的。"

不管是她还是邬曼云，不管是她遗忘的过去还是看不清前路的未来，只要叶朝晖在她身边，只要她坚信着他们的爱情，她相信一切都会慢慢变好的。

林崇阳的后事办得无比风光，可以说整个C城里有头有脸的人物都来参加了葬礼。那规模让林蔚然觉得他们根本不是来追悼林崇阳的逝去，而是来奔赴一场华丽又喧嚣的盛宴，场面虚假、客套、吵闹……闹得人心里只剩下空落落的寂寥。林蔚然机械地跟在邬曼云后面，像个提线木偶一样应对着一切，只觉得她所经历的一切没有半点真实感。

墓地是林崇阳生前就亲自选好的，依山傍水，可说是一块风水宝地。

将骨灰安葬好后，邬曼云蹲下身用丝巾擦了擦林崇阳的遗像，表情平静得像是在擦拭家里陈设的花瓶一般。

林蔚然猜不透邬曼云在想什么，是他们这一生的过往吗？她看着邬曼云单薄的身影立在墓前，有一种说不出的凄凉意味，她觉得不管自己还能不能想起过去，既然这人是自己的母亲，她就要扮演好女儿的角色，好好孝顺邬曼云，陪邬曼云度过余生。

林蔚然其实也想安慰邬曼云几句，可又实在不知道说什么好，并非她无情，而是她很清楚，心上的人走了，谁的安慰都没有用。

“小然……”又过了许久，邬曼云缓缓地站起身道，“你和朝晖跟我回家，我有事情要对你们说。”

叶朝晖自从林崇阳去世后就一直陪在林蔚然身边，林家和林氏集团大大小小的事也是叶朝晖亲力亲为。身为林蔚然的未婚夫，他很完美地扮演着自己的角色，也尽到了未婚夫的责任。林蔚然无数次在心里表示感谢，感谢她身边有这样一个人，让她能够在这复杂的局面中抽身喘息。

听了邬曼云的话，林蔚然有些担忧地回头看向叶朝晖。邬曼云用如此严肃的表情对她说了这么一句话，她实在猜不透邬曼云想做什么。若是邬曼云能痛哭一场或者歇斯底里地发泄，林蔚然倒不会太过担心，可她此时压抑平静的表情，如同暴风雨来临前的预兆，让林蔚然心里七上八下，一颗心止不住地往下沉。

“伯母累了这么多天，的确该好好休息了，我送你们回去。”叶朝晖握住林蔚然的手温柔一笑，递给她一个放心的眼神。

林蔚然松了口气，回给叶朝晖一个甜蜜的浅笑，然后便挽着邬曼云的手朝墓园外走去。

叶朝晖开车将她们送回了林家，一进门，邬曼云就叫着管家张妈说要亲自下厨，想感谢叶朝晖这些日子的帮助。饶是叶朝晖性格沉稳，向来泰山崩于前而面不改色，此时也被邬曼云给吓了一跳。

“伯母……”他惊讶地看着邬曼云，却见邬曼云温和一笑：“小然离开这么久才回来，这些日子家里乱糟糟的，我也顾不上和你们多说几句话，今天你们谁都不许扫了我的兴致，我说什么你们就听什么、做什么。”说完，邬曼云就直接脱下外套，挽起袖子，进了厨房。

张妈一脸担忧地看着邬曼云，随后轻叹口气，对叶朝晖和林蔚然摇了摇头后跟了进去。

叶朝晖还想说什么，却被林蔚然一把拉住。他扭头看向林蔚然，就见林蔚然也看着厨房门口说：“让她忙碌些也好，她心里压着那么多话、那么多事情说不出口，能转移一下注意力也不错。”

“那你呢？”叶朝晖抬手圈住林蔚然的纤腰，将她揽在怀里，抵住她的额头轻声问，“蔚然，我能看出你心里也很难过，哪怕你忘记了一切，但你骨子里的本能不会消退，你只是习惯了将一切藏在心里，不愿让任何人发现你的悲伤。”

林蔚然脸一红，伸手推着叶朝晖道：“朝晖，不要在这里……”

这里已经不是以前只有他们两人的小天地，可以让他们肆意妄为，她的父亲刚刚去世，他们不该公然做出这种亲密的举动。

看着她精致的脸上染上红晕，眼里也闪过羞涩的情绪，叶朝晖满脸笑意地松开手：“害羞了？”

林蔚然连忙后退几步，咬着下唇瞪了叶朝晖一眼，那嗔怪的模样，就连叶朝晖都没能抵挡得住这惊鸿一瞥的魅力，凝视着林蔚然，有些失神。

“朝晖？”林蔚然被他灼热的眼神看得又一阵窘迫，他对待自己向来是温和而不失君子风度的，像现在这样用带着侵略性的目光盯着她，还是他们重逢以来第一次。林蔚然有些慌，又有些窃喜，原来叶朝晖也有失控的时候，而且还是因为自己。

“小然。”邬曼云的声音适时地从厨房传来，林蔚然立刻应了一声，逃也似的奔去了厨房里，免得自己在叶朝晖面前更加无所适从。

叶朝晖看着她仓皇逃离的背影，禁不住嘴角上扬，露出了一丝暖心迷人的浅笑，可那笑意刚刚进入眼里，他又像是想起什么，猛然僵住嘴角，随后笑容一点一点地消失，变为深不可测的深沉。

厨房里，邬曼云和张妈正自顾自地忙碌着，看到林蔚然进来，邬曼云连忙对林蔚然招了招手，待林蔚然走近后就拉着她走到了角落里。

林家别墅中原本除了张妈，还有专门聘用的厨师和钟点工，但林崇阳去世后，邬曼云就吩咐张妈将那些人辞退了，显得这偌大的屋子一下子就冷清了下来。

邬曼云拉着林蔚然上下打量许久，眼里闪烁着怜爱又伤心的情绪，她轻叹口气，摸了摸林蔚然的脸说：“你才回来就要陪妈妈应付这种事，难为你了。”说着，她微微垂下头，“以前有你爸爸在，你想怎么任性都可以，就算是嫁人了，婆家也只会捧着你、供着你，把你当小祖宗一样对待。但以后……”邬曼云欲言又止，很快又挤出一丝笑容，“你从小到大十指不沾阳春水的，爸爸妈妈也心疼你，不舍得让你在别人面前落了面子，什么都由着你的性子来。可女孩子总是那么强势也不好，一会儿让张妈教你几道拿手的菜，你那么聪明，肯定一看就能学会……”

“妈！”林蔚然张口打断了邬曼云的话，可一声称呼出口，林蔚然和邬曼云都愣住了。

林蔚然虽然知道了自己的身世，却无法对林家产生任何归属感，哪怕是面对面地看着邬曼云也只觉得陌生，所以一直无法开口叫她一声妈妈。但此时此刻，看着邬曼云喋喋不休的反常模样，林蔚然心里的不安越来越浓，于是无比自然地将那个称谓叫了出来。

而当她真的叫出口以后，一股陌生的情绪在胸腔中散开，她鼻子一阵酸涩，眼圈也微微泛红。

原来开口认亲并没有想象中那么难，反倒冲淡了她心里的排斥与疏离感。这就是亲人的感觉吗？当她真正接受属于林家的过往后，她缺失的亲情就回来了吗？

邬曼云显然也没想到林蔚然会在这个时候开口叫她，女儿失忆带给她的打击并不小，但林崇阳的去世使得她无暇去深思这一切，只想马上安排好林家和林氏集团的一切。

她能坚持到现在，都是因为林蔚然已经回到她身边，哪怕林蔚然看着自己的眼神无比疏离，关于林家的记忆也是一片空白，她也能汲取到谁都给不了她的安慰和勇气。此时听到林蔚然叫她，她的泪意一下就冲破眼眶，连带着一旁的张妈也回过头偷偷地抹起了眼泪。

“小然……”邬曼云握紧林蔚然的手泣不成声，林蔚然的眼泪也止不住哗哗地掉。

张妈连忙擦了擦脸走过去，强忍泪意笑道：“太太、大小姐，叶先生还待在外面呢，这么晾着他多不好，你们先出去吧，厨房里的事我自己看着办。”

邬曼云回头想对张妈交代些什么，张妈拍了拍她的手臂说：“我知道太太在担心什么，有些事情不急于一时，这里还是我来吧，太太您和大小姐出去陪叶先生吧。”

张妈的年纪比邬曼云大了不少，在林蔚然出生前她就待在林家，照顾林家人的饮食起居。林蔚然更是张妈看着长大的，邬曼云在心里也没有单纯将她当作保姆看待，平日里有很多事情也总会询问她的主意。

看着张妈安抚的微笑，邬曼云的心情缓和不少，她点了点头，就拉着林蔚然朝厨房外走去，而她脸上也终于露出了这些日子以来的第一抹笑容。

虽说林崇阳过世，但林蔚然能回来，也算是一件能抚慰人心的喜事，张妈做了许多林蔚然喜欢吃的菜，邬曼云也特意开了一瓶好酒，对叶朝晖道：“朝晖难得过来一趟，今晚我们就好好聚一聚。”

林蔚然连忙站起来，接过邬曼云手中的红酒，轻笑道：“妈妈，我来吧。”

邬曼云笑着点了点头，眼里都是疼爱、欣慰和温柔。叶朝晖有些惊讶，他完全没想到林蔚然和邬曼云之间那种隔阂的感觉转眼间就消失不见，她们刚才在厨房里发生了什么？

邬曼云举起酒杯对叶朝晖说：“朝晖，这杯酒伯母早就想敬你了，如果不是你，我和小然不会有母女重逢的一天。这几日若不是有你在，你伯父的后事也不会处理得这么顺利。”她眉宇间的笑意突然敛去，脸上的表情也变得有些严肃，“伯母也不跟你说什么客套话了。老林走了，这对林家是什么打击，你应该清楚。公司现在乱成一团，那些股东和董事都对林氏集团虎视眈眈……”她转头看了看林蔚然，轻叹了口气，“虽然老林立下了遗嘱，声明小然才是林氏唯一的继承人，但她没有过往的记忆，如今的小然，绝对应付不了集团中的那些人。”

“伯母放心。”叶朝晖微微一笑，“蔚然从小就聪明，公司的事情应该很快就能上手，我会一直看着她、护着她，不会让她被人欺负的。”

邬曼云闻言摇了摇头：“如果是以前的小然，我根本不会有这种顾虑，但现在……”不知为何，林可欣在医院中愤然离去的背影掠过脑海，邬曼云皱眉道，“林氏集团是林家祖祖辈辈的心血，我不能让林氏毁在我手里。并非我不相信小然，而是她现在的状态的确不适合也不足以和整个董事会抗衡。”说着，邬曼云又看了林蔚然一眼，她此刻正低着头，纤长的睫毛遮住了那双清澈的眼睛，但邬曼云猜得出她眼中一定满是纠结和茫然。

“那伯母的意思是……”叶朝晖皱了皱眉，放下手中的酒杯问。

“你们结婚吧。”邬曼云一字一句地道，“抽个时间，约上你的父母聚一聚，我们也有很久没见面了。白天他们虽然也去了追悼会，但我根本没顾上和他们多说几句话。你们两个越快结婚越好，到时候，你就能光明正大地接管林氏。”

“伯母……”叶朝晖被吓了一跳，立刻摇头道，“林氏集团是属于小然的。”

邬曼云微微一笑：“我从小看着你长大，知道你的人品，更了解你们的感情，有你照顾小然，我也就放心了。我相信小然也早就等着这天了。”说着，邬曼云拽了拽林蔚然的袖子道，“傻女儿，怎么不说话？”

林蔚然从听到邬曼云提出要她和叶朝晖结婚开始，整个人就陷入了呆滞状态。

该如何形容她现在的心情呢？从异国他乡的医院中醒过来，在言语不通的街头无助地流浪，遇到叶朝晖，视他为自己生命中唯一的阳光……

她其实早就偷偷地幻想过和他结婚的场景。她以为当那一天真的到来时，她一定会满心的甜蜜和喜悦，可如今真的听到邬曼云宣布婚讯，她心里竟然莫名地生出一丝惶恐，还有她不理解的抗拒与排斥。

怎么回事？她那么喜欢叶朝晖，不管是回国认亲还是努力找回以前的自己，究其根本都是为了叶朝晖，现在她总算得偿所愿，能够嫁给叶朝晖，怎么她竟然一点开心的感觉都没有？

“小然？”邬曼云察觉林蔚然的表情有些不对，于是站起来扶着她的手臂问，“你怎么了？”

林蔚然张了张口，想要告诉邬曼云，林崇阳刚刚过世，林家这么快就办喜事一定会惹人非议，叶朝晖的声音却抢先一步传来：“好啊。”

林蔚然微微一怔，抬头就见叶朝晖温柔地看着她道：“我今晚回去就告诉我爸妈，让他们来拜访伯母，选个良辰吉日，”他声音微顿，然后对她扬起嘴角，“娶你回家。”

林蔚然胸口一烫，只觉得身子有些发软，眼前晃动的全是叶朝晖清俊的微笑和耳语般的低喃。娶她回家吗？原来他也和自己一样，一直期待着和自己结婚，组建只属于他们的二人世界。

林蔚然的心跳得越来越快，那些莫名的顾虑和恐慌瞬间被她扔到脑后，眼里只留下了勾魂夺魄的憧憬和温柔。

“蔚然，你愿意吗？”叶朝晖的眼睛一眨不眨地凝视着她，像是在看一个美丽的未来。她并不知道，此刻的自己映在他眼中有多么美丽动人。

“愿意。”林蔚然眼里微微湿润，想也不想地回答道。

“真好。”邬曼云听到林蔚然这么说，顿时松了口气，呢喃地重复道，“真好……”

自从两年前林蔚然出了事故，林家就变得一片惨淡，邬曼云和林崇阳的人生也几乎变成灰白色。如今林崇阳走了，偌大的林家只剩下邬曼云一个人，但林蔚然回来了，也要和叶朝晖结婚了。虽然林崇阳没能等到这一天，没能看见女儿穿上嫁衣的模样，但乌云密布的林家总算是见到了些微光亮，沾染上雨过天晴的喜气了。

深秋时节，硕果累累，C 城的各行各业也都呈现出一片欣欣向荣的景象，可就是在这个时候，C 城商界传来了噩耗——林氏集团的董事长林崇阳过世了。这个消息直接引起了整个 C 城经济的动荡，各人企业都盯准了林家，认定林氏集团的股价将跌到历史最低，林氏集团也将陷入低谷。

林氏内部已经有股东开始抛售股票，商界媒体的笔杆子已经对准林氏，各行各业都对林家虎视眈眈，仿佛偌大的林氏集团将在一夜间土崩瓦解，整个C城的商界版图也要重新洗牌。

但林家再度抛出了另一个重磅炸弹：叶氏集团的执行总裁叶朝晖，将和林氏集团唯一的继承人林家大小姐于下个月的二十四号结婚。

此消息一出，直接就霸占了各大经济版和社会版头条，跟着，各种各样的传言蔓延至整个C城：从林蔚然死而复生，到林崇阳手术失败不幸离世、林蔚然成为林氏集团的唯一继承人，再到林、叶联姻，其中还掺杂着一些林崇阳早年的风流韵事，和一些不着边际的小道流言……这一出出豪门大戏传得沸沸扬扬，成为无数人茶余饭后的谈资。林氏的股价不但没跌，反而涨到停板，连带着叶氏集

团也水涨船高，成为C城商圈里新的焦点。

不少人认为，邬曼云此时这么着急嫁女儿，不过是因为林崇阳突然病逝，她和林蔚然势单力薄，根本无法应付那些对林氏集团虎视眈眈的股东。她只能找到一个让他们心服口服的人坐镇，方能暂时稳定局面，叶朝晖无疑是最好的人选。

叶氏集团不比林家，没有林家上百年的家族底蕴，虽然林崇阳一病几年，公司的发展速度放缓，但林氏集团的财力仍是业界翘楚。

叶朝晖与林蔚然从小一起长大，不管是性格、长相，还是才智、能力都堪称完美，他与林蔚然订婚多年，邬曼云对他也算是知根知底，将这样一个女婿握在手中，既不用担心叶氏压过林氏，还能帮扶提携叶氏，利用叶氏的力量来制衡林氏集团的董事会，怎么看都是一场能使叶、林两家双赢的联姻。

为此，外界也有不少风言风语，说叶朝晖是林家的傀儡，或者是贪图林家财产的小白脸，要赔上整个叶氏给林氏当上门女婿。但传言归传言，叶朝晖是林蔚然的未婚夫一事早已不是什么秘密，这两人迟早要结婚，叶朝晖也注定会是林家的乘龙快婿。

这些消息影响不到叶朝晖，更影响不到林蔚然，叶、林两家此时都忙着准备一个月后的婚礼，所有人都没想到这场联姻中竟埋着一个最大的变数，并引发了日后两大集团的崩落。

第八章
女神的心事

这一天，正在吃早餐的罗子骜捏着当天的报纸，指尖突然一顿，扬手就把报纸拍在了桌子上。

林蔚然要和叶朝晖结婚，而且就在一个月后！罗子骜的俊脸顷刻间乌云密布，盯着报纸上那加粗的头条标题，恨不得马上冲到林蔚然面前，质问她媒体报道的是不是真的。

林董事长的葬礼他也去了，但当时那种情形，他没办法靠近林蔚然，本想等过些日子再去看她，却没想到，不过短短几日，她竟然要结婚了！

恰逢此时，电话铃声响起，罗子骜低头看了一眼来电显示，是他委托调查叶朝晖的私家侦探。罗子骜飞快地接起电话，等听了对面的汇报之后，表情逐渐变得凝重："我知道了，你继续盯着他。"挂断电话，罗子骜若有所思地把玩着手机，片刻后嘴角勾起一抹玩味的浅笑：林蔚然，这么草率地答应嫁给叶朝晖，你这个笨蛋可别后悔。

罗子骜抬手拎起西装外套，抓起桌上的车钥匙朝门外走去。

而另一头的林家，司机正载着林蔚然驶向市中心的婚纱店。

从叶、林两家联姻的消息放出去之后，林蔚然和叶朝晖都在为婚事忙碌着，一个月的时间太过仓促，为了顺利安排好一切，叶朝晖把诸多事宜交给了婚庆公司操办，婚礼的细节都由林蔚然和邬曼云决定，他则代替林蔚然去应付林氏集团的各大股东。

纵使叶朝晖是为了林家的诸多事宜忙得脚不沾地，邬曼云心里还是有些不满。婚姻对一个女人来说是一辈子的大事，因为时间太赶，很多东西无法做到最好，叶朝晖又不能陪在林蔚然身边，邬曼云觉得让林蔚然受了委屈。

林蔚然却根本不在乎这些，她觉得只要能嫁给叶朝晖，其他的一切都没什么大不了的。林、叶两家实力雄厚，婚庆公司送来的一切都是高档定制，她只需要挑选决定就好。她知道叶朝晖的忙碌都是为了自己，所以一点都不在意他此时不能陪在自己身边。

今日一大早，婚庆公司就送来了婚纱请林蔚然选样，偌大的客厅里顿时摆满各种礼服和图纸。邬曼云看着女儿独自坐在礼服堆中的娇小身影，越看越觉得林蔚然孤单得让人心疼。林蔚然有些受不了邬曼云指控的眼神和家中压抑紧张的气氛，就以婚庆公司送来的礼服都不喜欢为由，要求亲自到婚庆公司里选样，顺便能出去散散心、透透气。

自从林崇阳去世以后，邬曼云所有的心力都放在了林蔚然身上，这种过分的关注令她不自在极了。虽说结婚是件令人无比高兴的事，但林蔚然也知道这桩婚姻下其实隐藏着更多她不愿直视的东西，她其实只想一切从简，和最亲的人聚一聚，而不是成为舆论的焦点，站在风口浪尖上惹来各种风言风语。

“大小姐。”林蔚然思绪飘忽间，车子已经停到婚庆公司门口，司机轻唤了她一声。

林蔚然对司机点了点头，推开门走了下去。

咔嚓——就在林蔚然下车的瞬间，闪光灯的声音传入耳中，随后，就见一大群人从四面八方冲了过来，直接将林蔚然团团围住，一声高过一声的质问在林蔚然耳边炸响。

“林小姐，请问林、叶两家联姻，是因为林氏集团出现了危机吗？”

“林小姐，听说林氏集团想要收购叶氏，叶朝晖是为了这个才娶你的吗？”

“林小姐，听说林董事长之所以会去世，并不是脑死亡那么简单，而是有人买通了医生，谋害林董事长？”

“林小姐，听说林董事长有一个私生女，早年还把这个女儿养在身边，却对她百般虐待，对此你要不要说点什么？”

“林小姐，你是来挑选婚纱的吗？为什么叶先生没有陪在你身边？叶、林两家的联姻果然只是为了应付林氏集团的商业危机吗？”

……

连珠炮似的询问炸得林蔚然脑子一片空白，推搡的人群将她堵在中间，挤得她几乎不能呼吸，那不停在眼前闪烁的闪光灯更是映得她脸上一片惊惶。林蔚然下意识抬手挡住脸，想要逃开这些秃鹫般的记者，但四面八方全是晃动的黑影。一股绝望从林蔚然的心里生出，她眼前忽然晃过熟悉的一幕——

这些人像是冰冷的海浪，卷起她，将她抛向高空，然后再重重地砸下，她只能任由浪涛吞噬，眼睁睁地看着自己被冰冷的海水淹没。

“朝晖……”林蔚然低声呢喃出叶朝晖的名字，脑海中早已一片空白。她不知道这些记者是从哪里来的，也不知道他们为什么要质问自己这么过分的问题，她只知道她想离开这个地方，如果有人能将她从这困境中救出去，不管让她做什么她都愿意。

“林蔚然！”凌厉的声音夹杂着尖锐的刹车声传入耳中，片刻后，她的胳膊突然被人攥紧，而后那人用力一拽，侧面的人群仿佛被撕开一个缺口，一个高大的身影挡在了她前面，拉着她一推一送，直接把她推进了车里。然后这人迅速坐到驾驶座位上，一脚踩下油门，带着林蔚然驶离这嘈杂的地方。

喧闹声从耳边退去，林蔚然心有余悸地按压着胸口，紧张地回头朝后面望去，就见黑压压的人群仍不死心地追在后面，却慢慢被高速行驶的车子远远甩下。林蔚然松了口气，扬起一丝浅笑回头唤道：“朝晖……”下一刻，笑容僵在脸上，林蔚然愣道，“怎么是你？”

出现在她面前的，是有些日子没见的罗子骜。

她以为只有叶朝晖会将她从困境中解救出来，也从不曾想过会在此时此地再度遇到这个人。林蔚然上一次见他是在飞机上，她与他闹得不可开交，回想起来，她和他为数不多的几次相遇，似乎都是以争吵结束的。

“惊不惊喜，意不意外？”罗子骜回头看了她一眼，似笑非笑地道，“好久不见了，林蔚然。”

“你……”林蔚然想说点什么，可是看着罗子骜，她发现自己竟然不知道怎么开口。是他将自己从那群记者中解救出来的，她是不是应该先道谢比较好？

“找个地方叙叙旧吧。”却不想，罗子骜先她一步开口，“我有话要对你说。”

“放我下车。”林蔚然想也不想地拒绝，“我跟你没什么好说的。”

他能有什么话好说，还不是那些编派叶朝晖的恶言恶语。林蔚然不知道自己为何见了罗子骜就满心焦躁，哪怕他又救了自己一次，她还是下意识想远离这个男人，一点都不想和他待在一起。

罗子骜后背猛地一僵，车子里有低气压开始蔓延。林蔚然皱了皱眉头，似乎也觉得自己这种反应太不礼貌，于是犹豫地道：“不过，还是要谢谢你刚才救了我。”

吱——猛烈的刹车声响起，罗子骜突然狠狠一甩方向盘，将车子停到路边。林蔚然差点因他这鲁莽的举动飞出去，不由得怒斥道：“你干什么？！”

“林蔚然，我真是怕你了。”罗子骜松开安全带，回过头，单手搭在椅背上叹了口气，“你总是有办法气得我想掐死你，却又让我对你无可奈何。”

“你……”林蔚然悄然红了脸，伸手朝车门把手上抓去，“我要走了，刚才出了那种事，司机一定会打电话通知我妈妈和朝晖，他们会担心我的。”

“打电话报个平安。”罗子骜早就将车门锁上，将自己的手机递给林蔚然，除非他愿意，林蔚然休想再从他面前逃开，“我带你去一个地方。”

“我拒绝。”林蔚然将手机又扔回给罗子骜，“我马上就要结婚了，和你一个陌生的男人待在一起算什么？”

“闭嘴！”罗子骜脸色又是一变，他烦躁地扯松了领带，道，“我知道你快要和叶朝晖结婚了，整个C城的各大媒体头条全是叶、林两家联姻的事。”他突然冷冷一笑，“但你就不想知道，当初你为什么会出现在疗养院里，为什么会无知无觉地当了两年植物人，这两年内林家的人为什么没有找过你，我又是在什么情况下救了头破血流的你吗？”

林蔚然的脸色“唰”地变得惨白，她震惊地望着罗子骜，片刻后双唇轻颤地道：“当初果然是你撒谎了对吗？你一直在骗我！”

“跟我走，我就告诉你当初发生的一切。”罗子骜勾着嘴角哼道，“否则，我不保证你和叶朝晖的婚礼能够如期顺利举行。林蔚然，你自己选，只要你不后悔，我尊重你的选择。”说着，罗子骜打开车门锁，并优雅地对林蔚然做了一个请便的手势，另一只手却挑衅般把手机递到了她面前。

林蔚然咬着嘴唇，看着罗子骜玩世不恭的笑脸和云淡风轻的神情，各种气愤、恼怒的情绪溢满了胸膛，直恨不得能马上把这个恶劣的男人给丢出去，但她又没办法无视他刚才说的话。

那些空白的过往是她心里的一根刺，带出了各种怀疑、猜忌的念头，在她心里滋长蔓延。哪怕一些可怕的念头被她刻意忽略，她也越来越无法遮掩自己的不安。就这样嫁给叶朝晖，那些湮灭在苍白过去中的阴影真的就能消失不见吗？万一她和叶朝晖的婚礼出现了什么不可逆转的变故，她承受得起这一切吗？

林蔚然沮丧地垂下头，无奈地抓住了罗子骜递给她的手机。

罗子骜见她挫败又生气的模样，精致完美的脸上因怒气而染上红晕，他只觉得这样的她是那样可爱。想要林蔚然露出这样的神情可不容易，如果是以前的林蔚然，只怕打死她，她也不会有这种反应吧……

罗子骜转过身，系好安全带后重新启动车子，不疾不徐地朝一个方向开去。

听着身后的林蔚然打电话给家里报平安，编着蹩脚的理由安抚着邬曼云，那轻柔软糯的声音仿佛初春里拂过的风，罗子骜眼里闪过一丝伤感，但更多的是开心和愉悦。若是她能一直维持着现在懵懂天真的模样，其实也不错。

“罗子骜，你要带我去哪儿？”可惜，罗子骜自认为的舒心并没有维持多久，林蔚然就挂了电话，冷冰冰地对他道。

“去了你就知道。”罗子骜轻描淡写地回答。

“你若是不说清楚，我不会轻易跟你走的！”林蔚然瞪着他，若是眼神可以杀人，大概他已经千疮百孔了。

“你大可以现在就跳车。”罗子骜看着林蔚然虽然很生气却毫无办法的样子，心情更加愉悦。林蔚然透过后视镜看到他一脸幸灾乐祸的模样，顿时放弃抵抗，垂眸不再搭理他。

既然已经决定要跟他去寻找真相，她就不能半途而废，让这个人更加得意。虽然之前误以为他是贩卖器官的坏人，但那的确只是她的误会，他应该不会伤害她，尽管她非常讨厌这个人，也知道他的性子无比恶劣，她还是无法将他想得太卑鄙。毕竟罗子骜长得无比俊美，气质也无比干净，而他那双好看又清透的眼睛，也让林蔚然没办法彻底拒绝这个人。

然而林蔚然这个自我安慰的想法，在一个小时之后彻底宣告结束。

罗子骜的车越开越偏，车速完全没有降下来的趋势。

“我说……”林蔚然的眼神带了点防备，“你到底要带我去哪儿？”

车窗外竟然是荒郊野岭，路过的车辆也极少。林蔚然后悔了，她就不应该妥协，应该使劲闹才对！她话音刚落，只听“轰”的一声闷响，车停了下来。

“怎么回事？你停在这里做什么？！”林蔚然更加紧张，坐直身子瞪着罗子骜。

罗子骜使劲拧了两下车钥匙，可车子只是嗡嗡地响了两声，没有半分要启动的意思。他打开车门下去看了两眼，摸着下巴对林蔚然咧嘴笑道：“车子抛锚了。”

“什么？”林蔚然难以置信地看着罗子骜。

“按常理来说，这是绝对不可能发生的状况，我的车子都是定期保养的。”罗子骜似乎笑得更加开心，“只能说，林蔚然你太倒霉了。”

“罗子骜，你这个神经病！”林蔚然推开车门冲了下去，“你是故意拿我寻开心的吧！”

“你若是执意这样认为，那我也没什么好辩解的。”罗子骜耸了耸肩，“毕竟我在你眼里早就不是什么好人了。”

“你这个人……”林蔚然已经气得说不出话来了。

直觉告诉她，车子抛锚什么的就是罗子骜故意弄出来的，看他的气质、穿着，也能猜出他是个纨绔子弟，哪有这么巧，车子在这个时候抛锚。可她又拿不出证据指控罗子骜，于是她扭头拽开车门，抓过之前扔进车里的手机。

“真是粗鲁……”罗子骜小声嘀咕。

“你说什么？”林蔚然偏了偏头，怒瞪着罗子骜。

“没什么，夸你现在的模样美极了。”罗子骜悠闲地靠在车身上，半点没将车子抛锚的事情放在心上，反而好整以暇地欣赏起林蔚然盛怒的表情来。

林蔚然哪里还有心情跟罗子骜胡闹，她焦躁地拨了几个号码，却发现他们现在所处的位置根本没有半点信号。她挫败地把手机又扔回车座上，无奈地对罗子骜道：“现在要怎么办？”

罗子骜微微一笑，侧头朝前方看了一眼。折腾了这么久，此时竟然已过午后，秋末午后的阳光并不是很强，暖得恰到好处，熨帖得人心都温柔起来，连带着四周的荒芜也变得无比顺眼。

“往前面找找，看看能不能找到人来帮忙。”罗子骜拽住林蔚然的手臂就朝小路前方走去，林蔚然吓了一跳，下意识想要拒绝，但想起现在的处境，只能跟着罗子骜朝前走。

“我警告你啊，要是你对我……”

“你有被害妄想症吗？我对你这种女人才没有兴趣好不好！”

“罗子骜，有没有人说过你那张嘴真的很讨厌？”

“有啊，你不正在说吗？”

“你怎么这么厚的脸皮！”

“我不这样，怎么让你暴露本性，发泄一下你心里紧张和压力？”罗子骜漫不经心的话让林蔚然脚步一顿，她有些惊讶地看着罗子骜的背影。

是这样吗？这个人……其实真的没自己想的那么坏吧，他做的一切其实都是为了自己着想？是想用他的方式来舒缓自己心里的抑郁？当初是他把自己带进医院的，她猜测过他很可能认识以前的自己，甚至他非常了解以前的自己，所以他其实是真的在关心自己吧。

林蔚然看着罗子骜的眼神逐渐变得柔和，嘴角也缓缓牵出一丝浅笑。

怎么会有这么奇怪又讨厌的男人，非要用毒舌来掩饰自己的关心，他未免也太幼稚了吧。但这是第一次，有人看出她心里化不去的郁结，并且成功地缓解了她的压力，这一点连叶朝晖都没能轻易做到。林蔚然又在心里叹了口气。

她也只在罗子骜面前会像个泼妇一样毫无形象地骂人吵架，若是让妈妈和朝晖知道，还不知道要怎么数落她呢。

“喂，发什么呆啊，当心山里的野狼出来把你给拖走。”罗子骜不满的声音从前方传来。

林蔚然没好气地瞪他：“你当我是三岁孩子那么好骗？”还野狼，这人到底有没有常识，这破地方连野狗都看不到一只，还野狼……她怀疑罗子骜的智商到底有没有超过三岁。

两人就这样顺着僻静的小路一直往前走，也不知道走了多久，林蔚然远远地看见前面有一道白烟飘起，顿时眼睛一亮：“看，前面有个村落。”

真不知道罗子骜是怎么把车开到这种地方的。C城如此繁华，周边竟然还有如此原始的村镇？

林蔚然估摸着两人最少走了有两三个小时，经过这一天的折腾，她早已经饥肠辘辘，此时看到村镇，心中顿时无比开心，等联系上叶朝晖，她就能马上回家了。

原本她以为村庄近在咫尺，可走起来距离并不算近，当他们走到村落的时候，天几乎都要黑了。一条岔路出现在两人面前，路的前方是长长的一条小巷，四周的小屋映出的灯火照着眼前的路，遥遥地延伸着，竟让人判断不出这条小巷到底有多长。

罗子骜拿出手机当手电筒，林蔚然才发现巷口有一块木牌，她看着牌子念道："四间房新村。"然后她回过头满是疑惑地问，"四间房？难道这里面只有四间房？"

罗子骜耸了耸肩膀："我哪知道，我也没来过。"

两人的声音刚落，紧跟着，巷子里就传来一阵响亮的狗叫声，随后是第二声、第三声，狗吠声不绝于耳，原本安静的村子一下子变得吵闹起来。罗子骜身子一僵，不动声色地挪到了林蔚然身后。

林蔚然站在原地四处张望，只见前方右侧铁门的缝隙里，一只狼狗正透过门缝冲他们狂吠。她皱了皱眉头，对罗子骜道："还好它们被关起来了，不然……"原本漫不经心的声音在看到罗子骜僵硬的表情后顿住，林蔚然缓缓地转身，看着罗子骜不自在的神情，以及额边滴落的冷汗，清澈的大眼睛突然一瞪，她"扑哧"一声笑道，"罗子骜，你该不会是怕狗吧？"

罗子骜脸色一白，黑亮的眼里闪过一丝挫败之色，那神情没能逃过林蔚然的眼睛，林蔚然突然觉得心情大好，脸上也闪过一丝促狭的神情。她轻轻眨了眨眼睛，拽着罗子骜的手臂把他朝前方的小院拖去。罗子骜俊脸一垮，脸色铁青地立在原地，吼道："你要干什么？"

看着他如临大敌的表情，林蔚然再也抑制不住，扬起下巴得意地道："你真的怕狗啊，想不到罗大少爷还有这个弱点呢！那你可得想清楚，别再得罪我，不然我就……"

林蔚然说着，目光在罗子骜身上和前方的小院间来回游移，气得罗子骜咆哮道："林蔚然！"

"噗——"林蔚然再也忍不住，扶着罗子骜的手臂放声大笑，银铃般的笑声在夜空中散开，顿时驱散了她从回来开始就累积的抑郁，还有她因苍白的过往所带来的猜忌、彷徨。

看着林蔚然开心的模样，还有那双不再有阴影、干净得像婴儿般纯粹的眼睛，罗子骜就是有再大的怒气也平息下去了。他转身后退了几步，双手环胸靠在一棵大树上，开始生闷气。

林蔚然笑够了，走到罗子骜面前，盯着他闷闷不乐的表情道：“算啦，我才不像你一样恶劣，不就是几条狗吗？你跟着我，我保护你呀。”

罗子骜猛然抬头，黑眸中溢出了怀念、伤感、激动、炙热等复杂的情绪。

他脑海中不禁浮现一个画面，那是他很小的时候，一条凶恶的狼狗追在他身后，他吓得哇哇大哭，狼狈地跌倒在地上。眼看狼狗就要一口咬在他身上，一个娇小的身影突然挡在他面前，拎起一根比她的手臂还粗的棍子朝那狼狗挥了过去。惨叫声传来，随后声音越来越远，罗子骜眼前笼上了一片阴影，等他睁开眼睛，就看到一个漂亮得像水晶娃娃一样的小女孩蹲在他面前，小大人一样摸了摸他的头，对他笑道：“别害怕，你跟着我，我保护你呀。”

那小女孩的身影和笑容逐渐模糊，逐渐变大，慢慢地和站在他面前的林蔚然重叠在了一起……

罗子骜突然伸手拽住林蔚然的手臂，一把将她拖入怀中，低头吻上了她的唇。

“蔚然……”他近乎绝望地在她唇边叹息，一边用力汲取她的气息，一边轻唤着她的名字，像是在虔诚地呼唤着内心的憧憬。

林蔚然瞳孔一缩，被这突如其来的吻吓得不知所措。她想推开罗子骜，却被他死死地扣在怀里，她心里无比委屈，更多的却是愤怒。罗子骜怎么可以这样对她！

林蔚然突然狠狠地朝罗子骜脚上踩了下去，然后顺势用力一推，这才挣脱他的怀抱：“浑蛋！”林蔚然后退两步，使劲擦拭着自己的唇瓣，然后转身就要离开。

罗子骜再度攥紧了林蔚然的手。

“你——”她扬手就朝他的脸上扇了过去。罗子骜偏头躲过她的巴掌，抬起另一只手握住了她的手掌，手心灼热的温度烫得她身子一抖。

夜色下，罗子骜的脸笼在阴影里看不清，林蔚然被他的表情吓了一跳，一时间脸色发白，不敢言语，心脏也开始怦怦乱跳。

片刻后，罗子骜回过头，脸上带了一丝浅笑，仿佛刚才那带着绝望的神情全是林蔚然的错觉，他嬉皮笑脸地望着林蔚然，玩世不恭地道:“林蔚然，你要不要考虑一下我啊？其实我比林朝晖强了千百倍！”

“滚！”林蔚然彻底冷下脸来，甩开罗子骜，不再搭理他。她要立刻离开这个鬼地方，彻底远离这个该死的男人。他怎么能那样轻薄自己，捉弄自己！林蔚然快被罗子骜给气哭了。

罗子骜紧跟在她身后，笑眯眯地道：“叶氏集团有什么了不起的，罗氏比叶氏财力雄厚多了，我们两个在一起，那才叫强强联合。你要不要考虑一下啊？林家想要对抗那些虎视眈眈的股东，我也可以帮你做到啊。”

“你……”林蔚然近乎崩溃，对罗子骜道，“你一直对我纠缠不休，却永远不肯对我说实话，这么吊着我好玩吗？罗子骜，我最后问你一次，你当初为什么会救我，是不是和以前的我很熟？你把我带到这里到底想告诉我什么？如果你不愿意好好回答，以后我们就桥归桥、路归路，不管我遇到什么都跟你无关，我只求你不要再出现在我面前。”

“你一下问这么多问题，要我先回答你哪个呢？”罗子骜垂着头，长长的睫毛遮住了眼睛，林蔚然似乎又在他身上看到了一丝绝望的伤痛。他脸上仍然挂着笑，但直觉告诉她，那笑意并没有到达眼里。

莫名地，她心里的怒火竟然悄悄地散了，她禁不住猜测，眼前的罗子骜到底是抱着什么样的心情和心意亲吻自己，然后对自己说出那种话的。

“罗子骜……”林蔚然认真地问道，“你到底对我隐瞒了什么？我不认为你是坏人，若是你愿意好好跟我说清楚，我也不会对你避如蛇蝎，或许……或许我们还能成为朋友。”

“如果我告诉你一切，你能离开叶朝晖吗？”罗子骜抬起头，笑得像孩子般干净单纯，那迷人的笑顿时映进了林蔚然的眼睛，她无奈地伸手揉了揉额角："算了，你果真没打算跟我好好说话。"

"蔚然，我……"罗子骜的眼神变得有些犹豫，里面还掺杂了一丝心慌和焦急。

他看似忍不住要对林蔚然倾诉什么，前方不远处的大门却咣当一响，一人探出头对他们道："什么人在那里？"

刺耳的狗叫声也再度传来，罗子骜的脸色又是一白，拽着林蔚然的手臂就躲到了林蔚然身后。

"噗——"林蔚然憋在心里的怒火顿时像被戳破的肥皂泡泡，随着她忍俊不禁的浅笑消失不见。

不管是记恨一个人，还是讨厌一个人，对她来说都太复杂也太累。她的人生本就空白了一半，何必再给自己增添苦恼。眼前的罗子骜是一个意外的变数，她如果一直被他牵着鼻子走，任由怒火控制，令自己失控，她可能永远找不到自己想要的答案了。算了，既来之则安之，一切随缘就好。他不愿意说，她也不再勉强，等机缘到了，她相信自己总能明白一切的。最起码，这个人由始至终没有真正伤害过她，不是吗？

想到此，林蔚然瞪了罗子骜一眼，直接朝前方走去，对出声询问的人道："先生您好，请问这里是什么地方？我们的车在前面的公路上抛锚了，手机没有信号，联络不到家人，这里有什么通信工具可以借我们用用吗？"

等走近了，林蔚然才看清小院门口站着一个四十多岁的中年男子，皮肤黝黑，身材健硕，手里还提着一把锄头。林蔚然的额头上滑下几道黑线，这都什么年代了，C 城怎么会有这样的村落啊！

中年男子上下打量林蔚然和罗子骜两眼，目光扫过罗子骜，罗子骜立刻将头偏到一旁，给人一副盛气凌人的傲然模样。中年男子收回视线，对林蔚然笑道："亏得你们能找到这里，这里原本就是荒山野岭，是有家公司看中了这块地方，在这里投资，想要建一座度假山庄。如今山庄的雏形刚刚完成，尚没有对外开放，你们算是这里的第一批客人了。"

度假山庄？林蔚然有些惊讶，怪不得她看到的一切都那么原始，原来是投资方有意建成这种模样的。

也是，如今城区的生活越来越喧闹，许多人反倒喜欢返璞归真，向往山林间的简单生活，所以近年来，房地产业也有偏向度假山庄的趋势。

林蔚然觉得有些尴尬，也不好要求人家接待自己，毕竟这是人家未开发完的产业。

没承想那中年男子爽快地笑道："天已经晚了，你们这个时候走夜路也不安全，既然来到了这里，就是和这个山庄有缘，留下来住一晚再走吧。"说着，中年男子身子一让，示意林蔚然和罗子骜进去，"等咱们这个山庄建成了，两位回城里也好给我们宣传宣传，照顾一下我们的生意。"

林蔚然低头看了看自己的穿着，然后又看了看身旁西装革履的罗子骜，禁不住摇了摇头。

从她回到林家以后，叶朝晖和郧曼云早把她的吃的用的换成了顶级名牌，按理说这种山庄是不会提前接待客人的，如今这中年男人想也不想就把他们迎进去，估计是看出他们两个出身富贵，所以才会破例迎接他们两个。

生意场上的人眼睛都这么毒辣吗？怪不得妈妈说她应付不了林氏集团的乱局。要不是有朝晖在，林氏集团单靠她是守不住的。朝晖……林蔚然变得有些恍惚，在这个时候，她格外想念叶朝晖。

罗子骜看着林蔚然心不在焉的神情，那飘忽的眼神和嘴角的浅笑如同情窦初开的怀春少女，他俊美的脸顿时又黑了几分。他想也知道林蔚然不会因为自己露出这种表情，那么她想到的人就只有一个，她的未婚夫叶朝晖。

罗子骜烦躁地伸手抓了抓头发，突然丢下林蔚然朝前走去，林蔚然连忙跟上去。小院内的主屋里有人走出来，笑意盈盈地看着林蔚然和罗子骜："快进来吧。"

林蔚然四下打量了一番，见院子里是平坦的水泥地面，绳子上晾晒着许多手工制作的香肠和腊肉。中年男子把锄头立在门口，对屋里走出来的中年女子说：“今晚有客人，你多做几个好菜招待一下。”

那女子围着围裙，一脸质朴的模样，听到男人的交代，笑吟吟地应了一声，连连对林蔚然摆手：“快，屋里坐。”

林蔚然突然想起张妈慈爱的脸，心里又涌起一阵暖流，便顺从地进了屋。见林蔚然没有抗拒，罗子骜嘴角勾起浅浅的笑意，一旁的中年男子看了他一眼，小声道：“少爷……”

“嘘。”罗子骜立刻瞪了他一眼，做了个闭嘴的手势，然后也大步进入屋内，扬声道，“不好意思，我跟我女朋友出来玩，结果车子在路上抛锚了，今晚就麻烦你们了。”

女朋友……林蔚然一口水呛在喉咙里，抬头就要反驳。罗子骜两步上前按住她的肩膀，制止了她，笑眯眯地继续说：“她身体不太好，劳烦您做点开胃的东西给她补补。”

“两位坐，别担心，我们这里虽然简陋，但什么都不缺，我这就给你们做去。”中年女人满脸堆笑地转身进了厨房。

林蔚然太阳穴一阵抽痛，只觉得罗子骜幼稚得可笑，占她这种口头便宜有意思吗？

她又四下看了一圈，见这小屋不过四十多平方米，只放置着简单的家具，就从钱包里取出一千元现金对男子说道：“先生，您是生意人，我们也不好占这个便宜，就当是我们提前来这里度假，我先付给您定金，剩下的我回头再给您送来。”幸好她一直随身带着钱包，里面放有应急的现金。

“这怎么行！”男子一看林蔚然要付钱给他，皱着眉头想要拒绝，但一旁的罗子骜立刻轻咳了两声，男子身子一僵，然后上前一步笑着将钱收下，“这位小姐有心了，今晚好好休息，希望两位在我们山庄能度过一个美丽的夜晚。”说完，他微微弯腰，然后也转身去了厨房。

林蔚然看着中年男子身上无形中流露出的气质，以及他彬彬有礼的笑容和客套的话语，不由得眉心微蹙，若有所思地看了罗子骜一眼，然后垂下头道：“这里的人还挺好客的，比市区大多服务员的态度都要好。”

罗子骜在林蔚然对面坐下，抬手支着下颌慵懒地靠在一旁：“村镇中的人多淳朴，我们运气好，碰上好人了。”

淳朴？碰上好人了？林蔚然瞥了罗子骜一眼，不置可否。

呵——他当她没看到他跟那个人眉来眼去的？不知情的乍一看还以为罗公子有什么不良嗜好呢。

片刻后，之前的中年女人端来一盆热水，示意林蔚然和罗子骜简单清洗一下，然后她便奇迹般摆上了一桌子可口的小菜。

林蔚然早就饿得饥肠辘辘，但顾及这里并不是自家，还是优雅地细嚼慢咽。罗子骜看着她拘束的模样，又对那两人使了个眼色，那中年男人和女人飞快地退出了小屋，只留下林蔚然和罗子骜两个人。

罗子骜打开面前的红酒，笑着道：“乡下地方，也拿不出什么山珍海味，不知道咱们林大小姐吃不吃得惯。”

“吃不惯又怎么样，你还能给我变出山珍海味？”林蔚然不冷不热地回答。

“山珍海味没有，美酒佳肴倒是能勉强想想。”他递了一杯红酒给林蔚然，“山里夜间温度低，喝点酒暖暖身子，你之前在医院躺了那么久，不注意保养怎么行？”说着，他的脸色又有些不好看，“短短一个多月的时间，你就从一百公斤瘦回了以前的样子，我不问你到底对自己做了什么，只是你也老大不小了，做事情总该为自己考虑考虑，别总像个傻子一样被叶朝晖牵着鼻子走。”

又来了……林蔚然放下筷子，面无表情地看着喋喋不休的罗子骜，也不插嘴，就由着他像个老妈子一样对自己不停地碎碎念。她倒要看看，罗子骜还能怎么编派叶朝晖，还想给自己灌输什么荒唐的想法。

“你看我做什么？”罗子骜原本以为林蔚然一听到叶朝晖的名字就会像过往一样跟自己吵起来，却没想到林蔚然竟这样平静，但那双明亮的眼睛看得他有些发怵，罗子骜没好气地道，“看我就能饱了？你不是早就饿了吗，这一天都没怎么吃东西，你老盯着我管什么用？”说着，他仿佛泄愤一样，将手中的红酒一股脑地倒进林蔚然眼前的杯子里。

林蔚然眼角一抽，看着那几乎要洒出来的红酒说："你是想把我灌醉，在这荒郊野岭对我图谋不轨？"

罗子骜没好气地哼了一声："这点酒就能灌醉你？你也太小看自己了。"

林蔚然心里一动，不着痕迹地轻笑一声："原来我酒量很好吗？"

罗子骜动作一顿，原本还想再刺她两句，可抬眼看到她唇边的浅笑，以及那眉眼间难得的柔和，他满嘴恶毒的讽刺就怎么也说不出口了，最后郁闷地嘀咕了一句："酒中罗刹女，谁敢招惹你啊，两个我加起来也抵不过你一个。"

"你以前跟我喝过酒？"林蔚然看着他继续问。

"那倒没有，听说罢了。"罗子骜邪恶地一笑，"林家大小姐的恶名可是风靡整个C城商圈的，你回去稍微打听一下就知道了。"

"罗子骜……"林蔚然也抬手托着脸，侧头望向窗外，轻软的声音里多了一丝迷离的味道，"其实我倒是挺好奇原来的自己是什么样子的，你跟以前的我很熟吗？"

"原来的你啊……"罗子骜也抬头望向窗外，透过窗棂注视着清透的星空，只觉得此时心里无比温软，软得仿若有一泓甘泉在流动，他忍不住笑道，"以前的林蔚然特别完美，是一个完美得让人只能仰望的女神。可她又比任何人都温柔善良，干净得像是暖泉里的水晶，漂亮得让人不敢碰触，生怕轻轻一碰就会碎掉……"

林蔚然微微一愣，似乎没想到罗子骜对以前的她竟然会是这种评价。

他们每一次的见面和相处都不愉快，从她回到林家之后，打听来的有关自己之前的评价，都是嚣张跋扈、任性妄为。就连叶朝晖给她看过的那张照片，照片里的她也张扬无比，如同一个站在金字塔顶端的女王，高傲地俯视着世间的蝼蚁。可罗子骜却说以前的林蔚然是个善良干净的女孩，漂亮到近乎让人不敢碰触……

林蔚然脸颊微烫，有些别扭地移开视线："他们都说曾经的我很任性。"

“那是因为他们根本不了解你。”罗子骜想也不想地回答。

两人并肩坐在小小的沙发上，中间不过一拳的距离，近到林蔚然能清楚地闻到罗子骜身上的气息。他身上的味道如他本人一样，灼热又浓烈，像是正午的烈日般能吞噬一切。

不期然地，她突然想起刚刚在外面的那个吻。林蔚然像是被烫到一样跳起来，有些慌乱地说：“跑了一天，我很累了，刚才忘了问问管事先生这里有没有电话可以联系到外面。我这么晚不回去，妈妈和朝晖一定会着急的。”

“林蔚然。”罗子骜坐在原处未动，他没有制止林蔚然落荒而逃的举动，林蔚然却因为他的呼唤顿在原地。或许是因为他的声音太认真，也或许是因为他声音里隐藏的难过和绝望让她莫名地有些心酸，让她也浑身不自在。林蔚然转过身，看着已经敛去笑容的罗子骜，听到他一字一句地说道，“不要嫁给叶朝晖。”他看着她，目光里尽是挣扎和隐忍，“如果你嫁给他，你一定会后悔。”

“为什么呢？”林蔚然第一次没有因为他诋毁叶朝晖发火，而是平静地问道，“你三番五次地出现，想要拆散我们，却从不肯告诉我到底为什么。朝晖是我的未婚夫啊！不单是我，连我妈妈也信任他，甚至要将整个林氏集团交给他。他爱我、照顾我，将我从陌生的异国他乡带了回来，在我陷入困境时一次次把我拉出来。你却偏偏对我说，如果我嫁给叶朝晖，我一定会后悔。”林蔚然轻笑一声，继续道，“我不会后悔的。罗子骜，我不相信你，也没有理由相信你，我们一不是亲人，二不是朋友，于情于理我都不可能舍弃我的未婚夫跟你走。”

“林蔚然……”罗子骜抱着最后一丝希望，不死心地道，“你相信我，我真的不会害你，如果你反悔的话，随时可以找我，我的电话二十四小时为你开机，我随时可以把你带走。”

林蔚然无比笃定地摇了摇头：“谢谢你，谢谢你救了我，谢谢你今天又在那么多记者面前帮我解围，也谢谢你对我的关心。所以，我更应该告诉你，不管我嫁给朝晖以后会面临什么，我一定一定不会后悔。”

她轻叹了口气，“罗子骜，游戏该结束了，我要回家了。”说完，她便转身走出了小屋。

罗子骜看着林蔚然离开的方向，鼻间还萦绕着她身上的清香，可这小小的、明亮的、刚才还充满温馨的小屋，在失去她的身影后一下子就变得空寂又落寞，连桌子上仍冒着热气的饭菜都失去了它原本的清香。

“少爷……”李叔的声音传入罗子骜耳中，罗子骜抬头，看到之前的中年男子正一脸为难地站在他面前，“林小姐猜到我们是你带过来的，也猜到这个山庄是属于罗家的产业，她要我们送她回去。”

罗子骜将视线挪向窗外，透过窗子凝视着她的背影，她明明那样娇小，夜色下拉长的背影却显得那样坚韧。坚韧又倔强，这才是林蔚然，是高贵、倔强又完美的林蔚然，不是吗？

罗子骜突然笑了，他竟然忘了她是那样聪明，怎么会以为她忘记一切，就遗失了过往的本能？

这里的确是罗家的产业，他早就想把林蔚然带到这里，和她不问世事地待上几天，好好考虑一下，是不是要将自己隐藏了许久的秘密都告诉她。

他不知道婚庆公司前的那些记者是谁请来的，是从哪里得到风声堵在了门口，但他感谢那些记者给了他机会，让他实现了自己的愿望，拥有一个和林蔚然单独相处的夜晚。可惜，这一切也只能到此为止，林蔚然已经猜到这一切是他刻意安排的。

他从来不信什么偶然，喜欢去制造属于自己的必然，将所有因果牢牢抓在手中。

“送她回去吧。”罗子骜释然一笑，对自家的管家李叔吩咐。他脸上的笑容如同西落的太阳，虽依旧俊美得摄人心魄，却少了刺目的光芒，那笑容里掺杂着没人能懂的寂寥和悲伤。

“蔚然……”小屋里又只剩下罗子骜一人，他轻轻伸出手，却什么都抓不住，嘴角的笑容也越发苦涩，“你会后悔的。”修长的手指缓缓收紧，他低声重复，“你一定会后悔的。”

晚上十点，林蔚然回到了林家别墅。屋子里灯火通明，林蔚然礼貌地同李叔告别，垂着头按响了门铃。妈妈他们应该急坏了吧……虽然她中间已经打过电话向家里报平安，也说明今晚会晚点回来，但以邬曼云现在过于紧张的状态，这个时间点已经超出邬曼云的承受范围。

果然，在门铃响了两声后，邬曼云直接从里间的主屋冲了出来："小然，你去哪儿了？是不是出了什么事？我听说有记者堵在婚庆公司门口，你有没有受伤？"邬曼云直接拽住林蔚然上下打量。

叶朝晖跟在她身后，脸上也挂着担忧和抹不去的疲惫。

林蔚然连忙挽住邬曼云的手安慰地一笑："妈妈，我没事，只是太长时间没出门，忘记了时间而已。"她抬头看了叶朝晖一眼，触及他温润的目光，突然一阵心虚，忍不住别开视线道，"对不起，让你们担心了，我以后不会这样了。"

邬曼云这才松了口气："你这孩子，都是要结婚的人了，还这么任性。"她一边拉着林蔚然往屋里走，一边对叶朝晖说，"朝晖啊，既然小然没事，你也快回去休息吧，这两天你为了公司的事都没怎么合眼。"说着，她责怪地瞪了林蔚然一眼，"朝晖白天要去公司处理公司的事情，心里还要惦记着婚礼，你还给他添乱，你啊你……"

"伯母……"叶朝晖连忙制止邬曼云，上前一步揽住林蔚然的肩膀道，"我没事的，蔚然这段时间也确实憋坏了，今天不过是上街多逛了一会儿，不碍事的。"

林蔚然抬头看着叶朝晖，发现他的双眼里布满血丝，心里顿时满是愧疚："朝晖，对不起，因为我的任性让你担心了……"当她的未婚夫为了他们的未来忙碌的时候，她竟然跟另外一个男人待在一起，她觉得自己该死极了。

叶朝晖伸手摸了摸林蔚然的头发："没事，你回来就好。不过以后不管去什么地方，一定要让我知道。蔚然……"他轻叹口气，"我不能失去你第二次。"

“我保证！”林蔚然连忙伸出一只手做了个发誓的动作，“我保证从今以后绝对不再乱跑，不再让妈妈和朝晖担心！”

始终眉头紧锁的叶朝晖这才舒展眉眼，宠溺地刮了刮林蔚然的鼻子：“真不知道该拿你怎么办。”他转向邬曼云道，“伯母，公司里还有事情没处理完，我先回去了，你和小然早点休息吧。”

“这就要走了？”林蔚然心里闪过一丝失望，她总觉得她已经很久没见到叶朝晖了。

叶朝晖顿住脚步，低下头，眼睛一眨不眨地看着林蔚然，林蔚然俏脸一红。邬曼云见他们这副模样，立刻对身后的张妈道：“去准备点吃的给小然，她在外面跑了这么久，一定饿坏了。”说完，她就拉着张妈回了屋，将这一方天地留给了叶朝晖和林蔚然。

林蔚然看到邬曼云离去时递给她一个加油的眼神，不由得心跳加速，脸红得更加厉害。加油什么呀……她只不过是下意识叫住了叶朝晖，怎么一个个看她的眼神都这么奇怪呢？

林蔚然有些不好意思地低下头，看到地上映出了叶朝晖高大的身影，自己小小的影子被笼在其中，他则撑起了自己的整个天地、整个世界。过不了多久，他们就要结婚了，就要成为一家人了……

这样的感觉，竟然比亲密拥抱还让她觉得暧昧，她连忙别开视线，轻咳两声道：“公司不是还有事情要忙吗？你快点回去吧。”说完，她不敢去看叶朝晖的表情，转身就想要从他身边逃开。

见不到他的时候明明各种思念，如今他就站在自己面前，她却反常地想要逃开。实在是眼下这种气氛太让人心悸，林蔚然怀疑自己的心脏会不会因为这种太过强烈的感情而炸开。

“蔚然，”叶朝晖手疾眼快地抓住了林蔚然的手臂，轻轻使劲就将她拥入了怀中，温暖的怀抱驱散了夜间的凉意，他附在她耳边低笑道，“为什么你在我身边永远这么害羞呢？你以前可不会这样……”

林蔚然身子一僵，心里传来一阵细微的刺痛，但这种刺痛很快就被她忽略，她埋首在叶朝晖怀里，声音有些闷：“所以，你还是更喜欢以前的我吗？”

林蔚然只觉得他清越的笑声再度传来，胸腔细微的震颤令林蔚然抬起头，有些不满地瞪向叶朝晖。

叶朝晖看着她如此小女儿的神态，伸手揉了揉她的头发：“你又来了，我说过很多遍了，不管是以前的你还是现在的你，只要是你，我都喜欢。”像是要强调什么一样，叶朝晖一字一句地道，“你是林蔚然，林蔚然就是你，过去的林蔚然像个女王一样骄傲，骄傲到让我喜欢、让我憧憬；现在的林蔚然则是个受伤的公主，脆弱得让我心疼，也让我……”他的声音越来越低，也越来越靠近林蔚然，“每时每刻牵挂思念，生怕一个眨眼你就不见了……”

叶朝晖好看的薄唇习惯性地朝林蔚然的额头吻了下去，只是当他俯身的瞬间，清楚地看到了林蔚然清澈的双眼以及眼中不掺任何杂质的倾慕和憧憬，那是很多年前，午夜梦回间，他期盼从她眼中看到的情绪，如今在隔了一段空白记忆之后，猝不及防地出现在他眼前。他心里突然溢出一丝酸胀的情绪，原本应该印在额头上的轻吻缓缓地下移，他盯着她温软的唇瓣，第一次想要将自己的气息深深地烙印上去。

看着叶朝晖逐渐在面前放大的脸，林蔚然缓缓地闭上了眼睛。

其实，他们再次相遇后，很少有过于亲密的举动，他虽然会安抚地拥抱她，也亲吻过她，但他亲吻的都是她的额头和脸颊，如同绅士向公主礼貌地问安，她丝毫感觉不到情人之间拥吻的激情与甜蜜。但是这一次，他用这种好像非常爱她的情绪，吻了她的唇。她心中一阵恍惚，也就是这一瞬间，她无比确定这个人是属于她的。

“轰——”一声巨响突然从林蔚然的口袋里传来，那仿如爆炸的声响顿时将林蔚然和叶朝晖吓了一跳，林蔚然下意识推了叶朝晖一把，抬手将口袋里的东西取了出来。入手冰凉，东西映入眼中却无比熟悉，那是罗子骜的手机。此时，手机正嗡嗡振动，并随之传来一阵阵爆炸的音效，上面显示着一组陌生的电话号码。

林蔚然脸上瞬间乌云密布，从刚才的娇羞少女逐渐朝夜叉罗刹转化。

罗子骜的手机怎么会在她这里？他是什么时候把这该死的东西塞进她的口袋里的？而且，这个幼稚鬼还把手机铃声给设置成这种效果……

林蔚然抬手就要按下接听键，想要不顾形象地骂死那个搅局的神经病，但她下一刻又想起叶朝晖就在她面前，要她当着自己未婚夫的面去接另一个男人的电话，鬼知道那个罗子骜还会搞出什么幺蛾子。

林蔚然手忙脚乱地将电话挂断，然后有些心虚地将手机往身后一藏，满脸通红地对叶朝晖道："朝晖，今天太晚了，你还是回去吧。妈妈一直在担心我，我进去陪陪她。而且……而且我逛得有点累了……"

叶朝晖叹了口气，一脸无奈地拍了拍林蔚然的脑袋："去吧。慌成这样做什么，难不成你有什么事情瞒着我？"

林蔚然话音一哽，口水险些呛进喉咙里。她低着头后退了两步，眼神闪躲地道："怎么会呢，呃……我先进去了。"说完，她逃也似的跑上了楼。

叶朝晖淡然地看着林蔚然消失的方向，眼里的温润逐渐消失，转化成看不见底的深沉——她在撒谎。

她没有过去的记忆，从与他相遇之后，所信任、所依靠的也只他一人，他所看见的她像是一只折断了羽翼的雏鸟，被他牢牢地握在掌中。他喜欢这样的她，他随时可以左右她的情绪，可以让他呵护珍藏，当只属于他的林蔚然。然而现在，她正因为一些未知因素，一点一点撞破外层那柔弱的壳，还有了他所不知道的秘密，像是要挣脱他的束缚，变成以前那个林蔚然。

怎么可能呢？叶朝晖转身，嘴角的冷笑在夜色下竟显得无比森冷。她永远不可能，也绝对不可以变成以前的林蔚然……她是他找到的，而后被他一手雕琢打造成现在在他看来近乎完美的模样，他不允许自己的杰作被人为毁坏。

叶朝晖把手插进口袋，一步一步走出林家，取出自己的手机，熟练地拨通了一组号码。

几声过后，电话被接通，叶朝晖的声音瞬间放柔，眼里的冰冷消失不见，声音里也多了几丝放松的愉悦：“嗯，是我，好，你过来，我等着你……”他抬手扯松领带，拉开车门坐进去，揉了揉紧锁的眉心，继续道，“你放心，不可能有什么意外，你也知道……”叶朝晖话音突然一顿，缓缓坐直身子，若有所思地说，“对了，今天蔚然在婚庆公司门口遭到记者的围堵，是你做的？”

对方说了些什么，叶朝晖轻轻叹了口气：“我怎么可能怪你？好了，这件事情我会处理，不过，你最好帮我查一查，当时她是怎么在婚庆公司脱身的，离开后到底去了哪儿……喂，”叶朝晖的声音突然又变得无奈，“我不是因为喜欢她才关注她，是不想出现什么变数，你……好了，我马上过去找你，见面再说。”说完，叶朝晖挂断电话，靠上椅背长出了一口气。

——你是不是真的爱上林蔚然了？这种问题根本没有任何意义。

叶朝晖扭头看向别墅的二楼，那里是林蔚然的卧室，此时窗口已经映出一道纤细的身影。

叶朝晖收回视线，一脚踩下油门，飞快地离开了林家别墅。

爱上林蔚然？他当然是爱的，只是这种爱，大概林蔚然自己都无法明白吧。不过她不需要明白，她只需要保持现在这样就好，很快就好了，很快她就会彻底属于他。

当叶朝晖的车远离别墅小区后，有一个人从林家别墅对面的阴影里走出。男人五官俊美，神情阴沉，唇边的冷笑中带着无法形容的愤怒与心疼，像是一只蓄势待发的美洲豹，下一刻就要将敌人撕得粉碎。

“林蔚然你这个笨蛋。”他也抬头望向二楼的窗户，随后又是一笑，低头看着自己手上的手机道，“叶朝晖，凭你也想占她的便宜？”他按下一组号码，脑中想象着对面那震耳欲聋的音效，眼里闪过了一丝恶作剧得逞的得意之色。

一直跟在林蔚然身后，直到她安全回到林家后也没有离去的罗子骜撩了撩额前的碎发，勾着嘴角对叶朝晖离去的方向冷哼道：“门儿都没有！”

第九章 女神的梦

“蔚然……”熟悉又好听的声音在耳边回荡，“我们终于能在一起了，永远永远在一起。”

“朝晖……”林蔚然脸上露出幸福的浅笑，她朝面前的男子伸出手，“是啊，我们终于能永远在一起了。”

“林蔚然！”一声怒斥从后方传来，林蔚然微微一顿，扭头朝后方望去，盛怒中的罗子骜正一步一步朝她走过来，“你不能嫁给他，你会后悔的！林蔚然，你一定会后悔的！”

“轰——”原本万里无云的天空瞬间乌云密布，电闪雷鸣，林蔚然抬头，见自己所处的地方突然变得无比诡异。她身前是叶朝晖，身后是罗子骜，叶朝晖站立在碧海蓝天之下，罗子骜却屹立在狂风暴雨之中。大雨倾盆，罗子骜俊美的面容被雨水冲刷得无比狼狈，像是刚从鬼域之地爬出来的修罗，要将恐怖的噩梦狠狠地套在她身上。

“不要……”林蔚然惊惧地看着罗子骜，转头朝叶朝晖冲去。然而，她脚下一阵颠簸，周围的世界瞬间崩塌，她被狠狠地甩到了一艘小船中。狂风巨浪下，小船在海面上摇摇荡荡，风浪几次差点把船给掀翻，林蔚然死死地抓着船舷，却还是被掀进了水中。

“朝晖，朝晖！”她着急地伸出手，在翻涌的海浪中挣扎，她看见叶朝晖一步一步向她走来，脸上挂着她熟悉的温暖浅笑。她放心地舒了一口气，朝叶朝晖伸出手，而他也微微俯下身，然后——狠狠地把她摁入海里……

“啊——”林蔚然发出一声刺耳的尖叫，噌地从床上坐起，脸上额边全是汗水。

“小然？”急切的脚步声从门外传来，邬曼云一脸惊恐地推门而入，刚好看到林蔚然脸色惨白地坐在床上，她冲过去扶着林蔚然道，“怎么了，谁欺负你了？怎么哭了？”

哭了？林蔚然伸手拭过眼睛，这才发现，自己原以为的汗水，竟然全是眼泪……

“小然，你到底怎么了？”邬曼云坐在林蔚然身边，双手握紧林蔚然的手臂，“你不要吓唬妈妈，是不是白天那些记者对你做了什么？”

“呃……妈妈，我好像做噩梦了。”林蔚然见邬曼云惊慌失措的模样，连忙安抚道，“白天什么事情都没发生。”

“噩梦？”邬曼云愣了一下，“什么噩梦？”

“我梦到……”林蔚然欲言又止，脸上出现一丝困惑的神情，随后轻咳一声道，“记不得了。”

她只记得梦里的自己无比恐慌和绝望，甚至还带着前所未有的悲伤和心碎的情绪。

一定是个噩梦吧……不然她怎么会在梦中哭得不能自已？是梦到以前的事情了吗？以前的林蔚然到底经历过什么？难道并非叶朝晖所说的那样唯美，她的过去全是不堪回首的黑暗？

“小然，你吓死妈妈了。”邬曼云见女儿的确没事，这才松了一口气，“你失踪了两年，妈妈已经绝望了，几乎以为自己要永远失去你了。要是你……”

“妈妈……”林蔚然倾身抱住邬曼云，柔柔地笑道，“放心吧，我不会再离开您了，我已经回来了啊。”

邬曼云眼圈微微泛红：“嗯，回来就好，回来就好。而且……”她爱怜地摸着林蔚然的长发，“我的小然越来越懂事了，以前你可不会这样安慰妈妈的。”她推开林蔚然，叹气，“去洗个澡吧，我去冲杯咖啡给你。”说完，邬曼云转身走出了卧室。

林蔚然不知道自己刚才是怎么睡着的，只知道她甩开叶朝晖跑回屋后，像是要躲避愧疚和心虚一样把自己埋在了被子里，然后就慢慢地昏睡过去了。

会做那样伤心的噩梦，大概是因为她心中有鬼吧。林蔚然有些懊恼地看了一眼床头柜上摆着的手机，就是那个手机破坏了自己难得和叶朝晖相处的时间，还害得自己从噩梦中惊醒。

“还好只是一场梦。”林蔚然像是安慰自己一样低喃，“还好只是一场梦……”

林蔚然起身走进盥洗室，拧开水龙头，蓬头喷出的热水淋在林蔚然身上，镜子中满是雾气，薰衣草的香气在整个浴间里弥漫着，林蔚然的身体逐渐放松，心里却依然沉重。

罗子骜的面容和他说过的话在她眼前挥之不去，她其实明白，是白天发生的事情在她心里埋下了一颗种子，再由猜忌浇灌喂养，使得那颗种子生根发芽，令她变得疑神疑鬼，哪怕她想不起噩梦里的内容，却记得噩梦中那冻透人心的冰冷。

“林蔚然，不要嫁给叶朝晖，你会后悔的，你一定会后悔的……”

这句话仿若诅咒，在林蔚然脑海中一遍又一遍地回荡，林蔚然用力关掉水，裹上浴巾烦躁地回到卧室，然后就看到桌子上放了一杯冒着热气的咖啡。

林蔚然端起咖啡杯轻啜一口，咖啡的苦涩在唇齿间蔓延开，她有些难忍地皱紧了眉头。

突然，她有些想念之前回国的时候。那时候，她在飞机上也做了噩梦，空姐给她端来了一杯甜甜的牛奶。她至今还记得唇齿间牛奶的清香，比咖啡更能温暖抚慰她惶恐的心。她一点都不喜欢苦涩的味道，不喜欢这么重口味的咖啡。相比叶朝晖和邬曼云，罗子骜似乎更清楚她喜欢什么、需要什么……

林蔚然心里猛然一惊，被自己的这个念头给吓了一跳。她那么讨厌罗子骜，怎么会在这个时候想到他呢？难道是白天相处的时候，令罗子骜在她心中有所改观？不不不，她依旧觉得罗子骜非常讨厌！她绝对不会因为罗子骜去怀疑身边的人，更不会因为他的搅局和叶朝晖生出罅隙。

林蔚然生气地将咖啡杯往桌子上一放，坐在梳妆台前仔细地盯着自己的脸。

林蔚然……如果是以前的你，你会怎么做？怎么想，她都没道理选择相信一个陌生的男人吧？从周围人口中，她知道了叶朝晖是自己的青梅竹马，他们从小一起长大，他到底有什么理由做出伤害自己的事情？所以，全都是罗子骜的错，是罗子骜的出现搅乱了自己的平静，只要远离他，她的人生就不会再起什么波澜了。

林蔚然洗脑一般一遍一遍告诉自己。可是，她很快就发现这种自我催眠的效果并不怎么有用，她满脑子想的都是白天跟罗子骜在一起的点点滴滴。

叶朝晖对她很好，她也非常喜欢他，可她总觉得他们一点都不像情侣。他们几乎没有过争吵，大部分时间相敬如宾，她跟在叶朝晖身后追随着他的背影，他无微不至地照顾着自己，可她总觉得他们之间隔着什么东西一样，但当她见到他温暖的浅笑时，又觉得是自己太过敏感。

林蔚然也曾想过，如果能这样风平浪静地过一辈子也不错，生活本来就该波澜不惊。但罗子骜的存在是那么强势又突然，他像是太阳，耀眼又热烈，让人永远无法忽略他的存在，也似乎永远无法真正讨厌他。他时而单纯幼稚，时而霸道恶劣，时而又像是一个温暖懂事的邻家男孩，她不知道该怎么形容他，可是跟他在一起的时候，她总是觉得欣喜有趣，也能释放真正的自己……

林蔚然脸色“唰”地一白，然后狠狠地甩了甩头，想要将罗子骜的脸从脑子里甩出去。

怎么回事啊林蔚然！你才和罗子骜见过几次，就因为他动摇了感情？你这样……你这样和精神出轨有什么两样！原来自己是这么糟糕的人吗？

林蔚然不敢再胡思乱想下去了，烦躁地摆弄着桌子上的护肤品，试图转移自己的注意力。突然，她看到梳妆台的夹层里有一本日记本。她随手抽出来翻开一页，一张照片掉了出来。照片上的人是叶朝晖，是很多年前，还是少年的叶朝晖。

或许因为经常拿出来看，照片已经有些皱，照片里的叶朝晖穿着简单的衬衫、牛仔裤，年纪虽小却和现在一样温雅和煦，阳光照在他的脸上，更衬得他的五官清俊迷人，充满了与年纪不符的魅力。

朝晖在笑……林蔚然被这张照片惊到了。原来，以前的他也会笑得这么暖心干净，而不是像现在这样，总带着淡淡的疏离，他竟然可以笑得如此干净纯粹。

林蔚然相信，这样的男生一定是每一个少女的梦，也一定是她的梦。她不禁对自己更加生气：林蔚然，你到底还有什么不知足的？竟然真的因为另一个男人胡思乱想。

林蔚然摇了摇头，向后翻开一页。

2001 年 4 月 23 日　晴

我喜欢叶朝晖，从懂事后，从知道“喜欢”这两个字的含义后就喜欢他。朝晖那么完美，不管做什么都那么迷人，这世上只有我配得上他，他也只能跟我在一起。

2001 年 7 月 31 日　雨

叶朝晖是我的人。

我不知道他对我到底是什么感觉，但我坚信，他绝对逃不出我的手掌心。我是林蔚然，唯一配得上他的林蔚然，所以，他一定会喜欢我的吧。

林蔚然有些惊讶。

虽然无数次从别人口中听说过以前的林蔚然嚣张跋扈、任性乖戾，总像个女王一样俯视着所有人，但林蔚然显然没想到，看到以前的日记，会带给她这样的冲击。

原来她以前是这个样子的吗？文风一般能体现一个人的性格，这日记本里的每一篇日记都只有寥寥数语，却让她看到了一个真实又鲜活的林蔚然。哪怕喜欢一个人，也是带着这种凌驾一切的目光看待对方，带着似乎能掌控一切的霸气，以及“我看上你、喜欢你，你就必须喜欢我”的自信。与过去的林蔚然相比，现在的她当真没有半点相似之处……

叶朝晖心里真正怀念的，也是这样艳光四射的林蔚然吗？

林蔚然默默地又翻过一页。

2002年9月24日　晴

今天我们和朝晖一家去打高尔夫球，叶朝晖和我配合得很好，不愧是我喜欢的人。

唯一的败笔是林可欣，摆出一副楚楚可怜的样子博同情，还故意在叶朝晖面前摔倒，让叶朝晖以为是我把她推倒的。呵，耍这种小把戏，幼稚。

林家的一切都是我的，叶朝晖也是我的。林可欣，你休想。

眉心微微蹙起，林蔚然仔细翻了翻，发现但凡提到林可欣的日记，林蔚然的话语都极具攻击性。原来自己和林可欣的仇怨由来已久，她从小就和林可欣不亲，甚至可以说是敌视林可欣。可林蔚然实在想不起来自己到底为什么讨厌林可欣，此时心里也没有半点对她的厌恶和排斥的情绪。

是因为林氏集团的继承权吗？还是说……因为林可欣也喜欢叶朝晖？

林蔚然的心猛然一抽，她突然想起之前刚刚回国，在医院里第一次见到林可欣的一幕。

当时发生了什么？林可欣看着自己的眼神就像是看着一个仇敌，她和朝晖有什么互动？朝晖又是怎么看待她的……

林蔚然迅速将日记翻到了最后一页。

2013 年 5 月 20 日 晴

叶朝晖向我表白了！

原本我是打算主动跟他提出订婚的，但他突然向我表白，说他也喜欢我很久了。我就知道叶朝晖一定会喜欢我的，他也只能喜欢我！

我喜欢他这么多年，一次又一次地对他宣布他的归属，但他从来不给我回应。如今我终于得偿所愿，一定会好好珍惜这个我执着了这么多年的男人。

还是林蔚然的风格，就连喜悦都透着无与伦比的嚣张，但林蔚然硬是在这些文字里看出了一颗雀跃无比的少女心。她抱着日记本回到床上，将自己陷进暖暖的被褥中，盯着天花板发呆。

其实在叶朝晖面前，她总是不自信的。他太美好，好到不像人间所有。她和他在一起的时候，总觉得这只是一场美梦，也许是丘比特在射箭的时候射歪了，才会射在她那样一个又丑又胖，还不知道自己的过去的人身上。虽然后来亲眼看到自己变成了美丽的女神，她也总会觉得自己是不是被施了魔法的灰姑娘，等到了十二点，她眼前的美梦就将灰飞烟灭，消失得无影无踪。而这一切惶恐和怯懦，大概都是因为她早就把以前的林蔚然给忘了。

手中的这本日记，像是一把通往过去的钥匙，在她面前突然打开了时光隧道，给她空白的记忆刷上了一道鲜明的色彩，也给了她那么一丝丝勇气。

她愿意相信叶朝晖一直爱着那个明艳动人、自信嚣张的自己，虽然她现在忘记了一切，但她还是林蔚然，叶朝晖也无数次强调她就是林蔚然，他爱的就是她。

她的本能引导着自己找到了叶朝晖，她在失忆以后，依然至死不渝地爱着叶朝晖，为什么不能相信叶朝晖也和她一样呢？林蔚然嘴角勾起一丝微笑，抱着笔记本沉沉地睡了过去。

林蔚然一直睡到日上三竿才醒过来。她看了一眼闹钟，已经十点了，楼下传来了隐隐的欢笑声。林蔚然连忙收拾好自己下楼，看到邬曼云和叶朝晖在客厅里相谈甚欢。

邬曼云抬头笑道："醒了？"

叶朝晖立刻起身走到林蔚然面前，抬手为她理了理额前的碎发，轻笑道："这么晚才醒，最近累坏了吧。"

林蔚然眨了眨眼睛，抬手挽住叶朝晖的胳膊，拉着他回到客厅坐下："今天怎么有空过来？"

叶朝晖勾着嘴角回答："昨晚不是还怨气十足地看着我，怪我最近没空陪你吗？你先把早饭吃了，然后我陪你去选礼服，等晚上带你去参加一个酒会。"

"酒会？"

"嗯，今天ME传媒牵头举办了一场慈善酒会，全城有头有脸的人都会去。ME在商业媒体中的地位相当高，他们的发行量是业界龙头，无论是专访的商业人物，还是杂志中的商业评论，都非常受业界关注。这样的酒会也是商界难得的盛会，身为林氏集团的大小姐，你应该露个面。"

林蔚然第一次听到叶朝晖对自己提到公司的事情，顿时一脸严肃地正襟危坐："那么，我去了要说什么、做什么？"

叶朝晖莞尔一笑："你不用这么紧张，有我在，你想做什么都可以。随意一点，就当是家里普通的聚会，股东们只要看到你露面，你的任务就完成了。"

林蔚然乖巧地点了点头，心里闪过一丝窃喜。

她其实对于将林氏集团这么大的重担甩到他身上感到抱歉，如今终于有她能帮忙的地方，她自然要尽心尽力配合他。从她遇见他开始，他不一直是这样的吗？只要他在她身边，就没有什么事情是他解决不了的，她根本就不需要害怕。

"你们两个好好玩，我就把小然交给你了。"邬曼云看着两人其乐融融的样子，忍不住伸手摸了摸林蔚然的脑袋，"你这丫头，终于有点林家大小姐的样子了，我还以为你会推辞不去呢。”

即便林蔚然失去记忆，邬曼云也依然相信，林蔚然骨子里还是自己那个聪明傲然的女儿。她相信林蔚然会慢慢恢复原来的样子，在叶朝晖的帮助下接管林氏集团，再次成为万众瞩目的林蔚然。

“伯母放心，我会一直陪着蔚然的。”叶朝晖连忙接了一句。

原本邬曼云也在酒会邀请的名单中，但她推说身体不舒服，要叶朝晖和林蔚然代表她出席。叶朝晖明白，这样的场合邬曼云孤身一人会很尴尬，于是应了下来，只交代张妈好好照顾邬曼云，客套几句后便带着林蔚然出门了。

车上，叶朝晖看着林蔚然虽有些紧张，却不再闪躲，充满勇气和尝试的眼睛，眉心微拧，张口想问什么，但终究什么都没有问出口。

等选好衣服、做好造型，又带着她在附近逛了逛，叶朝晖见时间差不多了，便驱车直奔酒会现场。

门口早就有一群记者在此等候，C 城商圈里但凡叫得上名号的企业家已陆陆续续地进入会场，身边都带着衣着光鲜的女眷，只可惜当林蔚然出现的一瞬，所有的风头都被压了过去，众人惊艳、倾慕的眼神也全部落在了林蔚然身上。

林氏集团的大小姐，完美得像女神一样的林蔚然回来了。

面对周围火辣辣的目光，此时的林蔚然已经淡定许多，经历了从丑变美的转变后，她突然明白皮囊不过是给旁人看的，以现在的技术，想要变美其实很容易，但容颜可以改变，心却不能。就像她，无论是美还是丑，都还是那个林蔚然，只爱着叶朝晖的林蔚然。

门口的记者看到林蔚然和叶朝晖一起出现，呼啦一下围了上来，争先恐后地问道：“叶先生、林小姐，传闻你们的婚事只是给林氏的股东放出的烟幕弹，是为了稳定林氏集团股票的权宜之计，你们能对此说两句吗？”

又来了……林蔚然皱了皱眉，眼里闪过一丝厌恶，身体也排斥地后退了一步。

下一刻，叶朝晖的胳膊稳稳地揽住了她的纤腰，他面无表情地看了一众记者一眼，清冷的眼神将面前的记者吓了一跳，迫于他身上的气势后退了一步。而后，叶朝晖就淡定地揽着林蔚然向会场内走去。

“哟，叶总好大的威风啊。”两人刚刚踏入会场，林蔚然还来不及感叹崇拜一下自己的未婚夫，就听到一个阴阳怪气的声音从另一旁传来。

林蔚然的心咯噔一跳——是罗子骜。

身为罗家的少爷，罗子骜自然也在酒会的邀请之列。他本来是先他们一步到的，只是突然听到记者叫林蔚然的名字，立刻回头，然后就看到林蔚然和叶朝晖款款地走过来。

“蔚然，好久不见。”罗子骜像是完全没看到叶朝晖似的，笑眯眯地对林蔚然打招呼。林蔚然被他吓得心头一抖，心虚的感觉再度涌来。

叶朝晖并不知道她昨天一直和罗子骜待在一起，要是在这里被罗子骜揭穿，那场面一定非常难堪。她一把拽住叶朝晖的手，拖着他就要远离罗子骜。

“蔚然？”叶朝晖见到林蔚然心虚的表情，再看看一脸好整以暇的罗子骜，眼里顿时多了些深沉，却由着林蔚然将他拖走。

她最近的转变，以及她逐渐脱离掌控的反常行为，难道都是因为罗子骜？想到此，叶朝晖又回头看了罗子骜一眼。

叶家和林家跟罗氏并没有太大的关联，他也只是听说过罗子骜的名字，对这个人并不了解。他跟林蔚然有什么交集？以前也没听林蔚然提起过这人啊……

后方，见林蔚然像是躲着瘟疫一样躲着自己，罗子骜也不生气，双手插在口袋里，似笑非笑地看着两人的背影，半晌后冷哼了一声：“走着瞧。”

会场上的人越来越多，等大家几乎寒暄过一轮，酒会也就开始了。

林蔚然继承了富可敌国的林氏集团，自然就成了各大企业争相结交的对象。各家名媛女眷争先恐后地把林蔚然围住，虽然林蔚然以前在圈子里名声不太好，大家也都听说过她的任性嚣张以及难以相处，但利益驱使下，众人自然也会不怕死地过来攀谈，将她夸得天花乱坠。

叶朝晖夹在一群女人中觉得有些尴尬，抬眼看到身后掠过一道人影，叶朝晖眼神一沉，朝林蔚然微微示意，走到了后方距离她不远的餐桌前。叶朝晖拿起一杯红酒，缓缓走到罗子骜身旁，见他靠着大厅里的廊柱，神情无比惬意地凝视着前方的林蔚然，黑眸里顿时闪过一丝火光：“罗少。”

听到叶朝晖的声音，罗子骜淡然地瞥了他一眼，然后勾着嘴角客气地回了一句：“叶总。”

“你跟蔚然很熟？以前是旧识？怎么没听蔚然提起过？”叶朝晖不着痕迹地试探道。

罗子骜缓缓站直身子，直白地说：“叶朝晖，你想知道什么不妨直说，本少爷心情好的话自然会回答你，但本少爷不想告诉你的，你也没本事套出来。”

听出了罗子骜话中恶意挑衅的火药味，叶朝晖眼里闪过一丝惊讶之色。他与罗子骜并无交集，几乎连点头之交都算不上，罗子骜为什么对自己抱有这么大的敌意？

“罗少是不是对我有什么误会？”叶朝晖微微垂眸，一字一句地道，“还是说……你喜欢我的未婚妻？”

既然不是商场上的利益冲突，那就只能是因为私人感情。从林蔚然出现后，罗子骜的恶意挑衅以及他看着林蔚然时的炽热眼神，叶朝晖不难猜出他是为了什么才挑衅自己。

叶朝晖不慌不忙地喝了一口红酒，脸上露出温雅迷人的笑容：“我很爱她，我们下个月就要结婚了，欢迎罗少到时候来参加婚礼。”

罗子骜眼睛一眯，俊美的脸上笼上了一层阴霾。

他懒得再跟叶朝晖废话，冷哼了一声：“叶朝晖，不要以为自己有多聪明，你骗得了她，但骗不了我。”

叶朝晖笑得更加云淡风轻：“罗少言重了。”

“啧，叶朝晖，你还真是不见棺材不掉泪啊，林蔚然也真是瞎了眼，竟然会喜欢你这种伪君子。你真的以为自己做过的一切能瞒天过海？”

罗子骜转头看着人群中被簇拥着的林蔚然，突然凑到叶朝晖耳边低声道，“她不是林蔚然。”

叶朝晖长指一顿，握着酒杯的手微微泛白，但他只是皱了皱眉，随即云淡风轻地看着罗子骜道：“罗少说什么？”

“不承认？”罗子骜一脸玩味地打量着叶朝晖，“跟少爷我装蒜？要我说得再清楚一点？你只是随便找了个长相与林蔚然相似的女人，给她整容以后把她骗回国，然后带回林家，这其中的目的……”罗子骜咧开嘴，眼里的光芒透着一丝邪恶，“还需要我进一步说明吗？”

“罗少……”叶朝晖轻轻地把酒杯递给一旁经过的服务员，缓缓地整了整西装袖子，“我觉得罗氏企业应该向文化传媒行业发展。”

“嗯？”罗子骜微微一愣，就听叶朝晖继续道：“罗少的想象力这么丰富，若是进军文坛，做个编剧或是导演，说不定能拿个诺贝尔文学奖回来，光宗耀祖，为国争光。”他悠然一笑，“半个月后，我会寄请帖给你，失陪了。”

“叶朝晖！”罗子骜的笑脸再也绷不住，他一把攥住叶朝晖的胳膊，沉声道，“我知道你不会承认，但我绝不会看着你伤害她，任由你拖着她跟你一起下地狱！”

叶朝晖抬眸看了罗子骜一眼，笑得像是从云端走下的王子般优雅：“多谢你的祝福。”

罗子骜和叶朝晖之间的剑拔弩张已经引起周围人的注意，而罗子骜也正在认真地思考是不是该直接给叶朝晖一拳，毕竟自己玩世不恭的纨绔形象在圈里也小有名气……

然而不等罗子骜孤注一掷付诸行动，林蔚然急切的声音就从前方传来：“朝晖！”

她刚才也看到叶朝晖和罗子骜站在一起，两人的脸色都有些不好看，也不知道两人在说些什么。她生怕罗子骜会捅穿昨天发生的一切，给自己和叶朝晖制造什么不必要的麻烦，连忙摆脱身边的名媛，急匆匆地朝叶朝晖走去。

“蔚然……”叶朝晖甩开罗子骜的手，上前几步迎上林蔚然，无比自然地揽住了她的腰，瞥着罗子骜轻笑道，“你怎么过来了？和她们聊得不开心？”

“呃……”林蔚然犹豫地看着罗子骜问，“你们认识？”

罗子骜臭着一张脸往后一靠，双手环胸，哼道：“不认识。”

林蔚然莫名地碰了一鼻子灰，顿时觉得无比尴尬。叶朝晖笑着撩过她额前的碎发：“罗少又在开玩笑了。我请他参加我们的婚礼，他答应了。”

“什么？”林蔚然惊讶地看向罗子骜，却见他此刻的表情像是吞了一只苍蝇一样难受，她哽了哽，拽着叶朝晖的袖子问，“酒会什么时候才能结束？我有些累了。”

有罗子骜的地方，就像是埋着定时炸弹一样不安全，林蔚然觉得还是把叶朝晖从这里拖走比较安全。她完全不想罗子骜参加她的婚礼，更不奢望从他口中听到什么正经的祝福，毕竟他不来气死她就不错了。

“累了？”叶朝晖关切地摸了摸林蔚然的头，然后看着她脚上七寸高的鞋子道，“也是，你现在身体不比从前，站了这么久的确耗费体力。是我疏忽了，我这就送你回家。”

“啊？可以提前回去吗？”林蔚然瞪大眼睛，那清澈可爱的眼神惹得人心神荡漾，生出无限疼惜。

叶朝晖一脸爱怜地揽着她朝外走去：“当然，这酒会上你就是独一无二的女主角，我的公主喊累，谁能阻止我带她回去休息？”

林蔚然顿时眉开眼笑：“没给你添麻烦就好，呼……这种场合，我真的还不太适应。”

“慢慢来。”叶朝晖不疾不徐地往前走，而林蔚然的双眸中也只映着叶朝晖的身影。

罗子骜看着两人旁若无人地说话，半点没有将他放在心上，而林蔚然也彻底忽略了他的存在，方才那盛气凌人的表情顿时垮了下来，整个人像一只斗败的公鸡，颓然地缩在廊柱的阴影下。

“林蔚然，你怎么就不长记性呢？”罗子骜将酒杯中的酒一饮而尽，

“他到底有什么好，你真的就这么喜欢他？”指尖微微用力，薄薄的酒杯“啪”的一声碎裂在了罗子骜手中，罗子骜只觉得手心淌过一股热流，然后四周就传来了一阵惊呼声。

“好吵。”浓眉蹙起，他一把拨开冲到他身边的服务员，大步朝宴会厅外走去。

红色的液体顺着他前进的步子在他身后铺开一串红梅，像是他瞬间千疮百孔的心一样，散落一地，湮灭成灰。

回去的路上，叶朝晖一路沉默，他的心情很不好，自己的宝物被人觊觎，他握着方向盘的手蓦地收紧。他不喜欢这种感觉，相当不喜欢！

林蔚然却难得好心情地对他道：“朝晖，酒会上有好多人都认识我，以前的我，他们告诉我好多我不知道的过去。”

“嗯……”叶朝晖有些心不在焉地应了一声。

林蔚然的眼睛里闪烁着明艳的光芒：“我之前不该一直缩在家里，应该经常出去走走，和以前的朋友多联系一下，说不定很快就能找回我的记忆了。刚才那个安琪说以前跟我很熟，可惜我一点都想不起来……还有那个萌萌，她说她跟我是高中同学，我高中的时候是学校的风云人物。我有些难以想象，以前的我真的像大家口中那样完美吗？我……”

“蔚然！”叶朝晖突然打断叶蔚然的喋喋不休，“安静一点。”

林蔚然微微一愣，不知道是不是她的错觉，她竟然在叶朝晖淡然的语气中听出了一丝不耐烦。

叶朝晖似乎反应过来自己的语气有些反常，连忙回过头对她温柔一笑，无奈地叹气：“嘘，安静一点，这样不安全。我在开车，你一直跟我讲话，万一我分神，出了危险怎么办？”他转了一下方向盘，调整好方向，继续道，“等送你回家后，我再慢慢听你说。”

“呃……对不起……”林蔚然有些尴尬，她还是第一次听叶朝晖用这种语气和态度对自己说话，虽然仔细想想，这里面也没有什么不对，因为他向来周全和小心，而且恪守规则与礼节，真正反常的是她才对……

他最近累坏了，她还在他身边聒噪个不停，不过是参加了一场酒会，不过是找回一点点熟悉的感觉，她不该这么失态，不该给他增添烦恼的。林蔚然低下头，突然觉得满心沮丧。她什么都做不好，哪怕已经用力去迎合叶朝晖，哪怕认真地去揣摩以前的林蔚然的模样，从她看到的日记里去拼凑以前的影子，她还是无法变成以前的林蔚然。

“蔚然……”察觉到车里的低气压，叶朝晖连忙握住林蔚然的手解释，“对不起，是我态度不好，你说的话我一直在听，我只是这些日子有些累，怕分神给你带来危险。”

“没关系，是我不好。”林蔚然急忙摇头，像是一只惊弓之鸟，“我不该一直吵你，今晚你早些休息，公司里的那些事以后再做也不迟，别把身体累坏了。”

“嗯。”叶朝晖应了一声，然后收回手，认真地看着前方，带着林蔚然朝林家别墅驶去。

一路无话，林蔚然可称得上是如坐针毡，好不容易挨到家门口，林蔚然下车，刚想转身对叶朝晖说些什么，叶朝晖便发动车子绝尘而去。林蔚然愕然地看着车子消失在自己的视线中，脸色逐渐泛白，心里的委屈和酸涩再也压抑不住。发生了什么？朝晖为什么要这么对她？是她做错了什么吗？

她知道有哪里不太对，可她找不到具体的原因。她突然发现，在这段关系中，自己被动极了，叶朝晖的手心里仿佛有一根线，而她就像一个提线木偶，被他操控着所有的喜怒哀乐。她在看他的脸色，他的一言一行、一举一动，都能让她惶恐，让她欣喜。爱情就是这样吗？以前的林蔚然也是这样爱着叶朝晖的？

不！她以前明明爱得强势又傲慢，用近乎掠夺的方式蛮横地站在了他身边，可她为何会沦落到现在这样，仅仅是因为她失忆了吗？

林蔚然禁不住摇头，泪水在眼眶里打转，身子也摇摇欲坠，纤细的身影几乎要折断在夜风里。

吱——刺耳的刹车声传来，就在林蔚然以为自己要绝望地倒下的时候，叶朝晖的车子再度出现在她面前，她惊讶地瞪大眼睛，然后就看到叶朝晖从车里走出，快步走到她面前，拉住她的手又把她塞回了车里。

“朝晖……”林蔚然小心翼翼地开口。叶朝晖没有回答，脸色有些阴沉，薄唇紧紧地抿着，像是在压抑什么快爆发的情绪。

她心中立刻变得忐忑不安。他要带自己去哪儿，是有什么话要对自己说吗？还是说他后悔了，不想跟自己结婚了？她有关未来的美梦就要这么破碎了？

脑洞大开带来了各种各样黑暗的想象与负面情绪，林蔚然急得几乎要哭出来，她伤心地将自己缩成一团，咬着下唇，强忍着眼泪道：“朝晖，朝晖……你怎么了？你……你慢点开好吗？我害怕……”

终于，叶朝晖狠狠地转动了一下方向盘，车子稳稳地停在路旁，他拽住林蔚然把她拖进了怀里。林蔚然被吓了一跳，慌张地推着他问：“朝晖，你到底怎么了？”

“蔚然。”怀中软玉温香，叶朝晖的情绪似乎平复了少许，他微微松开手臂，低头看着怀中惶恐失措的女人，看着她精雕细琢的面容，即便映在眼里的她如同一个失去灵魂、破碎不堪的水晶娃娃，只剩下空壳，也依然美得如梦似幻。他喜欢这样的她，这一瞬他无比清楚地知道这一点。

失而复得的东西总是很珍贵，毕竟不是每个人都有机会重来一次的。在异国他乡与她相遇时，他听到了自己的心脏悸动的声音，他想悄悄地将她藏起来。

他禁不住抬手捧着林蔚然的脸，深深地凝视着她，露出完美的浅笑说：“蔚然，对不起，是我失控了。是我的错，将你带到聚光灯下，让惹人厌烦的苍蝇觉察到了你的美丽，以后不会了。”他贴在她耳边低声呢喃。

“嗯，是我不好，是我给你添麻烦了，我哪里做得不对，你说出来，我一定会改。”林蔚然柔顺地依偎在叶朝晖怀中，紧紧地拽住他的袖子，生怕下一刻他就会消失不见。

“不该带你去酒会的。”叶朝晖轻叹口气，“我怕你被人抢走，怕你不要我。”

这种害怕，仿佛万蚁噬心。他收紧手臂，像是害怕林蔚然会被谁夺走一样，不断重复一样的话语。

就因为这个，所以他才脸色阴沉，才如此莫名其妙？他不是厌倦了、生气了，不是想要和她分手、想要悔婚，而是因为太过在意她？

林蔚然顿时松了一口气，破涕为笑，又觉得有些啼笑皆非：“朝晖，我是你的未婚妻啊，我们马上就要结婚了，我怎么可能跟别人走呢？”

“蔚然，我害怕，我并没有你想的那么无所不能。”叶朝晖脸上露出了一丝苦笑，“我早说过，我已经失去过你一次，绝对不能忍受你再一次离开我。”他深吸一口气，突然握着林蔚然的手，用近乎心碎般悲伤的眼神望着林蔚然道，“蔚然，我不想再等了，我想马上娶你，我想时时刻刻守在你身边。我们把婚期提前吧。”这样，你就只属于我了。

“啊？”林蔚然眼角还挂着一颗泪珠，此时因为瞳孔收缩，眼泪坠了下来，像是倏然坠落的水晶，“砰”的一声砸进了叶朝晖心里。

他呼吸一窒，再次把林蔚然拥进怀中，声音里压抑着破碎的沉郁和哽咽：“蔚然，我真的不想再等了，我知道婚礼太仓促会委屈你，但我……”

“我答应！”林蔚然直接打断叶朝晖的话，更加用力地抱紧叶朝晖，一遍又一遍地重复，“我愿意，我早就准备好了，只要你愿意娶我，就算没有婚礼我也愿意。”

这样深情的叶朝晖、失控又情感外放的叶朝晖、完美到让她心疼的叶朝晖，她怎么可能拒绝呢？

过去的她爱了他那么多年，如今的她又小心翼翼地憧憬他那么久，当她以为暴雨将至的时候，却迎来了一场和煦的春风，原来他也和她爱他一样爱着她，那她还有什么好犹豫纠结的呢？他要结婚，那就结婚吧，早一天或晚一天根本没什么差别。她这辈子只爱叶朝晖，也只想嫁给叶朝晖。

“蔚然……”叶朝晖低声笑了，那笑声让林蔚然想起了日记本里珍藏的照片，她恍然觉得是多年前那个纯粹干净的叶朝晖出现在了她的面前。

她满心都是幸福，填补了她失落的前半生的空白，她觉得她的人生在这一刻得到了圆满，此前所有的苦难都是上苍对她的考验。只要待在这个人身边，不管日后会迎来什么，她都愿意放弃一切，毫不畏惧地沉沦。

“朝晖，我爱你。”林蔚然轻声呢喃。

叶朝晖浑身一僵，然后用力收紧双臂锁着林蔚然。他的视线透过车窗，遥望着一直跟在后面的另一辆车，嘴角轻扬，扯出一丝冷冷的浅笑：“蔚然，我也爱你。”

——所以，没有任何变数能将我们拆散，你永远只能属于叶朝晖。

第十章 女神的婚礼

罗氏企业总经理办公室，罗子骜烦躁地将一沓文件摔到了桌子上。

这几天，罗氏有一个重要的项目到了最后收尾阶段，他一直在加班开会，忙得昏天暗地、日月无光，以至于他原本打算做的事情不得不搁置。

他忍无可忍地在心里骂了一句脏话，漂亮的黑眸瞪着桌子上堆积如山的文件，最终暴躁地站起来，恶狠狠地踹了桌子一脚，抓起车钥匙朝办公室外走去。

这些狗屁事情就算耽误几天，罗氏也不至于倒闭，但林蔚然那边的事情要是再耽搁，他可能就得后悔一辈子了。去他的公司，去他的责任，他现在只想把那堆碍眼的文件给烧掉，他一定要立刻见到林蔚然！

快步走出办公大楼，外面早已经是暗沉的黑夜，罗子骜深深地吸了一口气，只觉得自己的心情比暗沉的天幕还要压抑。他走到自己的车前，拉开车门刚要上去，却看到前方一个瘦弱的身影悠悠地飘过，像是午夜游魂一样，一步一步朝前方挪动。

“嗯？”看清楚那人的长相后，罗子骜的眉心狠狠拧起，他反手将车门关上，站在原地若有所思地望着那个飘过的女孩。

说她是飘，真的一点都不过分。夜色中，路灯下，灯光照在她瘦削的脸上，映出了她一脸病态的苍白。女孩穿了一件白色连衣裙，在夜风的吹拂下瑟瑟发抖。若是胆小的人看见，或许会认为是女鬼索命来了。

罗子骜盯着她看了半晌，唇边勾起一丝玩味的笑，“林可欣，这个时候出现在罗氏附近，你搞什么？”

在近期闹得沸沸扬扬的传言中，就有一条是关于林家两个真假公主的，林可欣的身世在C城商圈里早不是什么秘密，罗子骜自然也是认得她的。

早年，她是林家的养女，之后就爆出她其实是林崇阳的私生女、林氏集团的二小姐，与林蔚然一样拥有林氏集团的继承权。林可欣虽然不比林蔚然众星捧月，但也有不少青年才俊围绕在她身边。

可惜，在林崇阳的遗嘱上，他彻底否认了这个女儿，也变相地剥夺了她的继承权，并且将她从林家驱逐。她如今的身份，不过就是流言蜚语中的过气小姐，与林蔚然更是一个天上一个地下。

罗子骜盯着她游魂似的背影，双手插进口袋里，缓缓地跟在她身后。

林可欣似乎并不知道身后有人跟着她，只是睁着一双无神的眼睛茫然地向前走。前方不远就是十字路口，眼看着绿灯已经切换成红灯，但林可欣还是无知无觉地踏上了马路，罗子骜终于忍不住跨步上前，一把攥住林可欣的手臂，将她拖回来斥道："你搞什么？"

林可欣被突然出现的罗子骜吓了一跳，但她很快就冷下脸，甩开他的手道："你是谁，我做什么需要你来管吗？"

"啧，林二小姐好像有点贵人多忘事，我们高中念的是同一所学校，几年前在各种酒会上也见过很多次，你这个时候装作不认识我，不合适吧？"罗子骜笑眯眯地看着林可欣道。

若她说跟自己不熟罗子骜能理解，毕竟罗家和林家没什么太深的交集，但她装作不认识自己就说不过去了，毕竟他罗少爷的名号在圈子里还是叫得很响亮的。从小到大，也只有林蔚然那个眼高于顶的嚣张女人会忽略他的存在……罗子骜心里有些泛酸地想着。

"罗子骜，我跟你并不熟，就算一时间想不起来又怎么样。"林可欣一脸防备地看着罗子骜道，"你要做什么？没什么事的话我先走了。"说着，她像是躲避瘟疫一样，转头就要离开。

然而她似乎太过虚弱，在经过罗子骜身边的时候，突然双腿一软，一头向罗子骜怀里栽去。罗子骜被她吓了一跳，条件反射地后撤了一步。

林可欣砰地一下就摔倒在了地上。

“你干吗？”罗子骜皱着眉头瞪着林可欣。

“好痛……”林可欣捂着手臂低声痛呼，一丝血迹出现在林可欣的指缝间，显然是她跌倒的时候擦伤了。

罗子骜不由得腹诽，现在是秋末，C市昼夜温差又极大，在这种夜晚穿着这种裙子跑出来瞎晃，别说磕着碰着，单是冻也能冻死她了。唉，女人就是麻烦。

罗子骜一脸不耐烦地对林可欣道：“你可别怪我，是你先往我身上撞的……呃……”抱怨的话说了一半，他又有些不自在地改口，“要不我还是带你去医院吧。”

“不用了。”林可欣轻颤的声音里像是压抑着绝望的悲伤，她低着头飞快地站起，游魂一般继续往前走去。

罗子骜看着她单薄的身影，再看看她手臂上的血迹，叹了口气又跟上去道：“喂，你大半夜不回家，在这里转悠什么？胳膊上的伤不处理一下不行，我带你去医院吧。”

“回家？”林可欣勾唇，笑得像是春日里绽放的铃兰，虽干净好看，却苍白脆弱，“我哪里还有家可以回啊！”她脚步一顿，突然回头，无比认真地看着罗子骜，“罗少，我跟你虽然不是很熟，但看在我们曾经是校友的分上，请我吃顿饭吧。”说完，林可欣似乎觉得有些窘迫，俏脸微微一红，无比落寞地低头，“我以后会还你。”

这么惨？被赶出林家以后连口饭都吃不上？

罗子骜不想跟林蔚然的这个妹妹扯上什么关系，可林可欣对他提出这种要求，他刚才还间接害她受了伤，他也不能真的就这么扔下她不管，再怎么说，这人也是林蔚然的妹妹啊。

罗子骜皱了皱眉，烦躁地扯下自己的外套丢给林可欣：“走吧，我会记在你姐姐的头上，回头让她还我。”

林可欣听到“姐姐”两个字，身子顿时一僵，嘴角也轻轻地抿起，但她只是停顿了片刻，立刻就跟上罗子骜，顺便将他扔给自己的西装外套穿好。精致的布料里带着一丝好闻的男士香水味道，林可欣轻轻嗅了嗅，脸上微红，更衬得她像是染了胭脂的红粉百合般好看。她拽紧衣襟，小跑上前和罗子骜并肩而行，侧头对他露出一丝甜甜的笑容：“谢谢你。”

罗子骜微微一怔，似乎在那笑容中看到了什么怀念的东西，眼神也不自觉变得柔软。他哼了一声，别扭地别开了视线，心里想着她笑起来的样子倒是有点像林蔚然，要是林蔚然也像她这个小白兔妹妹一样无害听话就好了。

回到自己停车的地方，罗子骜驱车将林可欣带到了一家日式餐厅。

精致的料理很快就一样一样摆了上来，罗子骜解开衬衣的纽扣，下意识抓了抓头发，几缕亚麻色刘海顿时垂到眉心处，给他桀骜俊美的五官增添了几分平易近人的气息。

他随意地往后一靠：“你自便吧，不用顾虑我，反正我们不熟，你也不用在我面前保留什么形象。”说着，他抓起筷子径自开动起来。

林可欣抬头看向罗子骜。他长得很美，或许用美来形容男人并不合适，但林可欣只能想到这样一个词来描述他的长相。

与她见过的其他男人不同，罗子骜就像是上帝偏心下最完美的杰作，不管是五官还是气质都精致耀眼到无法表述，从他们进入餐厅开始，就有很多视线投注在他们身上，一如她那个完美的姐姐一样……

林可欣眼里闪过一丝暗沉的光芒，但她很快就把那光芒掩去，只默默地盯着罗子骜发呆。

“你看我做什么？”罗子骜承认自己脾气并不是很好，甚至可以说是非常暴躁，若不是他顶着一副俊美的皮囊，只怕他从小到大要被无数人套麻袋胖揍了。但他实在无法忍受一个不熟悉的外人花痴一样盯着自己，而这人还是林蔚然的妹妹。

林可欣被罗子骜恶劣的态度吓了一跳，瑟缩了一下，然后别开视线：“有没有人说过，你的性格真的不怎么好？”

“有啊。”罗子骜毫不在意地耸了耸肩，“你姐姐啊。”

“你可不可以不要一直提到她！”林可欣终于忍无可忍，像是被踩了痛脚的刺猬一样瞪着罗子骜，“你是不是暗恋林蔚然，不然为什么张口闭口都要拿我同她比较？”说着，泪珠抑制不住地从眼睛里滚落，林可欣急忙侧开头，避开罗子骜胡乱地抹了两下脸，有些慌张地道歉道，“对不起，我不是故意的，对不起……我……”说着，林可欣掩着脸低泣起来。

餐厅内的温度并不像外面那样冷，林可欣进来之后就脱掉了外套，露出里面单薄的连衣裙。白色的连衣裙几近透明，她身材虽然偏瘦，却玲珑有致，细细的肩带轻压着圆润的锁骨，衬着她现在梨花带雨的模样，任谁看了都想把她拥进怀里疼宠呵护。

罗子骜没想到林可欣突然就哭了起来，四周的食客也将目光投注在他们身上，那眼神……就好像他玩弄了无知少女，做了什么对不起林可欣的事一样。

“喂！”罗子骜脸色一黑，低声咆哮道，“你别哭了！”

结果林可欣哭得更大声了，罗子骜顿时一阵头疼，他其实大可以扭头就走，但这不是普通的女人，她是林蔚然的妹妹，到底和那些陌生人是不一样的。

“你想做什么说出来就是了，干吗做出一副被我欺负了的模样。”罗子骜揉着太阳穴道，“你要是再哭我就走了。”

林可欣连忙抬起头，被泪水冲刷过的眼睛带着无措、惊惶地看着罗子骜道：“你别走。”

罗子骜单手支着下颌，无奈地翻了个白眼说：“饭还没吃完，我能走到哪里去。我说，就算你离开了林家，也不至于混得这么惨吧……”目光突然落在她的肩膀上，看到她因为抽泣滑落一半的肩带，罗子骜身体一僵，立刻将视线移开，不自在地转了转身子。

林可欣无知无觉地向前挪了几寸，倾身将罗子骜面前的清酒拿了过来，那细微的动作再次带动单薄的衣裙，若是离得近，几乎能透过她的领口看到里面诱人的风景。

“借我喝两杯。”林可欣没再抬头看罗子骜，她已经放下双手，眼睛里还有泪水淌下，但她已经不再抽泣。将自己面前的酒杯倒满，林可欣一饮而尽，突然开口问，“罗少，你们公司招员工吗？”

“员工？”罗子骜被她这跳跃式的思维弄得丈二和尚摸不着头脑，不由得疑惑地问，“你要做什么？”

“找工作啊。”林可欣抬头嫣然一笑，那笑中带泪的模样，犹如风中摇曳挣扎的小白花，“你看不出来我快饿死了吗？”像是终于找到发泄的出口，林可欣握着酒杯道，“爸爸不要我了，妈妈把我从家里赶了出来，我那个姐姐……呵，她从小就瞧不起我。”青葱白嫩的手指缓缓地摩挲着杯口，林可欣枕着左臂趴在桌子上，眼神蒙眬忧郁地看着杯子里的清酒，“我在林家待了二十年，每时每刻都心存感激，感念他们的养育之恩，心里想的也只是陪着爸爸妈妈安度晚年。但我不知道他们为什么要误解我，把我想得那么不堪。爸爸竟然在遗嘱上彻底抹杀了我的存在。呵呵——遗产……去他的遗产！”林可欣仰头把酒饮尽，拍着桌子骂了一句。

她实在不像是会骂人的女人，这句话从她口中说出来让人觉得无比违和，可在这种环境下，一个单薄脆弱又漂亮的女人，用近乎绝望的语气吼了这样一句话，只会让人觉得她脆弱得让人心疼，给她增添了几分迷离的诱惑气质。

她抬头看着罗子骜：“我其实知道的，罗子骜，你喜欢我姐姐吧。”

林可欣身体一动，突然站起来坐到罗子骜身边，近到她的身体几乎要靠在罗子骜身上：“你骗不了我的，从上学时开始，你就喜欢我姐姐了吧。只要是喜欢她的人，都会用你这种眼神憧憬地仰望着她，因为她是完美的女神嘛。”她将罗子骜面前的酒杯倒满，“我算什么呢？与姐姐相比，我就是一个失败者。你也一样，你也是个失败者。来，让我们为共同的失败干杯。”她笑意盈盈地将酒杯递到罗子骜面前，那迷醉的眼神，仿若是酒吧里买醉的少女。

罗子骜淡然地看着她问：“你喝醉了？”

林可欣讥诮地勾起嘴角：“清酒也能喝醉？”

罗子骜眉梢一扬：“也是。”

他突然站起身，走到吧台对服务员交代了几句什么。林可欣有些意外地看着罗子骜，片刻后，罗子骜就折了回来。不等林可欣发问，吧台上跟过来好几个服务员，手中都捧着洋酒。

林可欣的表情有一瞬间的僵硬，但很快就被她遮掩过去。罗子骜绕过她又坐在她的对面："二小姐既然想买醉，那今日我就舍命陪美人，陪你醉个痛快。"说完，他吩咐服务员把那些酒全部打开，然后在桌子上排开，咧嘴笑道，"来吧。"

罗子骜修长的手指握住酒瓶，仿佛闹事不嫌事大一样，将好几种洋酒掺在一起，又混入了之前林可欣喝过的清酒，之后端着酒杯坐回了林可欣身边，将酒杯递到林可欣的嘴边，像是诱哄一样低声道："今晚我们不醉不归。"

听着他低沉诱人的嗓音，看着他近在咫尺、俊美若天神的脸，林可欣有片刻的愣神。鬼使神差地，她接过他递过来的酒，眼中闪过一丝决然，然后笑盈盈地喝了下去："罗少，是你说的，今晚我们不醉不归。"

"是我说的。"罗子骜咧开嘴，笑得如朝阳般迷人，"我会一直陪着你，不管你想做什么，我都陪在你身边看着你。"

烈酒被林可欣一杯一杯地灌进肚子里，而她整个人也逐渐依偎进罗子骜怀中。

在日式餐厅里放纵，把料理店当酒吧来胡闹，餐厅老板经营这么多年也只遇见过这么一回，但他早已将客人悄无声息地送走，并且默默地挥退了服务员。早在罗子骜前去吧台买酒的时候，就直接将这餐厅包下，并许给其他食客十倍的补偿，让老板不着痕迹地请他们离开这里。

眨眼间，偌大的餐厅里只剩下林可欣和罗子骜两个人。林可欣脸色酡红，身上满是浓郁的酒香，酒气混着她身上的香气萦绕在罗子骜鼻间。林可欣醉眼蒙眬地看着罗子骜，用力维持着神志的清醒，对他露出蛊惑人心的浅笑："罗少。"

"嗯。"罗子骜把玩着手中的杯子，已经远离她坐到了她对面，他看着已经喝醉的林可欣，勾着嘴角不经意地问道，"林可欣，你醉了吗？"

"醉？"林可欣勉强地支起头，温柔地对罗子骜说，"可能吧……罗少，你说，爸爸妈妈为什么要对我那么绝情呢？我知道我比不上林蔚然，我也从来没有想和她争什么，即便是在喜欢的人面前，我也只能默默地喜欢。这么多年来，我在林家低眉顺眼地隐忍一切，直到我遇见了你……"她突然绝望地笑道，"我到底在说些什么……不好意思，我怕是真的醉了。我马上就离开，你就当今晚没见过我吧……"

看着林可欣那倾慕中带着绝望和心碎的眼神，罗子骜浑身一僵，突然就惊悚了。

搞什么？她刚才说的话是什么意思！

一开始碰到林可欣，罗子骜只觉得意外，可当他们进入餐厅，林可欣脱下外套，若有若无地展示她姣好的女性曲线开始，罗子骜就意识到眼前这个女人在勾引他。

他心里涌出无限的反感，更因为林蔚然竟然有这样的妹妹而觉得愤怒，所以，他在林可欣借口买醉，其实是想要灌醉他的意图表现出来之后，便毫不犹豫地包下了这家餐厅，然后要服务员送来各种烈酒，并且将那些烈酒掺在一起，一杯接一杯地灌给了林可欣。这种掺出来的烈酒，别说一个女孩子，就是资深的酒鬼也得趴下，他就不信林可欣喝得烂醉如泥还能对他做些什么。

就当是他自恋好了，他排斥所有不是林蔚然的女人接近他，更不能忍受她们对自己有半点遐想。虽然他也有些同情林可欣的遭遇，但他还是果断地做了坏人，坚决地在林可欣和林蔚然之间选择了林蔚然。

万一这个女人再跟罗家扯上什么关系，闹出什么绯闻，再借由媒体放大绯闻，搞出什么幺蛾子，不但他的老爸和爷爷会打断他的狗腿，林蔚然也会再度被推到风口浪尖。他不可能给林可欣机会，让她借着自己给林蔚然制造什么麻烦。

然而，听林可欣刚才醉酒后说的那段话，她的意思是……她其实一直暗恋着自己，但她知道自己喜欢的人是林蔚然，所以才更加嫉妒林蔚然？如今林蔚然要结婚了，她知道自己一定会伤心失落，所以才游荡在自己公司门口，想要安慰自己、陪着自己，然后借着酒劲对自己告白？

罗子骜因为自己的猜测彻底凌乱了。这猜测让罗子骜如坐针毡，他烦躁地夺下了林可欣手中的酒杯：“别喝了，我送你回去。”

用那种阴暗的心理去揣测一个女孩子，还灌她喝了那么多烈酒，饶是罗子骜自诩脸皮厚如城墙，这会儿也满是愧疚。这太失礼了，越发衬得他像个该死的浑蛋。

林可欣一双眼睛红得像兔子，她趴在桌子上委屈地流着泪，喃喃自语道：“为什么天底下所有好东西都是林蔚然的？为什么我什么都没有……”

罗子骜扯过外套披在林可欣身上，架着她将她带出了餐厅。

他不知道该把醉醺醺的林可欣送去哪儿，而她吹了夜风后顿时醉得更加厉害，无法控制地不停自言自语。罗子骜抓了抓头发，无奈地叹了口气，决定还是先把她安置在酒店。

罗子骜疑神疑鬼地四下看了一眼，生怕周围会突然窜出个记者，将他和林可欣此时的状况拍下来爆个头条。要是被林蔚然知道了，他就再也说不清楚了。

“女人真是麻烦。”罗子骜暗暗低咒了一句，犹豫着是不是要将林可欣背起来带走，却不想林可欣突然转过身子，直接抱住罗子骜哭道：“你别走！你知不知道我心里多难过，我一想到你在她身边，每日每夜陪着她，我就觉得我快要疯了……”

“喂！”罗子骜心里一惊，刚要推开林可欣，林可欣又道：“我什么都不要了，我只要你，你不要再陪着她演戏了好不好？你回来，你回来我身边……你说我们很快就可以光明正大地在一起了，可是想到你要和别人结婚，哪怕是假装的……”

罗子骜原以为她的伤心难过都是因为自己，她汹涌的眼泪也都是因为自己，也以为这些话她是说给自己听的，可他越听越觉得不对，不由得皱紧了眉头：“你说什么？”

“我真的很难过。”林可欣继续喋喋不休，趴在罗子骜怀中攥紧了他的衬衣，“虽然我知道这样的日子很快就能结束，可这样的日子对我来说每一天都是煎熬……朝晖……”

“轰——”罗子骜脑子里一炸，在听到这个名字后只觉得毛骨悚然。

他知道叶朝晖把失忆的林蔚然带回来，甚至还让她做了抽脂手术，一定有什么不可告人的目的。他拼命想要拆散那两人，想要查清楚叶朝晖到底在盘算些什么，可他眼看着林蔚然越陷越深，看她那么喜欢叶朝晖，虽然失落伤心，又禁不住天真地想至少叶朝晖应该是真的爱着她的。

在很多年前，他们两个就订婚了，两人之间其实根本没有他的位置，他所做的一切只是为了确定林蔚然的幸福。但此时听到林可欣的这些话，罗子骜像是寒冬腊月的时候被人当头淋了一盆冰水。

叶朝晖和林可欣？这是怎么一回事？叶朝晖在这对姐妹中到底扮演了什么样的角色？叶朝晖到底有什么目的？！而林可欣所说的婚姻是假的，到底是怎么回事？

罗子骜的脸色变得无比阴鸷，他狠狠地拽过林可欣，捏着她的下巴问道：“你说什么？你再说一遍！你和叶朝晖到底有什么阴谋？”

“讨厌，你弄疼我了！”林可欣皱着眉头甩开罗子骜的手，身子一歪，扶着一旁的大树吐了起来。

“林可欣！”罗子骜完全没打算放过她，上前一步把她拽起来想问个清楚，但她轻飘飘地倒进他怀中，双眼紧闭，脸色泛白，显然已经醉得不省人事。

罗子骜眼睛微微一眯，知道再问下去也不会有什么结果。他深深吸了一口气，将林可欣抱起带回自己车上，然后往家里打了个电话。他刚才也喝酒了，不能开车，还是丢给管家来善后比较方便。交代好一切，挂了电话，罗子骜扶着车门站在路边，盯着车内已经昏睡过去的林可欣，身体因为寒冷的夜风微微发颤，不是被冻的，而是被气的。

那种从骨子里迸出的愤怒，那种从骨髓中泛起的凉意，让罗子骜几乎压抑不住地想冲到叶朝晖面前，揪住他的衣领，问清楚他到底想对林蔚然做什么。

是因为林家的家产吗？如果他的目的是林家的家产，那他为什么还要把林蔚然带回来？毕竟林蔚然两年前若真的出事，林崇阳就只剩下林可欣这一个继承人，叶朝晖直接和林可欣在一起不就行了？他何必多此一举带回一个林蔚然，又兴师动众地上演一出林、叶联姻？

罗子骜只觉头昏脑涨，内心彻底乱了。可至少有一点他很确定，那就是林蔚然很危险，而他不能眼睁睁地看着林蔚然身处险境却什么都不做！他就像个雕像一样矗立在冷风中，脑子里乱七八糟地想着有关林蔚然的一切，直到管家赶过来处理好一切，他才颓然地回到家中。

他几乎是一夜未眠，洗了个澡，躺在床上辗转反侧，眼睁睁地看着窗外的天空由浓浓的黑色变成灰色，终于挨到天亮，却始终没什么睡意。

尽管想了一夜，罗子骜也没能想出个头绪来。他想去找林蔚然，想要告诉她一切，但他也知道，就这样冒冒失失地去找她，她非但不会相信自己，反而会弄巧成拙，让她更加讨厌自己。可他顾不上那么多了，哪怕只有百分之一的希望，他也要试一试。

罗子骜跳起来冲出了家门，驱车来到林蔚然家楼下，拨通了林蔚然的电话。

当熟悉的恶搞铃声响起，林蔚然迷迷糊糊地醒了过来。她看了一眼床边的手机，那刺眼的金属色上跳动着一串陌生的号码，她脑子里瞬间出现了“罗子骜”三个字。她烦躁地呻吟一声，掀起被子罩住了头。

她为什么没有把这部手机丢掉！她一定是中了邪才会继续留着罗子骜的手机，让他在这个时间来扰人清梦。

铃声锲而不舍地响着，昭示着电话另一头的某人有着绝佳的耐心，会一直打到她接电话为止。林蔚然愤怒地坐起身，看了一眼手机上的时间：六点。

罗子骜果然是个神经病！她暴躁地抓过电话，按下接听键，不耐烦地道：“喂。”

“你怎么才接电话啊？”电话对面的罗子骜比她还要气急败坏。

林蔚然微微一愣，无奈地道：“罗子骜，你有病啊！你知不知道现在才几点？”

“你都要大祸临头了，还睡得着？”

“大祸临头？”这人果然是狗嘴里吐不出象牙。

林蔚然气极反笑：“罗子骜，你昨天半夜睡傻了，脑子坏掉了是吗？大清早打电话过来，就是为了诅咒我？”

“睡？我一夜没睡好不好！我有非常重要的事情跟你说，你马上下来，我就在你家门口。”说完，罗子骜就重重地挂断了电话。

林蔚然黑着脸瞪着已经暗下去的手机屏幕，恨不得把罗子骜从里面拖出来打一顿，可她仔细想了想，又觉得罗子骜不像是如此无聊的人，更何况他还一大早就跑来自己家……

林蔚然困顿的睡意顿时消散，她立马翻身坐起，撩起身侧的窗帘，果然看到一个熟悉的身影正在自家门口焦躁地徘徊。

他怎么了？难道真的出什么事了？林蔚然眉心微蹙，飞快地洗漱完毕后走出家门。

“罗子骜？”

罗子骜焦灼地立在林蔚然家门口，虽然看似悠闲地靠在车边，一眼望过去还是个英俊迷人的贵公子，但鬼知道他现在心都快烧起来了。当他听到林蔚然清脆的声音，简直如同沙漠中的旅人寻到了清澈的甘泉。他噌地蹿起，直接冲上前拽住林蔚然的手，一边把她往车里拖一边道：“你跟我走。”

“你干什么？！”林蔚然一巴掌拍到他的手上，咬牙切齿地道，“你又发什么神经？”

“林蔚然你这个傻瓜。”罗子骜沉着脸，不肯放手，“你知不知道自己真的很危险？”

林蔚然被罗子骜弄得一头雾水：“危险？什么危险？”

“林蔚然，有人要害你。”罗子骜深吸一口气，最终还是决定把真相告诉她。

“谁啊？”林蔚然见罗子骜的表情一点也不像开玩笑，也不禁紧张起来。

罗子骜看着林蔚然的脸，似乎在考虑怎么告诉她才不会让她伤心，但半晌后只是艰难又直白地吐出了三个字：“叶朝晖。”

她一定会很伤心吧，一定会备受打击吧？罗子骜越想越觉得心疼，越想越觉得……

“噗——”没想到林蔚然忍俊不禁地笑出了声，“罗子骜，你是在跟我开玩笑吗？你大早上跑来我家门口，就是为了跟我说这个？”

“你还笑！”罗子骜简直快要气炸了，这死女人到底知不知道她现在的处境有多复杂？

“林蔚然，你为什么总是不相信我？”罗子骜愤怒的声音里多了一丝沉痛，林蔚然笑声一滞，有些惊讶地看着罗子骜阴沉的脸色。

不期然地，她在那双漂亮的眼睛里看到了受伤的痕迹，心里竟然也因为他的挫败和无奈微微一疼。

她有些愕然地按着心口后退一步，躲开罗子骜的视线道：“你总是吵着要我相信你，好，我相信你，你拿出证据来说服我，为什么总说朝晖要害我？”

“一定要有证据吗？林蔚然，我没有证据，但你不是傻子，你看不出来我在担心你？我所做的一切都是为你好！”罗子骜抿着唇，高大修长的身形在她面前拉出一道长长的影子。

不知道是不是林蔚然的错觉，她只觉得罗子骜那阳光般的气息消散了许多，变得忧郁又悲伤，就像是初升的朝阳，虽然明亮，却没有应有的激情和温暖。

他固执地拉着她的手腕：“你若是不想受伤，就马上跟我走。我虽然没有证据，但我一定会找到的，我一定会让你看清楚一切，看清楚谁才是对你最好、最适合你的人！”

“罗子骜，你别闹了。”林蔚然不再挣扎，视线落在他依然扣着自己的手腕的手指上。

他的手修长好看、骨节分明，却带着些孩子气的执拗，仿佛只要将喜欢的东西抓在手里，这东西就永远属于他一样。

林蔚然突然想起，当初在国外的时候，似乎也有这样一幕。树影之下，他的手修长干净，肌肤触感柔软，阳光落在上面，像在他手上放了一面浅金色的纱巾。那时候的林蔚然又丑又胖，他却丝毫不嫌弃地看着她，要她跟他走。

那时候的她是什么反应来着？林蔚然勾唇一笑，笑容美丽而又坚定。她缓缓地伸出手，覆在了罗子骜的手背上。

明明是清晨，明明她刚从暖暖的被窝里出来，明明她的手心是暖的，罗子骜却觉得相碰触的地方一阵冰凉，那种凉意带出了一丝莫名的恐慌，一点一点渗入他的血肉。

他听到她说："罗子骜，我不会跟你走。"见罗子骜瞳孔一缩，林蔚然继续道，"你成熟一点吧，罗子骜。"

她很惊讶，自己竟然能把和罗子骜的每一次相遇记得那么清楚，以至于她次次想起来都忍不住气愤，却又带着一丝莫名的感激与暖心。她一点一点掰开他修长好看的手指，"我已经决定要嫁给他了，所以我是绝对不会跟你走的。"

这句话像是压死骆驼的最后一根稻草，罗子骜眼睁睁地看着她将自己的手掰开，而她的手从他手中悄然溜走，就像是带走了他所有的希望和念想。

"结婚……"他机械地低声重复着她的话。

"嗯，结婚。"林蔚然温柔地看着他说，"罗子骜，我和朝晖三天后就要结婚了，就算你不能祝福，也别再来搅局了好吗？"

"三天后？为什么？你们的婚期不是在一个月之后吗？"罗子骜愕然地抬头。

"朝晖想要快点跟我在一起，我也想早点嫁给他，有什么问题吗？"林蔚然说完静静地站在原地，像一个立在罗子骜面前的梦境，微风一吹，一触即碎。

罗子骜突然觉得有些六神无主，他原本是来劝她不要和叶朝晖结婚的，因为叶朝晖有不可告人的阴谋，一定会伤害到她。可他无论如何也没有想到，她三天后就要成为叶朝晖的妻子。

“不行，你不能嫁给他！”罗子骜执拗地摇头，“你会后悔的，你一定会后悔的！”

他像是一个失去最爱的珍宝的孩子，只剩下最后一次固执的坚持，但这坚持太过脆弱，很快彻底粉碎在林蔚然的拒绝中。

“罗子骜……”他听见她一字一句地宣告，“我永远不会后悔。”

不会……后悔吗？所有劝阻的理由都变得那样苍白无力，罗子骜看着林蔚然清澈认真的眼睛，突然明白，哪怕叶朝晖真的要对林蔚然做什么，哪怕等待着林蔚然的是粉身碎骨，她也真的会像她说的那样，绝不后悔。因为她爱他，她深深地爱着那个叫作叶朝晖的男人，就像飞蛾扑火，即便知道前方等待着她的是地狱，也会毫不犹豫地在地狱中沉沦。这种爱没有理由，仿佛是刻在骨子里的一种本能。

罗子骜一瞬间就泄了气。这么久以来，他始终压抑着自己的感情，他聪明机敏，却总在她面前感到无可奈何。他救她，等着她醒来，两年来不停地做空中飞人，要照顾生意又要照顾她，可她醒来不但不认识自己，反而要跟另一个男人结婚……

罗子骜从来没有怪过她，一切只是情到深处无怨尤。但这么多的牵挂，就要终止了吗？以后呢？他和林蔚然就此互不打扰，像两条平行线一样，注定的结局就是越走越远？他能够忘记她吗？

大概是不能的吧……除非自己像她一样失忆，像她一样没心没肺地忘掉所有的前尘往事，将一腔深情碾落成泥，他才能从骨血中挖去林蔚然这个名字，做到一别两宽，各自心安吧。

“你真残忍，林蔚然。”罗子骜的脸色逐渐转冷，满腔热血都在一瞬间冻结，他突然觉得自己卑微得令人作呕。

看着罗子骜受伤的眼神，林蔚然突然觉得有些无所适从，像是再看两眼就会被烫伤一样，她别开头，轻咬了下唇瓣，最后还是叹了口气道：“罗子骜，我们以后不要再见面了。”

他们以前是陌生人，只是意外纠缠在了一起，她空白的记忆里搜寻不到他的身影，所以她也不想以后与他再有什么交集。

可是，当林蔚然说出这句话后，心里却非常非常难过，好像在她毫不知情的情况下，把某些重要的东西弄丢了一样。真是奇怪，不过是一个陌生人，她确定自己爱的是叶朝晖，为什么她此时不敢直视罗子骜的眼睛呢？

“这就是你的心愿？”罗子骜双手缓缓收紧，用力到青筋暴起犹不自觉，“永不再见？”

看着林蔚然闪躲的模样，罗子骜突然冷冷一笑，转身拉开了车门。

林蔚然只听到空中传来他丢下的冰冷的四个字：“如你所愿。”

三日后，林蔚然和叶朝晖的婚礼如期举行。

虽然叶朝晖和邬曼云都觉得婚礼太过简单，但于媒体和C城商圈而言，这无疑仍是一场声势浩大的婚礼。

坐在教堂的休息室中，各家名媛都争先恐后地与林蔚然合影，林氏集团各大股东与高管的夫人、千金陆陆续续拥进来对她嘘寒问暖。虽然她只负责坐在那里任摄像师拍照，对来往的宾客客气地微笑，她还是觉得无比紧张和煎熬。

邬曼云看着林蔚然越来越僵硬的笑脸，叹了口气，来到她身边道：“小然，不舒服吗？”

“没有。”林蔚然摇了摇头，“我只是有点紧张。”

“傻丫头，过了今天，你就能和朝晖在一起了，有什么好紧张的。”邬曼云一边对身边的人客套地微笑，一边低声安抚着女儿。

“嗯，可能还是不太习惯这么多人吧。”林蔚然抱歉地对邬曼云笑了笑。

“没关系。”邬曼云原本想摸摸女儿的长发，可她现在戴着头纱，于是邬曼云拍了拍她的手，“这些不喜欢的以后丢给朝晖做就好，他答应过妈妈会永远保护你的，妈妈相信你一定会幸福。”

一定会幸福吗？邬曼云的话像是带着神力一样，顿时给林蔚然带来了无尽的勇气。

其实从踏入礼堂开始，林蔚然心里就无比忐忑。之前面对罗子骛的时候，她明明无比坚决、无比笃定，却不想还是在这一天到来的时候，萌生了退缩之意。

难道这就是所谓的婚前恐惧症？那她这症状未免也延续太久了。她只能一遍遍地告诉自己，等过了今天，迎接自己的就是幸福的未来，她和朝晖一定可以幸福，到时候，她的生命里就不会再有阴影了。

轻缓的音乐突然响起，林蔚然微微一愣，接着，休息室的门被人推开。有司仪对邬曼云微微弯腰，然后做了一个请的手势。邬曼云连忙推了推林蔚然道："小然，该出去了。"

这么快吗？要宣誓了？她和叶朝晖要举行婚礼中最神圣的仪式了？

林蔚然深吸一口气，缓缓起身，踩着红毯一步步向外走去，走向了她一无所知的未来。

礼堂外，罗子骛站在人群后方的一棵大树下，靠在树上默默地注视着前方踏入教堂的白影。她穿着婚纱的样子真美……连她手上的捧花都黯然失色。

今日之前，他其实已经打算死心了，或者说，三天前在林蔚然家门口，他听她说了那些话以后，就已经死心了。既然她是真的喜欢叶朝晖，既然她那般深爱叶朝晖，那他就如她所愿，从她的世界里消失，再也不给她困扰，毕竟他一开始的目的只是想看着她幸福。

可当这一天来临，当叶朝晖和林蔚然结婚的消息铺天盖地地砸下来时，罗子骛却发现自己所谓的自尊和定力在她面前溃不成军，他还是没出息地来到了婚礼现场，像个傻瓜一样躲在角落里，默默地注视着她走向别人。

过来之前，罗子骛也曾义愤填膺，甚至在心里设想了无数把林蔚然从婚礼现场带走的场景，还研究了最科学合理的逃婚路线，可当他看到林蔚然笑靥如花地站在红毯上，看见林蔚然脸上那幸福又憧憬的微笑，看着她虔诚地一步步走向叶朝晖，他顿时明白，自己根本无法破坏这场婚礼。

她幸福的笑容刺得他心里生疼，那笑容清清楚楚地告诉他，如果他破坏了这场婚礼，那她这一生都不会再有这样的笑容。

算了……林蔚然，只要你快乐，我愿意放手，不再强迫你，不再逼着你去看清楚什么真相。如果我今天的放手可以换来你刹那的欢愉，让你重新找回过去的那个林蔚然，那就让真相彻底烂在我心中吧。

罗子骜有些自嘲地勾起嘴角，原来任性如他、桀骜如他、自私如他，也会有放手成全这一天。

教堂的钟声响起，代表着最后的仪式将要开始。罗子骜面无表情地转身，一步一步远离这个充满欢笑与祝福的地方。

——从此之后，你的幸福与我无关，而我的失落，你也再不会知晓。

坐进车里，罗子骜一脚踩下油门，双手将方向盘握得死紧，他的视线逐渐变得模糊，罗子骜眼前恍然出现了一幕幻景——那是在很多年以前，久远到他触摸不到，却也是他午夜梦回间唯一的慰藉。

夕阳西下，漫天红霞，白皙瘦弱的少年和一只凶恶的狼狗在巷子里已僵持许久，少年一步一步往后退，流着口水露出利齿的狼狗却步步逼近。

终于，他忍不住转身狂奔，狼狗也咆哮着向他扑了过来。背后的咆哮声吓得他双腿发抖，他“啪”地一下跌倒在地上，而那狼狗的咆哮也近在咫尺，他几乎闻到了狼狗口中的腥膻气味。

少年绝望地闭上了眼睛，等待着随之而来的剧痛，但接着，一声哀鸣传入耳中，他有些惊讶地回头，刚好看到一个女孩不知何时出现在他面前，凶悍地飞起一脚朝那狼狗踹了过去。少年愕然，女孩背对着他，他看不清楚她的脸，只能看出她的个子比自己要娇小许多，但她身上的气势无比强悍。

一脚踹开狼狗之后，女孩手疾眼快地捡起一旁的木棍，毫不犹豫地朝再度扑过来的狼狗抽了过去。少年白着脸瑟缩了一下。狼狗又是一声惨叫，终于夹着尾巴嗷嗷地逃开。他盯着狼狗落荒而逃的模样，禁不住腹诽了一句：真是凶悍哪……

“你没事吧？”女孩转过身，蹲在他面前俯视着他，她嘴角挂着一丝张扬的笑，眼里带着一丝淡淡的嫌弃，“一个男孩子，竟然被疯狗欺负，丢不丢人哪！”

少年皱了皱眉，有些生气地别开脸。女孩微微一愣，随后又是一笑：“算了，看在你长得这么好看的分上，我就不计较你的没礼貌了。”她小大人一样伸手摸了摸他的头，笑眯眯地说，“怕狗也没关系啊，你跟着我，我保护你呀。”

艳红的晚霞中，她却是天地间最明艳的一抹颜色，娇小的身体困不住内里嚣张狂放的灵魂，少年瞳孔一缩，只觉得自己看到了世间最美丽的盛景，那女孩如同坠落凡间的天使，又好像勾魂夺魄的妖精。

她伸手将少年从地上拉起来，他刚要张口道谢，她却脸色一变，叫道：“遭了，来不及了。”然后忙不迭地向巷口跑去，一边跑一边转身对少年道，“天快黑了，你快回家吧，这条路上的流浪狗很多哦，小心别被它们咬了！”

骗子，说好的让他跟着她，她保护他呢？少年不满地看了看女孩飞奔离去的身影，眼神戒备地四下打量。

“哎呀！”一声惊呼突然从前方传来，少年又被吓了一跳，扭头朝前方看去，就见刚才从疯狗口中救下他的女孩一脚踩空，直接从台阶上滚了下去。

“喂！”少年大惊失色，白着脸冲了过去，“你没事吧？”他将女孩从地上扶起，担忧地看着她的右腿，然后就看到她的脚踝处以肉眼可见的速度肿起了一个大包。

“你眼睛不好使吗？肿成这样，你说有事没事。”女孩没好气地白了他一眼，按着他的肩膀尝试着站起来，然后又是一声惨叫，重重地跌回了原处。

——唉，长得这么好看的小姑娘，怎么脾气这么火暴，这么刁蛮任性，长大一定嫁不出去的！少年悻悻地想。

“可能伤到骨头了，我送你去医院吧。”心里虽然不满，少年脸上的表情却无比慌张，他抬手就要将女孩背起来。

“不行，我还有很重要的事要做！”女孩子皱了皱眉头，侧头看了少年一眼，然后一把扯过他脖子上的围巾，在自己的脚踝处胡乱一裹，狠狠地系住，一边吸气一边命令道，“带我去怡丰广场。”

少年刚要反驳，女孩恶狠狠地瞪了他一眼，他无奈地叹了口气，弯腰将她背到了背上。

“这个时间，你去那里做什么？”他漫不经心地问。

“去比赛啊。”女孩悠闲地趴在他的背上，一点都没有因为脚伤露出矫揉造作、哀声痛哭的表情，“很重要的比赛呢，要是我迟到或缺席，哼……那些该死的浑蛋一定会嘲笑我的。”

该死的浑蛋……才这么点大的小丫头，到底是谁教她说这些乱七八糟的粗话的？她这么嚣张，她爸妈知道吗？

少年慢悠悠地背着女孩往前走，很快，就听她不耐烦地抱怨：“哎，你就不能走快点吗？要是我迟到了，你就要倒大霉了！”

少年嘴角扬起一丝浅笑，手臂环紧了女孩的身体，一路小跑朝前冲去。等他将女孩送到怡丰广场，才发现广场左边的一个藏馆外面挂着红绸，而里面即将举行的是刺绣比赛。

刺绣？她？少年难以置信地看着女孩。她这么火暴的脾气，竟然来参加刺绣这种消磨耐心的比赛，怕是会把鸳鸯绣成水鸭子吧。

他将女孩送进会场，细心地将她放在指定的座位上，然后悄悄地退开，站在不远处默默地看着她正襟危坐，专注地凝视着手中的绣品。

时间一点一点过去，或许是因为脚上的疼痛越来越难忍，他看到女孩的脸色逐渐变得惨白，豆大的汗珠从她的额头上滴下，她的眼睛却一眨不眨地凝视着手里的绣品，脸上的表情也没有丝毫变化，那双清澈的大眼睛里全是倔强的执拗和嚣张的自信。

少年突然觉得呼吸有些困难，脑中又浮现她挡在自己面前，像个巡视疆土的女王般俯视着自己，勾着嘴角对他嫣然一笑：“你跟着我，我保护你呀。”

“啪”一声脆响，他仿佛听到心里有什么东西破土而出，烙印下了一个小小的影子，然后悄然地渗透，渐渐融入骨血。

夕阳一点一点沉落，最终被暗沉的夜幕取代。当比赛结束的音乐响起，少年恍然回神，这才发现他竟然站在这里盯着一个小丫头看了许久，看到暮色四合，漫天星辰。

他又想起他今晚原本是要陪爷爷参加一个非常重要的酒会，如今天色已晚，时间早就过去了，等他到家之后，少不了会挨一顿责骂……

然而少年的嘴角缓缓勾起，脸上露出了迷人的浅笑。他看到那个娇小的身影艰难地朝他挪了过来，一边咬牙一边瞪着他道：“你还没走啊，还不快过来扶我一把！”

她真是嚣张啊……可也让人觉得怪可爱的。他这么想着，飞快地上前扶住了女孩。

“啧，总算是把比赛熬过去了，真是一点挑战性都没有。”女孩松了一口气，毫不客气地将大半个身子的重量都压在了少年身上，“今天谢谢你啦，如果不是你，我一定会迟到的。不过我救了你一命，我们扯平了。”她笑眯眯地看着少年说，“我叫林蔚然，你呢？”

——我叫林蔚然，你呢？

林蔚然……林蔚然……林蔚然……

少年的身影逐渐拉长，与驾着车孤身远离的罗子骜逐渐重叠，他听到自己低喃道：“林蔚然，我是罗子骜啊……”已经彻底忘记我了吗？

不是现在，而是在很久以前，在她并没有失忆，还是那个光彩照人、万众瞩目的女神的时候。当他将她牢牢记在心里，以为他们的相遇将会开启奇妙的未来时，她却在转身的刹那将他抛到了脑后。

我叫林蔚然，你呢？

你好，林蔚然，我叫罗子骜。

林蔚然，你真的半点都不记得我了吗？你的漫不经心，却是我的永生铭记。

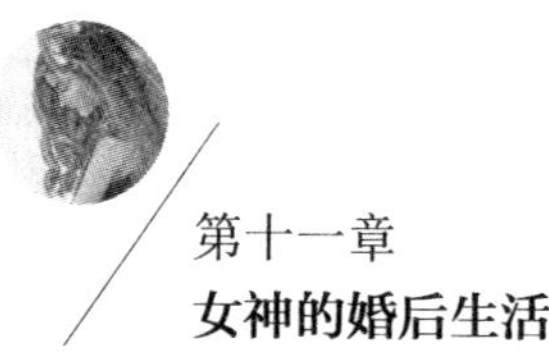

第十一章
女神的婚后生活

房间里并不是很黑，因为今夜月色极好。

叶朝晖推开卧室的门走进去，浑身带着极其浓烈的酒气，眼中的平静彻底消失不见，他一步一步朝大床走去，居高临下地看着躺在床上的那个女人，月光从床边的落地窗照进来，她美得仿佛误入人间的精灵。胸腔里有某种疯狂的爱意在东奔西走，他俯下身，两人之间的距离被缩短，他看着她的脸。

她似乎睡得不太安稳，眉心微微皱着。他伸出手，轻轻揉平她的眉头。

“蔚然……”他的声音极轻，里面藏着某种见不得光的感情，“很快，很快你就只属于我了。再等一等，再等一等，快了。”

他凑近她，轻轻吻了吻她的唇，手顺着她的侧脸一路向下，在触碰到她的腰时戛然而止。

还不可以，现在还不可以。他蓦地站起身跑进浴室，哗哗的水声响起，半个小时后，他带着一身寒气重新回到床边。他仍在看她，眼眸黑不见底。

“蔚然，我爱你啊。”他语调里有一种奇异的笑意，“你一定不知道我有多爱你，所有人都不知道。”他的语气骤然转冷，“我爱你，爱到憎恨你。”他抓起扔在一边的外套，头也不回地转身走出了卧房。

躺在床上的林蔚然对这一切全然不知，她此时正陷入一场噩梦之中，梦境是白天的回放，她穿着圣洁的婚纱，和叶朝晖面对面站着。

“林蔚然女士，你愿意嫁给叶朝晖，无论贫穷富贵，无论生老病死，都与他不离不弃、相伴一生吗？”牧师站在林蔚然和叶朝晖面前，一脸慈爱地看着林蔚然。

林蔚然看了看身旁英俊的叶朝晖，点头轻声道：“我愿意。”

“叶朝晖先生，你愿意娶林蔚然为妻，无论贫穷富贵，无论生老病死，都与她患难与共、至死不渝吗？”牧师又转头看向叶朝晖问道。

四周变得静悄悄的，静得连呼吸声都清晰可闻。所有人都盯着叶朝晖，包括林蔚然，她屏住呼吸，紧张地等待着叶朝晖的回答。然而，原本满眼柔情的叶朝晖在听到牧师的询问后，竟突然敛去微笑，漠然地看着林蔚然，片刻后淡淡地回答：“不愿意。”

林蔚然噌地坐起身，阳光穿透落地窗洒入她的眼睛里，她下意识侧头，伸手挡住那刺目的光线，等眼睛适应了面前的一切，她才发现自己正身处一个陌生的房间里。林蔚然微微一愣，手臂下滑揉向酸痛无比的脖子，指尖不经意碰到还盘在脑后的长发，再低头一看，她身上竟还穿着礼服。

昨日的记忆顿时全部回笼，林蔚然缓缓地放下了手。

这里不是林家，而是叶家，叶朝晖的卧室。她在昨日嫁给了叶朝晖，成了叶朝晖的妻子、叶氏集团执行总裁的夫人。

朝晖呢？林蔚然四下打量，寻找着那个熟悉又清俊的身影，却发现这屋子里只有她一个人。

房间里有些冷，不是那种温度极低的冷，而是那种没有人气的冷，仿佛这屋子从来没有人来过，而她是个突然闯入的不速之客。

昨天在礼堂举行婚礼后，她和叶朝晖又出席了林氏和叶氏共同举办的婚宴，叶朝晖怕她太过劳累，在宴会中场就吩咐司机先把她送回了叶家。

叶父和叶母也在会场应酬来宾，于是偌大的叶家别墅里就只剩下她这个突然入住的女主人。她漫无目的地上了二楼，推开一扇房门就扑倒在床上。一整天的紧张和疲惫当头袭来，林蔚然几乎是沾到床的下一刻就昏睡过去。然后她再度做了噩梦，又在刺目的阳光中惊醒。

屋子里仍然静悄悄的，静得让人心里发慌，林蔚然表情有些木然，眼神也显得有些呆滞，似乎有些弄不明白眼前的状况。她站起身在屋子里随意走了几步，机械地打量着屋子里简单的摆设，慢慢地，大脑才接收到一个信号：这里的确是叶朝晖的房间，而叶朝晖昨天晚上并没有回来。

她不知道自己为什么确定这里就是他们的新房，但她的身体像是本能一样直接带着她推开这间屋子的房门，带着她走进了她以后要生活的地方。

朝晖做什么去了，怎么一夜没有回来？还有，这间屋子的装潢风格的确符合叶朝晖的喜好，简单干净又清雅整洁，她却感觉不到一点点喜气，找不到一点点明亮的色彩，一切都是简洁又寂寥的，让她从骨子里觉得清冷。

这就是朝晖说的一切从简吗？虽然结婚前信誓旦旦地说自己不会介意，只要能嫁给他，和他相伴一生就好，可当她独自在这样的房间里醒来，她发现自己竟然是委屈的。

“真是矫情呢林蔚然……”林蔚然苦笑着叹了口气，“竟然还做了那样的梦。”

明明已经如愿嫁给叶朝晖，她为什么还是会患得患失、心里不安？而且，那异样的不安似乎比以前还要严重。

“不要再给任何人添麻烦了，事到如今你到底还有什么不满意的？”林蔚然一边自言自语，一边朝盥洗室走去。

婚礼都结束了，她却还穿着华丽的礼服，盘着新娘的盘发，按理她这时候应该和叶朝晖一起向叶父、叶母敬茶的。虽然叶朝晖不在，但该有的礼节还是要有，不然岂不是让叶叔叔和叶阿姨觉得自己没有家教？啊，不对……她已经嫁给叶朝晖了，以后就不能再叫叔叔阿姨了，应该改口叫爸妈……

林蔚然一边微笑一边自我安慰，走进了盥洗室。

换好衣服收拾好自己，林蔚然的思绪也恢复了清明，她看了看时间，连忙朝楼下走去。这一觉，她竟然睡到将近中午。叶朝晖不在屋里，那应该是在客厅里陪着叶父、叶母。她嫁过来头一天就这么没礼貌，让他们所有人等她一个，简直太不应该了。这么想着，林蔚然加快脚步，近乎小跑地奔下了楼。

楼下依然静悄悄的，客厅里只坐了一个人——叶朝晖的母亲盛天婵。

盛天婵出身书香门第，身上的气质和叶朝晖无比相似，带着古色古香的清冷和高雅。她穿着一身孔雀绿的旗袍，头发一丝不苟地盘成了发髻，虽然不再年轻的脸上也刻着些岁月侵蚀过的痕迹，却仍能从她的五官轮廓里看出她年轻时的风华。她无比端庄地坐在那里，戴着一副金丝框眼镜，左手拿着一份报纸，正静静地看着。

林蔚然脚步一顿，停在楼梯口。她看着盛天婵优雅地抬起戴着翡翠玉镯的右手，缓缓地端起面前的清茶送到嘴边，那不疾不徐的动作尽显雍容贵气，玉镯滑动间没有发出半点声响。

林蔚然突然觉得有些紧张。她低头看了看自己的着装，她穿的也是一件素雅的旗袍，纫边用银线绣出了清浅的云纹，水蓝色的云锦上零星散落着些素淡的小花，裙角处是一只腾飞的仙鹤，那精致的刺绣正是出自林家祖传的绣法。

她的五官太过精致，若是穿搭些时尚的服饰，便会衬得她艳丽又嚣张。可当她换上古韵的旗袍，因为失忆而清澈单纯的眸子里就多了几分温软的柔弱，那张扬的气质顿时就变成古朴的素雅。这样的林蔚然，像水晶娃娃般剔透又易碎的林蔚然，不管谁看了都会想把她捧在手心里呵护疼爱。

林蔚然在嫁入叶家前曾仔细地打听过叶父、叶母的喜好，在得知盛天婵出身书香门第后便特意准备了许多素淡的旗袍，甚至还恶补了许多有关茶叶的知识，以便她更快融入叶家的生活，找到共同话题与叶母和平相处。

婆媳关系自古以来就是一门复杂的学问，林蔚然不想叶家出现什么俗套的死结。虽然叶父和叶母去林家提亲的时候也态度和善，但林蔚然知道，从她踏入叶家那一刻开始，她就要学着适应叶家的一切，最重要的就是与盛天婵和睦相处，不能给叶朝晖制造不必要的麻烦，让他夹在自己和叶母中间左右为难。

林蔚然默默地吸了口气，露出一抹温柔的浅笑，不紧不慢地朝盛天婵走了过去。

“妈妈……”林蔚然在盛天婵面前站定，有些愧疚地道，“对不起，我起晚了。”

盛天婵左手一顿，放下报纸抬头看向林蔚然。

带着些审视的目光从林蔚然身上扫过，盛天婵清冷的脸上并没有什么表情变化，她只是点了点头，然后示意林蔚然：“坐。”等林蔚然忙不迭坐下，又说了一句，“婚礼受累了。”她的声音和她的表情一样，不冷不热，不咸不淡，就好像林蔚然根本不是她的儿媳，而是一个刚见面的陌生人。

本该是一句宽慰的话，被她用这样的语气说出，林蔚然顿时觉得更紧张了，只得僵硬地笑了笑：“不累……”

嫁过来之前，她就听说盛天婵性子冷淡，不太好亲近。早先她去林家商量婚礼时，也只是礼貌地打个招呼，然后就坐在叶父身边不再言语。林蔚然觉得自己平时也喜欢安静，应该能与盛天婵和睦相处，可当她独自坐在盛天婵面前，她才明白这样的处境有多难熬。

“妈，朝晖呢？”林蔚然见盛天婵的注意力又回到报纸上，完全没有主动和她说话的意向，便硬着头皮再度开口。

她总不能干坐在这里和自己的婆婆干瞪眼吧，那样岂不是更尴尬。朝晖到底去了哪里？昨晚新婚之夜，他没有回来就算了，怎么这个时候还是不见踪影？

林蔚然眼睫一垂，眼里浮现的是满满的失落，心里也尽是别扭的感觉。

“公司有事，”盛天婵没有从眼前的报纸上移开视线，“他去了林氏。”

林蔚然心里一紧，竟然从盛天婵冷淡的语气中听出了一丝刻意。她刻意强调叶朝晖去了林氏，声音里似乎还有一丝不满？

“妈……”林蔚然犹豫着是不是要进一步问问公司里发生了什么，是不是林氏出了什么麻烦，盛天婵突然将手中的报纸递给了她。林蔚然连忙接过报纸，眼里满是不解：她给自己报纸做什么？

林蔚然视线飞快地在报纸上扫过，便见偌大的版面上刊登的全是有关昨日婚礼的新闻。

“叶、林两家联姻，如今财经界的新闻头条全是昨天的婚礼，林氏集团的股价应该不会再动荡，反而会因此增长不少。”说完，盛天婵又端起茶杯轻啜了一口。

林蔚然心里一颤，心里漫开一丝细微的刺痛。

这些日子以来，她听过太多流言蜚语，自然也知道她和朝晖的婚姻被传得多么不堪。她眼中最憧憬期待的爱情，她在日记中看到的等待了半生的梦，皆是源自于她对叶朝晖最单纯的喜欢。可在旁人眼里，这场婚姻不过是利益的衍生物，是她林蔚然为了继承林氏企业，为了抗衡林氏的股东，为了抬高股价要弄的手段。而叶朝晖也被他们诋毁成了没有自尊，为了林氏的财产甘愿给林家做看门狗、守财奴的小白脸。林蔚然不在乎自己的真心被质疑，却不能忍受完美的叶朝晖被羞辱。

可林氏集团的确因为林崇阳的去世摇摇欲坠，她也的确握不住那压力甚重的继承权。说到底，妈妈让她在这个时候嫁给叶朝晖，为的不就是让叶朝晖名正言顺地接管林氏，进而帮她守住林氏吗？

不管林蔚然多不愿意承认，也无法抹杀这场婚姻动机不纯的事实。正如外界猜测的那样，最荒诞不经的流言，正是这场联姻的真相。

盛天婵一定是生气了吧……林蔚然能从盛天婵淡雅的气质中看出她与生俱来的清高与自傲，她定然一直以叶朝晖为荣，认定自己的孩子是世间最完美的男人。她本以为那些流言伤害最深的是朝晖和自己，直到此刻她才恍然，原来那些流言激怒的是看似最平淡的叶母。

林蔚然下意识想道歉，张了张口却不知道该说什么才好。

盛天婵心中到底是如何看待自己的？一个为了继承权不择手段的女人，一个连累叶朝晖被泼了一身污水的女人，还是一个害得叶朝晖心力交瘁，连新婚之夜都要为别人的家业忙碌的女人？

林蔚然低下头，微颤的双手无意识地握紧，只觉得她在盛天婵面前无地自容。

似乎察觉到林蔚然的抑郁，盛天婵的眉头几不可见地一蹙，眼里闪过一丝冷意，然后她面无表情地起身离开。

林蔚然连忙抬头，紧跟着站起来追上去，惴惴不安地看着盛天婵的背影。她要去哪儿，是不愿意搭理自己吗？林蔚然之前设想过无数和婆婆相处的场景，但每一幕都不及现在糟糕与尴尬。

叶家别墅里一个用人都没有，这屋子里只剩下盛天婵和林蔚然，盛天婵不紧不慢地来到厨房，伸出保养得当的手拿起了料理台上的食材。林蔚然惊讶地看着她熟练的动作，恍然惊觉她竟是要亲手准备午餐。

“妈，我来帮您。”林蔚然忙不迭迎上去将食材从她手中拿走，小心翼翼地对她笑了笑，“朝晖中午要回来吗？爸爸是不是和朝晖一起？”

盛天婵并没有阻止林蔚然的动作，看到她接手了食材，就后退了两步，站在一旁看着她，淡然地说：“朝晖习惯了我做的菜。”

外人并不知道，叶家的一日三餐甚至下午茶和点心都是盛天婵亲手烹制的，她骨子里清高，事事力求完美，所以她的儿子也必须由她亲自照顾，她信不过那些厨师和用人，也不愿她生活的地方有外人来打扰。

她看着林蔚然的眼神多了些审视和深思，林蔚然下意识挺直了脊背，语气温软地说：“交给我来做好不好？以后就由我来照顾朝晖，孝顺您和爸爸。”她清甜的浅笑里满是善意和讨好，这样的她干净得像个纯真的婴儿。

盛天婵微微一愣，眼神有刹那的恍惚，然后眼里又闪过一丝怀念的伤感。但很快，那些复杂的情绪就飞速湮灭在冷寂的幽暗中，最后又恢复成她惯有的冷淡。

林蔚然被那稍纵即逝的复杂眼神惊得一愣，心脏也怦怦地剧烈跳动起来。

盛天婵为什么要用这种眼神看着她？

并非林蔚然的错觉，她分明在盛天婵的眼睛里捕捉到了嫌弃和厌恶的情绪。即便盛天婵不满这场联姻给叶朝晖带来麻烦，连带着对自己颇有微词，也不该用那种厌恶的眼神来看自己，就仿佛自己是叶家无意沾上却再也抹不去的污点。

她和叶朝晖不是青梅竹马吗？盛天婵应该知道她失去了过去的记忆，但她仍然是林蔚然，若是盛天婵真的那么讨厌她，以盛天婵的性格，应该不会允许叶朝晖娶她进门。

盛天婵答应了这场婚事，就证明早就接受了她，最起码是认可和接受了以前的她，因为叶朝晖早在很多年前就已经是她的未婚夫了，盛天婵在去林家提亲的时候也没有表现出任何异样，既如此，那恍如错觉般的嫌恶又是从何而来？林蔚然本就敏感的心顿时乱了。

她强迫自己把心思放回到眼前的食材上，想要转移注意力，用心为叶朝晖准备一顿午餐。

他为了自己那么忙碌，连新婚之夜都无法回来，而她对公司的事情一窍不通，半点忙都帮不上他，能做的也只有照顾好他的母亲，帮着盛天婵料理好家务，成为一个合格的贤内助，让他回来之后能够得到放松。

刚刚醒来时那些许的委屈和不满都被心里涌出的柔情冲散，林蔚然的嘴角勾起甜蜜的笑，脑海中浮现出叶朝晖看到满桌子料理时惊讶、开心的表情。可是，当林蔚然看清料理台上的东西后，唇边的微笑顿时一僵，眼里也涌出了无措的情绪。

这些……都是什么？她刚才从盛天婵手中接过来的食材，都是她没有见过，似乎也没吃过的东西，连那些精致的瓶瓶罐罐里放着的佐料她也认不完全。

她兴致勃勃地抢占了盛天婵的位置，摆出了一副要大展身手的架势，跟着却发现自己无从下手。她尬极了，一时间羞愧得恨不得钻进地缝里。

“妈。”她心虚地转头看着盛天婵，小声问，“朝晖喜欢吃什么？”

她其实在家里跟张妈学过几天料理，但张妈教她的都是简单的西餐，和她眼前看到的一点都不一样，她只能硬着头皮向盛天婵请教。

盛天婵嘴角一勾，眼里又闪过一丝幽暗的光芒，那淡然的笑并没有拉近她与林蔚然的距离，反而衬得她的眉眼间多了几分凌厉。她眼睫微垂，似笑非笑地望着林蔚然，不疾不徐地道：“凤尾鱼刺、金丝酥雀、龙井竹荪、蝴蝶虾卷、紫香乾……”

她每报出一道菜名，林蔚然的脑袋就要下垂几分，垂在身侧的双手也轻颤个不停。等盛天婵的声音终于停止，林蔚然的脑袋也几乎要埋进胸口里了，盛天婵脸上则多了一层疏离的寒霜。

“朝晖喜欢吃古方宫廷菜肴。”盛天婵走到林蔚然身边，冷冷的声音暴露了浓浓的不满和轻视，“这些你会吗？”说完，她直接立在料理台前，寒着脸对林蔚然丢下两个字，“出去。”

林蔚然身子一抖，眼泪险些滚出眼眶。她轻咬着嘴唇，沉默地退出了厨房，泄气地朝自己的房间奔去。

她把一切都搞砸了，她果然什么事情都做不好。这才是新婚第一天，她就给盛天婵留下了这么难堪的印象，哪怕她是个傻子，也能听出盛天婵口中那冷冰冰的质问和嫌弃。身为叶朝晖的妻子，她一事无成，无能到极点，除了麻烦，什么都给不了他。

就算她是林氏集团的继承人又如何？继承权能不能保住尚无法定论，失去记忆的她也根本无法与过去的林蔚然相媲美，现在的她只是个无能的累赘……

自卑、挫败的情绪将林蔚然淹没，林蔚然像只无头苍蝇一样惊惶地逃开，却一头撞进一个宽阔温暖的怀抱里。

“蔚然？”熟悉又温润的声音响在她耳边，刚刚回到家的叶朝晖惊讶地看着突然蹿进他怀里的她，眼睛一弯，轻笑道，“这么心有灵犀吗？算准了我这个时候会回来，所以就跑过来投怀送抱，嗯？”低沉的嗓音里还含着一丝疲惫，又带着彻夜不眠后的沙哑。叶朝晖的头发垂落了几缕，虽不像平时一样完美优雅，却给他增添了几分别样的魅力。

可惜，此时的林蔚然根本无心沉溺在他的俊颜里，她的心早已被拽进黑色的旋涡，任她怎么挣扎也找不到出口。当她听到叶朝晖的声音时，她立刻如溺水的人寻到了救命的浮木，眼里瞬间迸出喜色。

她一把抓住叶朝晖的手臂，近乎贪婪地打量着叶朝晖，并习惯性地对他露出甜美的笑容，完全没注意到他因为她脸上的眼泪皱起了眉头。她将自己埋进叶朝晖怀中，死死地抱着他，低喃道："你回来了，你终于回来了，我以为你不要我了，以为再也见不到你了……"

失去什么都不重要，被什么人讨厌都不重要，只要他还在，只要她还拥有他，她空白的人生就能看到希望和色彩。

"朝晖，朝晖……"她的声音是那样不安，仿佛濒临崩溃边缘，她的声音又那样欣喜，仿佛已经拥有最华丽的瑰宝。

叶朝晖低头看着怀里失控的林蔚然，感受到她纤弱的肩膀传来的力度，漆黑的眼睛像望不到底的深渊。片刻后，叶朝晖抬手挑起林蔚然的下巴，慢慢地替她擦掉脸上的泪珠："怎么哭了？对不起蔚然，昨晚公司临时出了点状况，有份发往北欧的资料丢失，海外分公司的精算师急需那份资料来拟算明年的出口收益，以此来决定明年海外市场的投放比例，我不得不赶回去。"他抱着林蔚然拍抚着她的后背，"林氏现在还不稳定，那些股东明着暗着给我制造难题，我又不能无视他们。"随后疲惫地叹了口气，"让你受委屈了，我不该在新婚之夜将你一个人丢在家里的……"

"朝晖……"林蔚然泪眼蒙眬地抬头看他，"这不是你的问题。"她拼命摇头，"你做的一切都是为了我，我却只会给你添麻烦。"

"傻瓜……"叶朝晖亲昵地伸手刮了刮她的鼻子，清凉的指尖拂过她的眼睑，温柔地拭去她的眼泪，"你的麻烦就是我的麻烦，除了我，你还想麻烦谁？"他唇边勾起暖心的微笑，"我们是夫妻啊蔚然。"

他的长指暧昧地摩挲过林蔚然的红唇，令她松开了不经意间紧咬着下唇的贝齿，白皙美丽的脸上悄悄染上了红晕。叶朝晖目不转睛地看着她羞涩纯洁的眼神，只觉得怀中的她如同一张干净无瑕的白纸，可以随他在上面涂抹出任意颜色，而她只能藏进他的掌心，将他当作唯一的依靠和归属。

"蔚然，我答应过妈妈，要永远照顾你，你是我的妻子……"

他的眼神变得更加深邃，那深邃中透出了一丝不易让人察觉的迷离，他低下头朝林蔚然的红唇吻去。林蔚然痴痴地凝望着他，像是被蛊惑了心神，在察觉他的意图后温顺地闭上了眼睛……

“朝晖。”眼看两人就要在门口亲昵地热吻起来，一道清冷的声音突然传来。

林蔚然一个激灵清醒过来，侧头躲开了叶朝晖的薄唇。叶朝晖也循声抬头，在看到前方的人影后微微一怔，然后收起唇边的浅笑，淡然地唤了一声：“妈。”

林蔚然慌忙擦干脸上的眼泪，也转过身面对盛天嬅，却又下意识挽住叶朝晖的手臂，往他身后缩了缩身子。

“公司的事情都处理好了？”看着林蔚然和叶朝晖依偎在一起的身影，盛天嬅的眉心几不可见地拧了一下，转身在客厅的沙发上坐下。

叶朝晖带着林蔚然走到她面前：“算是吧，短时间内应该不会出什么太大的乱子了。”

“你爸爸呢？”盛天嬅神色似乎更冷了几分，她低头端起了茶几上的杯子。

“爸还在公司。”叶朝晖回答，“叶氏有几个紧急会议——”

砰！盛天嬅将手中的茶杯重重地放回桌上，清脆的响声打断了叶朝晖的话，也重重地敲在林蔚然的心头，令林蔚然条件反射地打了个激灵。

“你是叶氏的执行总裁。”盛天嬅冷冷地道，“不管林氏企业中有多少麻烦要你处理，你也不要忘了你本来的责任。你爸爸都这个年纪了，却还要回公司为你打理一切——”

“不会的。”叶朝晖轻描淡写地打断了盛天嬅，“爸很乐意重新回到那个圈子，如今林氏的股东也接受了我的身份，我很快就能兼顾林氏和叶氏，爸爸不会受累太久。”

“朝晖……”林蔚然心疼地侧头看向叶朝晖。

要兼顾两家这么大的企业，他的身体怎么吃得消？妈妈之前那般担忧董事会内部的争斗，他却用这么短的时间稳定了局势，还说已经让股东们认可了他林氏继承人代理人的身份。要做到这一步，一定很难吧，不然他何必要请退下来多年的公公出山，放弃清闲的日子重回叶氏操劳。

“妈……”林蔚然突然上前一步，对盛天嫜深深地鞠了一躬，无比诚恳地道，“对不起，这一切都是因为我。是我给朝晖带来了麻烦，也是我害得爸爸不能安心在家里颐养天年。我以后一定会好好照顾朝晖，尽我所能地陪在他身边的。”

朝晖已经做到这一步了，那她也该勇敢一点才是。

“我知道，失去过往记忆的我在你们眼中或许更像个陌生人，我不再像以前那么完美，还会频频出错给您带来困扰。但我保证我一定会改，我一定会认真去学，绝不会接二连三地给您添麻烦，我会早日变回以前的林蔚然，耐心地等待您真正接受我的那一天。”说完，她抬起头，干净清澈的眼睛一眨不眨地望着盛天嫜。

盛天嫜微微一愣，显然没想到林蔚然会如此直白地对她说出这些话。气氛一瞬间变得有些凝滞，盛天嫜眼神很冷，眼中闪过一丝不易察觉的恼怒，她像是不知道该如何应对这般单纯的林蔚然，半晌后才别开视线，漠然地开口：“你照顾好朝晖就行了。”

“蔚然……”叶朝晖稍稍用力，将林蔚然拉到自己身边，抬手顺了顺她的长发，勾起嘴角笑道，“一切有我。”

盛天嫜紧紧皱着眉头，用审视的目光看着叶朝晖和林蔚然：“你这是什么意思？”

“蔚然是我的妻子，希望你能对她好一点。”他语气很平淡，但是姿态和表情完完全全是站在林蔚然这一边的。

“朝晖。”林蔚然急忙扯了扯他的衣摆，他怎么能在这个时候说这种话，这不是让她和盛天嫜更加无法好好相处吗？

“我累了，陪我上楼休息一会儿。”叶朝晖直接握住林蔚然的手，带着她往楼上走。

被叶朝晖无视的盛天嫜满脸铁青。他到底知不知道自己在做什么，他忘记自己的计划了吗？他对林蔚然到底是……盛天嫜的眼神越来越冷，这个林蔚然倒是好手段！

楼上，林蔚然被叶朝晖拥着躺在柔软的床上，内心很不安，想要下楼向盛天婵道歉，却又不知道应该说什么好。她侧过头，却发现叶朝晖已经睡着了。

他很疲惫吧，都是为了自己。林蔚然仔仔细细地看着他的脸，她是如此爱这个人啊。她伸手轻轻触了触他的脸，毫无预兆地，他睁开了眼睛，两人这样近的距离，她的脸很有冲击性地映入了他的眼中，心脏仿佛打鼓一般无法平静，叶朝晖看着她，像在看一个无法拥有的梦。

“蔚然。”他轻声唤她。

“啊，对不起，吵醒你了。”林蔚然下意识就要收回手，叶朝晖却快一步地握住了她的手。

“朝晖，我其实就是个累赘吧。”林蔚然突然叹了口气。

“我一点都不觉得你麻烦。”他轻轻掰开林蔚然的手，将自己的手指一根一根地放进去，而后握住，两人十指相扣，“蔚然，你什么都不需要想，也不需要担心，我会保护你的。你哪里都不需要去，放心地依赖我吧。”

——依赖我吧，这样的我对你来说才是必不可少的，这样你就哪里都不会去，只能永远待在我身边。

然而，这种感情是无法传达给她的吧，这种阴暗的感情到底是什么时候出现的，叶朝晖自己也说不清。

“朝晖，告诉我一些关于林氏集团的事吧。”林蔚然看着叶朝晖的眼睛，很认真地说。

果然无法传达。叶朝晖稍稍用力，像是想将她握得更紧一些。还不可以，他会吓到她的。叶朝晖笑了笑，眼里多了一丝耐心：“你想知道什么？”

林蔚然侧头想了想：“林氏的运营方式、董事会的矛盾，或者告诉我，你是如何让他们认可你的身份的。”她眼里仿佛藏了很多心事，“我不能将所有重担都压在你身上，那毕竟是爸爸留给我的责任。虽然我什么都不记得了，但我可以从头开始，早在国外的时候我就说过，我要站在你身边陪着你嘛。”

她眼里写满了诚恳，所有的想法也都摆在脸上，叶朝晖凝视着她清澈的眼睛：“学这些会很辛苦，以前的你也极力避免接触林氏的一切，只想自由自在地做自己的事情。”

“我想学。”林蔚然无比确定，“当你不在我身边时，我总是会觉得非常不安。我不想对那个家门外的叶朝晖一无所知。就当是帮你纾解压力，把你在公司里遇到的麻烦都倾诉给我听，让我能分享你的疲惫，这样我才不会满心歉疚。而且……”林蔚然话音一顿，“我已经不是以前的林蔚然了。以前的林蔚然心中只有自己，但现在的林蔚然是你的妻子。她虽然弄丢了过去，但她的未来有你。”

她温软的嗓音带着少女般的祈求和憧憬，叶朝晖的眼睛里再度闪过一丝迷离：“其实也并没有多麻烦。”他松开与她十指相扣的手，揽住了她的肩膀，“林氏毕竟有百年的家族底蕴支撑，集团内部也并非只有忘恩负义的小人，那些跟着爸爸一起打天下的董事会成员在他去世后大致分成了三派。一小部分元老担心爸爸的离去会给林氏带来无法估计的损失，在他将林氏集团交给你之后，你一个女孩子也没有能力再次将林氏推向高峰。这些人坚决反对林氏的董事长由你来担任，要求在集团内部推举一位代理人来做林氏的执行总裁，代替你执行原属于董事长的一切权力，实际上就是想要剥夺林氏的权力归属。”

一谈及公司，叶朝晖眉眼间的温润就逐渐退去，变成了淡若云烟的清冷。

这样的叶朝晖依然英俊，却从骨子里透出些疏离的凉薄，就像难以亲近的盛天婵一样，令人觉得畏惧又心凉。朝晖果然是和母亲比较像呢……

他的声音继续传来：“第二种就是野心膨胀，在爸爸去世后想要直接夺取林氏，将林氏吞下的大股东。而我刚才说的第一种元老，依附的也是这些人。”

林蔚然柳眉微蹙：“既然是元老，他们在公司的影响力一定不一般吧。他们手下的高管也会支持他们夺权，公司内部的争斗也会暗中加剧，怪不得会出现昨晚那种材料丢失的状况，一定是有人故意的。”

叶朝晖微微一愣，眼里突然闪过一丝冷光，他低头看向林蔚然，却见她尴尬一笑：“呃……是不是我说得不对？我也只是随口猜测，我……”

“蔚然。”叶朝晖拍了拍她的肩膀，起身走到角落的柜子前，取出一罐已经开封的速溶咖啡。

透明的瓶子上没有任何标识，瓶子里是细细的咖啡粉末，叶朝晖快速冲泡了两杯咖啡，这才回到林蔚然身边，将其中一杯递给她：“你猜得一点没错，那份文件的确是被人故意销毁了。”

林蔚然很惊讶叶朝晖的卧室里居然放着一罐速溶咖啡，他凡事力求完美，品位、喜好都极为挑剔。之前在国外的时候，他都是亲自挑选最好的咖啡豆，亲自研磨，亲自冲泡，对速溶咖啡向来不屑一顾。

罐子里的咖啡粉已经用掉了三分之一，想来他已经喝了有一段时间。是工作太忙抽不出时间，所以他才委屈自己喝这些本不会碰的东西？而他之所以会受这种委屈，全是因为她……

林蔚然低头，捧起杯子大口大口地将咖啡灌下，借此来掩饰眼里感动的涩意。

叶朝晖微微一笑，将手中的杯子放到一旁：“不过，不管集团内部有什么样的纷争，爸爸亲手培养出来的核心力量到底经受住了考验，也足以应付这种小麻烦。”他安抚地抚摸着林蔚然的长发，“董事会里还有一大部分元老尊重爸爸的遗嘱，认可你继承人的身份，都愿意站在你身后帮你守住林氏。所以，我很轻松地得到了他们的支持，获得了林氏集团的决策权。毕竟——”他话音微顿，嗓音里多了几分意味不明的深沉，“林家持有足够多的股份，只要你能顶住压力，那些人根本动不了你。”

林蔚然放下杯子扑进他怀中：“只要你在我身边，不管要我面对什么我都不怕。”她用手臂用力环住他的腰，低声哽咽道，“朝晖，我爱你……”

这不是林蔚然第一次对叶朝晖告白，也不是她第一次对叶朝晖宣泄她炽热到近乎偏执的感情，叶朝晖的眼睛里却第一次闪过像是满足的情绪。

他没有再开口，而是抱着她轻轻拍着她的后背，像是在劝哄乖顺的孩子。

屋子里再度陷入寂静，正午的阳光洒在两人的背上，在两人身上笼上了一层光晕，衬得他们像入了画一般唯美，却又在朦胧的色彩里拉出了一小片交叠的阴影。

“蔚然？”许久之后，叶朝晖停止了手上的动作，在林蔚然耳边轻唤她的名字，但回答他的只有轻不可闻的呼吸声，她不知何时已经沉沉睡了过去。

叶朝晖嘴角微扬，将林蔚然放到床上，垂眸静静地看着她干净如天使般剔透的睡颜，修长的手指缓缓拂过她完美的轮廓。

“想不到你竟然也如此聪明……”他看着林蔚然轻声道，“有那么一瞬间，你几乎让我以为真的是‘她’回来了……”

但是，怎么可能呢？他比谁都确定，“她”是不可能回来的，而且，已经不需要“她”回来了，因为他已经拥有一个完全符合他心意的林蔚然。那个嚣张到极致、让他又爱又憎恶的林蔚然，没有存在的必要了。

叶朝晖的眼神倏然转冷，仿佛之前的温柔都是错觉。他起身端起桌子上的咖啡杯，一步一步远离无知无觉的林蔚然，将那杯一口未尝的速溶咖啡倒进了盥洗室的抽水马桶。

第十二章
女神的怀疑

日升月落，周而复始，当林蔚然再度从沉睡中醒来，她下意识伸手朝身边抓去时，碰触到的却依然是一片冰凉。

“朝晖？”她揉了揉眼睛，侧头一看，身侧依旧空无一人，就像她嫁入叶家后的第一天一样，“又不在吗？这么早就去上班了？”林蔚然侧头看了一眼钟表，现在不过早上七点，但身侧的温度告诉她，叶朝晖已经离去多时。

昨天，她沉浸在他温暖的怀抱里沉沉地睡了过去，哪想到一觉醒来就已经是这个时候了。身上还穿着昨天的旗袍，林蔚然不适地动了动身体，翻身下床想换一件衣服，却在起身的瞬间一阵眩晕，险些一头栽回床上。肚子里传来一阵轻响，紧跟着林蔚然就感到一阵反胃。她皱了皱眉头，这才惊觉自己已经饿得饥肠辘辘了。

算起来，从结婚那天开始，她就因为紧张没有吃多少东西。昨天她睡到日上三竿才醒来，午饭前又被叶朝晖拖进卧室，跟着就再度睡到此时。

两天两夜的疲劳和饥饿，加上她患得患失的心理压力，几乎掏空了她所有的体力。她眼冒金星地扶着床沿站好，深吸了一口气，甩了甩头才朝盥洗室走去。

“怎么不把我叫醒呢？”林蔚然揉着太阳穴，忍着脑袋里的一阵阵眩晕，小声地抱怨。

难道是朝晖觉得她太累了，所以才故意让她多睡一下？可也不用连晚饭都不叫她吧，而且，她什么时候这么嗜睡了？

林蔚然站在镜子前，看着自己眼下微微浮现的黑眼圈，连忙用凉水拍了拍脸。

“嗯……说不定是朝晖下午有急事又回了公司，妈不愿意理会我，才没有叫醒我。这么说，朝晖又在公司里通宵办公了？”林蔚然一边洗漱一边猜测着昨天自己睡着后发生的一切。

唉，盛天嫜果然不待见自己，她大概是想让自己在叶家自生自灭？

不过，林蔚然昨天已经下定决心，要尽可能地为叶朝晖分担压力，做好叶朝晖的贤内助。看到他昨天对自己的温柔和维护，看到他为自己受苦受累，她心里就算有天大的委屈也可以慢慢消化。如今是公司最紧张的时候，她要是想完成爸爸的遗愿，守住林家的百年基业，就不能自私地只纠结于自己的小情绪。她已经嫁给朝晖了，要学着慢慢站起来，学着不再依赖他，从象牙塔里走出来才对。毕竟她无数次对叶朝晖许诺过，要变回以前的林蔚然站在他身边。

林蔚然深吸一口气，对着镜子中的自己露出释然的浅笑，然后理顺头发便转身出去。她换上利落的衬衣、长裤，将头发束在脑后，带着一身朝气走下了二楼。

“妈。”客厅里依旧只有盛天嫜一人，她像昨天那样端庄地坐在沙发上，喝着清茶，看着晨间报纸。叶家别墅依旧静得悄无声息，使得盛天嫜看上去就如同一件华丽的摆设，虽然耀眼却没有半点生命力。

一踏入客厅，林蔚然就感觉心里生出了熟悉的压抑感，但她直接将那股感觉压下，径直走到盛天嫜面前道：“早安。朝晖又不在家吗？”

盛天嫜早就知道林蔚然下来了，因为叶家只有她会发出那么粗鲁的声响。她脸上的冷漠明确地表示出她根本不愿意搭理林蔚然，但她刻进骨子里的教养和习惯令她下意识地开口，淡淡地回了一句：“他昨天下午回了林氏。”

果然……林蔚然在心里轻叹了口气。

昨天提及公司的事情，叶朝晖轻描淡写地概括了一切，还说不会再有什么大的麻烦，可实际情况一定不像他描述的那么简单，林氏集团一定还有各种烦琐的事情需要他去处理。

“他又一晚上没回来？”林蔚然胸腔里满是心疼，这种日子要到什么时候才能结束？

盛天婵闻言终于放下报纸，冷漠的表情映入了林蔚然眼中。

她抬头看着林蔚然，眼睛里带着不再掩饰的排斥和疏离。明明她是坐着的，而林蔚然是站着的，林蔚然却觉得自己正被她居高临下地俯视着，全身上下都被她审视了一遍，进而挑剔了一遍、评估了一遍，其结果就是被轻视到底。

林蔚然心里在颤抖之余生出了一丝无力感。

不管之前做过多少心理建设，不管她下定多大的决心，只要她直视着盛天婵的眼睛，就会没来由地畏惧退缩。

并非盛天婵表情凶狠，也并非她言辞激烈，只不过是一个轻蔑排斥的眼神，就能无限放大林蔚然心头的阴影，让林蔚然手足无措，仅剩下满心的惶恐，想寻个角落把自己小心翼翼地藏起来。

“今天是你回门的日子。”盛天婵别开视线，朝大门口的方向示意，“我已经安排了司机送你回林家，可惜朝晖被林氏的麻烦给绊住了，没办法陪你一起回去。”她说着，脸色越发阴沉起来，“不仅是朝晖，他爸爸也要去国外出差，有小半个月无法回来。若不是为了等你起床，我此时应该身在机场了。”

“爸要出差？”林蔚然连忙道，“那我现在就陪妈妈一起去机场送他。”

说起来，她除了在婚礼上见过叶父，之后就一直没再见过他。

三日回门，按传统，她确实要在嫁过来的第三天和叶朝晖一起回林家探望自己的妈妈，只不过她这两日过得浑浑噩噩，竟然把回门这么大的事情给忘了。

然而叶朝晖被公司的事情给绊住，叶父又要在这个时候出国，于情于理，林蔚然觉得自己都该先陪盛天婵去一趟机场。至于邬曼云，林蔚然相信自己的妈妈不会在意这些虚礼，只要向她解释清楚，她一定会支持并谅解自己，毕竟她想看到的是自己幸福。

“不用了。”盛天婵直接站起身，拎起一旁的手包朝门外走去，“朝晖和他爸爸的事情我会处理，希望你回林家向曼云解释清楚，免得她对我们有什么误会。”

“啊，不会的，我会好好向妈妈说明白的。”林蔚然紧张地跟着盛天婵将她送到门口，看着她上了车绝尘而去。这期间，盛天婵根本未多瞧林蔚然一眼，只是公式化地吩咐她该做的事情，就嫌恶地远离。

她真的这么不招人喜欢吗？她该怎么做才能让盛天婵接受自己？

林蔚然沮丧地垂下头，先前鼓足的勇气一下子散尽，饥饿和委屈带来的双重压力使得她双腿一软，险些就这样摔倒在门口。

她回头看了看干净整洁的客厅，并没有发现任何能果腹的东西，再想想那个精致华丽却让她无比难堪的厨房，她决定还是放弃在叶家用餐，等回了林家后再解决。

她飞快地上楼收拾了一下出门的必需品，像是逃难般离开了令她压抑窒息的叶家别墅。

林家，邬曼云一大早就出现在客厅，满心焦急地等待着林蔚然和叶朝晖的到来。

虽说这两人的结合了却了她心头的一件大事，叶氏集团近来传出的也都是好消息，叶、林两家的联姻更是轰动整个C城，但她就是莫名觉得不安，觉得自己的女儿受了委屈。

林蔚然以前是那么骄傲的一个人，骄傲到不把任何人放在眼里，只要是由她参与的事情，她一定会做到十全十美。

如果她还记得前尘往事，一定不会在这个时候和叶朝晖结婚，而是会进入林氏，亲自处理掉那些野心膨胀的股东，把林氏集团牢牢地握在手中，成为林氏集团名副其实的继承人。然后，她才会与叶朝晖举行盛大又美到极致的婚礼，张扬地向全世界宣告她的幸福。

邬曼云的视线落到了面前的相框上，那是两张林蔚然的照片，一张是以前锋芒毕露女王般的林蔚然，另一张是现在少女般柔弱、让人一眼看过去就心生怜惜的林蔚然。

邬曼云嘴角露出一丝苦涩的笑，指尖落在左边的照片上，描摹着女王般的林蔚然的轮廓。

她其实知道背负着林家大小姐的身份，对林蔚然来说到底意味着什么，尤其是在发生那件事之后。那个孩子从小就比别人优秀，也比别人要强，她几乎从未见过自己的女儿向什么人或什么事服软。“林蔚然”这三个字代表的就是凌驾一切的完美，招来的也都是羡慕仰望的目光，可深埋在这三个字背后的，是她一次次咽下的眼泪、她远超常人十倍的努力，以及她铭刻在骨子里属于林家人的骄傲。

她一定累了很久吧，她一定早已无法忍受身为林家继承人要背负的压力，所以她才在两年前出了那种意外，那般突然地离开他们的生活。

邬曼云习惯性地将林蔚然的照片抱进怀里，眼泪莫名地悄然落下，视线却落在另一张林蔚然的照片上。原来女儿的本性是这样的吗？邬曼云含着眼泪笑得一脸心疼。

女儿心里原来藏着这么温婉的一个小女孩，她会害怕、紧张，会因为不安和委屈脆弱地哭泣。虽然这样的林蔚然失去了昔日的锋芒，时时刻刻让人担心，但她从神坛走入了人间。

邬曼云相信，如果林蔚然不是林家的独生女，如果林蔚然不用从小就背负林氏的未来，她一定会是现在简单纯粹的模样。或者对于林蔚然来讲，那样耀眼强悍的个性也让她疲惫，否则她怎么会那么讨厌林可欣，总是与林可欣过不去，毕竟她不得不变成那样强悍的样子，有一大部分原因是拜林可欣所赐。如今她失去过往的记忆，释放出了真正的本性，那自己为她选择的路也该是正确的吧。

邬曼云并没有告诉林蔚然，她催促林蔚然与叶朝晖结婚并非想利用叶朝晖来稳固林蔚然继承人的地位。

她虽然对林蔚然失忆而失落心痛，却又觉得那是上苍的恩赐，她的女儿好不容易能扔掉压力重重的前半生，不用进入林氏和那些股东钩心斗角，她又何必期盼着女儿变回以前的模样。她的女儿能死里逃生已经是奇迹，她不敢再有更多贪念。林家近两年来出了这么多意外，接二连三的打击早已让她大彻大悟。不管是林氏集团的继承权还是林氏的未来，在她心里都没有林蔚然的幸福重要。如果叶朝晖能照顾好林蔚然，就是将整个林氏送给叶家又如何？

她借着现在的机会让叶朝晖入主林氏，为的就是让叶朝晖名正言顺地接管林氏，让林蔚然彻底远离那些复杂肮脏的欲望，在叶朝晖的呵护下永远做一个单纯无忧的小女孩。

只不过……万一她日后恢复记忆，知道自己为她选择了这样一条道路，打碎了她一直以来坚守的完美，她一定会任性地发脾气，说不定会好几个月不愿跟自己说话……

“太太，大小姐回来了！”

就在邬曼云沉浸在自己的思绪中时，张妈欣喜的声音猛然传来。邬曼云先是一惊，然后手忙脚乱地擦干眼泪，将怀里的照片小心翼翼地放回原处，这才匆匆地朝门外跑去。

“妈妈。”林家别墅外，林蔚然刚刚下车就看到邬曼云赶过来的身影，心里顿时涌起一股暖流，还夹杂着一股仿佛遗失很久的亲切感。她开心地想朝邬曼云跑过去，却忽然感到一阵眩晕，身体不由自主地重重撞到大门上，然后狠狠地跌倒在地上。

“蔚然！”邬曼云表情一变，冲上去扑到林蔚然面前，紧张地扶着林蔚然问，“怎么这么不小心？有没有伤到哪里？快点起来，回屋里让妈妈看看。”

邬曼云侧头朝她身后的轿车望去，却只看到司机面无表情地站在一旁，除此之外再无他人的影子。邬曼云脸色顿时一沉，拉着林蔚然站起来，对司机道：“叶朝晖呢？”

三日回门本该有一场隆重的宴会，邬曼云体恤叶家的辛苦，已经取消举办归宁宴，只要求叶朝晖陪着林蔚然回来。但他竟然抛下林蔚然，让一个司机送她回来打发林家，谁给他的胆子敢这么羞辱林家？之前他还信誓旦旦地保证会照顾好蔚然，转眼就让女儿受了这么大的委屈，叶家就是这么对待她女儿的？他当真以为借着蔚然的身份进入林氏，就能成为林氏真正的主子，将蔚然抛在身后了吗？

叶家和林家相交多年，林蔚然和叶朝晖一起长大，邬曼云和盛天嬅也算得上是朋友。虽然知道盛天嬅不常与人亲近，但邬曼云一直相信叶朝晖的人品，更相信叶家会把蔚然当女儿一样疼爱，毕竟蔚然小时候经常跑去叶家串门，盛天嬅也隐隐表现出了对蔚然的欣赏和喜欢。

不管叶氏企业的潜力有多大，也不管叶朝晖的名字现在叫得有多响，与林氏相比，叶家的家底依然不值一提。能娶到蔚然是叶朝晖八辈子修来的福气，她既然能把叶朝晖推上王座，也能让整个叶家一无所有！

“叶家对你不好？叶朝晖他们都对你做了什么？回门的日子他去了哪儿？”邬曼云气得眼睛都红了，那凌厉的视线和慑人的气势吓得司机脸色一白，情不自禁地后退了两步。

“妈妈……”林蔚然见邬曼云的反应竟如此强烈，连忙拽着她道，“您别急啊，朝晖不是有意让我自己回来的，是公司临时出了点问题，他才不得不赶去林氏。”

看到邬曼云如此强势地维护自己，林蔚然像是终于寻到避风港的孤船，在叶家累积的委屈和压抑立刻消失不见，舒心一笑后便搂着邬曼云的手臂责怪道：“朝晖为了林家受苦受累，您不分青红皂白就责怪他，让他知道了岂不是要伤心？”她毫不在意地拍了拍腿上的灰尘，拉着邬曼云朝院子里走去，“有没有吃的？我一大早就往家里赶，想早点见到您，和您一起吃早饭，这会儿肚子已经饿得咕咕叫了。”

看着林家熟悉的花花草草，感受到身侧邬曼云对她的紧张和关心，以及前方张妈那心疼的眼神，她只觉得前所未有的轻松，连四周的空气都变得无比清新，唇边的笑容也更加清甜。

邬曼云皱着眉头仔细打量了林蔚然两眼，见她脸色虽有些泛白，眉眼间却并没有委屈和愁苦的神色，反而带着些舒心和喜色，邬曼云方才还紧绷的神经顿时松懈几分，这孩子如今变得这么单纯，什么情绪都写在脸上，邬曼云倒是不用担心她会隐瞒自己。想也是，叶家就是吃了熊心豹子胆也不敢欺负他们林家的千金，除非他们想永远在C城消失。

“叶家都不给你饭吃的吗？给朝晖打电话，叫他马上过来见我，我一定要问问他是怎么照顾你的。”这么说着，邬曼云眼里的戾气却已经化去，抬头向张妈使了个眼色。

等在门口的张妈立刻笑道：“太太昨天就吩咐我准备了，厨房里全是大小姐爱吃的东西。我一早就备下了，这就给大小姐摆出来。”说着，张妈又担心地看向林蔚然的双腿，“大小姐刚才摔疼了吗？真的没有受伤吗？”

“没关系的。”虽然膝盖的确隐隐作痛，但此时的林蔚然只想快点进屋吃早饭，安慰自己可怜的肠胃，她笑意盈盈地对张妈说，“又不是夏天，哪那么容易受伤。”

十月底的深秋凉风瑟瑟，林蔚然出门前还刻意套了一件风衣，有这么厚的衣服隔挡，她身上应该没有挂彩。

看着林蔚然开朗的笑容，以及她不经意间和邬曼云亲昵的互动，张妈连连应声，飞快赶去厨房，一脸欣慰地为林蔚然准备早饭。

餐厅里，林蔚然两眼放光地看着面前丰盛的食物，一时间有些想念刚遇见叶朝晖那天，她在异国他乡的茶餐厅里不顾一切地大快朵颐那一幕。不过，那时候的她是个痴肥丑陋的女胖子，现在的她却是女神般完美的林蔚然，再做出那种不顾形象的举动一定会被妈妈数落。而且她也知道，在饿了这么久的情况下暴饮暴食有害健康，所以她只能压抑着腹中的难受，忍受着食物的诱惑，慢吞吞地进食。

邬曼云端起一碗莲子羹递到林蔚然面前，心疼地抚了抚她的长发道：“怎么感觉你瘦了很多？朝晖真的在好好照顾你吗？瞧你都快有黑眼圈了。”

邬曼云觉得并非她的错觉，林蔚然虽然脸带喜色，眉眼间却藏着些未消退的疲惫，那是没休息好或者精神紧张的症状。

林蔚然的头部曾遭受过重创，甚至还造成了她的失忆，身体的抵抗力也比以前差了很多，自然受不得半点委屈和劳累。邬曼云越看越觉得林蔚然在叶家的日子过得不如在林家时好，于是敛下去的怒火再一次腾起。

“前天的婚礼太折磨人了，我这辈子都不想再经历第二次了。”林蔚然叹了口气，抱怨道，“瞧，我都休息两天了还没恢复过来。”

妈妈真的太紧张她了，难怪婆婆会拒绝她陪着去机场，要她回来让妈妈安心。若是她今天没有回门，说不定妈妈会直接杀到叶家大闹一场。林蔚然很清楚，现在的邬曼云见不得她受半点委屈，所以她不着痕迹地把她饿了两天的事实糊弄了过去。

“说什么呢，什么第二次！”邬曼云因为林蔚然口无遮拦的话脸色一黑，下意识抬手想拍她的脑袋，可看着她那娇俏的模样又下不去手，只得没好气地瞪了林蔚然一眼，转头向张妈交代，“往圣林医院打个电话，告诉院长我一会儿带小然过去做个检查。”

“妈妈……”林蔚然闻言微微一愣，有些不解地看向邬曼云，“好好的，带我去医院做什么？”

“其实早就该带你去检查的，朝晖不是说你出事的时候伤到了大脑，所以才会导致失忆吗？”邬曼云眼里闪过一丝黯然之色，“妈妈不在意你能不能想起以前的事，却担心你的身体会落下病根，只有彻底检查一遍我才放心。”

她紧紧抓住林蔚然的手：“家里最近有各种麻烦要处理，我竟然把这么大一件事给忘了。你和朝晖已经结婚，不调理好身体恢复到最佳状态，万一你怀上了他的孩子，根本就经不住孩子的消耗和折腾。”

“妈！”林蔚然脸上立刻泛上一层红晕，她别扭地移开视线道，“什么孩子……”

她和朝晖都还没有……林蔚然突然一愣，眼里闪过一丝黯然。

从新婚到现在，她一直是一个人守着所谓的新房醒过来，与叶朝晖相处的时间更是少得可怜。之前她压力太大并没有想到这件事，如今被邬曼云提了出来，她才恍然，自己和叶朝晖只是办完了婚礼那道手续，却并没有成为真正的夫妻……

邬曼云见她眼神闪躲，只当她是不好意思，于是勾着嘴角笑道：“妈妈也不是不讲理的人，也知道朝晖的忙碌是为了我们，所以就不怪他让你一个人回门了。既然他今天没空陪你，那你就乖乖跟妈妈到医院去检查，看看你的身体是不是真的健康。”

“好。”林蔚然干脆利落地应了下来，心里打算的却是另一回事。

她是不是应该找精神科大夫问问，她的大脑到底伤得有多重，到底还有没有希望找回她遗失的曾经？

以往她无比排斥过去的记忆，就好像那丢失的记忆里藏了一只可怕的魔鬼，她潜意识里一直在抗拒去寻找和追忆。可现在，踏入那座属于她和叶朝晖的别墅，也踏入了属于他们两个人的世界，她却反常地觉得更加压抑，心里那片看不清的阴影在这么短的时间内数次发作，让她在叶家时备受煎熬。

不过短短两天，林蔚然回想起来竟像是过了两个世纪那般漫长，实在是那个家太过清冷，清冷得让她寻不到任何家的感觉。或许正像妈妈说的那样，她的身体还遗留了什么问题，那未知的隐患干扰了她的情感和判断，让她有了种种诡异的反应。只有彻底解决这些问题，她才能踏踏实实地站在叶朝晖身边，与他幸福地生活在一起。

林蔚然坚信自己此时的判断，也认为自己在叶家的阴霾中找到了出路，于是开心地专心对付眼前的早餐，期待着去了医院后可能听到的答案。

邬曼云看着孩子般单纯的林蔚然，心头的不安竟更加强烈，希望那次意外没有给女儿带来什么一辈子的伤害，希望检查结果能让她安心，也希望她的女儿能彻底脱离苦难，未来不会后悔如今的选择与决定。

早饭后，不待林蔚然休息，邬曼云就催促着张妈给林蔚然取来替换的外套，然后带着林蔚然赶往圣林医院。

一路上，邬曼云不停地念叨，无非是让她多长点心眼，回到叶家后好好与盛天婵相处，还说盛天婵以前很疼爱她，虽然外表冷淡了些，却在很早以前就把她当成未来的儿媳看待了。

邬曼云还交代，若是叶朝晖对她不好，她一定要打电话回林家让自己知道。以林蔚然现在林家继承人的身份，整个C城商圈的人都要巴结她、仰望她，没有哪个不怕死的敢得罪林家。就算林氏的那些股东正闹得不可开交，董事会里也不缺对林家忠心耿耿的元老。那些人随便拉出一个都能影响C城的经济风向，要搞垮叶氏简直轻而易举，所以，林蔚然根本不用对任何人低头。

林蔚然听了忍俊不禁，心里感叹自己的妈妈竟然护短到这种地步，连搞垮叶氏这种话都能说出口。

她和叶朝晖已经结婚了，他们是一家人，她怎么可能说这种话去威胁叶朝晖？更何况，她也不想妈妈再为她操心，与婆婆之间莫名的隔阂就让她自己解决吧。妈妈不是说盛天婵以前很喜欢自己吗？那盛天婵如今排斥自己应该就是介意自己给叶朝晖带来麻烦，以及失忆后判若两人的性格，以至于她们之间有了陌生的距离感。

长久待在家中，林蔚然十分喜欢户外的气息，所以在上车后就将身侧的车窗打开了。秋风拂过脸颊，带来了一丝冬日将至的凉意，林蔚然瑟缩了一下，将微凉的双手插进口袋中，却碰到一块更加冰冷的东西。她有些惊讶地将口袋里的东西取出来，在看清手中的银色物体后顿时愣住。

那是罗子骜的手机。在她与叶朝晖结婚的三天前，他曾疯狂地呼叫这部手机的号码，然后孤注一掷地出现在她面前，口口声声说叶朝晖要害她，执意要将她带走。她拒绝了罗子骜，却忘了将他的手机归还，但她那天穿的恰好是这件外套，于是这手机就被她遗忘在了口袋中。

今日，张妈碰巧又取出这件外衣，于是，银色手机又回到林蔚然手中，也唤回了她以为已经忘却的记忆。

“林蔚然，你一定会后悔的……”

林蔚然蓦地打了个冷战，秀气的眉不自禁地拧起。

从那天之后，她就没再见过罗子骜，他果然如他们当天说好的那样，再也不见。那么孩子气而执拗的男人，当他决定放弃什么的时候，自然同样果断和决绝。

林蔚然伸手按了下手机屏幕，发现几日不用的手机竟然还剩下一格电量，顽强地支撑着手机的运作，就像它那个难缠的主人一样。林蔚然忍不住勾起嘴角，将手机又塞回口袋里。

她想，他们大概真的要永不相见了吧。

车子很快抵达圣林医院，林蔚然没有发现，当她进入医院之后，大门的拐角处出现了一道白影。他身上穿着属于医生的白大褂，手中拿着一罐罐装咖啡。他有一张非常平凡的脸，一双格外明亮的眼睛却紧紧地盯着林蔚然所乘轿车的车牌。再三确认了车牌上的数字后，那人嘴角勾起一抹微笑，扬手将手中的罐子丢进垃圾桶，然后拿出手机拨出一串号码。

片刻后，电话接通，他一边走向前方的大楼一边笑道："你运气不错，我刚混进来不久，吃个早饭的工夫，就撞见林蔚然过来了。"

对方说了什么，男人漫不经心地回答："放心吧，这里没有人会怀疑我。我会想办法接近她，看看她来医院的目的是什么。至于你之前拜托我查的那件事，我已经找到一些线索，什么时候有空面谈？"

对方又交代了几句，男人点了点头："那就下午两点，我去罗氏找你。"

当天下午三点，罗子骜黑着脸坐在罗氏企业总经理办公室的沙发上，周身的低气压几乎要将四周的空气给冻结。办公室正中央站着几位罗氏的高管，他们大气都不敢出地垂着脑袋，完全不敢直视正前方的某个人影——罗氏企业的董事长，罗子骜的爷爷罗西烈。

罗西烈已经年过七旬、头发花白，却目光如炬，此时正气势逼人地坐在原属于罗子骜的位子上，仔仔细细地翻看着一沓文件，他脸上的表情比罗子骜还要阴沉，眼里也压抑着即将爆发的怒火。

罗子骜的目光一直凝在腕间的手表上，眼看着指针已经指向三点，可前方翻看文件的老爷子依然不发一语。他终于按捺不住地站起来，张了张嘴打算说什么，罗西烈却先他一步抬头，凌厉的视线落在他的脸上，左手也重重地拍到了那堆文件上：“这就是你刚刚签下的合约，你明年打算重点推进的项目？”

巨大的响声和罗西烈的怒斥令在场高管不约而同地一抖，冷汗顷刻间顺着额头淌下。

罗子骜烦躁地抓了抓头发，避开罗西烈的视线回答：“没错，有什么问题吗？”

“你还敢问我有没有问题？”罗西烈冷笑了一声，“我们罗氏一直做的都是电子方面的生意，跟林氏集团的刺绣八竿子打不着，你告诉我，罗氏明年最大的投资项目，为什么会是同林氏合作？”

“罗氏不能一直局限于一个领域，林家是C城底蕴最深厚的家族，也是C城最大的上市公司，更是C城唯一一家名扬海内外的跨国集团。罗氏和林氏一直没什么交集，如今林氏的股票一直疯长，借着这个机会和林氏合作有什么不好？”罗子骜理直气壮地回答。

“放屁！”罗氏企业是罗西烈白手起家一手创造的，他并非什么名门贵族，身上也带着一股市井的匪气，只不过人到暮年后收敛了许多。而他一心栽培的孙子又气质姣好、外形俊美，以至于业界人士时常会忘记罗家的起源，只当罗子骜是什么贵族的后代。

如今罗西烈忍无可忍地爆了粗口，顿时吓得那些高管一阵腿软。他直接将那沓文件摔到罗子骜面前：“我把公司交给你打理，不是让你仗着少爷的身份胡作非为的！你连罗家原本的产业都经营不好，还妄想去跟林家合作？我什么时候教过你本末倒置，让你这么自以为是、自作聪明的？”

“我——”罗子骜还想解释什么，罗西烈的目光已经落到那些高管身上：“你们一个个也都没长脑子，这种项目也敢配合他通过？我留你们在公司不是让你们阿谀奉承，让你们由着这个混账胡闹的！都给我滚出去！”

一众高管被罗西烈骂得脸色青白，突然听到罗西烈让他们滚蛋，瞬间飞速转身，一个接一个迅速地冲出办公室。见办公室里只剩下自己和罗子骜，罗西烈才沉着脸坐回椅子上，望着罗子骜冷冷地说：“你之所以背着我签了这份合约，是为了林家那个大小姐林蔚然吧。”

罗子骜表情猛然一僵，将头一扭，倔强地回答：“我是为了罗氏的长远发展。”

“罗子骜，林蔚然已经嫁人了！”罗西烈咬牙切齿地瞪着罗子骜，“两年前我就警告过你，不要去蹚林、叶两家的浑水，你却执意把林蔚然藏了起来。如今她已经嫁给叶朝晖，你还想为她赔上整个罗氏？”

“爷爷！”罗子骜愤然地看向罗西烈，布满血丝的眼睛让他看起来像极了一头被触怒的雄狮。

可惜他的怒火对罗西烈不起半点作用，罗西烈依旧沉着脸骂道：“不要再拿那个老掉牙的借口糊弄我，我以前不揭穿你是想给你留几分面子，毕竟你是我一手调教出来的继承人。”他又将目光转向被扔在地上的文件上，“与林氏合作也并非不可，林氏集团的确值得任何企业和家族冒险，但我口中的林氏集团是以前的林氏，是林崇阳手中的林氏，而不是现在换了叶朝晖掌权的林氏。”

罗西烈眼里闪过一丝失望：“你处理合约之前都不会找人去调查？你不知道跟罗氏一起投资的十家公司里有六家都是空头挂牌的？这几家公司的注册人都是叶朝晖找来的，叶朝晖在非法融资！一旦这个项目失败，林氏集团就会面临巨大的灾难，罗氏也会被牵连！你把公司明年百分之六十的投资额投入林氏，是想害罗氏破产吗？”

“我……”罗子骜咬牙，额角的青筋跳个不停，却不知道该拿什么话来反驳罗西烈。

“罗子骜我警告你，”罗西烈缓缓站起，一步一步走到罗子骜面前，“我不管你现在是不是还惦记着那个林蔚然，但我绝不允许你拿罗家的基业来胡闹！林氏已经不再是以前的林氏了，叶朝晖这个人远没有你想的那么简单。你马上给我终止合约，抽身撤资，否则我就跟你断绝关系，你马上给我滚出罗家！”

第十三章

女神的危机

罗西烈来去匆匆，发了一通脾气后就离开了罗氏。

罗子骜斜靠在办公室门口，阴着脸看着罗西烈离开的方向，半晌后拎起西装，摔上门，也踏进了电梯。

空头挂牌、非法融资……他罗子骜又不是笨蛋，而且已经接管公司好几年，他怎么可能犯如此低级的错误，连最基本的调查都不做，就由着那个叶朝晖欺骗，然后拖罗氏下水？

他早就知道了……他早就怀疑叶朝晖图谋不轨，不管是将林蔚然带回国还是与林蔚然结婚，为的就是入主林氏，借着林蔚然的手吞掉整个林氏集团。

罗氏与林氏的合约的确是一个陷阱，如果项目失败，林氏就会万劫不复，不但内部资金会被掏空，甚至还会背上非法融资的罪名，毁掉在业内多年的信誉和口碑。而罗氏也会因此蒙受巨大的损失，很有可能再也爬不起来。

罗子骜一开始也犹豫过，他也知道不能拿罗氏的基业开玩笑，因为那是爷爷努力大半辈子的心血。但他不能看着林氏就这样垮掉，不能眼睁睁地看着林蔚然沦为叶朝晖野心下的牺牲品。

她失去了过往的记忆，回国之后又失去了父亲，在疗养院的时候医生曾警告过他，她的头部遭受过重创，失忆便是创伤后的应激反应。没有人知道她曾经历过什么，但她的身心都脆弱得不堪一击。她现在就像是悬挂在崖边的菟丝花，一旦再受什么刺激，很有可能引发精神问题，踏进万劫不复的深渊。可他一个不慎弄丢了她，眼睁睁看着她重入泥淖，掉进那个会伤害她的源头里。

他没有充足的证据让她离开叶朝晖，也无法击溃她心中执着了近二十年的憧憬。

他曾经以为她比任何人都坚强，但她失去记忆的事实，以及在医院醒来后对他的防备与猜忌，让他看穿了女神面具下的林蔚然，看穿了她伪装在坚强下的疲惫和敏感。

女神的外表是撑出来给别人看的，如今被剥去外壳、抽离灵魂的林蔚然根本没有半点自保的能力，若是他也对她不管不问，那还有谁能把她拖出深渊，还有谁能在她绝望无助的时候救她出来？

他再也不想看到她无知无觉地躺在病床上，形容枯槁，日渐腐朽。他不能忍受心中最炫目的光亮被黑暗吞噬，让那些肮脏的阴谋夺走这世间最干净纯粹的精灵。她是林蔚然啊，是虽然张扬任性，却比任何人都美丽善良的林蔚然。

罗子骜看着电梯上方缓缓跳动的楼层数字，鹰隼般的黑眸里闪过一道锐光。

他已经计算过了，与林氏的合作——或者说与叶朝晖的合作的确会让罗氏担上很大风险，其结局很有可能是和林氏一起走向毁灭，但他也不是完全没有翻盘的机会。

林氏的产业链无比复杂，祖祖辈辈积累出的资产不是叶朝晖一朝一夕就能搬空的，罗、林两家的合作也要等年后才启动。他还有三个月的时间，只要在项目启动前找到叶朝晖掏空林氏的证据，甚至是证实自己两年前的那个猜想，拿出足够的证据让林蔚然看清事实，叶朝晖的阴谋就会彻底落空。

到时候他可以拿着合约反咬叶朝晖一口，在林氏脱离叶朝晖的掌控后，让叶朝晖坐实非法融资的罪名。到那时，林家和罗家都会回到正轨，即便这里面会有些微损失和动荡，也不会动摇两家的根本，林蔚然就可以跳出叶朝晖的陷阱，做回林家那个光彩照人的女神。

罗子骜嘴角勾起一丝自嘲的浅笑，眼里也尽是忧郁的悲伤——拿罗家的基业去赌一个女人的未来，难怪爷爷要骂他不孝。

但凡他还有一点理智，就不该做出这种不负责任的决策，不该自私地拿整个罗氏当作他破釜沉舟的筹码。

罗子骜其实也知道，在这场豪赌里，罗氏根本占不到半点便宜。赢了，他不过是挽救了一个跟他毫无关联的家族，救了一个他牵挂多年却对他毫无感觉的女人；但输了，他就会血本无归，一无所有。他有些疲惫地靠向后方，抬手遮住了满是血丝的眼睛。

——林蔚然，我做不到。

他答应过她再也不见，再也不会干涉她与叶朝晖的一切，因为她曾那么坚定地告诉他，就算会万劫不复，她也要嫁给叶朝晖，成为叶朝晖的妻子。

罗子骜以为自己真的会放弃，以为自己真的会死心，毕竟那是林蔚然自己的选择，他又何必强行插足，把自己弄得像个可悲的第三者一样？可是，他到底还是高估了自己的忍耐力，也低估了林蔚然在自己心中的地位。

叶朝晖入主林氏后小动作不断，他与林可欣的关系也一直像根刺一样扎在罗子骜心里。当那份合作方案送到他的办公桌上时，他立刻找人去调查，进而看穿了叶朝晖的真正目的，然后，他强行压下没几日的怒火就再度将他吞噬——

叶朝晖，你已经得到林蔚然，得到了女神的眷顾和深情，为什么要背着她毁掉她能倚仗的一切？林蔚然有哪里对不起你，以至于你对她如此决绝狠心？你斩断她的翅膀，禁锢住她的手脚，将本属于她的光环一点点拿走，到底想要做什么？

罗子骜垂在身侧的左手紧握成拳。

他的骄傲不允许他再与林蔚然纠缠，但他也不会任由叶朝晖玩弄林蔚然。爷爷虽教过他什么叫当断则断，但也教过他什么叫善始善终。他放在心里珍藏了近二十年的女人，绝不能就这样毁在一个伪君子手里，而自己已经追查近两年的真相，也不该就此中断。他会站在林蔚然看不见的地方护着她，不给她半点压力地为她撑起一片蓝天、一片能让她彻底放心的净土。当林蔚然找回昔日的光芒，找回她失去的灵魂重登神坛，他才能彻底放手离开。

“叮”的一声脆响，电梯已经到达底层，罗子骜面无表情地出了电梯，朝自己停车的地方走去，却突然察觉身侧有一道人影晃过。

“谁？”他警觉地扭头望去，然后就看到了一张熟悉的面孔。

“反应能力还不错，看来你并没有因为冲动失去本能的敏锐。我还以为你为了那个女人已经失去理智，像个疯子一样乱闯乱撞，被人坑了还要给人数钱。”

淡然中又带着一丝嘲讽的声音传来，罗子骜脸色难看地瞪着正朝他走过来的男人，毫不客气地骂道：“你当自己是幽灵吗？鬼鬼祟祟地溜进罗氏的停车场里，也不怕保安把你当小偷给抓起来！”

“我有罗总经理亲自交给我的通行证，上面印着‘经理特助’四个字，哪个保安敢拦我？”男人毫不在意罗子骜恶劣的态度，抬手将一直拿在手中的档案袋扔给了他，“你要的东西……”他话语微顿，看着罗子骜的眼睛里多了一抹深思，“有时候，我不得不感叹你这小子运气好得离谱。林蔚然这次去医院可算是中了大奖，我在她身上发现了不少有趣的东西。”

“你对她做了什么？”罗子骜脸色顿时一沉，原本要打开档案袋的手改为揪向男人的领子。

“我能对她做什么？”男人眯起眼睛看着罗子骜，“你可别忘了，当初是你求着我混进圣林医院，让我想办法去查看林崇阳的病历；在Z国的时候，也是你求着我毁掉了她在海边被发现，然后被送去急救的记录，坐实了‘林家大小姐林蔚然死于海难’这条新闻；也是你求着我暗中安排转院，几经辗转把她送去Y国藏了起来。”他不耐烦地拍掉罗子骜的手，抽出一根烟叼在嘴上，点燃，“罗，别把你的怒气撒在我身上，我随时可以丢掉这些麻烦走人。”

罗子骜青筋暴起地瞪着眼前云淡风轻的男人，半晌后深吸一口气，面无表情地扭头就走。

男人仿佛习惯了罗子骜这暴躁的性子，双手插进口袋里，漫不经心地跟在罗子骜身后，直到罗子骜走到停车的地方，才顿住脚步。

罗子骜拉开车门坐进车里，飞快地抽出档案袋里的东西翻阅起来，那个跟着他的男人则无比自然地坐进了后座，按开车窗，一边吞云吐雾一边道：“罗，叶朝晖在调查你。”

罗子骜手指一顿，随即冷哼了一声：“你能如此轻松地对我说这些话，想必那些人已经被你摆平了。”

“啧，你一开始安排的私家侦探水平太差，让叶朝晖发现你在追查两年前那件事，他自然会反过来找人查你。林氏和罗氏合作的投资项目，极有可能是他针对你设下的陷阱。”

“我早就猜到了。”罗子骜的心思全放在手中的文件上，半点没将男人的话放在心里。早在他于酒会上同叶朝晖公然叫板开始，他就猜到叶朝晖会对罗氏做点什么。他罗子骜又不是被吓大的，罗家人最不怕的就是危机和挑战。

后座的男子嘴角轻勾：“叶、罗两家的交锋……呵呵，不知道是叶朝晖的不幸，还是你罗子骜的不幸。”修长的手指搭在车窗边缘，男人随意地磕了磕烟灰，“不过，我还是很期待看到你将叶朝晖扳倒，毕竟你勉强算得上我的朋友。”

“闭嘴！”罗子骜被他吵得满心焦躁，视线停留在面前的一张检查报告上。

罗子骜眼睛一眯，突然抽出那张报告扭头问男人：“这是什么？”

男人侧头瞥了一眼，漫不经心地回答：“看不懂吗？血常规啊。”

“我知道这是血常规！”罗子骜险些忍不住一拳揍到男人的脸上，“我问你下面的两句批注是什么意思！”

白纸黑字的检查报告上，上半部分印着各种红细胞、白细胞等数值，罗子骜曾照看林蔚然整整两年，自然对各种医学检查的术语非常清楚，他知道这是血常规的检查结果，也能看出各项数据没什么异常。但下面标红的两行批注是某人的字迹，第一行写着“$C_{16}H_{13}ClN_{20}$”，第二行写着“亚甲二氧甲基苯丙胺”，这些字符拆开来看罗子骜都认识，但组合在一起像是天外符文。

罗子骜知道眼前这人性格恶劣，最喜欢看人抓狂跳脚，以前看他捉弄别人也觉得有趣，但罗子骜现在没有耐心跟他胡搅蛮缠，于是红着眼睛恶狠狠地瞪着他道：“伊诺，你要是再跟我绕圈子，我就跟你老死不相往来。”

伊诺·亚伦，中文名叫简诺，R籍华人，是R国最有名的精神科医生，算是罗子骜多年前无意中结识的“狐朋狗友”。

罗氏企业之所以无法跻身C城商圈的最上层，很大原因是罗氏由罗西烈白手起家，而他早年经营的生意大多属于三教九流，在那些上流贵族的眼中根本上不了台面。虽然后来的罗氏有了资本，慢慢做大，又进军电子产业站稳了脚跟，但C城很多家族都把罗氏当作毫无底蕴的暴发户来看待，如叶家之流一直和罗氏划清界限，生怕自己祖传的修养和气质沾染上罗家低俗的铜臭味。

然而，这种出身和背景却也给了罗子骜无人能及的优势，罗大少爷从不觉得自己高人一等，不管到何处都能结识无数朋友。他可以是酒会上最俊美的贵公子，也可以混迹街头，蹲在路边和朋友吹嘘扯淡。

除了拒他于千里之外的林蔚然，他不管在谁面前都称得上是无往不利，他阳光般炽热的笑容总能在不经意间让人放下戒心，让人从心里想结识和靠近。

罗西烈将罗氏交给罗子骜打理后，罗子骜便是凭借着野兽般的直觉和别人看不起的人脉给罗氏寻来了一次次商机，使得罗氏的业绩步步高升。也多亏了他在世界各地的“狐朋狗友”，他才能在两年前找到林蔚然……

“罗……”伊诺见罗子骜双眼充血，显然已经濒临失控的边缘，见好就收，弹了弹那薄薄的纸张，“$C_{16}H_{13}ClN_{20}$是安定的分子式，亚甲二氧甲基苯丙胺是MDMA（摇头丸）的主要成分。”

罗子骜闻言瞳孔一缩，攥着检测结果的手掌瞬间青筋暴起，他看不懂伊诺的批注，但他知道伊诺提到的那两样东西是什么！

安定，可以镇定人的情绪，却也会引发嗜睡、记忆力衰退等副作用。

MDMA，是一种会致幻的精神毒品，会造成中毒者情绪失控，极度兴奋，但药效消失后，服用MDMA的人便会出现情绪抑郁、焦虑、妄想症甚至精神性疾病等问题。

“林蔚然的处境很危险。”伊诺淡然地吐了口烟圈，“她的血液中含有少量安定和MDMA的成分，但安定的剂量要比MDMA高。我推测，她应该是同时摄入了这两种东西，在快速入睡后避过了MDMA的兴奋期，却会在清醒后引发情绪抑郁症状。而她最近一次摄入这些东西，应该就是昨天。”伊诺微微一笑，意味深长地道，“我还打听到一个有趣的消息——”

“说！”罗子骜的声音变得有些哑，像是从嗓子里挤出来的一样，但那低哑的声音里蕴含着汹涌的风暴。

伊诺眉梢一扬，看着罗子骜深不见底的眼睛，一字一句地道：“叶氏企业早在两年前就负债累累，公司内部几乎成为空壳。业内传出来的业绩全是幌子，财务做出来的账面也全是假的。若是叶朝晖再找不到解决危机的方法，叶氏集团将在三个月内破产。”

圣林医院内，邬曼云带着林蔚然将各种精密的检查全做了一遍，各个科室的医生在专属于林蔚然的休息室里进进出出，直到下午四点，林蔚然才得以喘息。她看着屋子里消失了一大半的人，和那些离去的医生一样松了口气。

虽说林蔚然大部分时间待在休息室中，很多检查并不需要她亲自跑去仪器室，会有护士推着专门的器械到休息室来，林蔚然依然觉得这一天的时间简直是煎熬。各种仪器的响声传入耳中，针管刺入皮肤的微痛也唤醒了她不愉快的记忆。她在国外刚刚醒来的时候，连续好多天都在进行各种各样的检查，她打心里排斥消毒水的味道和仪器嘀嘀的叫声。

由于邬曼云一直陪在她身边，她也不方便单独去找什么精神科的医生，免得邬曼云听到她和医生的谈话后会胡思乱想。她思考着是不是要等明天自己再过来一趟，这样便能避开邬曼云和医生深谈一番。

“小然，检查结果妈妈都看过了。”邬曼云坐在林蔚然身边仔仔细细地翻看着检查结果，顺便听一旁医生的小声解说，等她终于翻完最后一张，这才皱着眉头将那些资料放到一旁。

“医生说你的身体机能一切正常，就是体质偏虚，精神有些焦虑，有点轻微的神经衰弱，好好养一阵子就能恢复。”邬曼云轻叹了口气，将一小瓶药片塞到林蔚然手中，“这是静心养神的药，记得每晚睡前吃一片，你就能安稳地休息，不再受噩梦的困扰了。”

邬曼云眼中满是疼惜，失去记忆对女儿来说果然有很大影响，女儿嘴上不说，心里应该也是介意的。女儿是不是夜夜睡不好觉噩梦连连，所以才会神色疲惫？邬曼云还记得女儿刚回家那晚就做过噩梦，原来她心里是这样不安吗？

安稳地休息？林蔚然眼里闪过一丝惊讶，她的睡眠质量并不差啊，只要待在叶朝晖身边，她很容易就会沉沉地睡过去。不过，她的确有精神焦虑的症状，偶尔也会被噩梦困扰，原来她有轻微的神经衰弱吗？

林蔚然听话地接过药瓶塞进手提包中，然后拽了拽邬曼云的袖子问：“妈妈，我们能回去了吗？”她不想待在医院里，她不喜欢医院里的味道，也不喜欢医院里的声音。

“是不早了，妈妈这就送你回叶家，顺便见见朝晖和天嫌。”邬曼云闻言点了点头，拉着女儿的手朝休息室外走去。

“不要！”林蔚然想也不想地拒绝，“哪有在回门当日让妈妈送女儿回婆家的道理，让人知道了还以为您要去叶家示威呢。”

“怎么说话的。”邬曼云没好气地瞥了林蔚然一眼，眼里却闪过一丝心虚。她的确想陪女儿回去，给女儿撑撑门面，提点一下叶家，让他们能对林蔚然更上心一点。

林蔚然眉眼一弯，勾着嘴角笑道：“我知道您是怕我在叶家受委屈，我都跟您解释过了，朝晖他们对我都很好，今天不陪我回来也是有原因的。

您在这个时候去叶家，不是给公公婆婆制造难堪，也给朝晖施加不必要的压力吗？传出去我们两家还怎么做人？”

邬曼云脚步一顿停在原地，有些惊讶地打量着女儿，随后扑哧一笑，骂道：“果然是女生外向，这才嫁人三天。妈妈真是白疼你了。”女儿果然越来越懂事了，她以前可从来不会为别人着想的。

一想到这么乖巧的林蔚然已经嫁入叶家，不能像以前那样守在自己身边，邬曼云就觉得满心不舍。

“怎么能说是白疼我了呢？您这样我可就不回去看您了。”林蔚然心中也有些不舍，一想到要回到那个冷冰冰的家里，她就不想离开自己的母亲。但她的人生已经和叶朝晖联系在一起，怎能还像个孩子一样躲在妈妈怀中？路始终要自己去走，该经历的，也必然要由她自己去经历。

叶家和林家的司机都等在医院门口，看到邬曼云和林蔚然出来，两人不约而同地打开了车门。

来的时候，林蔚然是和邬曼云坐在一起的，但此时已经快到黄昏，算算时间林蔚然也该回叶家了，所以叶家的司机当即做出表示，拉开车门示意林蔚然上车。

邬曼云看到司机的动作，方才还温和的笑容顿时敛去，她冷冷地看了司机一眼，然后握着林蔚然的手道：“记住，一定要好好照顾自己，有什么委屈一定要告诉妈妈。有妈妈在，谁都不能欺负我的宝贝女儿，你背后有整个林氏集团给你撑腰。”

她原本也没打算让林蔚然跟着她回林家，不然得再多折腾一段路途，但叶家司机这不客气的小动作让她有些冒火。她事先说过让女儿直接回叶家吗？该怎么安排时间，还轮不到叶家来做主。

“知道了。”林蔚然一点都没发现邬曼云心里的不满，对邬曼云笑了笑，无比自然地上了回叶家的车子。

已经这么晚了，朝晖应该回来了吧。

公公去国外出差了，婆婆对她也更加不满了，她该怎么样才能让婆婆开心一点，和婆婆的关系拉近一点？林蔚然轻轻叹了口气，一整天的轻松在她坐进狭小的车厢后顿时消失，那迫人的压力再度漫上心头。她取出邬曼云交给她的药瓶，一边放在手心把玩一边想，要是这些药片真的能化去她所有的负面情绪，让她能坦然地面对盛天婵就好了。

“嗡嗡——”她正若有所思地发着呆，一阵轻微的振动突然从口袋里传来，她下意识将手伸进口袋，拿出了里面银白色的手机。

有人给罗子骜发消息？

呃，不对。林蔚然微微一愣，随即反应过来，这手机是之前罗子骜留给她的，他们两人在度假山庄的时候，他还对她说他的手机会二十四小时为她开机。

从拿到这部手机开始，她就只接到过罗子骜一个人的电话，所以，这个号码应该只有罗子骜一个人知道。也就是说，手机里的消息是罗子骜发送给她的？林蔚然握着手机的手突然一紧，心跳竟然变得有些急促。

上午她还想他们再也不会见面了，结果下午就收到了他的信息。若是这手机一直悄悄地藏在口袋里，藏到电量耗尽，或是张妈没有碰巧拿这件外套给她，她也不会在此时收到罗子骜的信息。

这到底是多么巧合的孽缘……林蔚然眼里闪过一丝纠结，犹豫着到底要不要点开看信息内容。

“嗡嗡——”振动声再度传来，同时还伴随着手机电量快耗尽的警告声。

又一条消息飞速发了过来，紧跟着，第二条、第三条、第四条……那余下不多的电量也快要消耗完。

手机屏幕亮起，此时此刻，就算林蔚然没有解锁，也看清了屏幕上飞速闪过的小字——

“蔚然，你一直在服用安定？”

“蔚然，你身体还好吗？”

“蔚然，最近有没有做噩梦？”

“蔚然，脑后受过的伤有没有复发？”

“蔚然，有没有看到过什么幻影？”

……

手机再次发出嘀嘀的警告，林蔚然被那一条条消息轰炸得眼花缭乱，但她的思绪停留在最初看到的那条消息上，目光转向了手中的药瓶。妈妈说这是静心凝神的药，可以缓解她的神经衰弱，但这药是妈妈今天才拿给自己的，罗子骜是怎么知道的？

“嘟”的一声，手机电量彻底耗尽。看着微亮的屏幕变得一片黑暗，林蔚然心里一颤，纤细的手指缓缓收紧，眉心也几不可见地拧起。

他说一直……为什么要说一直呢？明明在今日之前，她没有吃过任何乱七八糟的药物啊。

傍晚五点，林蔚然回到了叶家。

林家别墅在C城市区，圣林医院在C城南郊，而叶家的别墅却坐落在C城刚开发的东郊，两家距离不近。林蔚然下车的时候抬头看了一眼，然后就看到天边升起了淡淡的红霞，霞光满天，有些刺眼。一阵寒风刮过，有细小的水滴轻轻落在她的脸上，空气中飘来一股淡淡的水汽，她禁不住拽紧衣襟，眼睛一眨不眨地凝视着天空。要下雨了吗？

深秋的这个时候，太阳已经悄然降落，但林蔚然第一次注意到原来秋季的晚霞竟会红得这么凄艳，像是天边染上了血色……

“蔚然，有没有看到过什么幻影？”

这条信息再度跃入林蔚然的脑海，林蔚然瞳孔微缩，微微抬手挡在眼前，像是要遮挡那刺目的血色，又像是要把空中的艳霞抓在手中。

“宋叔……”林蔚然突然开口，回头对今日接送他的司机甜甜一笑，指着空中示意道，“好看吗？”

“什么？”面无表情的司机微微一愣，似乎没想到林蔚然会突然同他说话。

在他眼里，这个刚嫁入叶家的女孩就像个胆小又敏感的雏鸟，不管见到谁都带着几分退缩和戒备。她缩在自己的壳里，小心翼翼地打量着外面的世界，只有在迫不得已的情况下才会佯装勇敢，硬着头皮扯出傻乎乎的笑容，笨拙地讨好她必须讨好的目标。比如盛天婵，又比如……他？

司机眼里闪过一丝轻蔑之色，他微微颔首，漠然地对林蔚然说："下雨了，大小姐快进去吧。"

乌云密布、阴风阵阵，还说好看？这林家大小姐果然是摔坏了脑子，难怪太太不待见她。

他喊她大小姐？林蔚然的微笑有些僵硬，眼里也闪烁着几乎要破碎的光芒。叶家的司机叫她大小姐？她已经嫁给叶朝晖成为他的妻子，可叶家的司机都没有认可她的身份。

下雨了啊……那应该是阴天吧，又怎么可能有晚霞呢？所以，她看到的那凄艳的颜色到底是什么？

无法勉强自己再对司机微笑，林蔚然紧紧地握着手中没电的手机和药瓶，低下头像游魂般朝院子里走去。

屋内，盛天婵听到大门处的响动，立刻抬起头看了一眼，然后就看到林蔚然幽幽地走了进来。只见她的头发被风吹乱，额前的碎发挡住了她的眼睛，盛天婵一时间看不清楚她的眼神，只能看到她的脸色有些泛白，而她的表情也不怎么好看。盛天婵眼神一冷，眉心微蹙，打量着林蔚然的表情也越来越阴沉。难道她回林家后乱说了什么，与邬曼云发生了冲突，所以才如丧考妣地跑了回来？

"林蔚然。"盛天婵第一次主动唤了林蔚然的名字，却是打算将她叫过来训斥一顿，然而林蔚然像是没听到她的声音一样，径直越过她上了二楼。盛天婵瞬间震惊了。

这个女人在自己面前一直是畏惧而讨好的，她连直视自己的目光都不敢，谁给她的胆子让她对自己甩脸色，无视自己的存在的？

大门再度传来一声响动，司机宋叔也走进了屋子，来到盛天婵面前对她微微弯腰。

盛天婵眼睫一垂，压下肚子里的火气淡淡地问："她回来的时候遇到什么事了？"

宋叔立刻恭敬地回答："没有，她今日一直和林太太相谈甚欢，林太太带她到圣林医院做了身体检查，四点左右两人在医院分别，我就把她带回来了。不过……”宋叔有些畏惧地偷看了盛天嬅一眼，“林太太对她今日自己回门非常不满，原本是想要来叶家兴师问罪的，却被她给拦了下来。但她回来之前，林太太在医院门口说了一些话。”

“什么话？”盛天嬅的声音里多了丝不易察觉的紧张。

宋叔连忙将邬曼云那段示威的话转述给盛天嬅，盛天嬅听了那段话后眼角一抽，原本搭在腿上的右手瞬间握紧，圆润的指甲掐进了掌心。

“你回去吧。”她漠然地对宋叔吩咐了一句。宋叔连忙应声离开，直等他走出了林家大门，盛天嬅才目光阴冷地望向二楼。

林蔚然今天在林家没有任何异常反应，但邬曼云似乎对她灌输了不少可笑的东西，让她生出了些不该有的心思。委屈？撑腰？林蔚然是不是觉得有邬曼云和林氏在她身后，她就真的能作威作福，将叶氏踩在脚下肆意践踏，从此之后再不用对自己低眉顺目，所以从进门开始便对自己蹬鼻子上脸？呵，她果然天真得可笑，脑子也从未真正清醒过。

盛天嬅直接站起来朝二楼走去，却不知道，当宋叔来到她身边告知她白日里发生的一切时，二楼楼梯拐角处一直立着一个纤细的身影，直到宋叔离开才静静地走开。

卧室内，林蔚然正坐在梳妆台前，对着镜子里的人影发呆。她面前放着白色的药瓶，和那些护肤品混在一起，乍一眼看过去并不容易发现。而她的脑袋里一片空白，像是受到了撞击一样嗡嗡作响。

“咔嚓”一声，身后的门被人推开，但林蔚然依旧毫无反应，像是早料到身后的人会出现。盛天嬅面无表情地走到林蔚然身后，透过镜子与她对视。

林蔚然也呆呆地看了她片刻，然后僵硬地转头对她道：“妈，有事吗？”

盛天嬅眼里闪过一丝厌恶，随后冷冰冰地宣告：“朝晖最近太累了，我在林氏附近买了套公寓，让他先住过去一段时间，免得他操心林氏之余还要两头跑，他需要时间休息。”

林蔚然下意识眨了眨眼睛，脸上也多了一丝困惑，但很快她点了点头说：“我过去陪他。”

“你不许去！”盛天嫜直接呵斥道，“他为了你们林氏殚精竭虑，你少给我靠近他，给他制造麻烦。”

林蔚然瞳孔一缩，双手交握，颤声道：“我很麻烦吗？”

“你以为呢？”盛天嫜居高临下地打量着她，“除了哭哭啼啼地躲在朝晖身后，你这个所谓的林大小姐还能做什么？若不是因为你，朝晖也不会成为整个C城的笑柄，外面的传言你没有听过？”

“那妈妈的意思是……要我和朝晖分居两地？”林蔚然皱眉，“我们才结婚三天……”

“呵，等你们林氏倒闭了，或者朝晖被你们林氏累死了，你再来跟我计算你们结婚有几天！”说完，盛天嫜傲然地转身离去，那冰冷的眼神里依旧是浓浓的嫌弃与厌恶。

卧室内再度恢复平静，林蔚然双手攥得死紧，手心里全是沁出的冷汗。心脏似乎在一阵阵收缩抽搐，但奇怪的是她竟然感觉不到疼痛，反而像是身处梦境般觉得不太真实。她再一次转头看向镜子里的自己，然后伸出手描绘着镜子里那完美的轮廓，像个茫然的孩子般问道：“她看我的眼神，其实根本不能用不喜欢来形容，那是彻头彻尾的鄙夷和轻视吧……为什么呢？”

论身份，她是林氏集团的大小姐，也是林氏集团唯一的继承人。妈妈也说过，林氏比叶氏要大得多，整个C城的商业圈里没有任何人敢欺负她林蔚然，盛天嫜以前也表现出了对她的欣赏和认可。就算要瞧不起，那也该是她林蔚然瞧不起叶家，因为想攀上林家和林家联姻的家族数不胜数。别说她林蔚然只是失忆，就算她是个痴傻的疯子，他们也该把她供起来才对吧。

既然这样，盛天嫜为什么要看不起她呢？她抬起另一只手，将手心里的东西放在桌子上。手机的外壳被她握得有些发烫，她的指尖拂过手机，轻触那个白色的药瓶，然后，她像是被针刺到一样收回手，闭上眼睛试图压下脑袋里凌乱的信息碎片。她停滞的大脑似乎终于找回运转的方式，她锁在心里的阴影终于挣脱牢笼的束缚，将她一直不愿面对也不愿求证的事实一遍又一遍地送到她眼前。

异国他乡、街头重逢、抽脂手术、医院认亲、亲人离世、两家联姻……叶朝晖，最好不要是我猜测的那样，否则……林蔚然踉跄地后退两步，眼里蓄满了心碎的微光，她突然转身推开房门，跌跌撞撞地往楼下冲去。

盛天婵刚刚回到自己的卧室，正打算换件衣服离开这里，却不想房门“砰”的一声被人撞开，跟着她就看到林蔚然闯了进来。盛天婵微微一愣，脸色一沉就要张口呵斥，却看到林蔚然直接拽过身侧的古董花瓶，“砰”的一声将花瓶砸在地上。

盛天婵被那清脆的巨响给吓了一跳，目瞪口呆地望着立在门口的林蔚然，却看到她脸上早已经满是泪水，但她的眼神里涌出了类似绝望的疯狂。盛天婵心里微微一颤，竟然无法抑制地后退了两步。

“为什么要这么对我？”林蔚然的声音很轻，轻得像是要散开的云烟，但她的眼睛直直地望着盛天婵，嘴角勾起一丝轻笑，“为什么要这么对我？你凭什么？”

“滚出去！”盛天婵一点都不想和林蔚然纠缠，干脆利落地对她下了逐客令，“晁云就是这么教你的？你竟然在我面前这么失礼，你的家教哪里去了？”

“家教？”林蔚然笑得更加甜美，“你忘了吗，我是林蔚然啊！我爸和我妈从小就教导我，我喜欢的一切都是我的，我看上的东西一定能得到，因为我是林家的林蔚然，林氏集团的大小姐林蔚然！”她一步一步朝盛天婵走去，“叶家和林家联姻，受益最大的明明是叶家，那些所谓的流言蜚语，你们应该早就料到了啊。若是你一开始就介意这些，为什么还要去林家提亲，为什么要同意朝晖娶我？”她嘴角的笑容猛然一敛，冷冷地看着盛天婵道，“你们叶家这么对待我，就不怕叶氏集团倒闭吗？你们到底想做什么，你最好祈祷不要让我发现。”

“轰——”一道白光伴随着巨响劈开了天幕，盛天婵瞳孔猛然一缩，像是受到莫大的羞辱和刺激，她瞪着林蔚然吼道：“你以为你是谁，真当自己是金枝玉叶？一个野地里捡来的丫头，也敢以林大小姐的身份来威胁我？你根本就配不上朝晖！”

你以为你是谁，一个野地里捡来的丫头……

林蔚然脑中嗡嗡作响，身子一软靠在墙上，浑身的力气都在一瞬间被抽空。她终于得到了自己想要的答案，也终于等来了噩梦般的真相——她不是林蔚然，她果然不是真正的林家大小姐林蔚然。

说不清为什么，或许是因为内心深处始终有这样的顾虑，所以此时听到盛天婵这么说，林蔚然除了震惊，也有那么一丝解脱的感觉——啊，原来是这样，果然是这样。

第十四章

女神的发现

看到林蔚然备受打击的表情，盛天婵顿时反应过来自己说了什么，她脸上闪过一丝焦虑，但很快又被她强行压下。她故作镇定地走到林蔚然面前，板着脸斥责道：“我知道你失去了过往的记忆，但这不能作为你冒犯长辈的理由。你以前的教养哪儿去了，以前的优雅哪里去了？像个乡野丫头一样撒泼耍浑，只会丢了林家的面子，现在的你哪里配当朝晖的妻子！”说完，盛天婵大步走出卧室，不顾外面已下起大雨，沉着脸打电话，通知宋叔来接她离开。

她说漏的那些话其实模棱两可，那个丫头应该什么都没发现吧？她已经飞快地做了补救，以那个丫头的智商，一定不会听出她话中的意思，更不会知道那个无人知晓的秘密。

盛天婵的脚步忽顿，忍不住回头看了一眼，眉心再一次狠狠蹙起。

是她的错觉吗？刚才有那么一瞬间，她竟然在那个丫头身上看到了蔚然的影子……那个曾万众瞩目的林大小姐的影子。可这怎么可能呢？盛天婵眼睫一垂，压下了心里莫名的不安。

林蔚然已经死了啊！真正的林蔚然早就在两年前死了，死于意外落水，死在了铺天盖地的新闻中。也就是因为林蔚然死了，林崇阳才会中风倒下，林氏集团的董事会才会逐渐分裂，称霸 C 城的商业帝国才会慢慢倒塌。

她已经死了，绝对不会再回来了，房中那个野丫头不过是个替身，除了长相，跟真正的林蔚然毫无相似之处。当叶家的目的彻底达成，这个冒牌货就会被永远抹杀，她永远别想靠近朝晖，成为朝晖完美人生中的败笔和污点。

盛天嬅离开后，叶家别墅又只剩下了林蔚然一人，空寂的别墅像座鬼屋一样，在这样的雨天里更显得幽暗凄冷。以往，待在这种环境里的林蔚然一定会觉得孤独害怕，会抑制不住脑子里的种种幻想，会觉得自己被全世界抛弃，会失措地去寻找心里惦念的那个影子。然而此刻，林蔚然发现自己的大脑前所未有的清醒。在最初那一瞬间的愕然与脱力后，在她的世界与认知彻底崩塌后，她竟然缓缓地恢复了理智，也恢复了自行思考的能力，连带着还恢复了行走能力。

她转身回到自己的卧室，将桌上银白色的手机紧紧攥在手心里，蜷缩进床和梳妆台中间的角落里。

外面的雨声淅淅沥沥地传来，一声接一声地砸进她心里，将她垒起的心墙一点点摧毁。她闭上眼睛任由自己陷入黑暗，大脑却在黑暗中开始高速运转。她在脑中勾勒出了自己的容貌，勾勒出女神般完美的林蔚然，然后开始审视自己。

七月盛夏，她在异国他乡的疗养院里苏醒，见到了陌生的罗子骜，从他口中得知自己当了两年的植物人。那个时候的她是个痴肥丑陋的病患，肥胖丑陋到自己都不愿意多看一眼。她对身边的一切都敏感又防备，她因误会了罗子骜而逃出医院，然后在街头偶遇了叶朝晖。完美的他像天神的使者般出现，将她从窘迫的困境里救了出来。那一瞬间的温暖被她视为救命稻草，让她对叶朝晖的每一句话都深信不疑，接着，她又被巨大的幸运砸中，叶朝晖告诉她，她叫林蔚然，他则是她的未婚夫。

为什么要连这种鬼话也相信？肥胖丑陋的她到底哪儿来的自信认为自己曾经是完美的女神？如果她真的是林蔚然，叶朝晖为什么要带她去做抽脂和整形手术，甚至连发型都要比照林蔚然的照片去修剪？

蜷缩在角落里的女人抬起头，伸手摸向左侧梳妆台的抽屉，从抽屉里取出一面小巧的镜子。她面无表情地看着镜子里映出的脸，勾起嘴角对镜子里的女人木然地微笑，然后就看到镜中的影子对她笑得干净甜美，却也柔弱得似乎一触即碎。她将镜子狠狠地扔了出去。

不一样，哪里都不一样。她见过林蔚然的照片，那是一个气质高雅的女人，张扬的笑容里尽显诱人尊贵，不管谁看了都会被她吸引。

自己呢？自己不过是个仿冒的替身，存在感薄弱又惹人讨厌，弄丢了过去，看不到未来，只能依附着别人苟延残喘。这样的她，怎么可能是林家众星捧月的大小姐林蔚然？

她那个名义上的婆婆从不拿正眼瞧她，言辞间对她也充满了鄙视，而盛天嫜刚才脱口而出的真相也足以证明她只是个仿冒品。

她挣扎着从角落里爬起，来到门口穿好衣服，将银色手机塞进口袋，然后又走进盥洗室中整理好仪容，这才撑了把雨伞离开叶家。

她已经明白自己的身份，但她仍有一件事想知道答案，朝晖为什么要说她是林蔚然，为什么要把她带回林家，为什么要和她举行婚礼？她的心里有一个念头呼之欲出，却选择将那念头抛开。她不愿自己待在叶家胡思乱想，想亲耳听到叶朝晖告诉她真相。

C 城东区是刚刚开发完的新区，叶家所在的别墅区内也没有多少人入住，所以，林蔚然漫步的小路格外清静，让她能不受干扰地继续思考。

这是她回国以后第一次独自出门，不知道从什么时候起，她的记忆和人生里就只剩下了“叶朝晖”这三个字。不管她想什么，做什么，不管她去哪里，她都在这三个字的笼罩之下，成为依附这三个字的傀儡。可当她真的走出家门，才发现独自前行也并不困难，甚至还有了几分自由的快意。她可以毫无拘束地去任何地方，可以不用再顾及任何人的心情，不会躲在角落里胡思乱想，更不会担心外面的世界会把自己吞没。

她不是林蔚然，而只是一个普通人。虽然没有过往的记忆，她依旧不知道自己是谁，但剔除了“林蔚然”这个名字套在身上的枷锁，剔除了那些本不属于她的幻想，也甩脱了那些压在她身上的阴影，她终于能够自由地呼吸，也终于能够正视自己。

事到如今，只剩一个人还悬在她心里，让她舍不得放下，没有勇气挣脱。哪怕她知道这个人其实也不属于自己，她还是想抓住最后一点奢望。

朝晖……他们已经结婚了不是吗？哪怕他知道自己不是林蔚然，哪怕曾经面对自己最丑陋的模样，他依然能对她温柔地微笑，那是不是代表他其实是在意自己的，他真的像自己爱着他一样爱上了自己？

因为她眼中只有他的影子，从她第一眼看到他开始，她的世界就只为他转动。

雨声逐渐变小，走出别墅区之后，林蔚然眼中便映出了陌生的人影，也有车辆与她擦肩而过。她像个新奇的孩子，饶有兴致地打量着目光所及的一切，直到夜幕彻底降临，她才猛然惊觉，她已经独自走了很久很久。算算时间，叶朝晖这个时候应该已经下班了，让她就这么走去林氏集团，只怕走到深更半夜也见不到他，更何况，她根本不知道林氏集团的地址。

林蔚然无奈地叹了口气，四下寻找了片刻，招了一辆出租车坐上去，淡然地告诉司机她要去林氏集团。见司机点了点头就直接发动车子，她暗自松了口气，觉得在她认清了自己的身份之后，她的各种能力都在逐渐苏醒。或许等她从叶朝晖嘴里听到最真实的答案，她就能找回丢失的记忆，以一个崭新又完整的身份站在叶朝晖身旁。

半个小时后，出租车停在了林氏集团的大楼前。

雨已经停了，林蔚然下车站到路边，看着面前依然灯火通明的大楼，眼睛里晃过一瞬间的迷离。这里就是林氏集团，是称霸整个C城商界的林家核心所在吗？可惜，这么庞大的产业在今日之前还挂在她的名下，今日之后，便与她再无关联了。林蔚然并不觉得惋惜，只觉得轻松自在，她如今在乎的只有叶朝晖，其他所有不属于她的东西她都可以放下。

林蔚然深吸了两口气，打算踏进林氏集团去找叶朝晖。

林氏集团出了那么多乱子，他现在应该还在办公室加班。她都好几天没见过他了，不知道他有没有按时吃饭、休息，会不会被烦琐的工作给累坏？

一定会累坏吧，林蔚然的眼里溢满了心疼。他根本不可能按时休息，更不可能按时吃饭！背负着这么大一个跨国企业，既要担心员工的生计，还要解决股东间的矛盾，他也不过是凡人骨血，如何能应对这么多的压力和麻烦。她突然有些讨厌那个林家大小姐，那个真正的女王一样的林蔚然。

林蔚然身上到底发生了什么，为什么会失踪不见？如果真正的林蔚然还在，朝晖根本不需要为林家受累，那本是林蔚然应该背负的责任。

她心里突然涌起愤怒，想要直接冲进办公大楼把叶朝晖从成堆的文件里解救出来，但她刚刚踏出一步，却看到一辆熟悉的轿车从前方不远处经过，降下一半的车窗里露出一张白皙纯洁的脸，女孩正开心地趴在窗边伸出手臂，似乎想试试空中还会不会有雨滴落下。驾驶座上的男人伸手轻扯了她一把，似乎轻轻斥责了她几句，她顿时吐了吐舌头嫣然一笑，乖乖地缩回车里，将车窗关上。不过是短短一瞬，林蔚然却清楚地看到了车内那两个人的脸——叶朝晖、林可欣。

他脸上挂着林蔚然不熟悉的温润浅笑，那是他不会对自己展露的表情，他眼里是林蔚然从未见过的宠溺深情。铃兰般纯洁美丽的女人也和林蔚然上次见到的不太一样，脸上没有乖戾和嘲讽，也没有挑衅的敌意和仇恨，嘴角的笑容带着少女般的憧憬，眼睛像是星辰一般闪亮。那两人举止亲密地相互对视，言语间的笑容是那么亲昵与和谐，那温馨的气氛里似乎再也容不下其他东西。无须过多言语，只需要看一眼，就会让人知道什么叫作佳偶天成，什么叫作两情相悦。

林蔚然握着雨伞的手开始发抖，她将雨伞紧紧地抱在怀中，丝毫不顾伞面上未干的雨水浸湿了她的衣服。

朝晖不是应该在公司里加班吗？他为什么会和林可欣在一起？他们看上去为什么那么亲密，他忘了自己是有妇之夫，家中还有妻子一直在等着他吗？他们到底是什么关系？难道他们两个……

林蔚然微微摇头，将脑子里那个可怕的猜想甩出脑海。

叶朝晖不是那种人，哪怕全天下的男人都会出轨，叶朝晖也绝不会做出对不起林蔚然的事。如果他真的喜欢林可欣，就一定不会娶林蔚然，因为他是那么清雅和高贵，他是完美到没有任何污点的叶朝晖。

林蔚然所有的勇气都因为刚才看到的一幕溃不成军，她慌乱地转身往来时的方向走去，用各种理由说服自己相信那个她挚爱的男人。她不再奢望找他问出什么答案，也不敢再去探寻什么真相，她以为她可以找回自我，却在看到他的一瞬缩回原点。她已经失去林蔚然这个身份，不能再失去她仅剩下的爱情。

茫然失措地走在拥挤的人行道上，林蔚然心里的焦躁开始上涌，那来来去去的人影像是梦魇般将她围绕，她觉得自己马上就要窒息，想马上逃离这个地方。

她像无头苍蝇般环顾四周，却找不到自己可以去的地方。就在她觉得自己的情绪快要崩溃时，一阵轻巧的力道扯住了她的袖子。林蔚然茫然地低头，看到一个六岁左右的小女孩站在她面前，笑眯眯地将某样东西塞进了自己手里。林蔚然不明所以，想问问怎么回事，但女孩已经跑开，林蔚然望着手上的银色物体，眼里的愕然更加明显。

手机？那孩子为什么要塞给她一部崭新的手机？

舒缓的铃声在下一刻响起，亮起的屏幕上是一组熟悉的数字。林蔚然瞳孔一缩，想也不想地接通了电话，跟着就听到低沉的嗓音从电话里传来：“喂。”

酸涩的感觉一瞬间冲破眼眶，林蔚然直接握着手机蹲了下去，在清冷的街头将自己蜷缩成一团。

“喂……”电话里顿时传来无奈的叹气声，“你好歹也是林家大小姐，是我们C城商圈里赫赫有名的女神，你在大庭广众下做出这种毁形象的动作合适吗？”

“罗子鹜……”林蔚然压下声音里的哽咽，深吸一口气后对着电话骂道，“你这个神经病！”

雨伞被她扔到了地上，空着的那只手摸向身侧的口袋，冰冷的指尖在触及另一部手机的轮廓后竟莫名觉得温暖。她不明白自己在万念俱灰下为何还要带着罗子鹜的手机，而且还是一部电量用尽等同于废品的手机。或许，那是她虚幻的世界里唯一让她感觉真实的东西吧。

尽管是他传来的消息引发了她的疑心，进而让她发现沟渠下的秘密，也让她明白了自己不堪的身世，但她奇迹般没有记恨他这个始作俑者。她以前那么害怕他破坏自己平静的生活，可当这一天真正来临，她发现自己竟然对他心存感激。虚假的美好给不了她永久的幸福，反而让她惶惶不可终日，是他把自己带回了现实，让她踏出了寻找自我的第一步。

她又一次想起罗子骜说过的那句话——“林蔚然，你一定会后悔的。”

她嘴角勾起一丝伤感的浅笑，如果罗子骜现在就站在她面前，她会再一次告诉罗子骜，嫁给叶朝晖，她一点都不后悔，因为她在看到他的第一眼就爱上了他。她唯一后悔的是没在嫁给他之前深究自己的身世，轻易就接受了属于“林蔚然”的人生。明明她一直对此心存怀疑，却因为喜欢叶朝晖而生出了贪念，是她的虚荣和自私导致了她今日的困境，这一切都是她咎由自取。

“罗子骜……”林蔚然轻轻开口，视线扫过往来的人群，“你一直跟着我吗？”

他知道她的位置和她的一举一动，她却并没有看到他的身影。是因为她之前说的再也不见吗，所以他才躲在她看不见的地方注视着她？

“你果然是个神经病……”眼泪压抑不住地滚落，胸腔里更是胀得酸痛，林蔚然按住自己抽痛的心脏质问，“不是说好了不再联系吗？你为什么要一直跟着我？”

电话对面有片刻的沉默，然后就传来故作轻松的调笑：“偶然看到街头有一个失足美女，正犹豫是不是要过去提供免费的肩膀，拯救她于水深火热之中……”

“不要。”林蔚然干脆利落地打断了他，哑着嗓子低泣道，“罗子骜，我已经结婚了，你为什么要这样啊？！”

她喜欢的人又不是他，他为什么要一直往她面前凑？她都跟他把话说得那么清楚了，他却还是纠缠不清。

林蔚然此时非常想把罗子骜从人群里揪出来，不顾一切地对他发泄自己的怒火和委屈，但她又知道他是无辜的，而她也不能顶着叶朝晖妻子的身份和另一个男人做出什么惹人误会的举动，所以林蔚然毫不犹豫地拒绝，拒绝他向自己伸出援手，拒绝他试探之下的怀抱。

她已经跳出象牙塔，剩下的路只能自己走。哪怕她逐一发现的真相在撕裂她的心，她也不会在这个时候借另一个男人编织另一场梦。

电话那边又是一阵沉默。距离林蔚然身后不远的路口，一个男子斜倚在广告牌上，握着手机静静地盯着街边缩成一团的影子。她就蜷缩在他面前，在寒冷的夜晚瑟瑟发抖。心痛的感觉一阵阵袭来，罗子骜拼命克制着想冲上前的脚步，眼里尽是无奈的悲伤。

下午给她发了短信之后，他到底还是不放心，于是换乘了伊诺的车子去叶家附近，远远地关注着叶家的动静。很快，盛天嬅急匆匆地离开了叶家别墅，不久后，林蔚然也撑着雨伞慢悠悠地走出来。她看起来非常平静，平静到让人心惊。罗子骜远远地跟在她身后，一直跟到了林氏集团，然后就看到她神色剧变，在人群里茫然失措地游荡。

她是不是看懂了自己发过去的短信？是不是相信了自己的警告？是不是已经揭开了真相的边角？否则，她为什么会在这个时候出现在林氏，为什么会如此伤心地在街边哭泣？

罗子骜此刻无比后悔，但他后悔的不是捅破真相，让她看到了平和下的黑暗，他后悔的是为何没在她结婚前把她带走，为什么明知她会深陷泥淖，却还是任由她踏入深渊。

罗子骜走下车，带上早早准备好的另一部手机，拜托一个纯真的孩子将手机交到林蔚然手里，然后隔着人海拨通了电话，听到了令他牵挂不已的声音。

伊诺曾嘲笑他总是多带一部崭新的手机，可惜永远送不出去。可罗子骜的确曾送出去一部，还幸运地利用那部手机破开了她的心墙。他庆幸他时时刻刻有多余的准备，用第二部手机再度建立起他们之间的联系。

——罗子骜……你为什么要这样啊？！

——当然是因为喜欢你啊……

他在电话这端无声地回答。

——在你不知道的岁岁年年，在你不记得我的这些年里，我每一天都像现在这样注视着你的身影，比任何人都希望你能得到幸福，哪怕给予你幸福的人并不是我。

“罗子骜……”对面又传来温软的声音，他看见林蔚然摇摇欲坠地站了起来，望着对面的林氏大楼问，“林蔚然到底是一个什么样的人啊？”

罗子骜闻言微微一愣，看着林蔚然的眼神却满是温柔：“我告诉过你，以前的你善良又纯粹，若是想寻找过去的影子，看看镜子不就知道了？你就是林蔚然，林蔚然就是你啊。”

她就是林蔚然？

“对不起……”林蔚然低叹一声，轻轻挂断了罗子骜的电话。

罗子骜喜欢林蔚然，所以才会无怨无悔地付出，像个神经病一样挂念着她的安危，哪怕林蔚然已经嫁人，哪怕她伤害过他，他也甘愿站在她看不到的角落，守护着她，要带她脱离黑暗的旋涡。

可是，她并不是林蔚然……她不是罗子骜喜欢的那个人，她只不过是林蔚然的替身。她感激他为自己做的一切，却不能心安理得地承受本该属于另一个人的深情。

——罗子骜，这一次真的要永远说再见了，等我完全摆脱林蔚然的身份，彻底远离这潭浑水，你再继续去寻找你真正的女神吧。

林蔚然在风中决然地转身，拨通了另一个号码，当对面响起熟悉的女声时，林蔚然眼睛一弯，柔柔地一笑：“妈妈，我是小然，我迷路了，找人来接我回家好不好？”

“真想不到，罗大少爷竟然还是个情圣。”街边一辆黑色轿车内，伊诺坐在副驾驶位置上，看着一脸阴沉的罗子骜拉开门上来，然后驱车远远地跟上了一个身影。

他一直以为罗子骜个性张扬又霸道，若是看上什么一定会不顾一切地去抢，却不想这家伙骨子里还有这么细腻的温情，能对一个已婚之妇隐忍到这种程度。而且，伊诺想到下午罗子骜给林蔚然发送的短信，眼里闪过一抹深思。

一直以来，他是不是低估罗大少的智商了？罗子骜在得知林蔚然被喂食了影响精神的药物后，一口断定此事是叶朝晖所为。伊诺原本提议要罗子骜通知林蔚然的母亲，把血检的结果告诉邬曼云，然后报警交由警方处理，直接把林蔚然从林家带出来，罗子骜却一口否决了他的提议。

他表示叶朝晖的城府比他们以为的还要深，他尚不清楚叶朝晖在林蔚然身边挖了多少陷阱。就算有血检结果证明林蔚然处境危险，但没有直接指控叶朝晖下毒的证据，警方也不能给叶朝晖定罪。以叶家的人脉和实力，叶朝晖不会受到任何影响，说不定还会给林蔚然套上什么服用管制药物的污点。

失去林崇阳的林家已经不是以前的林家，单凭邬曼云和林蔚然斗不过叶朝晖。邬曼云不知道自己引狼入室，直接把叶朝晖送进了林氏集团的决策层，以叶朝晖的手段和心智，只怕董事会的元老已经有一部分被他给收服了，不然他也不敢放出那种合作项目，用非法融资的手段掏空林氏，还想要拉罗氏一起下水。

罗子骜几番考虑，如果他们贸然动手，只会打草惊蛇，让叶朝晖提防他们，而最终被伤害的也只有懵懂的林蔚然。若是林蔚然不信他们，她的处境就更加危险，可她要是相信了他们，或许会因为这个打击精神崩溃。

更何况，罗子骜不仅仅想救出林蔚然，还想查清楚两年前的那件事以及林崇阳手术失败的真相，他认为小道消息里或许真有什么线索，说不定林崇阳的死也的确是有人动了手脚。既然要扳倒叶朝晖和他背后的叶氏，那就必须拿到稳赢的筹码，将与他有关的所有人一网打尽，让他们再不能伤害林蔚然半分。

罗子骜沉着脸理清了所有事，便拿出手机开始发短信。

他不能直接冲到叶家，更不能再轻易靠近林蔚然。因为她已经结婚，他不能给她惹来流言蜚语，他更不确定自己在见到她后会不会失去理智，冲动地做出什么伤害她的事来。

他的手机还留在林蔚然那里，他不确定林蔚然是否还带在身边，更不确定那部手机还能不能用。他将零碎的信息一条又一条地发给了林蔚然，用尽量摸不着边际的话语去侧面提醒林蔚然，而他的这种做法无非会有几种结果——

第一，手机已经被林蔚然扔掉，她根本就看不到短信。

第二，手机没有被她带去叶家，短信会被邬曼云看到。邬曼云或许不会在意那些嘘寒问暖的纠缠，却一定会对服用安定和出现幻觉那一两条上心。只要能引起邬曼云的戒心，或许她会暂时把林蔚然带离叶家。

第三，手机被林蔚然带去了叶家，却不小心落在叶朝晖手里，让他发现自己和林蔚然仍有联系，也没有对林蔚然彻底死心。虽然一定程度上会让叶朝晖提防自己，但叶朝晖或许就不敢再对林蔚然下手了。

最后一种结果，就是罗子骜最期待的，那就是林蔚然看到了短信，也理解了他想传达的意思，能够发现围绕在她身边的危机。

伊诺对罗子骜的做法嗤之以鼻，不说罗子骜推测的几种结果都充满了变数，万一是第三种结果，那和打草惊蛇也没什么两样，说不定会刺激叶朝晖对林蔚然使用更阴暗的手段，到时候他们谁都救不了林蔚然。

而且，即便林蔚然看到了短信，罗子骜就能确定林蔚然一定能看懂短信中的暗示？林蔚然失去了过去的记忆，内里的灵魂几乎被掏空，在伊诺看来跟个傀儡娃娃没什么两样，更别说她还有很严重的精神隐患。

不承想，罗子骜想也不想地冷哼了一声，无比笃定地回答——

只要是林蔚然，一定能看懂短信里的暗示。哪怕她失去了记忆，但骨子里的聪明和敏锐绝不会变。他赌的就是那微乎其微的概率，赌的是林蔚然丢失很久的幸运。她已经吃了那么多苦，一直那么善良纯粹，罗子骜不信上天会永远苛待她。

罗子骜从来不相信什么偶然，只相信自己创造的必然，可这一次他已经找不到更好的方法，只能将希望寄托到那虚无缥缈的偶然上。

有没有可能，林蔚然还带着他的手机？有没有可能，那手机还存有一丝电量？会不会有可能，林蔚然恰好看到了他的提示，然后就发现了他想告诉她的事实？

她虽然会伤心，或许会受刺激，但总好过将所有残酷的事实一下子摆在她面前。罗子骜如今最担心的就是林蔚然脆弱的承受力，害怕她的精神真的会受到永久性创伤。

如果引导着她让她一点点发现真相呢？她骨子里一定还剩下本能的坚韧，需要一点点唤醒她沉睡的灵魂。

从细微的线索去引导她靠近真相，经由一个又一个细微的事实去打破她的幻想，推着她从叶朝晖编织的梦境里走出来，让她挣脱叶朝晖的束缚，那样，她不但不会毁在叶朝晖手里，或许还会变得更加强韧，而那些连自己都触不到的答案，或许也会被她亲手揭开。

他知道她会疼，也知道那种疼很难忍，但他会一直看着她、守着她，跟在她身后默默地做她的最后一道防线。

伊诺嘴角勾起一丝浅笑，想起方才林蔚然在风中飘摇的脆弱身影，也想起了她转身离去时流露出的决绝之色，像是蝴蝶破茧而出，在黑暗中张开了蝶翅，迎向残酷却真实的未来。那一刻，伊诺恍然大悟，罗子骜赌赢了。

诚如伊诺所言，罗子骜的运气一直很好，当他孤注一掷破釜沉舟的时候，上天总是会偏爱地成全他。

林蔚然竟然真的收到了罗子骜的短信，而且还看懂了他的意思，或许还踏上了他期待的那条寻找真相之路。

伊诺以为罗子骜这段爱情太过冲动，却没想到他爱得那般纯粹又理智；伊诺以为罗子骜骨子里的野性更占上风，但他耍起小聪明的时候又总是叫人惊艳。

如今的林蔚然其实不会相信任何人，她真正相信的是自己的眼睛和心，靠罗子骜去告诉她真相，她会一直心存幻想和质疑，可若是她自己发现真相呢？这才是罗子骜真正的目的吧，也是他做这一切的最终用意。

罗子骜……果然是个有趣的人，也不枉自己千里迢迢地跑到这里，配合他玩这幼稚的间谍游戏。

“还是找不到林董事长的病历吗？”罗子骜并没有理会伊诺的调侃，而是皱着眉头问。

“你以为VIP客户的病历是那么容易翻看的？”伊诺无语地看了罗子骜一眼，“要不我们换换，你去医院偷病历，我来保护林女神？”

“滚蛋！”罗子骜暴躁地骂了一句，漆黑的眼睛里眼神变得越发深邃。

他总觉得林蔚然刚才的语气哪里不太对，心里也生出了不祥的预感。她转身离去时背影太过决绝，那不是现在的林蔚然该有的模样。她给谁打的电话，打算去哪里，做什么？会不会做什么傻事？

他跟着林蔚然走了很久，直到一辆熟悉的轿车停在她身边，林家的司机将她迎上了后座，他才猛然踩下刹车，松了口气靠在椅背上。

原来她是打给她母亲……林家是她仅能想到的避风港，回去林家，她便能好好地休息一晚了。只是不知道，她会不会对邬曼云倾诉什么，邬曼云会不会发现什么疑点。

思索中，伊诺的方向突然传来手机铃声，罗子骜眼里闪过一丝精光，立刻坐直身体看向伊诺。

“好消息。”伊诺听完了电话那端的汇报，便若有所思地回头对罗子骜道，“有时候我不得不佩服你那野兽般的直觉。”

“查到什么了？”罗子骜急切地催促道。

“林氏集团在两年前曾遗失过一份企划案。”伊诺摸着下巴不紧不慢地回答，“事后，参与企划案的一个高管离开了林氏，从此失去了音信。那企划案推行的时间似乎就是叶氏爆发危机的时候，而企划案遗失之后，林家大小姐林蔚然就意外死于海难了。”

第十五章 女神的身份

“小然，你怎么回来了？发生什么事了？”不久之前，邬曼云接到了林蔚然的电话，然后就一直如坐针毡。此时已经快过八点，外面刚刚下过一场大雨，林蔚然应该在叶家休息静养才对，怎么会跑到林氏集团附近去？

当一身湿漉漉的林蔚然踏入家门，等在门口的邬曼云立刻拽住她上下打量，然后就看到了她微红的眼眶。“蔚然！”邬曼云目光一厉，抬手抚上她冻得发凉的脸，“到底发生什么事了？”

从下午四点与女儿分开之后，邬曼云的左眼就跳个不停，总觉得林蔚然有什么事瞒着自己，看到她此时刚哭过的模样，邬曼云立刻肯定了自己的猜想，她在叶家一定受欺负了。林蔚然也抬手握住邬曼云的手，勾起嘴角对她轻轻一笑，然后拉着她朝客厅走去。

“张妈，热毛巾。”林蔚然唇边的微笑让邬曼云心惊，那微笑中的悲伤和忧郁揪得邬曼云的心口一阵阵发疼。邬曼云拽着林蔚然脱下她半湿的外套，拨了拨她沾染了雨水的长发，板着脸沉声道：“受了什么委屈尽管说出来，妈妈一定会给你出气。”

“妈妈，你怀念以前的我吗？”林蔚然看着邬曼云愤怒又担忧的神情，心里感到既温暖又歉疚，或许，还掺杂着一些嫉妒和憧憬吧。那个别人口中的林蔚然拥有普通人羡慕的一切，是彻头彻尾的人生赢家。她从未像现在这样对以前的林蔚然充满好奇，想要听各种各样的人去描绘林蔚然的影子。

张扬任性？倾倒众生？不，她想知道的并非这些简单的词汇，而是想看到一个有血有肉的林蔚然。只有这样，她才能彻底将“林蔚然”从自己身上分离，弄清楚以后的路要如何走下去。她想，唯一不会因为私心而对她撒谎的，大概也只有全心全意爱着林蔚然的邬曼云了。

“怎么突然这么问？”邬曼云完全没想到女儿会问这样一个问题，这还是她失忆后第一次主动提起过去。以往，她都尽量规避从前的一切，清澈的眼睛里也写满了对过去的逃避和排斥，邬曼云正是看穿了她内心的纠结和不安，才由着她将过去的林蔚然封印，想纵容她做个单纯的小公主。

“妈妈，我觉得自己很没用。”林蔚然不自禁地靠在邬曼云的肩上，看着茶几前方的两张照片道。那两张照片一直端正地摆放在那里，每当邬曼云走进客厅，总能第一眼看到照片上的人。过去的林蔚然，现在的林蔚然，一模一样的长相，却是南辕北辙的气质，难道邬曼云从来没怀疑过自己的身份？

“没用？你是不是又在哪里听到什么风言风语了？”邬曼云生气地问。

林蔚然摇了摇头：“所有人都说以前的我无所不能，不管做什么都能做到最好。可妈妈您看，现在的我什么都不会，连爸爸留给我的公司都要拜托朝晖去打理。他忙得连休息的时间都没有，又因为林氏的麻烦耽误了他在叶氏的工作，只能劳烦爸爸放弃清闲的日子重新回到叶氏……”林蔚然的眼神变得有些困顿，“如果我能想起过去的一切就好了，那我就不用麻烦别人，朝晖也不用那么辛苦……”

如果，她是真的林蔚然就好了，那她现在所担忧难过的一切是不是都不会发生？

“噗——”邬曼云闻言忍俊不禁地一笑，摸了摸怀中林蔚然的脑袋，“原来你是来找妈妈诉苦的？是朝晖工作太忙冷落了你？还是说，你在怪妈妈把这么大的公司扔给了他，害得他不能留在家里陪你？”拥抱着怀中温软的身体，邬曼云的眼神变得无比温柔。在她的记忆中，似乎从林蔚然懂事开始，就再没有过这种撒娇的举动了。那时候林蔚然的爷爷也还在世，非常喜欢这个孙女儿，他说林蔚然这个孩子充满了灵气，长大以后一定非常聪明，所以打小就把她当继承人培养。

“小然你啊……”邬曼云看向林蔚然以前的照片，眼里闪烁着怀念的情绪，“你以前是个非常要强的孩子，很少哭，不管做什么都要做到最好，喜欢的东西就一定要得到。比赛一定要拿第一名，考试也要拿第一名，后来跟着你爸爸进公司……”

“我去过林氏集团？”林蔚然有些惊讶地抬头。

“对啊。”邬曼云笑意盈盈地看着她，“你刚过完十八岁生日，就要求你爸爸带你进公司看看，说是想跟着你爸爸学习打理生意。你爸爸直接把你安排到他身边，亲自教你如何经营林氏，还让你帮他处理公司的文件。他并不是很爱说话，看上去也比较严厉，但他一直很疼爱你，只要是你想要的东西，他就一定会找来送给你，也绝对不允许任何人伤害你。虽然他从没有跟我多说过什么，但我能看出来，自从你进了公司，他的眼睛里每天都带着笑意。我也私下里问过一些董事会的人，他们都说你对公司的业务上手很快，一点都不像个刚成年的女孩子，年纪轻轻就有女强人的作风了。”

“我以前经常在林氏帮爸爸打理公司的事情吗？”林蔚然有些惊讶地望着邬曼云，垂在一旁的手却悄悄攥紧，她清楚地记得叶朝晖曾告诉她，以前的她根本不喜欢打理公司，极力避免接触有关林氏的一切，只想自由自在地做自己的事情……她心里一阵阵发凉，似乎到现在也不肯相信，叶朝晖竟然真的会欺骗她。

“妈妈……”林蔚然竭力压着声音里的颤抖继续问，“你和爸爸为什么只有我一个孩子啊？”而且还是个女儿……

虽然她知道邬曼云从来没有重男轻女的思想，而林崇阳也一直把林蔚然视为他的唯一继承人。可这依然很奇怪吧，这么大的家族企业，就算他们能做到一视同仁、男女平等，也不该只要她一个孩子才对。

“有你就够了。”谁想到，邬曼云竟然像是被刺伤一样，别开视线淡然地回答，“男孩女孩都一样。妈妈早年受过伤，有了你之后就不能再有其他孩子了。你爸爸大概是觉得亏欠妈妈，所以就把你视为唯一的继承人。”这也是为什么，林崇阳的遗嘱上会把他所有的财产留给林蔚然。

邬曼云情不自禁地把右手放到了自己的小腹上，眼里闪过类似仇恨的光芒……

她原本不止小然一个孩子的，如果不是因为早年那场意外，她本该儿女双全，小然也不会这么孤单。甚至，如果不是那场意外，林蔚然根本不会变成后来那种张扬任性的模样。

若不是因为那个女人——

邬曼云的手缓缓攥紧，她却回头对林蔚然微微一笑：“事实证明，你一点都不比男孩子差，甚至连别家的男孩儿都没有你做得好。小然，你虽然好强任性，但妈妈知道你心地善良，而且比谁都孝顺，你拼命努力，永不服输，为的就是让你爸爸多些空闲的时间，也为了让妈妈得到安慰。妈妈这辈子有你就够了，只要你幸福，其他的什么都无所谓。”

泪水轻轻地从林蔚然眼中滑落。张妈恰好端了热水、拿了毛巾过来，邬曼云连忙从张妈手中接过毛巾，温柔地擦拭着林蔚然的长发道：“不要胡思乱想，公司现在的确有很多麻烦，妈妈也知道朝晖很辛苦，但他未尝不是乐在其中。男人骨子里都有征服的天性，朝晖虽然看上去温和，脾性却跟大婵一样，每件事都力求完美。你从小就喜欢他，妈妈曾经还担心过，你们两个外表看上去相差甚远，但骨子里有很多东西其实很像，都是不愿意服输的人，怕你们在一起会有什么矛盾。现在看来，是妈妈多心了。”她擦掉林蔚然的眼泪，“不要怀疑自己，你只不过是忘了过去，又不是变成另外一个人，你永远是妈妈最疼爱的女儿。”

感受到头顶温柔的爱抚，听着邬曼云耐心又好听的声音，林蔚然忍不住闭上眼睛，几次犹豫后还是艰难地开口：“所以……妈妈，两年前我身上到底发生了什么？为什么我会遭受意外忘记一切，为什么我会无知无觉地在医院当了两年植物人？朝晖什么都不肯告诉我，妈妈您能告诉我真相吗？”

真正的林蔚然到底去了哪里？她只知道林蔚然失踪了两年，所有人都以为林蔚然死了，林崇阳因此而中风瘫痪在床，到最后更是死在了手术台上。

她问了邬曼云这么多，也拼命去了解林蔚然的过去，想知道答案的是林蔚然究竟是不是还活着。林蔚然究竟遇到了什么变故，到底还有没有可能回来？

“你说你在医院当了两年的植物人？”邬曼云为她擦拭头发的手微微一顿，脸上闪过一丝愕然，“朝晖只说他在国外找到了你，说你失去记忆才没有跟我们联系。是他一直没有放弃，在你失踪的海域寻找了两年，最终才把你带了回来。”

“海域？”林蔚然眉心微微一蹙。

邬曼云脸色顿时一僵，直接移开视线，叹气道：“算了，都已经是过去的事情了，又不是什么值得记住的好事，再提起来也没什么意义。朝晖不告诉我真相，大概是怕我更加伤心。”邬曼云的眼神有些冷，声音也有些发抖。叶朝晖竟然瞒了自己这么重要的事？她一直认为他绝对不会对她们母女撒谎的。

“妈妈……”林蔚然一把握住邬曼云微凉的手，眼里闪过一丝执拗，“我想找回我的过去，不想再给别人添麻烦，也不想看着朝晖一个人为林氏操劳。妈妈，我是林蔚然啊！你真的想我一辈子浑浑噩噩，就这么无能地躲在朝晖背后，只能依附着别人活下去？”

对不起……她在心中无声地对邬曼云道歉，心里的内疚也在无止境地蔓延。她很清楚，让邬曼云提起失去她的那段过往，无疑是往邬曼云的心口上又捅了一刀，让邬曼云尚未痊愈的伤口再次被撕裂。她为了查明自己的身份，为了证明自己的猜测，自私地利用了邬曼云的爱女之心。这个女人将自己当作亲生女儿来疼爱，自己却正在推她离开她的世界。

听到林蔚然坚定的声音，看到林蔚然执拗的眼神，邬曼云的表情有片刻的恍惚：“小然……”她不自禁地抚上林蔚然的眼睛，然后露出一丝苦笑。她以为能让女儿多过些清净的日子，让女儿能做个单纯无忧的孩子，但女儿到底是林家的骄傲，是那个完美到无人能取代的林蔚然。她看得出来，林蔚然的灵魂正在慢慢苏醒，正在拼命敲开混沌的外壳，重新找回属于自己的骄傲。

张妈一直静静地站在一旁，一脸悲伤地看着眼前这对母女。林蔚然的过去对林家来说是一道永远无法痊愈的伤疤，哪怕林蔚然奇迹般回来了，也抹不去林家人曾经撕心裂肺的痛苦。

张妈摇了摇头，悄无声息地离去，将空间留给了这对母女。太太应该还是会妥协的吧，她是那么宠爱大小姐，大小姐的存在就是她人生所有的希望。从过去到现在，不管大小姐提出什么样的要求，太太都会尽力满足她。

果然，邬曼云轻轻叹了口气，从沙发一旁的柜子里取出一本精致的相册递给了林蔚然。林蔚然沉默地翻开，那里面是她——不，是真正的林蔚然从小到大的照片，从她出生开始，一直到她失踪之前。每一张照片都是神采飞扬的样子，笑得张扬又炫目，她像是站在云巅的女王，骄傲又好奇地看着云端下的世界。

她手中的相册虽然保存得很好，但边角处仍有些磨损，不难看出邬曼云经常坐在这里翻阅被保存下来的林蔚然的人生……

林蔚然翻动相册的手突然停止，照片的更新被一则从报纸上剪下的新闻终结。

“林氏集团大小姐携未婚夫出海，遭遇海难，溺水身亡。”

林蔚然突然用力合上相册，深吸了一口气，艰难地对邬曼云道：“妈妈，我有点累，我想睡一会儿。”说完，她竟从邬曼云面前落荒而逃。

“小然！”邬曼云并没有阻止林蔚然，只坐在原处叫了她的名字，林蔚然脚步一顿，并没有回头。邬曼云爱怜地看着她微颤的背影道，“你记住，不管发生什么事，妈妈永远在这里守着你。”

林蔚然双手死死地握住，拼命阻止着自己想要扑进邬曼云怀里的冲动——她不是林蔚然，真正的林蔚然已经死了，死在两年前的海难中。就在她看到新闻的那一瞬间，她竟然想起了林崇阳去世时被公开的遗嘱。

她的脑子向来一片混沌，遇到事情从来不知道如何处理，她一直觉得自己是个什么都不会的笨蛋。她曾为自己的迟钝、自卑沮丧过，却唯有现在，她无比痛恨自己，为什么不能永远做一个笨蛋，为什么会在这个时候轻易地联系上所有的前因后果？

朝晖，你为什么要这样啊……你快告诉我，一切都是我多心了，真相绝对不是我猜想的那样！

她飞快冲进自己的房间，拉起被子将自己裹住，她身上很冷，心里更冷。

她不是林蔚然，却变成了林蔚然，叶朝晖明明和林可欣有说不清道不明的关系，却那么急切地娶了自己。她回来之前一直告诉自己，朝晖不会喜欢别人，他和林可欣绝对没发生什么，可眼前又自动浮现另外一幕场景——

她身在异国他乡，叶朝晖对她讲述林家的过往，说她父亲非常严厉，唯独对她这个女儿无比宠爱。

她是怎么回答的？她说："我是她的女儿，他疼我也没什么稀奇吧。"

叶朝晖下意识反驳："林可欣也是他的女儿，他对她不及你半分……"

"呵呵——"林蔚然闭上眼睛，唇间却溢出了轻笑，她为什么会到现在才发现他说那句话的时候是那样不满？他根本就是在为林可欣打抱不平。

她又想到林崇阳被推进手术室那天，在医院里，明明林可欣已经被赶出林家，邬曼云也不可能将这件事告诉林可欣，林可欣为什么偏偏在那个时候去了医院，又为什么在看着自己的时候充满了嘲讽和不屑？

因为是叶朝晖通知林可欣去的，林可欣知道她是个假货，是个工具。叶朝晖让她变成林蔚然的样子，只是为了林家的财产。林崇阳只认可林蔚然这一个继承人，但林蔚然死了，林崇阳所有的遗产都要捐赠出去，因此不管叶朝晖喜欢的是不是林可欣，要想得到林氏企业，他只能娶林蔚然。所以才有了街头的偶遇，才有了那梦幻般的爱情。只可惜那个爱情故事里的主角从来不是她，她不过是一个被抽去灵魂又套上了别人的壳子的替代品。

你看，她从头到尾都是那么蠢，偏偏到现在比谁都清醒。

她想离开这里，想质问叶朝晖，想问他这一切到底是不是真的，可她又清楚地知道，自己根本无法面对他——相比失去过去成为替代品的悲哀，她更不能接受的是心中叶朝晖完美的形象一夕崩塌。她不能接受她喜欢的人突然间变了一个模样，她所憧憬的幸福原来真的只不过是幻想。

温柔是假的，深情是假的，诺言是假的，有关他的一切都是假的。她被叶朝晖套上了假面，戴着女神的面具成了他掌中的傀儡。她对他一见钟情，他却只把她当作利用的工具，否则，他离开叶家这么多天，为什么从来不给自己打电话？他从不在意自己和盛天婵能不能和睦相处，也不在意自己在叶家过得好不好。他好像处处为她着想，为她顶撞盛天婵，可那不过是因为不在意，不在意她将来能不能和盛天婵和平相处。

她突然又想到罗子骜提醒她的短信——

“蔚然，你一直在服用安定吗？”

“蔚然，有没有看到过什么幻影？”

她从来没有服用过这种药物，可她每次在叶朝晖身边都会沉沉地睡过去。

——叶朝晖，你怎么下得去手？就算我不是真正的林蔚然，可我顶着林蔚然的一张脸啊。

他不会爱上一个冒牌货，但他也不爱以前的林蔚然吗？明明刚遇到她的时候，他望着自己的眼神里总透着怀念，总是在透过她去寻找另外一个影子。正是他那纠结复杂，却压抑着说不出的感情的眼神蛊惑了她，她才中了毒一样相信自己是林蔚然，因为只有这样，她才能得到叶朝晖的爱。

可他若是连真正的林蔚然都不爱，林蔚然岂不是太悲哀了吗？

对他来说，那个骄傲到不可一世的女人到底是什么呢？他可曾有那么一点心动，在他决定做这些事的时候，又可曾有那么一丝犹豫？明明是不相干的两个人，她却觉得叶朝晖对真正的林蔚然很不公平。

算了，不想了，不想了。床上的女子在黑暗中摇头，又把自己蜷缩成一团，将脑子里滚动的信息碎片统统甩掉。不管是林蔚然也好，还是林氏集团也好，甚至是叶朝晖与林家姐妹的爱恨纠葛也好，这些事情跟她都没有关联，她不过是个被强行扯入圈套的局外人。她要将这些纷乱的信息统统掩埋，将所有不愉快的事情统统忘掉，明日醒来，她就能真正做回自己，彻底甩拖“林蔚然”这个身份。

楼下，林蔚然离开后，邬曼云脸上的笑容瞬间消失，眉眼间多了一丝前所未有的凌厉。她将那本相册放在腿上摊开，目光停留在贴着新闻的那一页，眉心狠狠地拧起。

蔚然很少会露出这种失态的模样，所谓母女连心，她是最了解女儿的人，所以她能够看出女儿心里正压抑着巨大的悲伤，清澈的眼睛里竟然还带着些不易察觉的绝望。蔚然虽然不记得前尘往事，但骨子里的坚韧不会变，她不会因为一般的小事露出这种表情。而这世间能伤害到她、动摇她的人并不多……更何况她没有了过往的记忆，感情上牵挂的人寥寥无几。想起刚才与林蔚然说的那些话，邬曼云眼睫一垂，拿出手机拨通了一个人的电话。

“喂？是我……嗯，明天我要去一趟公司……对，准备好公司近期所有准备投资合作的项目给我，明天我要参加董事会……”又对电话那端交代了一些话后，邬曼云挂掉电话，指尖拂过相册内的新闻。

这则新闻是她心头永远的伤疤，却也因为太疼，似乎让她忽略了一些事。一直以来，她是不是太过相信叶朝晖和叶家了？邬曼云手指一僵，脑中突然闪过一个念头，那念头让她不寒而栗，连身体都开始止不住地发抖。

“叶朝晖，最好不要是你……”邬曼云猛然合上相册，双手死死地攥紧，嘴唇逐渐发白，眼神却越发清冷明亮。如果她的猜测是真的，那她等于亲手将女儿推进了虎口，而她所认为的最合适的倚仗，到头来竟是害了林家的罪魁祸首！

邬曼云眼睫一垂，遮住了眼里越来越凌厉的冷光，手指也因为用力而攥得发白。

——叶朝晖，最好不是你。如果真的是你给了蔚然无法愈合的创伤，我势必会倾其所有让你付出代价。

第二天，林蔚然很早就从沉睡中醒来，不像是在叶家苏醒时那种浑浑噩噩的感觉，她只觉得自己的脑子无比清醒。她看看挂钟，不过五点，外面的天还没有亮，可她已经没有了一点睡意。

该如何形容她现在的心情？经历了昨天的沉重打击，一夜之间发现了无数真相，她此刻的心情竟然无比平静。应该是看透之后能放下了，所以她便觉得无所谓了。

林蔚然穿好衣服推开门，轻手轻脚地走下楼，打算直接离开这个地方。这里并非她的家，她也不想再用别人的身份强求不属于她的温暖。可惜不能和妈妈道别了，虽然相处的时间很短暂，但她昨晚才明白，原来她早已在不知不觉中将邬曼云当成了自己的亲生母亲看待。

——对不起，害您又一次失去了女儿，真正的林蔚然或许不会回来了，可我没办法继续以林蔚然的身份陪在您的身边。妈妈，再见了……

“小然？”惊讶的声音从身侧传来，林蔚然微微一愣，侧头就看到邬曼云已经穿戴整齐地坐在客厅中。

“您……要出门？”林蔚然下意识地问。

“嗯，妈妈有事要去处理一下。”邬曼云抚了抚鬓角轻笑道，“别看妈妈现在闲在家里，年轻的时候可是你爸爸最得力的助手，林氏能有今天的规模，里面也有妈妈的一半功劳。”她意有所指地望向门外，“长时间不动脑子，人在家里都生锈了，也是时候出去走走了。”

“嗯。”林蔚然点了点头，完全没注意到邬曼云话中的其他意思。

邬曼云打量着她道：“你怎么也起这么早？”

“睡不着，想出去走走。”林蔚然下意识回答，可看看外面的天空，此时天都未亮，这理由未免找得太过牵强。她正思索着要不要再编个其他借口，邬曼云却毫不在意地说道：“那就去吧，散散心也好。”

林蔚然机械地应了一声，垂着头失魂落魄地朝门外走去，当她伸手拉开大门时，却听背后再度传来邬曼云的声音：“小然。”林蔚然面无表情地回头，就看到邬曼云对她温柔一笑，“一个人小心点，妈妈在家里等你回来。”

酸涩的感觉再度蔓延开来，她以为自己心里再也不会有什么波澜，可当她看到邬曼云那慈爱的笑容和宠溺的眼神时，脚步生生顿住，下意识回答了一声：“好。”下一刻，她飞快地转身，落荒而逃。

原来她的心是如此脆弱，竟然如此渴望别人的救赎。然而她渴望的一切都不属于她，她不能继续沉溺在妄想的假象里。她不是林蔚然，这里不是她的家，邬曼云也不是她的妈妈……

“太太……”看着林蔚然单薄的背影，张妈心疼又犹豫地看着邬曼云，就见邬曼云站起身，一脸淡然地摇了摇头：“让她去吧，有些心结必须靠她自己解开，我不可能一辈子护着她。”

“大小姐太可怜了……”张妈难过地感慨道。

她虽然不知道林蔚然身上发生了什么，却能看出林蔚然遭受了前所未有的打击。她刚刚嫁人啊，昨天白天的时候不是还好好的吗？

“张妈你放心。”邬曼云平静地对她笑了笑，“我的女儿我了解，她若是会轻易倒下，就不是林蔚然了。她的眼睛没有变，本心也没有变，所以不管她经历了什么，变成什么模样，她一定会自己站起来的。”说完，邬曼云拿起手包向外走去——女儿，你不要在外游荡太久，妈妈这便去为你扫清障碍，给你绝对的自由，等你回来。

等她确定了心里的猜测，她犯下的错误、看错的人，她会亲手纠正，亲手解决。她绝对不允许再有人伤害林蔚然，再一次将林蔚然从她身边夺走。

小区外面，林蔚然漫无目的地往前走着，就像她昨天离开叶家时一样。可她又不像昨天那样有确定的目标，她根本就不知道自己该去哪里，所以，她只能像游魂一样在街头飘荡。

“林蔚然！”又是一道熟悉的声音传来，林蔚然皱了皱眉头，心里涌起压不住的焦躁。怎么她到哪里都能听到这个名字，始终与这个名字纠缠不休？她已经足够倒霉了，就不要再有人来招惹她了行吗？

林蔚然直接忽略背后的声音，加快了脚步，却不想手腕突然一紧，那人竟然追了上来，用力攥住她的手臂。

“这个时候你要去哪儿？”追过来的正是一直跟着林蔚然的罗子骜。

他昨天看到林蔚然被林家的司机接走，然后又得到了有关叶氏企业的消息，就暂且去追查他想知道的线索了，一直忙到三点多才得以抽身。

虽然知道林家很安全，但他到底还是不放心林蔚然，所以开车来到了林家别墅。却没想到他在门外停留不久，就看到林蔚然幽灵一样跑了出来。天还没亮，她要去哪儿？而且她现在的表情，怎么看怎么像万念俱灰。

发生什么事了？罗子骜的心一下子提到了嗓子眼，他想也不想就冲过来拽住了她。

林蔚然见出现在她面前的是罗子骜，心里竟然一点意外的感觉都没有。这个人就像牛皮糖，不管她走到哪里都甩不掉。她面无表情地看着罗子骜说：“不要再跟着我。”她又不是林蔚然，不是他心里惦记的女神，他跟着她一点意义都没有。

“蔚然……”罗子骜扳过林蔚然的肩膀，皱着眉头盯着她的眼睛道，“你到底怎么了？还是说……”他犹豫片刻，叹了口气问，“你昨天收到我的短信后，到底发现了什么？”

林蔚然瞳孔一缩，内心牵起了一阵细微的抽痛，她柳眉一竖，突然生气地拍开罗子骜的手，脸色难看地对他道：“发现了什么？发现我不是真正的林蔚然，我不过是叶朝晖找来的替身！我根本不是你想保护的那个人！林蔚然已经死了，她再也回不来了！你们能不能放过我？”

罗子骜愕然地看着失控的林蔚然，看着她眼中流露出再也隐忍不住的悲伤和苍凉，半晌后，他沉着脸一字一句地说：“谁告诉你，你不是真正的林蔚然？林家大小姐林蔚然只有一个，那个人一直是你，你就是真正的林蔚然。”

第十六章 女神的重生

他说什么？他说……她就是真正的林蔚然？

林蔚然冷笑一声，别开视线："罗子骜，别开玩笑了，这世上怎么可能有这么巧的事。"

叶朝晖在异国他乡捡到她，让她伪装成另一个女人的样子，到头来她就是那个女人？这是何等可笑，根本就是不可能的啊！

"你为什么觉得自己不是林蔚然，是谁告诉你你只是一个替代品？"罗子骜不依不饶地追问，眼里冒出了一簇火光。

"是谁都不重要。"林蔚然面无表情地回答，"从此之后，这些事情都跟我无关，我不想再听到有关林蔚然的任何事。"

"所以，叶朝晖到底做了什么，你也不想知道？他是如何算计你的，你也不想弄清楚？你知不知道他现在正在掏空林氏，正在毁掉你们林家的百年基业！"

"那又怎么样？"林蔚然平静地看着罗子骜，"叶朝晖是谁，林氏是什么东西？我不过是个替身，这些麻烦轮得到我来操心？林氏也好，叶氏也罢，他们变成什么样子，与我何干？"林蔚然不耐烦地甩脱罗子骜的手，转身就要离开，"不要再烦我，也不要再来找我，我真的不想再见到你。"

罗子骜彻底震惊了。他记忆中的林蔚然不是这样的，她向来不惧怕任何挑战与打击，她的眼神比任何人都明亮坚韧。她在那么小的年纪就已经神采飞扬，哪怕摔伤腿都要坚持完成比赛，可眼下这个眼神空洞麻木的林蔚然失去了所有灵气，也失去了她骨子里的勇敢和坚强。

罗子骜心里顿时涌出前所未有的抑郁，还有手足无措的心疼。是谁摧毁了她所有的希望，让她露出这种空洞的表情？又是谁浇灭了她心中的火种，彻底抽空了她的灵魂？她的确是林蔚然，但她正要丢掉真正的林蔚然！

罗子骜有生之年从未体会过像现在这样的恐惧，更没有像此刻这样生气和失望。

她是林蔚然啊，是坚强、完美、无所不能的林蔚然！他都没有放弃，她怎么能就这样逃走？罗子骜想也不想地再度冲上去，抓住林蔚然拖向后方，直接将她塞进了车子。

“你干什么？”林蔚然愤然地看着罗子骜，却并没有要挣扎着逃跑的意思。被谁带到哪里都无所谓，她没有力气再去反抗任何人了。可她就是见不得罗子骜爱自作主张的模样，他到底要把自己逼到什么地步才甘心？

罗子骜看着她因生气而似乎燃起了火苗的眼睛，心里竟然松了口气。会生气就好，会生气的话，代表她不是彻底麻木，代表她其实没有真正放弃。她只是迷路了，一时间太累了，所以他会将她拉回来。

“我带你去找回你的过去。”说完，罗子骜一脚踩下油门，飞快地驶离林家别墅。

车子很快远离市中心，虽然林蔚然强迫自己抛开所有往事，把自己和“林蔚然”的人生彻底分开，可坐在罗子骜的车上，她竟然不由自主地想起另外一个人，还比较起了这两个人的不同。

罗子骜和叶朝晖一点都不一样，他开起车来横冲直撞，每一个细微的动作、表情都透出他的狂妄和张扬，但叶朝晖总是把车子开得又稳又慢，恪守着所有的交通规则，不容许有半点差错和意外。印象里，也只有向她求婚那天，叶朝晖才把车子开得飞快。她以为那是他真情流露，是他为了她而情绪失控，现在想想，也许那天的他确实情绪失控了，不过是为了另外一个女人。他喜欢林可欣，却必须娶林蔚然，他的人生从来都规划得很完美，但林蔚然的出现偏偏打破了他的完美。

林蔚然心头再度涌现出撕裂般的绝望，眼里也有水光一闪而过。真是可悲啊……她转头看着窗外，勾起嘴角，笑得落寞又悲凉。

罗子骜并没有将她带得太远，很快车子便停在一栋古朴的建筑前，林蔚然的目光不经意地移过去，映入眼中的是一座学校。

“这里是C城最有名的私立中学。”罗子骜对林蔚然笑道，“也是你以前念过的学校。”

林蔚然盯着前方空无一人的校园，很快就移开了目光：“不记得了。”

天还没亮，学校里自然没有人，罗子骜并不在意林蔚然的冷淡，不由分说地将林蔚然拽下了车，强行将她拖了进去。警卫对罗子骜似乎非常熟悉，看到他后直接放行。

罗子骜大咧咧地把她带到了操场正中，环顾着四周道：“你以前是这所学校的风云人物，因为家族的传承有上百年的历史，又是经营古法刺绣生意，林董事长就从小培养你的各种特长。你在上中学的时候就已经琴棋书画样样精通了，不但如此，每次考试你都是第一名，还喜欢参加各种各样的比赛，参加了就必须拿到头奖，那拼命的样子根本不像个女生。”

她的张扬其实从中学时代就已经开始，她向来觉得这世间没什么她完成不了的挑战，也一直认真地去应对和抓住各种各样的机会。当其他人还在贪玩放纵时，她已经开始用好奇的目光探索身边的一切，什么都想尝试，不肯服输，一定要跑到所有人前面才满意。

显赫的家世、傲人的才华、漂亮的容貌，那个时候的林蔚然，是无数人心中的梦想和憧憬，她完美到不似人间所有，但罗子骜很清楚，她做到这一步需要付出什么样的努力。所以，当大家都觉得林蔚然无所不能时，他却对她满怀心疼。

她其实可以偷懒，不用那么拼命，不用力求完美。女孩子干吗那么要强，为什么要活得那么辛苦？像个小公主一样被人疼宠多好！可罗子骜又十分清楚，正是因为林蔚然的倔强和好强，他才将她仔细地珍藏在心里。

“她不累吗？”林蔚然看着罗子骜怀念的眼神，看着他眼里那温暖的憧憬，不知为何竟一阵烦躁。

不要用那种期待的眼神看着她，不要再透过她去找另外一个人的影子，她恨透了那种感觉，她就是因为那种感觉上了一个人的当，她不是他们要找的林蔚然，也不想做他们口中完美的林蔚然！

“怎么可能不累呢？”罗子骜忍不住伸手摸了摸林蔚然的脑袋，“我一直在猜测你的极限在哪里，想看看你到底能撑到什么时候才服输，可惜，我的这个愿望一直没实现。”或许她私下里偷偷地掉过眼泪吧，但她从没让任何人看到过。

“还记得林可欣吧。”罗子骜拽着林蔚然的手臂继续往校园里面走。他其实是想牵她的手，可他不屑在这个时候乘人之危，在她恍惚茫然的时候占她这种便宜。他会等她挣脱叶朝晖的陷阱，从那层层黑暗的阴谋中获得自由，再来光明正大地追求她。

林蔚然在听到“林可欣”这三个字后身体一颤，下意识想捂住耳朵，拒绝听到有关林可欣的一切，但罗子骜显然没打算放过她，径自把他想灌输的信息通通塞进她的脑子里。

“你们的关系并不好，或者说……你非常讨厌这个妹妹，并且时常欺负她。”罗子骜轻叹了口气，“你对她的排斥近乎恶毒，我从来没见你用那种态度去对待别人。我熟悉的林蔚然一直很善良，即便张扬任性，也会恪守自己的原则和底线。唯有对林可欣……她在学校里人缘并不差，长得也甜美漂亮，学校里有不少她的倾慕者，所以，你对她的欺凌引来了很多人的反感。”

“恶毒？”林蔚然微微一愣，“我都对她做过什么？”

罗子骜凝视着林蔚然的眼睛说：“她喜欢的东西你一定会抢走，要是你不喜欢，就会当着她的面毁掉。她是林家的养女，但从来不得宠爱。你父亲虽然把她带回林家养大了她，却从没有真正把她当成女儿看待。你的母亲讨厌她，你也对她百般欺凌，甚至在公众场合下羞辱她。硬要形容的话……大概就是灰姑娘和恶毒姐姐的关系吧。”

“灰姑娘和恶毒姐姐吗……”林蔚然突然笑了。

真是贴切的形容，原来林蔚然小时候这么邪恶过？林蔚然对林可欣犯下了这么多不可原谅的错？

之前她还一直抗拒自己的身份，拒绝相信她就是林蔚然，可当她听到罗子骜提到她过去的污点，她竟然觉得或许她真的就是林蔚然。

她戴上女神的面具已经半年了，但曾经的林蔚然对她来说只是个模糊的影子。她听到的形容都是对林蔚然的夸赞，把她夸得天上有地下无，可她没有一丝一毫的代入感。唯有罗子骜，他毫不避讳地告诉她，林蔚然也会犯错，也曾被别人讨厌，并非十全十美，性格中也有阴暗的一面。于是，完美的人设拥有了骨血，变成了一个立体的形象。林蔚然也终于明白，为什么林可欣看着她的时候总会流露出仇恨讥讽的眼神。

林可欣的童年一定很难过吧……可林蔚然为什么要欺负林可欣，难道是害怕她抢夺自己的继承权？又或者是因为知道她是爸爸的私生女，觉得她玷污了高贵的林家，是林家抹不去的污点？还是说，林蔚然觉得林可欣的存在伤了妈妈的心，所以才想方设法地折磨她？

原来这才是一切的源头，这才是一切的开始。原来她现在的遭遇都是咎由自取，她会遭遇海难，会失忆，会沦落异国他乡……甚至叶朝晖真正喜欢的人是林可欣，都源自她过去犯下的错。

一定就是这样的吧，仿佛一切不确定都有了理由，林蔚然不需要追究这到底是不是真相，她只需要有一个借口，一个让她能够接受这一切的借口。

“罗子骜，我们走吧……”林蔚然低下头，本以为已经干涸的眼睛再度泛酸，她只想找一个没人的地方把自己藏起来，她不想再听这些不堪的往事了，这会显得她越发可悲。

“你有没有听过一句话？”罗子骜一眼就看穿了她此时的想法，毕竟他自认比谁都了解她，也比谁都清楚她的性格，他的声音轻缓如春风，一点一点渗入她心里，“这个世界上没有无缘无故的爱，也没有无缘无故的恨……”

或许是因为他的表情太柔和，也或许是因为他的声音太好听，林蔚然心里竟突然生出一丝期待，期待能从罗子骜口中听到抚慰她的答案。

她看到他笑得如朝阳般明亮，黑色的眼睛里似有星辰在跳动，他不紧不慢地说：“一开始见到你欺负林可欣，我当然也觉得很震惊，因为我印象里的林蔚然不是这样的。”

那么娇小的女孩子，看到他被流浪狗欺负，能够毫不犹豫地挺身而出，丝毫不在乎自己会不会受伤，而那时候的他对她来讲不过是个陌生人。这样的林蔚然不可能毫无缘由地去敌视谁，更何况那人还是她的妹妹。罗子骜用尽一切方法去寻找答案，最终他得知了林家内里复杂的纠葛。

“你妈妈在生下你之后还有过一个孩子。”罗子骜叹息，“你爸爸出轨了，林可欣的妈妈偷偷把林可欣生下，带着林可欣找到了林家，而且还以很极端的方式死在了你妈妈面前，把林可欣强硬地留在了林家。或许是因为受了刺激，你妈妈的孩子没保住，更因此失去了生育能力。而你因为这件事，才变成后来的样子，你不是一开始就那么强势的。”

林蔚然愕然，昨晚提及此事的时候，邬曼云眼里那一闪即逝的伤痛立刻浮现在她的脑海里。原来是这样吗？那就不难解释林蔚然为何会敌视林可欣，邬曼云为何会讨厌林可欣，林崇阳又为何会觉得愧疚，要将整个林氏都留给林蔚然。

这么狗血的过往，这么复杂的经历，这么错乱的因果，对的是谁，错的又是谁？林蔚然一时间竟然找不到确切的答案。

“蔚然……”林蔚然觉得今日的罗子骜格外温柔，一点都不像她印象中暴躁讨厌的男人，他继续对她说，“善恶对错的界限有时候并不明显，你不一定非要计较出个结果，因为有些事情找不出对错，也分不出真正的善恶。你年少时对林可欣的态度的确很过分，也的确给她的童年造成了无法挽回的伤害。”他的声音突然转冷，“但这不能成为叶朝晖伤害你的理由，他没有资格打着这个幌子来算计你、算计林氏。你是欠了林可欣，但林可欣又何尝没有欠你？不要将所有的过错背在自己身上，更不要因此而质疑自己。”

“你这是在替我打抱不平，也就是所谓的护短？”林蔚然下意识说道，但她随即又一愣，然后尴尬地挪开了视线。什么护短，说得好像她跟罗子骜有什么关系一样。

“对啊，我是在护短。”罗子骜咧嘴一笑，理所当然地道，“我跟林可欣不熟，她又不是我的什么人，于情于理我都不该向着她吧。”

神经病，我跟你就很熟吗？林蔚然被罗子骜这么一闹，心情倒是恢复不少，眼睛里也恢复了几分神采。

罗子骜松了口气，然后转身继续往前走：“我再带你去看最后一个地方。”

他们已经在校园里待了很久，久到天边泛起了淡淡的白。她跟在他身后，他带着她迎向太阳的方向，像是要带她走出黑暗。林蔚然的心轻轻一颤，大脑逐渐恢复运转，视线也落在了罗子骜的背影上。

她知道罗子骜长得很好看，好看到几乎能用美来形容，但她似乎从来没有认真地看过他，没有注意过这个始终徘徊在她身旁，一直关心着她，要帮她找回自我的男人。他们两个以前很熟吗？难道真的是朋友？否则，罗子骜怎么会这样了解她，而且那么笃定她就是林蔚然？

他身形颀长，后背很宽，步子很快却很稳。有他在的地方，似乎她目光所及的一切都充满了活力，而他就是最耀眼张扬的中心。

林蔚然突然想到，当她在疗养院里醒过来时，看到罗子骜的第一眼，之所以会对他生出戒备心，大概就是因为他的张扬和耀眼，让她想起了过去的林蔚然。她戒备的或许是她想埋葬的阴影，是她想逃避的现实，于是罗子骜成了那个替代品和牺牲品，被她再三拒绝、再三伤害。

罗子骜带林蔚然去的最后一个地方是绣品藏馆，这藏馆就修建在学校后方。这个时间藏馆还没营业，罗子骜却直接取出钥匙打开大门，顺便丢给林蔚然一句，藏馆是他家开办的。林蔚然看着他一脸的得意，一时间觉得有些一言难尽。而当她跨入藏馆之后，目光瞬间被正中的一件绣品吸引。

那是一幅《牡丹图》，图上是一朵盛放的牡丹花，在绣品的下方，用工整的小字标注着这样一行字：《牡丹图》复刻品。当林蔚然看到这件绣品的瞬间，心里顿时涌出一股难言的熟悉感，好像她很久以前在哪里见过它一样。

看到林蔚然失神的目光，罗子骜走到她身边笑道："很眼熟是不是？"

林蔚然轻轻点头："好像在哪里见过，可是又想不起来。"

"这是你亲手绣出来的，《牡丹图》的真迹就在你们林家。"罗子骜的目光也落在了《牡丹图》上。

"我？"林蔚然惊讶地瞪大了眼睛，"我能绣出这么好看的绣品？这上面的技法一看就很难。"

话虽如此，可当她提及刺绣的技法时，心里好像有什么东西破土而出，她一时间虽然没抓到影子，却感受到一股血脉上涌的冲动。

罗子骜点了点头，笃定地说："林家的刺绣很有名，其中有一种独特的技法只有林家的继承人才有资格传承。这是你两年前，在国外参加国际国粹大赛的作品。"

看着墙上精美绝伦的绣品，她的手不自禁地攥起，片刻后静静地回头，望着罗子骜一字一句地问："你真的确定我是林蔚然，这《牡丹图》是我绣出来的？"

罗子骜无比确定地回答："我确定。"

"为什么？"林蔚然继续问，"如果是我绣的，为什么我对此毫无印象？"

"因为你出意外，失去了全部记忆啊。"罗子骜皱起眉头，似乎不太明白林蔚然为何明知故问。

"那你为什么会这么清楚？你跟我到底是什么关系？"林蔚然的眼睛突然变得无比明澈，像是真正的灵魂得到了释放和觉醒。

罗子骜被她锐利的目光惊到了，有些闪躲地移开了视线："我……呃，C 城其实也不大嘛，我们都在一个学校，你那么有名，随便打听打听就知道了。"

"罗子骜……"林蔚然上前一步，纤细如她，竟有强大的气势在散发，她淡然地看着他的眼睛，"你并不傻，甚至比很多人认为的都要聪明，你很清楚我想知道的是什么。"她声音一顿，突然一把揪住他的衣领，将他拽到自己面前，"两年前，你到底是在哪里发现我的，为什么会是你照顾了我两年？为什么我明明还活着，我的家人却都以为我死了？既然你说我是林蔚然，那就告诉我，两年前我遭遇的海难是不是还有内情？"

所有的拼图都已经被她找出，可这其中似乎还缺失了最重要的一块，她逃避、无视，无非因为她不愿意正视这内里的真相。可她所有的犹豫跟彷徨都在看到《牡丹图》，听到罗子骜口中的林家刺绣以后缓缓消失。

她在那熟悉的绣品里看到了自己的灵魂……

这一刻，她终于确认自己就是林蔚然，哪怕她遗失了过去，也丢不了自己的身份。

对也好，错也罢，不管她经历过什么，不管她做过什么，她已经无路可退，唯一的选择只有打破眼前的一切，重塑自我，然后从黑暗中爬出来，找到所有的真相，结束所有的错误，回到她该走的路上。

她没有想到，握着这其中的关键的人竟会是罗子骜，她记忆中搜不到半点影子的罗子骜。她一直认为她的人生只会和叶朝晖密不可分，能把她从黑暗中救出来的也只有叶朝晖，却不想当她在医院中苏醒的那一刻，缘分已经将拨开迷雾的那双手送到了她面前。

看着林蔚然漆黑明亮的眼睛，看着她平静却张扬无比的气势，罗子骜有些失神，然后便缓缓地笑了。他知道真正的林蔚然回来了，不管她有没有想起从前，她骨子里的灵魂彻底回来了。而他，再也不用担心她会受不住精神的打击，因为那些残酷的真相彻底毁灭。

"我告诉你……"罗子骜温柔地望着林蔚然，将他所知道的一切和盘托出，而时光也仿佛随着他的讲述回到了两年前。

两年前的夏季，M国举行了盛大的国际国粹技艺比赛，赛后，一个名字以炙手可热的势头享誉海外，成为国内外各家媒体争相报道的焦点，这个人就是凭借林家绣法夺得比赛冠军的林蔚然。

赛场上，当一幅栩栩如生的《牡丹图》出现在林蔚然手中，四周的观众席上顿时传来惊艳的掌声。林蔚然的《牡丹图》是模仿古代著名的同名双面绣《牡丹图》绣出来的，那件古藏品在收藏界里被誉为传奇，连很多收藏家都只听过它的名字，没有见过真迹。

当林蔚然绣出《牡丹图》重现古藏品的精美，那以假乱真的技法顿时赢得了万众瞩目，现场的专家评审都对她赞不绝口，而那时候的她美丽张扬，是屹立在人群中最耀眼的女王。

采访环节，主持人走到林蔚然面前问她："您能把这幅《牡丹图》绣得如此逼真，是不是见过《牡丹图》的真品？"

当时的林蔚然傲然一笑："见过。《牡丹图》的真品是林家代代相传的传家宝，已经交由我来保管。"

此话一出，全场哗然。《牡丹图》是众多收藏家毕生的追求，这其中便有罗子骜的爷爷罗西烈。

虽然罗西烈脾气暴躁，年轻的时候混的又是三教九流，他却非常喜欢细腻的古代文化，对古典藏品的狂热堪称丧心病狂。罗子骜正是听说《牡丹图》可能会在这场比赛中现身，才兴致勃勃地赶来会场，打算碰碰运气，将真品弄到手，带回国去给老爷子一个惊喜，但他没有想到，真品竟然在林蔚然手里。

大赛结束后，罗子骜立刻找到林蔚然，开出天价想要收购《牡丹图》，但他心里更期待的是借此重新结识林蔚然。因为林蔚然早就忘记了罗子骜，忘了她在少年时期救过的怕狗少年，这对罗子骜来说是个天赐的好机会。没承想林蔚然以为罗子骜是个狂妄自大的纨绔，不但拒绝了他的请求，还嚣张地把他给臭骂了一顿。

时隔多年，罗子骜觉得林蔚然的凶悍又上升了好几个等级，但他不气也不闹，死皮赖脸地纠缠了她好几天。林蔚然被罗子骜缠得心烦，于是愤然警告罗子骜，要是再靠近她，就把他扔到印度洋去喂鲨鱼，而且她也再三声明，只要她林蔚然还活着，他就休想得到《牡丹图》。

美女生气也是绝好的风景，罗子骜难得能与她说上话，于是将自己纨绔的形象发挥到极致，只想让她记住自己，哪怕她对自己的印象并不美好。

他后来禁不住想，或许就是因为他那时候的形象太糟，以至于林蔚然醒来后看到他马上就跑，他几乎悔得肠子都青了，却无法跟失忆的林蔚然解释清楚。

然而时至今日，每当罗子骜想起他当初在比赛会场纠缠林蔚然的点点滴滴，还是会忍不住轻扬嘴角。他原本是打算和她纠缠到底的，缠到她和自己相熟，缠到她愿意把《牡丹图》卖给自己，这样，罗、林两家就会有着解不开的羁绊，他才有更多机会去接近林蔚然。

然而计划赶不上变化，罗子骜的想法虽然美妙，但老天似乎并不跟他统一战线，他刚刚燃起正式追求林蔚然的斗志，罗西烈就一通电话把他叫回了公司。

罗子骜以为他们来日方长，他还会有机会。然而两天后，就在林蔚然该回国的前一天，罗子骜听圈内的好朋友说叶氏企业的少爷叶朝晖要向林蔚然求婚，而林蔚然也喜欢他好多年了，只怕叶、林两家的婚事是要定下了。罗子骜多年的期待瞬间化成了泡影，但他不甘心就此结束，不希望自己多年的单恋用这样的方式画上句点。他想，他好歹也要在林蔚然和叶朝晖订婚之前正经地对她告白一次，哪怕让她记住罗子骜这个名字也好。于是，他连夜飞去M国，但他并没有找到林蔚然。

“我到底还是晚了一步，当我飞到M国的时候，你和叶朝晖已经出海了。”罗子骜隐瞒了自己当年的那些小心思，只告诉林蔚然他是为了《牡丹图》才认识她，然后给她留下了不怎么愉快的印象，然后又道，“三天后，一则新闻轰动海内外，林氏集团的千金林蔚然在出海途中遇到意外，落水身亡。林董事长收到消息后大受打击，直接中风进了医院，从此以后再也没站起来。”

所有人都认为这是一场意外，搜救队在附近海域搜索了半个多月，一直没有找到林蔚然的踪迹，邬曼云几乎精神崩溃，林氏集团的股价也受到了影响。所有人都以为林蔚然死了，认为那个耀眼的女神就这样天折了。

但罗子骜不信，他不信林蔚然会这么轻易死去，不信她就这样葬身异国他乡。他找了很多国外的朋友，动用了所有可能的人脉，在事发海域整整找了两个多月。终于，他在一个三不管地带的街道上看到一张寻人启事，一眼就认出那寻人启事上几乎面目全非的人就是林蔚然。

他急匆匆地循着地址找过去，见到了头部受重创濒死的林蔚然。几番打听后他才知道，林蔚然在落海之后撞到了礁石，然后被冲到海岸上。当地渔民发现了她，但她身上没有任何能证明身份的东西，渔民就把她丢在了一间破败的诊所里。

罗子骜替林蔚然办理了转院手续，送她去最好的医院治疗。然后，他几乎以最快的速度，再次利用自己三教九流的人脉，将林蔚然获救的消息彻底抹去，几经辗转换了好几家医院，最后将昏迷不醒的她送到R国疗养。

罗子骜直觉林蔚然并不是遭遇意外，因为他知道林蔚然的水性很好。叶朝晖跟林蔚然一起出海，他独自回来，林蔚然却死在了异国他乡？

罗子骜查过那晚的天气，海上并没有太大的风浪，即便林蔚然失足落水，船上也有救生设备，不至于溺死一个会游泳的人。而且，叶朝晖不是喜欢林蔚然吗，不是要和林蔚然订婚吗？不管他与林蔚然的失踪有没有关系，作为一个男人，无法拯救自己喜欢的女人，他根本就不配得到林蔚然的喜欢。

罗子骜从那一刻开始，就把怀疑的视线落到了叶朝晖身上。他将林蔚然藏了起来，自己两地奔波地照看着她。为了保住林蔚然的性命，治疗期间，医生给她使用了大量激素药物，使得她的体重非正常增长，所以，她才会在苏醒时变成一个大胖子。因为林蔚然始终昏迷不醒，医生甚至说她或许一辈子都不会再醒来。罗子骜不放心将林蔚然送回国，因为他还没有排除心里的怀疑，于是就这么藏了林蔚然两年。

然而罗西烈还是发现了罗子骜所做的一切，发现了林家大小姐并没有亡故，而是被他的孙儿藏了起来。罗子骜不想把局面弄得更加混乱，只说救她是为了调查《牡丹图》真品的下落，才让罗西烈答应帮他隐瞒。正因为如此，林蔚然在醒过来时，误以为罗子骜是人贩子的那通电话里，他所说的东西正是那幅《牡丹图》。事实上，罗西烈到底为什么默许罗子骜藏起林蔚然，其中真意就不得而知了。

“你失忆了。”罗子骜脸上的表情变得无比郁闷，似乎又想起了当日的委屈，“我好不容易等到你醒过来，没想到你竟然什么都不记得，而且还把我当成了人贩子……我原本打算慢慢告诉你一切，跟着你就从医院逃跑了。”等他再次找到林蔚然的时候，她竟然又回到了叶朝晖身边。

罗子骜小心翼翼地把故事讲完，这期间一直注视着林蔚然的表情，但她一直静静地听着，并没有激动的情绪反应。

真是奇妙，叶朝晖以为她是假的时，她笃定自己就是林蔚然；可当她以为自己是假的林蔚然时，却发现自己的确就是真正的林蔚然。说起来，叶朝晖也挺可悲的，在异国他乡找了一个与林蔚然相似的胖女人，却没有想到对方便是真正的林蔚然。命运真是爱捉弄人。

“所以……”罗子骜松了一口气，如释重负地说，“没有任何人比我更能确定，你就是林蔚然。”

因为是他把自己救回来的吗？林蔚然抬头看向罗子骜，清澈的眼睛里第一次映出他的影子，也第一次因为他而变得异常温暖。如果没有他执着地寻找，如果没有他孩子气的执拗，今日她就不会站在这里了……

“我是在离开医院后偶然碰到叶朝晖的。”林蔚然转身向藏馆的门口走去，罗子骜连忙跟在她身边，就听她继续道，“遇见他的时候我什么都不记得，是他告诉我我叫林蔚然，也是他告诉我，我是他的未婚妻。再然后，他带我去做了抽脂和整容手术，帮我恢复成过去的样子，然后将我带回了国。”

藏馆外，天已经亮了，林蔚然停在门口，抬头看着仍有些暗沉的天空，只觉得天幕上那层浅浅的乌云格外碍眼。

“罗子骜，叶朝晖没有认出我。因为我的眼睛和林蔚然很像，所以他才会将我当作林蔚然的完美替身带走，他比谁都确定真正的林蔚然已经死了。”她缓缓地转头，黑亮的眼睛盯着罗子骜，一字一句地问，“你说，他为什么如此确定真正的林蔚然不会回来了？”

罗子骜心里一颤，眼里闪过一丝不忍。她应该是与自己有了同样的猜测吧，她那么聪明，又是那场意外的当事人……他就知道，当真正的林蔚然苏醒后，她一定会比谁都敏锐地找到真相。

“还记得你回来后第一次参加酒会吗？”罗子骜叹了口气，“酒会上我试探过他，说我知道他带回了一个冒牌货，而他的目的就是图谋林家的家产。我想弄清楚他到底知不知道你是真正的林蔚然，可惜他掩饰得很好，并没有在我面前露出任何马脚。”跟着，罗子骜轻勾嘴角，“只不过，他在前段时间放出了一个投资企划，想与罗氏合作，但那个项目是个陷阱，一个让罗氏和林氏一起破产的陷阱。”

“撤资吧罗子骜，”林蔚然突然长出一口气，然后对罗子骜露出一个笑容，“和他们纠缠太累了，你没必要把自己的人生赌进和你毫无关联的旋涡里。”

“那你怎么办？”罗子骜下意识地问道。

“我？”林蔚然侧头看着罗子骜。罗子骜脸色一僵，有些不自在地别开脸，哼了一声。

林蔚然轻轻一笑，那笑声仿佛化去了她所有的阴郁：“你说，如果我把林氏送给叶朝晖和林可欣，和妈妈一起换个地方重新来过，是不是就可以彻底脱离这些麻烦了？就让他们以为我是个冒牌货。”

“你要——”罗子骜惊讶地看向林蔚然，但他才开口，手机铃声突然响起，他脸色一黑，无比郁闷地拿出手机，在看到来电显示是伊诺后咒骂了几句，然后才不甘不愿地接起，“喂！”

下一刻，罗子骜脸色瞬间一变，他震惊地愣在当场，然后又沉下俊脸，原本还温和明亮的眼睛里瞬间布满汹涌的怒火。林蔚然被他的眼神吓了一跳，皱了皱眉头问：“怎么了？”

罗子骜挂断电话，双眸一眨不眨地盯着林蔚然，片刻后他深吸了一口气，攥紧拳头道：“蔚然，你妈妈出车祸了。”

第十七章
女神的愤怒

圣林医院，当罗子骜带着林蔚然赶到的时候，邬曼云依然在手术室抢救。伊诺双手环胸地靠在手术室旁，脸上的表情是一如既往的漫不经心。整个走廊除了医生、护士急匆匆的脚步声，再也听不到其他声响。

气氛无比压抑，让人一靠近就觉得几乎要窒息，罗子骜两步冲到伊诺面前，阴着脸问："怎么回事？"

伊诺下意识看了林蔚然一眼，随即眉梢一挑。昨晚见到林蔚然的时候，他还觉得她柔弱得风一吹就倒，哪怕她美得精致诱人，在他眼中也不过是个没有灵魂的人偶。然而刚刚过去短短一夜，她就像彻底变了个人一样，只是静静站在那里，就让人无法忽略她的存在，视线也会不由自主地往她身上飘。

手术室里躺着的是她的母亲，罗子骜应该告诉了她，然而她平静得像是一潭死水，唯独那双本该清澈透亮的眼睛黑得像滴进了浓墨一样。

这大小姐……恢复过去的记忆，变回曾经的林蔚然了？如果是之前那只金丝雀，伊诺毫不怀疑她在接到消息的时候会晕过去。

"情况不是很好。"伊诺转向罗子骜道，"内脏破裂，身体多处骨折，刚送过来半个多小时，里面什么情况还不清楚。不过……"他又看了林蔚然一眼，"做好心理准备，她受的是撞击伤，生还的可能性非常小。"

罗子骜瞬间也转头看向身后的林蔚然，生怕她听到这噩耗之后会承受不住打击，但她的表情依旧没什么变化，她只是看向伊诺缓缓开口："撞击？"

伊诺眼角瞬间一抽，后颈传来一丝凉意。不过是简单的两个字，她的声音也和她的表情一样平静，但望入她那双漆黑如墨的眼睛，伊诺就觉得喉咙有些发紧。啧啧，怪不得罗子骜会迷恋这个女人，这么强势的气场，连他都觉得有压力了。

伊诺勾了勾嘴角，又道："没错，她是在林氏集团的地下停车场出的意外，撞上她的是一辆灰色 SUV，车牌号没看清楚。根据我的经验，车子在撞上她的时候时速至少八十迈左右。所以，严格意义上来讲，这不叫意外，应该叫蓄意谋杀。"

"你当时在现场？"罗子骜在听到"蓄意谋杀"四个字后瞳孔一缩，也顾不得再计较会不会给林蔚然带来麻烦和流言，直接伸手搭上她的肩膀，将她往身旁一揽，担忧地低头看着她唤道，"蔚然？"

她的反应不太正常，实在让人太过担心。遇到这种突如其来的意外，连他都压不住心里快炸开的焦躁，而她身为邬曼云的女儿，竟然半点情绪都没有表现出来。林蔚然太过平静，平静得让人毛骨悚然，哪怕知道她现在已经不是那个被叶朝晖欺骗、躲在叶朝晖身后被掏空本性和灵魂的林蔚然，罗子骜也害怕她的精神会出现异常。即便是以前无所不能的林蔚然，也不该完全不受冲击，也做不到彻底压抑情绪吧。

若是她哭泣、崩溃、歇斯底里，罗子骜反倒更放心一些，最起码她可以把心里的负面情绪全部发泄出来，但她安静得像个和此事毫无关联的路人，周身的气压却低得可怕，罗子骜实在猜不透她下一刻会做出什么。

"蔚然你放心，伯母会没事的……手术还没有结束，她一定会脱离危险的。圣林医院的医生是最好的医生，实在不行我们就转院，伯母他……"

林蔚然推开了罗子骜的手。他看上去比她还要紧张，声音里满是急切，说出来的话也近乎语无伦次，在她耳边嗡嗡作响。林蔚然微微蹙眉，像是受不了罗子骜的聒噪，挣开他之后直接朝前方走去。她的步子缓慢又平稳，但她纤细的身影显得异常单薄，罗子骜一愣之后连忙追上去。

伊诺双手插进口袋里，若有所思地盯着林蔚然的背影，也不紧不慢地跟了上去。手术还在进行，正常来讲，林蔚然不是应该守在这里吗？伊诺原本以为林蔚然在一夜之间恢复了记忆，身上的气质才会有翻天覆地的变化，但她对邬曼云表现得如此漠然，一点都不像亲生女儿该有的反应，伊诺倒真有些看不懂了。

圣林医院的顶楼是专供VIP客户住院的高级病房，可以说是专门为C城有名望的上流人士量身打造的。林家是圣林医院最大的股东，院方特意为林家人准备了一间最豪华的专属病房。除了华丽的装潢与常规的治疗设备以外，病房隔壁还打通了一间不输给高档套房的休息室。之前林蔚然刚回国的时候，邬曼云就吩咐将她的指纹录入门禁，她可以随时出入这间休息室。

开门进屋，林蔚然一言不发地走到窗边的沙发前坐下，她垂着头，脸上的表情在窗帘的阴影里有些看不清楚，身上散发着生人勿近的气息。罗子骜立在休息室正中，抿着唇眉头紧锁地看着林蔚然，想要过去再安慰她几句，又不知道该如何开口，因为她的表现一点都不像是需要安慰，却更加让人放心不下。

不过，林蔚然并没有让罗子骜纠结太久，林蔚然突然看向伊诺："我妈妈，生还的概率有多少？"

她的声音很冷静，伊诺脚步一顿："正常情况下，时速达到八十迈以上的车祸，死亡率是百分之九十，更何况你母亲这个年纪，身体承受能力很差。不过车祸发生的时候，她似乎做出了闪避，而我也恰好在现场，对她做了急救处理，然后直接把她送来了圣林。抢救及时的话，她还有生还的可能。"说着，伊诺话锋一转，"你该庆幸车祸发生的地点是地下停车场，撞上她的是辆SUV，在短时间内车速提不到一百迈以上。而且，你母亲警觉性很高，在被撞击的同时做出了闪避。如果换成是跑车，或者在街道上和空旷无人的地方，你母亲一定会当场死亡。"伊诺嘴角一勾，"这么看来，你母亲的运气应该不错，抢救成功的概率或许不低。"

"伊诺！"罗子骜愤然地瞪了他一眼。这种时候他还有心思开玩笑？不正经也该看看场合！

“你是圣林医院的医生？”林蔚然打断罗子骜的话，看着伊诺的眼神变得无比锐利，“不久前我见过你。”

确切来说，就在昨天。邬曼云带林蔚然来做身体检查，各个科室的医生在她的病房里来来回回，其中有一个就是伊诺。

伊诺莞尔，视线落到罗子骜身上：“我是罗的朋友。”

“我被药物干扰了记忆和精神的事，也是你发现的？”林蔚然又问。

伊诺抬手摸了摸下巴，越发觉得眼前的林蔚然无比有趣，索性便将自己和罗子骜的关系告诉了她：“没错。不仅如此，两年前也是我安排你转院，把你送到R国的疗养院的。我还做过你的主治医师，只不过那时候的你是个植物人。罗一直怀疑你遭遇海难一事是人为，也怀疑你父亲手术失败有蹊跷，所以就拜托我来圣林医院，想让我找机会把你父亲的病历偷出来，顺便也看看你的身体恢复情况。巧的是，我刚到圣林任职一个多月，你就过来做身体检查，我就跟着那些医师去了你的病房，多抽了一份血样，然后发现你的血液里含有安定和MDMA成分，于是罗发信息通知了你。”

常规的身体检查不会去检测这种特殊成分，而且，难保圣林医院里没有叶朝晖安排的人修改检查报告。伊诺显然深谙此道，于是多留了个心眼，特意带走了一份血样，没想到竟然真的被他查出了问题。

林蔚然垂放在身侧的双手微微一颤，她侧头看了罗子骜一眼。

罗子骜脸色一僵，万没有想到伊诺会在这个时候把这件事对林蔚然和盘托出。罗子骜觉得有些尴尬，又觉得有些不好意思，于是一脸别扭地避开了她的眼神。

伊诺好整以暇地看着罗子骜的表情，在另一旁的沙发上坐下，双手交叠跷起二郎腿，继续道：“昨晚，罗怕你出什么意外，从你离开叶家就一直跟着你。之后我收到消息，说叶氏集团其实早在两年前就已经面临破产危机。今早，我又听说林氏集团在七点召开股东大会，就跑过去凑个热闹，没想到我刚到停车场，就看到你母亲出了意外。”

难怪他会在现场……罗子骜烦躁地抓了抓头发，突然觉得自己站在这两人的视线正中浑身不自在，他下意识地向前走了两步，想要坐到林蔚然身旁，可看到林蔚然的眼神，他心虚地摸了摸鼻子，脚步一转飞快地走到伊诺身侧坐下，完全不敢正视林蔚然的眼睛。

自从林蔚然的本性苏醒，他心虚的次数竟然越来越多。纠缠失忆前的林蔚然时，他可以厚着脸皮死缠烂打；与失忆后的林蔚然相处，脾气暴躁的他更是和她争吵个不停；可当她的本性觉醒，却对过去一无所知，而他暗中所做的一切都摊开在她面前，她又用这种不动声色的目光望着自己……他觉得自己突然变成一个毫无战斗力的幼童，所有秘密都在她面前无所遁形。

他心里再度生出一丝怒火，还带着一些有口难言的郁闷。他做这些又不是为了找林蔚然邀功，或者是从她身上得到什么，伊诺这浑蛋就不能只挑重点说吗？

林蔚然看到罗子骜闪躲的模样，右手手指缓缓收紧。她收回视线，闭上眼睛，一字一句地说："两年前，叶氏企业面临破产……"她像是在回应伊诺，又像是在自言自语，"国粹大赛，叶朝晖邀我出海，我在海上遇到了海难。叶朝晖回国，媒体报道了我死亡的消息，我父亲瘫痪入院。两年后的七月，我从R国的疗养院里醒过来，在街上偶遇叶朝晖。八月，叶朝晖带我做了抽脂和整形手术，将我变成现在的模样。十月，叶朝晖带我回国，我的父亲死在了手术台上。"

林蔚然的语速越来越快："我父亲去世后，林氏股价动荡，妈妈决定让我和叶朝晖结婚，把叶朝晖送进了林氏集团。三天前，我和叶朝晖结婚。婚礼当晚，我独自回到叶家后就陷入沉睡。两天前，我见到叶朝晖的母亲盛天婵，中午的时候在卧室昏睡过去。昨天，我和妈妈到圣林医院检查，被发现血液中含有安定和MDMA成分。昨天傍晚，盛天婵无意中说漏我只是叶朝晖找回来的替身，真正的林蔚然在两年前就已经死了。昨天晚上，我看到叶朝晖和林可欣在一起。回到林家后，我看到了林蔚然两年前遇难的新闻。今天早上，妈妈不到六点就准备出门。七点，林氏召开董事会，然后妈妈就出了车祸——"

林蔚然的声音戛然而止，屋内猛然陷入沉寂。她仍然闭着眼睛，双手已经攥得死紧，脸色一片苍白，但纤细的身体依然挺直地坐着，唯有瘦弱的肩膀能看出细微的颤抖——所有的拼图都已完整，即便她没有恢复记忆，也看清了所有的真相。

当她用平静的语气和简练的词汇将这些碎片串联起来，当她云淡风轻地提及昨晚看到叶朝晖和林可欣在一起的事实，罗子骜前所未有地愤怒，也前所未有地心疼，更是前所未有地后悔。

罗子骜脸色阴沉，黑眸内已经浮现出血丝。怪不得她昨天晚上会那般无助地蹲在街头，会露出那种被全世界抛弃的神情。他本以为他只是向她透露了一点点线索，她不至于那么快联想到所有。他以为自己可以掌控进度，将真相对她造成的伤害降到最低。但他仍低估了林蔚然的聪明，也低估了时机对他们的玩弄。她在一夜之间窥破了各种迷障，在一夜之间经历了大起大落，当她带着最后的希望跑到林氏集团，去寻找她心里最牵挂的那个男人时，看到的却是最为致命的背叛。

而他呢？他在为她的转变沾沾自喜，为她的消沉、抑郁而感到愤怒、失望。罗子骜，你太自以为是了。你哪儿来的资格去指责她的软弱？如果她不是林蔚然，这残酷的真相足以彻底将她毁灭。不……即便她是林蔚然，也不一定承受得住这种欺骗和打击。

“罗子骜……”林蔚然的声音再度响起，声音里透出前所未有的疲惫，罗子骜瞬间从沙发上站起，想要冲到林蔚然面前，但她下一句话止住了他的脚步，让他浑身僵硬地站在原地，他听到她说，“请你们出去。”

不等伊诺和罗子骜回应，林蔚然双手抱膝环住了自己，将头埋下，把自己死死地蜷成一团，纤细的手指因为用力而显得青白，尖锐的指甲狠狠地刺破了掌心，指缝间有殷红的颜色渗出。她周身的气息很冷，绝望又悲伤，那自我封闭的姿势像是在拒绝外界的一切碰触，又像是在寻求什么人的保护和救赎……

下午三点，邬曼云的手术终于结束，经过医院各科专家的竭力抢救，邬曼云的性命暂时保住，但依旧没有脱离生命危险。等在走廊中的罗子骜松了口气，颓然地靠在身后的墙上。

还好……还好蔚然的母亲没事。虽然只是暂时保住性命，但只要还有一口气在，他们就还有希望。罗子骜几乎不敢想象，若是邬曼云真的死了，林蔚然会变成什么样子。

差不多在上午九点的时候，林氏的股东们就集体赶了过来。

继林崇阳手术失败之后，短短不到一个月的时间，林氏集团前任董事长的夫人、现任董事长林蔚然的母亲邬曼云竟然也躺在了手术台上，生死未卜，凶多吉少，各大股东脸上的表情都不怎么好看。

林氏集团上次的股价危机因为林蔚然的婚礼挽救了颓势，如果邬曼云也死了，林氏集团将会再度受到冲击，即便这冲击不比林崇阳的离世更大，但媒体的花式报道也足以给林氏带来巨大的损失。更何况，邬曼云出车祸的地方就在林氏集团，而且似乎并不是意外。股东们面面相觑，心里都不免有些打鼓。

自打两年前大小姐出事以后，林氏集团就风波不断，不承想大小姐没死，竟在出事两年后被叶朝晖找了回来。但紧跟着，林董事长手术失败，公司的最高掌权者易主，林氏跟叶氏联姻，大小姐的母亲遇到车祸……一众混迹商场多年的股东目光闪烁，心里各种念头转个不停。虽然他们不至于猜到其中的各种隐秘，但他们能看出，林氏集团只怕要大变天了。

邬曼云被送到了走廊尽头的加护病房，家属可以隔着玻璃探视，但此时，唯有林蔚然一人静静地站在那巨大的玻璃屏障前，其他人都识相地等在另一侧电梯口处，没有人敢在这个时候去打扰林蔚然，也没有人敢去跟林蔚然搭话。

今日的林蔚然与他们之前见过的一点都不一样，曾经张扬任性的大小姐自从失忆后就仿佛变成了另外一个人，不但对公司事务毫不上心，甚至排斥接近叶朝晖以外的所有人。他们也曾怀疑林蔚然，但邬曼云是林蔚然的母亲，她都承认了林蔚然的身份，他们这些股东哪有置喙的余地。更何况，林蔚然那张脸就是最有力的证明，这世上不会再有第二个女人能生成她的模样，哪怕是整容也整不出她的精致完美。

但今日，那个静静立在玻璃窗前，周身散发着生人勿近的气息，让他们一眼望过去就感觉压抑的背影，瞬间让他们想起了以前的林蔚然。难道大小姐恢复记忆了？除了以前的林蔚然，还有哪个女人能拥有这种慑人的气场？

“叮”的一声脆响，电梯门在这个时候打开，一个英俊挺拔的男人从电梯里走了出来，浓眉紧锁，一脸阴沉地转进了走廊。他根本没有多看那些股东一眼，径直朝走廊尽头的加护病房走去。而他身后还跟着一个清纯美丽的女人，此时也是一脸惊慌。这两人正是叶朝晖和林可欣。

林氏的股东一看到叶朝晖过来，呼啦一下就跟了上来，不约而同地开口道：

“叶总，您看……”

“太太她……”

叶朝晖淡然的眼神猛然扫过去，开口的几人顿时闭嘴，后退了两步，沉默地跟在他身后。

走廊的寂静瞬间被嘈杂的脚步声打破，玻璃窗前的林蔚然皱了皱眉头，眼里闪过一丝不悦的情绪。

叶朝晖快步走到林蔚然身边，当他的眼神落到她的背影上时，清冷的日光微微一怔，脚下的步子也莫名一顿，下意识唤了一声：“蔚然？”声音落下，他眼神一沉，下垂的睫毛迅速挡住了眼里的冷光。而距离林蔚然不远的罗子骜也注意到了叶朝晖的出现，顿时眉心一拧，站直身子两步上前，握拳就朝叶朝晖的脸上招呼过去。

“朝晖！”跟在叶朝晖身后的林可欣一声惊呼，想也不想就扑了过去，扶着趔趄的叶朝晖对罗子骜怒道，“你做什么？！”

伊诺在罗子骜冲出去的时候也踏出了两步，他原本是想阻止罗子骜闹事的，可当他看到林可欣下意识扑向叶朝晖，那理直气壮维护叶朝晖的模样，顿时又默默地退回了原处，似笑非笑地看了林蔚然一眼。这种场面可不是轻易能遇见的，这个女人会怎么做呢？

罗子骜冷冷地望了林可欣一眼，脸上却露出吊儿郎当的笑容，他扯了扯领带，嘲讽叶朝晖："叶总真是大忙人，自己的岳母上午出车祸，你下午三点才姗姗来迟。啧啧……这种敬业态度，佩服佩服。"

王八蛋，他竟然敢公然带着林可欣出现在林蔚然面前，他是嫌给蔚然带来的伤害还不够多吗？罗子骜双手插进口袋，目光又投向林可欣："林二小姐怎么过来了，你是来找我的？"他嘴角的浅笑显得越发暧昧，"上次的约会没有尽兴？我倒是有时间继续陪你，但现在时机似乎不太合适，还是等过了晚上八点以后再聊，如何？"

"你胡说八道什么！"林可欣的脸色瞬间一白，下意识看了叶朝晖一眼。

罗子骜完全没打算放过林可欣，一脸悠闲地往墙上一靠："啧，好吧。是我在胡说八道，我根本没见过二小姐。"他的目光在叶朝晖身后的股东们身上一扫而过，状似无意地感叹了一声，"啾，女人……"

林可欣身子一僵，几乎不用回头都能感受到身后那针扎一样的视线，能想象出各大股东落在她身上或鄙夷或嘲笑的眼神。她没有想到罗子骜会在这里，更没有想到他会在大庭广众下说出这么无耻的话。

她狠狠地瞪着罗子骜，那眼神几乎要在他身上穿出个洞来。可惜，那眼神对罗子骜来说不疼不痒，他反倒又抛给林可欣一个意味深长的眼神。

叶朝晖抬手拭去唇边的血迹，冷冷地看着罗子骜说："你怎么会在这儿？"

"林太太是我送过来的。"罗子骜侧头朝加护病房示意了一下，"叶总是不是忘了，林氏和罗氏马上就要合作了？我原本是想见见叶总，谈一谈我们的合作计划，没想到刚抵达林氏的停车场，就看到林太太出了意外。我和林大小姐也算旧识，自然不能见死不救，就通知了大小姐，然后把林太太送过来了。"他刻意不提林蔚然已经结婚的事实，用大小姐的称呼将林蔚然和叶朝晖的关系撇清，因为这个男人根本不配拥有蔚然，也根本不配跟蔚然的姓氏挂钩。

“是你通知蔚然的？”叶朝晖眉峰微微蹙起。

“不然呢？”罗子骜嘲讽一笑，“等着叶总您来善后？那恐怕大小姐现在还一无所知地待在家中吧。”

“蔚然……”叶朝晖不再搭理罗子骜，上前一步轻声对林蔚然道，“等很久了吗？抱歉，叶氏临时有急事，岳母出事的时候我不在公司，很晚才得到消息。我已经吩咐保安部把停车场的监控调出来送到警局，你放心，我一定会找到肇事凶手，具体的等一下我再跟你解释。”他转头看向玻璃窗内昏迷不醒的邬曼云，抬手搭上林蔚然的肩膀，“没关系，我已经见过大夫了，岳母暂时没有生命危险，等度过危险期，一定能醒过来。”

林蔚然依旧只是静静地站着，挡在额前的发丝在她脸上投下了一片阴影，让人看不清楚她的眼睛。她像是把叶朝晖的话听进了耳中，又像是一个字都没有听进去。

看着如此反常的林蔚然，叶朝晖心里忽然生出恐惧的情绪，仿佛眼前这个女人和曾经那个林蔚然一样，马上就要飞离他的掌控，飘到他就算是踮起脚都无法企及的地方。他不喜欢这种感觉，这种快要失去她的感觉，他低下头再度唤了一声：“蔚然？”

罗子骜眼角一抽，只觉得叶朝晖搭在林蔚然肩膀上的手无比碍眼，而他那旁若无人的亲昵态度也让罗子骜怒火上涌。

邬曼云遭遇车祸并不是意外，正如伊诺所言是蓄意谋杀。事故发生的地点是林氏集团停车场，林氏早上七点刚刚召开过股东大会，也就是说，邬曼云是在股东大会后被人刻意撞伤的。一定是她在股东大会上说了什么，激怒了当时参加会议的某人，所以才招来这场灾难。

罗子骜毫不怀疑这场灾难的始作俑者就是叶朝晖，因为他一直在谋算林家的财产。他对林蔚然做了这么残忍的事，刚刚蓄意伤害了她的母亲，现在却理所当然地站在她身边，用这种理所当然的态度安慰她？他凭什么！

罗子骜脸色一沉，想要上前再揍他一拳，更想将他从林蔚然身边拉开，林可欣却先他一步走到了林蔚然身后。“妈妈怎么样了？”林可欣的脸色依旧不怎么好看，看上去似乎也并不想搭理林蔚然，“我听说——”

“啪——”林可欣的话并没有说完，原本背对着她静静地站着的林蔚然突然转身，扬手狠狠地往她脸上扇了过去。清脆的响声过后，林可欣脸上顿时出现了五道红印，她愕然地看着林蔚然。一众股东也被林蔚然的举动惊到，就连叶朝晖也微微一怔，完全没想到林蔚然会做出这种反应。

唯有罗子骜和伊诺，脸上同时露出了一丝微笑。伊诺只觉得场面有趣，罗子骜却觉得大快人心，甚至一点都不再觉得林可欣碍眼，倒觉得她来得正是时候。

他小时候怎么会觉得林蔚然欺负林可欣不好呢？这种插足别人家庭的女人，和叶朝晖一起谋算林家家产、伤害林蔚然的女人，他一点都不觉得林蔚然打她有什么不对。就算林可欣和叶朝晖先是一对，但叶朝晖已经娶了林蔚然，那她就是名副其实的第三者，而且，她还喜欢叶朝晖的时候，还跑去罗氏集团勾引他。蔚然就该狠狠地教训她，借她的存在好好发泄一下心中的郁气。

林可欣捂着脸愣了好一会儿，才终于反应过来发生了什么，脸色一白，怒道：“林蔚然，你竟敢打我！”

她也抬手朝林蔚然的脸扇去，却不想身旁的叶朝晖面色铁青地拽住了她的手，他的眼里是化不开的寒冰。她打了个哆嗦，难以置信地看着他，不明白他为什么会忽然变成这样。

“啪！”又是一声脆响，一众股东身子一抖，都一脸惊惧地看着面前的三人。林可欣和叶朝晖则同时露出了愕然的神色。就连罗子骜都震惊地瞪大了眼睛，难以置信地望着林蔚然。

第二巴掌，林蔚然打的不是林可欣，而是她身边的叶朝晖。她周身的气息依然很冷，四周的气氛也依然压抑，但她低垂了很久的头却缓缓抬了起来。当她露出那双清澈的眼睛，当她晶亮的水眸与叶朝晖对视，倔强地隐在眼里的两滴泪珠，终究还是顺着脸颊滚落。

她看着叶朝晖和林可欣，轻勾嘴角，露出了一丝悲凉的浅笑，声音轻得好像风一吹就会散去:“既然你们互相喜欢，既然你们早就在一起了，你为什么要一直瞒着我？”

“蔚然！”叶朝晖的表情终于变了，他急切地想要解释什么，林蔚然却没有给他解释的机会，继续道：“我看到了……昨天晚上，你和林可欣……就这样吧，叶朝晖，算了吧。”话未说完，她的声音就哽在喉咙里，用力将面前的两人推开，她垂下头失魂落魄地朝前方走去，像是要逃离眼前不堪的困境。

“不是这样的……”那点恐惧越来越浓烈，看着她说完“算了吧”转身就走，叶朝晖浑身的血液仿佛顷刻间冻结，他想追上去和她解释，可是恐惧让他寸步难移。

他从不曾想过要和她“算了”，他一直在努力，想要折断她的双翼，扒光加注在她身上的每一道光环，这是他的林蔚然，是他找到的只属于他的林蔚然。他失去过她一次，现在哪怕只是拥有一个完美的替身、一个幻影，他都觉得分外高兴。他终于能够完完全全拥有她，他下半生的人生规划里，几乎全部有她，如果她不见了，那漫长的未来他要如何去面对？

“蔚然！”他仿佛是被噩梦惊醒一般，整个人惊出一身冷汗，想到未来没有她，他竟然害怕得不知该如何是好。

这种感觉其实并不陌生，两年前，翻滚的海浪里，他看着她在水中沉沉浮浮，当时一脸麻木。后来林可欣关切地问他为什么哭了，是不是被风沙眯了眼睛，他才反应过来，而后就是强烈的疼痛袭来。他捂着心口蹲下去，确认了又确认，他的心脏好好地待在原地。可是为什么呢？为什么他有一种心脏被人挖空了的感觉？那个时候他不明白那到底意味着什么，是后来的七百多个夜晚，他辗转难眠，沉思许久才明白那天他为何会那么疼。

因为他爱林蔚然，在那青葱岁月里，他早就爱上了她。那时候的她嚣张霸道，他很不喜欢，所以根深蒂固地以为自己是讨厌她的。因为他必须讨厌她，他都已经决定要讨厌她到底，哪能中途就换了态度？

“蔚然！”你不要转身离去，不要拿走你给我的爱，不要用那种风轻云淡的语气说“算了吧”。

他推开拦着他的林可欣，匆匆忙忙地追了出去。这一追，他舍弃了高傲的自尊心。原本他从不肯向她低头，可是现在，他却这样惶恐不安，不管不顾地追了出去。

可惜的是外面微风习习，晴空无云，哪里都没有林蔚然。

第十八章 女神的计划

C城商界的各大媒体再度炸了锅，邬曼云出车祸的第二天，知名企业董事长夫人被蓄意谋杀的新闻就轰动了全城。之后，警察、记者、与林氏集团有合作关系的企业负责人，还有邬曼云的朋友等都拥到了圣林医院。这些人或为消息，或为探访，或为利益……只可惜，林氏集团出动了三个保全公司的人力，直接层层封锁了圣林医院。除了调查当日案件的警务人员，剩下的别说是闯进住院部大楼，就连圣林医院的大门都别想进去。

医院外围可称得上人声鼎沸，许多记者干脆蹲守在门口，期盼着有机会能套取第一手情报。在他们眼中，今年的林氏集团简直是各大媒体的财神，自从林家那个大小姐生还回国之后，有关林家的新闻爆料就层出不穷，每一个都能引发 连串小道消息和市井流言，“林蔚然”这三个字以一种另类的方式再度火遍整个C城。

林氏集团董事长办公室，叶朝晖颓废地坐在那里。他从来都是整洁的，给人的感觉非常清爽，一丝不苟，从不允许自己在人前出错。然而此时的叶朝晖全然不是那样，他脸上有青色的胡楂，眼眶下有很深的黑眼圈，从来都穿得整整齐齐的衬衫，此时上面的纽扣未系，衣服上满是褶皱，他指间夹着一支烟，手边的烟灰缸里满是烟蒂。

他的目光停在一个相框上，里面放着的是他和林蔚然的婚纱照。照片他一直带在身边，仿佛只有这样，他才能确定这份真实。不是过去两年里，因为思念成疾而产生的幻影，她的确存在着，哪怕只是戴着假面的替代者。

有什么关系呢？他爱她啊，爱到想把她放在只有自己看得到的地方，所以他憎恶她的光彩，讨厌她的明艳风光，他从不曾想过自己会这么讨厌她，不过是因为他爱上了一个他控制不了的人，这让他觉得自己变成了另一个人。这种无法掌控的未知，让他迫切地想要抹去这一切，他想要纠正这种好像走错了的人生，于是他一遍一遍地说服自己，林可欣那种只会仰望他的存在才是最适合他的爱人。

他自欺欺人，似乎很成功，他好像的的确确杀死了自己的心，可是心里的黑暗在慢慢滋长。在林可欣的蛊惑之下，他想要毁掉让自己变成这个样子的林蔚然，既然她的光彩太刺眼，那就让光消失好了。他伸手捂住自己的眼睛，很快手指就湿了，一丝哽咽溢出嘴角。他不是故意的，两年前，他只是不知道自己爱着她。

敲门声传来，秘书小心翼翼地探进头来，就见向来自制力惊人的叶朝晖双肩紧绷，整个人陷入了一种浓浓的绝望之中。秘书悄悄地走进来，将一个牛皮纸袋放在叶朝晖的办公桌上，然后逃也似的跑开了。

过了好久好久，叶朝晖终于放下手，目光落在了牛皮纸袋上。他拿起牛皮纸袋，撕开封口，倒出里面的东西，是一份档案，封皮上清楚地印着一行字：亲子鉴定报告。这是一个月前，他托人去做的，如今终于出了结果。

“朝晖。”林可欣的声音在外面响起，叶朝晖将档案袋连同相框一起放进了右手边的抽屉里。与此同时，办公室的门被推开，林可欣冷着一张脸走了进来，手里拿着一份文件。

“有事吗？”他问得冷漠且疏离。

“你到底还要这样多久？我承认是我不对，我不该没和你商量就擅自行动。”林可欣有些恼了，“朝晖，演戏而已，何必真的糟践自己，你还要颓废多久！出事了你知不知道，罗氏要撤资！”林可欣将那份文件摔在叶朝晖面前，那是林氏集团原本拟定要和罗氏合作的投资项目。

“合同不是敲定了吗？明年三月就要开始推进，罗氏这是搞什么？”

林可欣很恼怒。这段时间，林可欣过得很不好。

林蔚然已经失踪一个多月了，从邬曼云遭遇车祸至今，已经整整过去一个多月，C城有关林家的新闻也被各种版本的传言议论了一个多月，但这舆论中心的主角——林家大小姐林蔚然却失踪了一个多月。

就在邬曼云出车祸当晚，林蔚然就消失在了圣林医院，到现在没有半点音信。但她离开之前，当着林氏股东的面，直接揭穿了林可欣和叶朝晖的私情，这让林可欣一下子处在了舆论的风口上，最近她走到哪里都被人用鄙夷的目光打量，她简直受够了！她才是叶朝晖最爱的女人，不管是林氏、叶氏还是叶朝晖，原本就都是属于她的！

“林蔚然到底去了哪里？”她下意识抓住叶朝晖的衣袖，“雇了那么多人去查那个女人的下落，这一个月来几乎要把C城翻个底朝天，却半点消息都没有查出来。罗氏企业在这个时候撤资，一定跟那个女人脱不了关系，要不我们找人去罗家打听打听？”

听林可欣说了那么多话也毫无反应的叶朝晖忽地站了起来，一把挥开林可欣的手，直接就往外走。

“你要去哪里？”林可欣大声喊他，“朝晖，你到底怎么了？”

“林可欣……”他的声音里充满了疲惫，“别在我身上浪费时间了。”

林可欣的脸色遽然变得惨白：“嗯？”

“你想要的，我给不起了。”他说着，迈步走了出去。

她到底也是他曾经呵护过的姑娘，他在青春期将她当作了挡箭牌，以为可以借此抵抗林蔚然的吸引力，他自嘲一笑，在隔了这么多年后，他认输了。林蔚然，我认输了。所以，挡箭牌什么的，已经不需要了。

“叶朝晖，你什么意思？我不懂，我不懂！”林可欣疯了一样从里面冲出来，用力抓住叶朝晖的衣服，害怕松开手，他就再也不要她了。可是他怎么可以不要她呢？她此生全部的信仰就只有他。如果他不要她了，她存在的意义应该是什么？

“朝晖，我不逼你了，我们出去旅行吧好不好？前些时候你不是还说要带我去爱琴海的吗？朝晖你说话啊！”她大大的眼睛里有泪珠不停滚落。她此时惶恐极了，这样的叶朝晖她不曾见过，仿佛全世界都毁了也无所谓，他已经不再害怕失去了。只有在一个人真正失去之后，才会这样绝望、这样毫不在乎。

叶朝晖没有说话，只是一根一根掰开林可欣紧紧揪住他的手指，而后头也不回地将她丢在原地。

他从来没有用这种眼神、这种语气对待过自己，从她很小的时候到林家开始，从她认识他的时候开始。林可欣记得非常清楚，她第一次跟着林崇阳和林蔚然一起到叶家做客，他就静静地坐在一旁凝视着她，他的眼神清润又温暖，看着她的模样像是沉浸在美丽的憧憬中。

他一直是温柔的，将林蔚然想要的感情，全部给了她。为什么会变成这样？林可欣蹲在地上，毫无形象地号啕大哭。

当她在林家遭尽白眼时，当她被林蔚然恶毒地欺负时，只有他会保护她；在她躲在暗中哭泣的时候，只有他会找到她，陪着她。所以她就将全部感情毫无保留地给了他，根本没有想过有一天这个人会将这份感情摔在她面前，告诉她别再期待。

——叶朝晖啊，我如何才能不期待呢！

离开了林氏，叶朝晖驱车赶往罗氏。

这些天他一直在找林蔚然，几乎翻遍了整个C城，他查到的结果是林蔚然没有离开C城，只是不再出现在他面前了。这些天，他总是频繁地想起在国外的那两个月，那个时候他刚刚在街头捡到她。说起来，他之所以会选择她，是因为那双眼睛吧。

当时他风轻云淡地扫过去一眼，首先注意到的不是她肥胖臃肿的身体，而是那双明亮的眼睛，那和午夜梦回一遍又一遍浮现在他脑海中的那一双眼睛何其相似。在理智做出反应之前，脚步已经迈了出去，他捡到了那样不堪的她。和他深爱着的林蔚然截然不同，她自卑、丑陋、一无是处、毫无安全感，过去也是一片空白，可是她看着他的眼神，成功地取悦了他。

他需要一个林蔚然，哪怕只是一个替身，所以当他拥抱着她时，那颗空洞的心脏顷刻间被填满了。他看着她为了自己努力变好，看着她用憧憬的目光看着自己，看着她臃肿的身体瘦下去，变成和林蔚然一模一样的另一个林蔚然。

他没有办法承受再一次的失去，所以，无论如何他都要找到她，那是他精心打造的、属于他的私人珍藏。就算她逃开了也没有关系，他会找到她的，然后这一次，他会将她藏到一个没有任何人能找到的地方，让她和自己白头偕老，子孙满堂。林蔚然，你等着我，我马上就去接你回家。

后视镜里，开车的叶朝晖自己都不曾发现，他的目光已然变得无比疯狂，宛如一个神志不清醒的疯子一样。

一阵刺耳的刹车声之后，车子停在罗氏大楼下，叶朝晖下了车，直接走了进去。前台小姐自然是认识叶朝晖的，很客气地将他带到了楼上贵宾室。当罗子骜接到消息，走进贵宾室的时候，差点怀疑自己见错了人，因为眼前的叶朝晖，整个人散发出一种可怕的颓废而疯狂的气息。

注意到罗子骜进来，他飞快地抬头，眼神锐利得宛如利刃："蔚然在哪里？"他的语气冷得仿佛北极冰冻了上万年的寒冰。

"我怎么知道，我还想问你呢！"罗子骜怒气冲冲地看着叶朝晖，"你把蔚然藏到哪里去了？这些天我都找不到她！"

"你说谎！"叶朝晖死死地盯着罗子骜的眼睛，"是你把蔚然藏起来了对不对？"

"这话就不对了吧，你凭什么这么说？"罗子骜怒道，"叶朝晖，你简直无可救药！"

"因为你对她图谋不轨！"叶朝晖吼道，"都是你，都是你的错！"

"我说叶朝晖！"罗子骜彻底怒了，一把揪住叶朝晖的衣领，"对她图谋不轨的人到底是谁？你何必这么假惺惺！你不是不爱她吗？对你来说，她到底算什么啊！"

仿佛一直小心掩饰的软肋被人戳中，叶朝晖一下子泄了气："我爱她。”少年时代他拼命逃避和否认的感情，现在终于能够这样坦率地说出口。

罗子骜愣了一下，怀疑自己是不是听错了。

“我很爱她。”叶朝晖祈求地看着罗子骜，“罗子骜，你把她还给我吧。”

罗子骜错愕地看着叶朝晖，像是要把这个人从里到外看透彻。他有点想笑，又觉得十分愤怒，总觉得这个人太悲哀了。“你爱她，可是两年前你对她做了什么？”罗子骜难以置信地道，“你算计她，可是你跟我说你爱她？”

“我不知道那是爱，失去她我才意识到自己到底失去了什么！所以，我不能再失去她了，哪怕她是个虚假的幻影。罗子骜，你爱的是真正的林蔚然吧，那么就把这个戴着假面的林蔚然还给我吧。”他是那么卑微，骄傲和自尊全部不要了。

罗子骜笑了起来，只觉得无比荒唐：“你连一个幻影都舍不得弄丢，却把真正的林蔚然弄丢了。叶朝晖，你真的很可怜。”他可怜又可憎，粗暴地将自己心爱的人舍弃，却在再也无法拥有时才惊觉自己的心意。

手机响了起来，叶朝晖却没有接的意思。罗子骜叹了一口气，提醒他：“不接吗？万一是林蔚然打来的呢？”

叶朝晖飞快地接起电话，而后僵在了原地，短短十几秒之后，他挂断电话跑了出去。电话是盛天嬅打来的，电话里，盛天嬅怒气冲冲地告诉他林蔚然回来了，就在叶家。

看着叶朝晖飞奔出去的背影，罗子骜唇边慢慢浮上一抹笑意。开始了吗？那么——

他将手插进口袋里，跟着叶朝晖一起往外走。虽然林蔚然觉得她自己可以，但罗子骜到底是不愿意让她一个人去面对这一切的。

叶家别墅内，失踪了一个多月的林蔚然终于再度出现。罗子骜抵达叶家别墅时，别墅里已经很热闹了，不为别的，林可欣也来了。

盛天婵正冷脸坐在客厅里，面无表情地扫了一眼站在楼梯口的罗子骜。

罗子骜则靠着栏杆，一脸惬意地打量着叶家别墅：啧，这么没有人气的地方，真不知道叶朝晖一家是怎么活下来的。

他从未见过有谁将居住的地方整理得这么板正、完美，几乎连一点点瑕疵都找不出来。虽说也可以用叶家人比较讲究来解释，毕竟上流社会的豪宅基本上都装潢得无比奢华，但叶家这种对整洁和对称的追求已经到了丧心病狂的程度，就好像生怕别人不知道他们一家人品位高雅又出尘脱俗一样。

这一家子人都有强迫症吧……这么大的屋子里只有盛天婵一个人，寂静得像座鬼屋一样，别说是失去记忆的林蔚然，换了罗子骜住在这里，也会被逼出抑郁症和精神病。

叶朝晖颓败地坐在沙发上发愣，林可欣一直在和他说话，可是他根本听不见。

“叶朝晖……”罗子骜慢慢走到叶朝晖面前，“林蔚然呢？”

他的疑问让在场的其他人都很不愉快。盛天婵不悦地皱眉，目光刻薄，正要说点什么，就见他一脸恍然大悟的样子：“哦，我知道了，一定是回来收拾行李的吧。也好，你们这样的人家，待着真是压抑。收拾好行李，正好我在这里，我会直接带她走的。”

叶朝晖“唰”地站了起来，直接要上楼，罗子骜的话成功刺激到了叶朝晖。

林可欣原本也想跟着上去，罗子骜却直接挡在她面前：“干吗，连人家道个别你也想插足？快去吧叶朝晖，不用谢我，反正是最后一面了。”

“罗子骜你有完没完！朝晖喜欢的人一直是我，是我们先在一起的！”林可欣无比愤怒地瞪着罗子骜，“林蔚然才是第三者，她才是插足我和朝晖的人！”

“那你为什么要答应他和蔚然结婚？为什么要跑到罗氏来找我？”罗子骜嘲讽地轻哼了一声，“你忘了那天晚上你对我说过什么了？林二小姐的告白我至今还记得清清楚楚呢。”

“你——”

“你说林可欣晚上找你，而且还跟你告白？”盛天嬅在听到罗子骜的话后瞬间站起，落在林可欣身上的眼神冷得几乎要将空气冻结。

“我没有！”林可欣一脸急切地望着盛天嬅反驳，本还想说些什么，却顾及罗子骜在场，于是只能再度将话咽了下去。她现在最懊恼的就是当初招惹了这个男人，她就不该一时气不过跑到罗氏去找罗子骜。

那时候朝晖才把那个女人带回来，她听说罗子骜一直缠在他们身边搅局，唯恐罗子骜的存在破坏他们的计划，所以才想到去勾引他这个方法。

在林可欣眼中，除了温柔清雅的叶朝晖以外，其他所有男人都是一样的，尤其是这些纨绔子弟。她原本打算把罗子骜灌醉，然后随便找个女人和他共度一晚，再通知媒体去抓个正着，让他无暇再给朝晖捣乱，哪想到他竟无比恶劣，拿烈酒灌一个女孩子。幸好她没有提前通知媒体，不然被媒体抓到的就变成了她，那她无论如何都解释不清楚了。现在罗子骜又拿当初那件事出来做文章，他难道不记得自己对她做了什么事吗！林可欣一时间气得眼睛都红了。

罗子骜看着林可欣欲言又止的委屈模样，再看看她对盛天嬅畏惧和讨好的眼神，不由得深思。

盛天嬅这个女人出了名的冷漠、挑剔、不好亲近，据说也只和林家那种有底蕴的家族成员来往，像罗家这种后来居上的企业，在她的眼中就是没有半点内涵的暴发户。像她这种清高又自傲的人，应该也很排斥林可欣私生女的身份才对，可她对待林可欣的态度竟然比对林蔚然要平和得多，再加上林可欣刚才没能说完的话……

罗子骜眼睛一眯，若有所思地朝楼上望去。这几个人和蔚然的关系……一直以来他是不是忽略了什么？

楼下三人心思各异，二楼的主卧室内，叶朝晖近乎急切地推开房门，然后就看到了房中那个熟悉的身影。

其实他回来之后就想要来见她的，可是不知是不是近乡情怯，他不知道见到她要说什么才好，想着等一会儿，再等一会儿，却等来了罗子骜。叶朝晖恍惚间明白了一件事，那就是从来掌控在他手里的那些事，早就已经脱轨，他已经等不起了。

眼前的林蔚然就这么静静地站在他面前，倔强的背影和脑海中的某个影子重合。像是奔赴一个信仰一般，叶朝晖快步上前，想要将她拥入怀中。然而就在他的手要碰触到她的时候，原本沉静得不像真人的女子突然回头，脸上的悲伤瞬间映在了他的眼里，她就用这种表情默默地往后退了一步。

“叶朝晖……”她的语气非常平静，里面没有爱意也没有恨意，就像是在和一个不相干的陌生人说话一般，她叹了一口气，“你怎么把自己弄成了这个样子。”

所有的委屈和不甘心在这一刻浮上心头，叶朝晖不顾她的抗拒，用力将她拥入了怀中：“蔚然。”他的声音里似乎带着些哽咽，他抱着她的手臂是那么用力。

林蔚然仰着头，睁大眼睛，透过窗户看着蓝天白云。为什么呢？为什么到了这种地步，他要用这样的语气喊自己的名字？那会让她误会他深爱着她，不愿失去她。

“对不起。”她听见他说了这样三个字，“我可以解释的，蔚然。”他的手渐渐收紧，“你这一个月去哪儿了？为什么我找了那么多地方都找不到你？”

“该说对不起的是我……”林蔚然淡淡地说，“我不知道你真正喜欢的人是林可欣，我……”

“蔚然！”叶朝晖急切地打断了林蔚然的话，“我跟林可欣不是你想的那样。”

“我看到了，我看到你和她有说有笑地从林氏集团出来，你和她的关系那样亲密，那时候我们才新婚三天！”林蔚然笑了起来，“你把我留在这里，你说叶氏和林氏有许多工作要处理，你却和另外一个女人在一起。”

“我爱你。”他低低呢喃，“蔚然，那些我以后会和你解释的，你只需要知道我爱你。”

“你爱的是真正的林蔚然吧，可惜我是个冒牌货呢。是这样的吧，叶朝晖？真正的林蔚然已经死了，两年前就死了，我只是你带回来的一个冒牌货。”

“是谁告诉你这些的？！”叶朝晖终于松开了她，他看着她的脸，紧张又焦急地问，“你都知道些什么？”

“知道什么不重要，重要的是我已经不在乎了。”林蔚然往后退开一步，和他保持距离。

叶朝晖心脏一阵刺痛，仿佛是两年前在游轮上迟到的心痛，穿越两年时间，再次来袭。

“朝晖……”林蔚然一脸微笑地看着叶朝晖，清澈的眼睛里一片坦然，曾经满藏的爱意和憧憬消失得干干净净，“我们离婚吧。”

叶朝晖的表情僵在了脸上，他似乎没有听清楚林蔚然说了什么，又或者听到了但没办法理解：“蔚然，除了这件事，其他无论什么我都答应你。”

“这样啊，很为难呢。”林蔚然有些无奈，侧头想了想，“那么，陪我去看海吧，带上林可欣一起，我们三个人去看一次海。”

“蔚然？”叶朝晖的心脏越发痛了，额头上渗出了细密的冷汗：为什么她会提出这个要求？

“不行吗？”林蔚然的表情多了几分无辜。

“什么时候去？”叶朝晖不忍心拒绝这样的林蔚然。

“嗯，就现在吧。”林蔚然终于对他露出了真正的笑意，灿烂得刺眼。

记忆之中，有谁在向他骄傲地请求——

“喂，等我拿了一等奖名扬海内外，我就告诉你一件事。”

“嗯，你一定会拿一等奖……想要什么礼物？”

“礼物啊……朝晖，我们去看海吧。”

“好，我们现在就去。”他终究还是轻轻地、轻轻地点了下头。

林蔚然转身走出了房间。

“蔚然……”叶朝晖伸手向前抓去，却只能抓住虚无的空气，他下意识想要追上去，但眼角的余光里好像看到了什么，立刻眉心一蹙，侧头望去，然后就看见左边的柜子大敞着，但原本放在里面的东西不见了。那里原来放着一瓶灌装咖啡，透明的瓶子，深褐色的咖啡粉末，已经用去三分之一，像是精致的宝物一样被他单独收在里面。然而，那个透明的瓶子已经不翼而飞。

楼下，当林可欣看到林蔚然出现，立刻眼睛一眯，嘲讽道：“林蔚然,你倒是能躲！妈妈还躺在医院里生死未卜,至今没有脱离危险醒过来,你竟然一消失就是一个月！”

罗子骜脸色一沉，刚要呵斥林可欣，已然下楼的林蔚然就像一个月前在医院一样，干脆利落地抬手就是一巴掌，毫不客气地扇到了林可欣的脸上。

“我要怎么做，和你有什么关系。”林蔚然冷冷地说。

林可欣没想到林蔚然在叶家也敢对她动手，一时没防备，又被扇了个正着。就连盛天嫜都愣住了，难以置信地看着林蔚然。

林可欣嫩白的脸上再度印上五道指痕，她怒骂着林蔚然的名字，朝林蔚然扑了过来，说什么也要狠狠地教训林蔚然一顿。然而当她看到林蔚然的眼神时，立刻脚下一顿愣在当场，心里涌起了熟悉的恐惧，那是根植于灵魂深处的记忆，是她童年时期挥之不去的噩梦与阴影。

林蔚然站在罗子骜身边，眼神像是淬了毒一样冰冷，但她上扬的嘴角带出了一丝笑，笑得林可欣毛骨悚然：“你有什么资格叫我的妈妈？一个被林家驱逐的见不得人的私生女而已。”

那清冷蔑视的眼神令林可欣身子一抖，林蔚然讥诮的语气像是在她心头狠狠捅了一刀，这样的蔑视令林可欣脱口而出：“你这个冒——”

“可欣。”跟在林蔚然身后下楼的叶朝晖显然把刚才发生的一幕看在眼里，他相当不悦地制止了林可欣。

林可欣委屈地看着叶朝晖，却发现他的目光一直凝在林蔚然的脸上，从头到尾不曾看自己。林可欣死死地握着拳，直到掌心刺痛，才稍稍松手。眼前的林蔚然不过是个冒牌货，却夺走了属于她的温柔，她要怎么接受！

“不是想去看海吗？”叶朝晖缓缓走到林蔚然面前，“走吧。”

罗子骜眉心瞬间一拧，侧头朝身边的林蔚然看去。看海？看什么海，这和之前说好的不一样！

是的，林蔚然消失的一个月里的确是藏在罗家，她今天回叶家拿东西，罗子骜是知道的。

“是啊，走吧。”林蔚然说着，看向林可欣，“我亲爱的妹妹，陪我去看海吧。不过，你自己打车去吧，我不太想和你同车呢。”

林可欣浑身一僵，不可思议地看着林蔚然，她在说什么鬼话，这个人是怎么回事？

“罗子骜，这段时间多谢你，再见。”林蔚然并没有在意林可欣的态度，回头冲罗子骜说完这句话之后，转身朝大门外走去。

“蔚然！”罗子骜下意识伸手想要抓住她，但她的身影从他面前一闪而过，像是一开始他在R国找到她时那样，在他面前翩然溜走。罗子骜心里顿时生出一丝不祥的预感，她刚才的笑容更像是日落时的晚霞般刺痛他的眼睛。

“罗子骜……”跟在林蔚然身后的叶朝晖在他身边停下，侧头低声道，“蔚然是我的妻子，永远都是，你永远别想把她从我身边带走。”

开什么玩笑！罗子骜冷着脸跟着走出叶家。

今年的初雪似乎会来得格外晚。

车子行驶在空旷的公路上，林蔚然透过车窗看着外面灰蒙蒙的天空，鼻间似乎已经闻到了海面上特有的潮湿腥味。C城的北面紧临着大海，如今已经进入冬季，海港很快会因为海面结冰而封港，即便初雪还未降临，应该也没有多少海船会出港了。

“蔚然，为什么会想去看海？”沉默了很久之后，叶朝晖终究忍不住问出口。

“不知道，只是想在那个地方做最后的了断，或许这个念头对我有什么特殊的意义吧。”

吱——一声刺耳的刹车声响起，叶朝晖猛然停下车子，双手握紧方向盘回头：“蔚然？”

“嗯？”林蔚然缓缓地回头，看着叶朝晖轻轻一笑，那笑容仿佛与他隔了一个世界那么远。

叶朝晖有些艰难地张口：“你……是不是恢复记忆了？”他干涩的嗓音里藏着一丝试探，还带着一些复杂的惊喜和期待，林蔚然却听出那声音里还有一丝莫名的排斥和抗拒。

她收回视线轻轻摇了摇头：“没有。”她淡然地瞥了叶朝晖一眼，“而且，我的记忆对你来说，也根本不重要。”

叶朝晖双手无意识地抓紧方向盘，修长的手指有些泛白：“蔚然，我们重新开始好不好？去一个没人认识我们的地方，就只有你和我，我们好好在一起，好吗？”

林蔚然眼里闪过一丝嘲讽之色，可惜平视着前方的叶朝晖并没有看见：“叶朝晖，我不想做你心中某个影子的替身……”她的声音像尖锐的刺，一根一根地扎进了叶朝晖心中，“死也不愿。”

空气有一瞬间的凝固，车子里也是一片死寂，林蔚然扭过头，继续望着天空的尽头发呆，似乎不愿意再多看他一眼。许久之后，叶朝晖露出一丝浅笑，然后发动车子继续朝海港驶去。

——没关系的林蔚然，我一定会让你改变心意的，哪怕不择手段。我已经折断过一次属于你的羽翼，不过是再做一次。

北城海港距离林家和叶家都很远，叶朝晖的车速也很慢，两人几乎是在两个小时之后才抵达港口。港口东南方有一处单独的港湾，停泊着几艘样式不一的游艇，当叶朝晖带着林蔚然来到港湾时，林可欣已经到了。

“那么，上船吧。”林蔚然看到林可欣之后，竟然还冲她笑了一下，而后率先朝一艘游轮走去。

林可欣脸上阴晴不定，她心里没底，不明白林蔚然到底要做什么。她无比确定曾经的林蔚然已经死了，否则她都要怀疑这个冒牌货恢复了记忆。

“总要有个了断不是吗？”林蔚然一边走一边说。

林可欣被林蔚然这种好像毫不在乎的态度彻底激怒了，这段时间她真的受够了！林可欣想要撕下她的伪装，她怎么可能这么风轻云淡，都是假的！

“你其实也不用这么大费周折，你和朝晖——”林可欣的声音里藏着一丝疯狂，还有一些幸灾乐祸。

“林可欣！”叶朝晖冷冷的声音传来，打断了林可欣的话。

林可欣情绪瞬间失控，这种时候他还在隐藏，他是真的爱上这个女人了吗？她绝对不允许！

“为什么不愿意告诉她？！为什么不告诉她那场婚礼是假的？！当初跟你结婚登记的根本不是她，她不过是个被摆在世人面前的替代品！真正跟你登记的人是我林可欣！”林可欣歇斯底里地吼完了这些话。

“蔚然！”叶朝晖没有再看林可欣一眼，而是有些焦躁地朝林蔚然望去，却见林蔚然竟然已经登上最大那艘双体游艇，正站在最高处，靠着护栏看着他们。叶朝晖心里狠狠一抖，想也不想就冲了上去。林可欣微微一愣，随即也跟着叶朝晖登上了游艇。

海风迎面吹来，林蔚然的长发在风中飞舞，叶朝晖在距离她几步远的地方站定，对她伸出手道：“蔚然，下来。”

“不是要带我去看海吗？”林蔚然淡淡地看着他，不但没有听话地走下去，反而越过栏杆站在船檐外，整个人在风中摇摇欲坠，像是随时会掉进海浪里，她单手抓着栏杆对叶朝晖笑道，“开船啊。”

“蔚然……”叶朝晖狠狠闭起眼睛，再睁开时里面竟出现了血丝，他的嘴角露出一丝浅笑，“是你吗？”

是你吗？那个应该在两年前死在冰冷的海水里的那个林蔚然。是你吗？让他辗转反侧、寤寐思服，让他牵肠挂肚、迷失自我的那个林蔚然。

是你回来了吗？

一旁的林可欣顿时竖起耳朵，心里又涌起了那种忐忑不安的感觉：朝晖在说什么？谁是林蔚然？眼前这个女人吗？不可能的，她绝对不可能是林蔚然，因为真正的林蔚然早就已经死了！

“我是不是林蔚然，你们不应该比谁都清楚吗？”林蔚然侧头看向深海的尽头，双眸被海水的蔚蓝色衬得更加明澈。

叶朝晖深吸一口气，扭头走进驾驶舱，拿出钥匙将游艇发动，然后设置了自动导航，看着豪华的游艇驶离港口，往大海的深处缓缓飘去。

林可欣盯着立在船头的女子，越看越觉得林蔚然与心头的阴影不断重叠，她忍不住向前走了两步，抬手抓着胸口的衣襟，瞪大眼睛对林蔚然道：“你到底是谁？”

“林可欣，开车撞我妈的人是不是你？”林蔚然并没有回答林可欣的问题，而是看着林可欣露出一丝冷笑。

“你——”林可欣顿时大惊失色。

林蔚然眼神一冷，又道：“好奇我为什么会知道？”

她的目光落到了从驾驶舱里出来的叶朝晖身上：“妈妈出事的头一天晚上，我回去问了她两年前的事故，或许是妈妈看出我神色不太对，所以第二天一大早就出了家门。之后我听说林氏集团在七点召开了股东大会，结果会议结束不到半个小时，她就在地下停车场出了车祸。”林蔚然眼睫一垂，“事后，我妈妈被送到医院抢救，你们却直到下午三点才出现。叶朝晖，你真的以为你能毁掉所有证据，保住你身边那个虚伪的女人？”

林可欣死死地咬着嘴唇：“你凭什么说是我撞了她，你有什么证据证明是我撞了她？”

“案发时间段的监控全部被销毁了。”林蔚然猛然抬眼，“不仅仅是林氏集团地下停车场的监控，就连集团附近所有街道门店的监控也全被抹去了那一段时间的录像。试问，除了林氏集团董事长代理人叶朝晖之外，还有谁能做到这点？”

叶朝晖已经走到林可欣面前，和林可欣一样隔着不远不近的距离看着林蔚然。她离得很近，却又似乎远在天涯，她明明就在这里，全身却透着一股生人勿近的疏离，像是十多年前，她第一次对他告白那一次。那一次，她和他之间也是这样的距离，眉宇之间溢满乖张和强势，她是那么耀眼，以一种不允许他拒绝的姿态，带着一丝傲慢对他说："叶朝晖，我喜欢你，你以后就是我的人了。"

她是那么大胆，他心里十分排斥，觉得这个人怎么会这样没羞没臊，她没有女孩子应该有的矜持吗？

明明已经是很遥远的记忆了，可是她的样子在他脑海中越变越清晰，清晰到她红了的耳尖他都能看到。所以那个时候的她，其实也很紧张、很害羞吧，只是那颗少女心藏在她的强势之下，那个时候，十多岁的叶朝晖忽略了。

叶朝晖忍不住笑了起来，那笑容干净又清澈，曾经是林蔚然一生的憧憬，像极了她曾经夹在日记本里的少年。然而林蔚然看到他温润的笑，却只是冷冷地勾了勾嘴角："叶朝晖，当初我爸爸的手术失败，是不是你动了什么手脚？"

旖旎的回忆被硬生生打破，沉浸在那些自己曾经十分想要抛弃的过往里的叶朝晖，不得不回到这冷冰冰的现实。游艇已经远离港口，四面八方都变成了蔚蓝色，和两年前的某个夜晚极其相似。

叶朝晖看着碧海蓝天下张扬又美丽的女人，试着冲她伸出一只手："蔚然，你先下来，有什么话我们进船舱里慢慢说。"

林可欣站在一边看着，叶朝晖眼里的那种痴狂和深情是她从未见过的，她以为像叶朝晖那样克制矜持的人，感情也是点到即止的。十几年来，她以为他对自己温柔宠溺，以为他将自己细心地珍藏，那就是他最真挚的爱情，也是她从小能拥有的唯一的东西。可是到现在她才明白，不是这样的，他不过是不爱她，所以不会用这样的眼神看她。

心里喷涌而出的愤怒与嫉妒，顷刻间将林可欣吞噬。"林蔚然，你为什么什么都跟我抢……"林可欣又哭又笑，"你已经抢走了爸爸，抢走了林氏，抢走了原本属于我的快乐和荣耀，现在连朝晖也要从我身边抢走吗？”她恶狠狠地指着林蔚然道，“你做不到的，因为你根本不是林蔚然，真正的林蔚然早就死了，她绝对不可能回来了！”

“你终于装不下去了？”林蔚然讥诮地冷笑道，“你怎么知道我回不来了？你不知道林蔚然的水性很好吗？”

“当年是我在你的红酒里放了安眠药，是朝晖亲手把你推下去的！我亲眼看着你沉入海中，亲眼看着你被海浪卷走！那种夜晚，那种风浪，你根本就不可能生还！”林可欣像是疯了一样咯咯笑道，“不仅仅是这样啊林蔚然，爸爸当年其实是不赞同你跟朝晖在一起的，他想暗中拆散你们，所以就做了一个企划案骗叶家投资，想神不知鬼不觉地把叶氏搞垮。爸爸以为骄傲如你只喜欢天上的太阳，如果朝晖不再是完美的贵公子，如果他从天堂被打入地狱，那你就不会再喜欢他了！所以爸爸就对叶氏下了手！”

林可欣笑得越加嘲讽冰冷：“可是他没想到，参与项目的高管里有朝晖安排的商业间谍。朝晖知道是林家害得他们几乎破产，你以为他还会喜欢你？不……朝晖从来不喜欢你，他真正喜欢的人一直是我！是爸爸先动手的，所以朝晖才算计回去！爸爸心中从来没有我这个女儿，他先是辜负了我妈妈，然后又辜负了我这个女儿！朝晖想打击林氏拯救叶氏，也想帮我夺回属于我的东西，所以才杀了你！他帮我一起杀了你！他那天向你求婚，你是不是很开心？他将你推进海里的时候，你是不是很绝望？你大概不知道，当爸爸听说你死了后到底有多伤心，他几乎是在接到消息的瞬间就崩溃了！然后啊，是我告诉爸爸，我告诉他其实是他害死了你，如果他把林家的继承权给我，如果他不对叶家动手，他最爱的女儿就不会死，所以他才会走得那么痛苦，因为他想去地下找你。”

“还有邬曼云那个女人！”林可欣用力擦拭了一把眼睛里的泪水，“你知道她那天去开股东大会说了什么吗？她告诉股东们她要回来，因为她以前也做过林氏的执行董事！凭什么啊？”林可欣惨然地笑了起来，“朝晖马上就能彻底掏空林氏了，到时候只要你出个意外死了，那林氏集团就是我们的了！我才是朝晖的合法妻子，我才是和朝晖登记结婚的人！”

林可欣的表情突然变得无比狰狞：“邬曼云竟然要把这一切收回去，她又要把我从林氏赶出去！所以我撞了她！只要她死了，所有的障碍就都不存在了！只要她死了，林氏就永远是我的了！”

林蔚然抓着栏杆的手猛然一紧，眼睛里再度涌上墨汁一样的深黑色。她突然想起，刚刚回国的第二天早上，她与林崇阳擦肩而过的时候，当她情不自禁呢喃了一声爸爸后，病床上昏迷已久的男人竟然睁开了眼睛，用浑浊的目光看了她最后一眼。

他们一直怀疑林崇阳的手术是有人动了手脚，怀疑他是被人为害死的，却不想真正的原因是伤心至死，是他因为愧疚和痛苦丧失了生存意志，而他临终前的那一眼，他会不会以为是心爱的女儿来接他离开了？林蔚然眼里泛起了水光，她又想起邬曼云出事那天早上，当她失魂落魄地离开家时，邬曼云就站在她身后看着她，用温柔慈爱的声音对她说：“妈妈在家里等你回来……”

如今林蔚然已经回来了，妈妈却还躺在圣林医院的加护病房中。

“叶朝晖、林可欣，这就是你们制造那场海难的理由，是你们害得林家家破人亡的理由？”林蔚然轻轻闭上眼睛，将眼里的泪意狠狠地压下，再睁开眼时，那眼里燃烧的火焰让她看起来像是从地狱爬回来的复仇女神，誓要将曾经笼罩在她身上的黑暗与阴霾焚烧干净，“林可欣，以前的林蔚然或许真的欠了你，但我已经还清了。失忆、昏迷两年、被叶朝晖欺骗做了半年的替代品，这些都是林蔚然当年欺凌你的报应，我认。”她勾唇一笑，“但你欠我的、欠林家的，我会一分不少地跟你算清楚。”她瞥向立在一旁用近乎痴迷的眼神看着自己的叶朝晖，“你以为叶朝晖爱的人真的是你吗？其实你也知道的吧，你看看他的眼睛。”

“你什么意思？！”林可欣白着脸怒道。

“你真可怜，你们一样可怜。”林蔚然突然从口袋中取出一个小小的透明密封袋晃了晃，“叶朝晖，你还认得这个吗？”

密封袋里封着一些褐色粉末，林蔚然继续道："曾经，我真的以为你爱的人是林可欣，以为这世间真的还有你能赤诚相待的人，直到现在我才知道我错了。"她笑得越加嘲讽，但那嘲讽中又带了一丝悲凉，"你的人生容不得任何不完美，也容不得任何人来打碎你的完美。林蔚然太张扬、太耀眼，她所有的锋芒全压过了你，所以，哪怕你早已经喜欢上她，却要抗拒那种掌控不了的感情。你眼中的林可欣像是另一个林蔚然的影子，她看起来干净纯粹、人畜无害，可以藏在你怀里仅供你一个人珍藏，你不允许任何人破坏你禁锢起来的幻影，哪怕这个人是林蔚然。所以，你自以为是地给予林可欣想要的一切，甚至亲手杀害了林蔚然，然后你却发现……林蔚然脸上的表情带着前所未有的讽刺，她像是在讲述一个天大的笑话，"你真正喜欢的人竟然是林蔚然。"

叶朝晖一动不动，就这么静静地看着她，藏在内心最深处的秘密，被她直截了当地扒了出来，在这幽冷的海域中，他感觉不到一点温度。

林蔚然深吸了一口气，继续往下说："之后你在国外发现了我，发现了五官轮廓和林蔚然极度相似，但记忆一片空白的我。你找到了更完美的替身，找到了真正能寄托感情的替代品，所以你将我和世界剥离，圈养在你怀里，不惜用药物来摧毁我的精神，将我也变成你喜欢的模样，以此来填补你心中的空缺。可笑的是你以为你能再度拥有林蔚然，但你每次望着我这张脸的时候，涌入你心里的却是自己都不愿承认的心虚和悔恨！可是就算是这样，你仍然不想放我走，就算是个替身、幻影，你也不想失去。你说你爱我，我相信你比你想象的还要爱我啊。"

林蔚然在海风中笑得张扬又耀眼："但是很可悲呢，叶朝晖，是你杀了林蔚然，你亲手杀了自己最爱的女人！"

第十九章 女神的记忆

叶朝晖仍然没有动，只是静静地看着林蔚然，她的唇在动，伤人的话语就从那里出来，将他的心脏刺得千疮百孔。

——是你杀了林蔚然，你亲手杀了自己最爱的女人……

他知道的，两年来，每一夜他都被噩梦惊醒，他亲手杀死了自己最爱的人，可悲的是在这个人死后他才意识到这一点。

“叶朝晖……”林蔚然看着他，脸上的笑容渐渐消失，“你说林蔚然如果没有死，她现在是什么样子？”叶朝晖身体猛地一僵，还未开口，就听林蔚然继续往下说，“其实，你本该是最先知道真相的一个，以你凡事追求完美不容出错的性子，本不该犯这样的错误。这世间根本不存在绝对相似的两个人，当你看到我和林蔚然一模一样的五官轮廓时，你真的没有怀疑过我的身份？整容，真的能整出一模一样的效果吗？叶朝晖，其实你心里早就有答案了吧。一份亲子鉴定就能证明我的身份，以你的能力想拿到一份鉴定结果轻而易举。叶朝晖，你不敢。你根本就不敢去证明我的身份，你心里期待我是真正的林蔚然，却也害怕我是真正的林蔚然，这个结果让你如坐针毡，每次见到我都备受煎熬。我的存在会一次次地让你想起你心中的阴影，让你想起你挽回不了的过错。可叶朝晖的人生是不能有污点的，你的家族不允许，你的自尊也不允许，所以你执意认定我是个替身，比任何人都相信我不是真正的林蔚然。你原本还有挽回机会的……”林蔚然微微一笑，笑得散去了所有的阴霾，“因为以前的林蔚然倾尽一切去喜欢你，哪怕失去记忆，还是在见到你的第一眼就爱上了你。叶朝晖，你杀死了林蔚然……”林蔚然冲他比出两根手指，笑容灿烂，“两次哦。第一次，你杀死了林蔚然的灵魂。第二次，你杀死了林蔚然爱你的心。”

说完，林蔚然突然脚步一动，扶着栏杆又后退了一步。

“蔚然！”叶朝晖是真的害怕了，是的，他如此想要找回她，的确是因为内心的那股侥幸。如果她真的就是林蔚然呢？所以他不想失去，不想再次失去！他飞快地朝前扑去，想要抓住林蔚然。

“一切都是从两年前的海难开始的，所以，一切也应该在海上结束。我唯一意外并且庆幸的，是你竟然没有和我登记结婚，让我不至于活得像你们两个这样可悲。”绝美的微笑在林蔚然唇边漾开，她手一松，身子后倾，直接从游艇上掉了下去，风中传来她最后的一句冷嘲，“叶朝晖，你敢去证明，我到底是不是真的林蔚然吗？”

“蔚然！”叶朝晖没能抓住她，只有她落海时带起的风，从他指尖拂过，“蔚然！”他发了疯地冲上前，想要将她给拖回来，她却瞬间被海水吞没，而他的手悬在半空中，依旧什么都没能抓到，只有林蔚然说过的话逐字逐句地在叶朝晖的脑海中回放——

“叶朝晖，我不想做你心中某个影子的替身……死也不愿。”

“叶朝晖，你敢去证明，我到底是不是真的林蔚然吗？”

“叶朝晖，你杀死了林蔚然……两次哦。第一次，你杀死了林蔚然的灵魂。第二次，你杀死了林蔚然爱你的心。”

他不管不顾地想要跳下海，然而林可欣死死地拉着他，他就只能眼睁睁地看着林蔚然的身影，一如两年前那样，被海浪吞噬，再也寻不到踪迹。

起起伏伏的海浪中，林蔚然看到了自己曾无数次做过的噩梦。她被海水卷起又淹没，窒息的感觉压得她喘不过气来。她用力伸出手想要抓住什么，却被冰冷的海浪高高掀起，然后朝礁石重重地砸下。那些被遗忘的记忆排山倒海似的涌上来，记忆的碎片开始拼凑。

华丽的馆场大门外。

“喂，等我拿了一等奖名扬海内外，我就告诉你一件事。”明艳张扬的女人看着面前的男人笑意盈盈地说。

“嗯，你一定会拿一等奖……”男人脸上带着温润的浅笑，眼里的光比雨后的天空还要清澈温柔，“想要什么礼物？”

女人开心地一笑，衬得本就精致的五官更加诱人：“礼物啊……朝晖，我们去看海吧。”

国粹比赛现场。

“林蔚然小姐，您能把这幅《牡丹图》绣得如此逼真，是不是见过《牡丹图》的真品？”

妆容精致的女子淡定地面对四周的观众，傲然回答：“见过。《牡丹图》的真品是林家代代相传的传家宝，已经交由我来保管。”

赛场休息区。

“姓罗的，别跟着我。”女人脸上带着明显的不耐烦，绕过面前的男子就想离开。

“林小姐，我祖父真的很喜欢那幅《牡丹图》，你就忍痛割爱把它让给我呗。”她面前的男子笑得像阳光般灿烂，无比执拗地挡在她面前。

“滚！说了不卖，你烦不烦！”

“啧，怎么脾气这么暴躁……林小姐，我祖父真的很喜欢那幅《牡丹图》……”

“我还喜欢天上的星星，有本事你摘一颗下来给我看看。”她冷冷地翻了个白眼，“罗子骜，只要我林蔚然还活着一天，你就休想得到《牡丹图》。”

“哎，你就当是满足一个迟暮老人临终的遗愿，我爷爷也活不了多少年了啊，大不了等他百年后我再还给你怎么样？”

“罗子骜你要不要脸！再缠着我，我就把你丢进印度洋里去喂鲨鱼！”

“喂喂，你别走啊！我明天再来找你啊！”

灯火通明的海港上。

"喂，爸爸，你看到颁奖仪式了？"她拿着电话笑眯眯地往前走，"对啊，打算出海庆祝一下，最多三天我就回去了……您放心吧，近期海上又没什么风浪,怎么可能遇到危险呢？"视线内映入一道熟悉的身影，她漂亮的眼睛顿时亮若星辰，"好的好的，我知道了，您就安心地等我回去吧……"说完，她便急切地挂断了电话。

彼端一句叮嘱飘散在风中："注意安全……"

最后，一望无际的大海上，他在海风中望着她深情地说："我们结婚吧。"

"朝晖，你……"

他将红酒递到她的手里，笑得比夜空中的银月还清朗："怎么，不是想找我要礼物吗？不喜欢？"

可下一刻，天旋地转，他亲手将她从游艇上推了下去，她震惊地看着他冷漠的眼睛，随即看到船舱里走出另一个身影。

小白兔一样的女人依偎在他身边，对坠入风浪的她无声地说：林蔚然，你去死吧……

大段大段的记忆从她脑海中涌出来，她闭着眼睛，一点一点沉入深海中，而她不断滑落的眼泪也和海浪混在了一起。她爱过他的，爱了整整一个青春。想到这一点，她就觉得特别难过，一腔热情被摔得粉碎，葬在了两年前的深海里。所以她才会失忆吧，太悲伤了啊，忘记这一切比较好吧。

国粹比赛、出海、求婚、海难……所有缺失的记忆和她丢掉的前半生，在她跳下游艇的瞬间全部回到了她的脑子里。她是林蔚然，林氏集团的大小姐林蔚然。她这辈子，唯有一次这样不顾一切地去爱一个人，最终却只换来背叛、算计与死亡，换来父母经受沉痛的打击与家破人亡。

一个月前，邬曼云的车祸点燃了林蔚然心中偏执的种子，她就像瞬间被打通了任督二脉一样，用最快的速度还原了两年前的真相，看清楚了一切事实，也下定了向林可欣和叶朝晖复仇的决心。她要这两个人以最痛苦、最屈辱的方式来还债，要把他们的本性揭露在晴天之下，要用最残忍的方式夺走他们在意的所有。

所以，林蔚然消失了整整一个月，而她刚刚所做的一切，她从游艇上跳下的决绝，不过是为她的复仇拉开序幕，是叶朝晖和林可欣堕入深渊的开始。

可是她心里并不觉得痛快，在她窥破真相之后，在她怀着满心仇恨将拼图拼圆满，看清所有的来龙去脉，理智地还原了两年前的真相后，她的脑子里依然一片空白。

她像是一个从未参与过的旁观者，站在另外一个角度在围观这些人，她的理智回来了，她的本性回来了，她的爱恨分明回来了，她的张扬任性回来了，她以同样的场景去揭开叶朝晖和林可欣的面具，用最残忍的方式报复所有伤害过她和她的家人的罪魁祸首之后，她的记忆始终没有回来。

她真的是林蔚然吗？罗子骜说是，她也去做了亲子鉴定，的确是。既然她的自我回来了，她的灵魂也回来了，为什么她的记忆还不回来？

可当她坠入大海那一瞬间，当她重现无数次惊慌失措的噩梦，当她又回到和两年前无比相似的那一夜，她尘封在心里的记忆终于回归，那些欢喜、悲伤、绝望、痛苦的情绪也重新回到了她的心里。可她宁愿这些记忆不要回来，那样她深爱过一个人的心情就不会被回想起来。

为什么之前想不起来呢？是因为爱得太深、伤得太重吧。

她之前用最狠毒的语言去刺伤叶朝晖，她说他的骄傲和自尊凌驾了他的感情，让他总是错失一步，然后亲手毁灭了最爱的人，其实她和叶朝晖是一样的。因为落海前看到的最后一幕，因为无法忍受他喜欢的是林可欣，无法忍受她竟然输给林可欣，所以她才封闭了记忆，将那段最为屈辱的经历深埋在无人能碰触的禁区里。

她忘掉了骄傲、放弃了自尊，把自己变成了懵懂无知的林蔚然，将她二十多年的张扬自信全封进了壳子里。因为叶朝晖喜欢林可欣，他喜欢她外表的纯洁和小鸟依人的可爱，如果自己也变成那副模样，他会不会回心转意，重新爱上自己？林蔚然突然发现原来自己也很可悲，并非叶朝晖驯养了她、扭曲了她，而是她的挫败和逃避毁灭了她。

半生爱恋，一朝蹉跎，她和叶朝晖都是一步踏错，最终的结果必然是两相错过。

林蔚然以为自己不会哭了，以为自己不会疼了。当她从旁观者的角度去揭穿曾经的真相时，她明明那么痛恨叶朝晖，可当她真正变回林蔚然，她只觉得过往前尘像海草一样，将她紧紧地束缚在深海里，不管她如何挣扎都逃不出去。

她很累。爸爸不会再回来了，妈妈还躺在加护病房里，她和最喜欢的人互相伤害，到头来却发现彼此竟是对方最放不下的真爱，这世间还有比他们更可笑、更悲哀的人吗？

林蔚然胸腹胀痛，呼吸困难，眼前的世界也变得一片模糊……

她以为跳下来的那一瞬是后半生的开始，却不想她的选择是此生真正的终结，因为她真的太累了。就这样吧，就这么死去也好吧，就当这两年时光是偷来的余生……

“林蔚然，林蔚然！”

思绪即将被黑暗彻底吞噬前，林蔚然突然听到了焦急的呼唤声。

那声音一声高过一声，带着她有些熟悉的暴躁和不安，将她从冰冷的噩梦里拖了出来。

有光的颜色在头顶漫开，海浪声哗哗地传入耳中，眼前一个男人的身影逐渐清晰，风卷起他身侧的海沙，那瞬间，布满西天的晚霞将他整个人都笼在其中。这样的画面仿佛是一幅唯美的水彩画，完完整整地落入她的眼里，她总觉得眼前发生的这一幕有些眼熟……

林蔚然眨了眨眼睛，视线中的男人顿时露出狂喜的表情，一把将她抱进怀里，低沉好听的嗓音里似乎还带着些哽咽：“蔚然……”

蔚然？林蔚然皱了皱眉头，没有应声，然后就听到一阵咆哮在耳边炸响：“你疯了啊！当初说好的计划里可不包括跳海这一条！你为了两个人渣不要命了吗！要不是我察觉你不太对劲跟着你，你是不是真的想淹死在海里？”

他的声音吵得她耳朵一阵嗡鸣，她忍不住闭着眼睛抱怨道：“罗子骜，你好吵。”

罗子骜微微一愣，然后放开了怀中的女人，她顿时打了个激灵瑟缩了几下。罗子骜又是一阵咬牙切齿：“你有病啊！这么冷的天还往海里跳，你不怕被冻成死鱼吗？嫌我吵？这已经是我第二次把你捞出来了，你是不是要气死我才甘心啊！”

他像是一头暴躁的狮子，头发和身上还带着未干的水渍。她的身上很冷，冷得她忍不住想要缩在他温暖的怀中，但她觉得他发怒的表情像是晴空里的艳阳，那微红的眼睛和紧锁的眉头猝不及防地印入了她的心里，让她心情很好地想扬起嘴角。她终于想起，为何刚才会对周遭的一切感到熟悉。

半年前盛夏的某个下午，他也是这样走进病房，整个人都沐浴在漫天的晚霞中。那时候她刚从昏迷中醒来，眼中的他就如同一幅精致的水彩画。在白得有些凄清的病房里，他就是唯一的色彩，美得像是一个梦境。只不过，那时的她因为记忆空白导致的惶恐逃开了他。

为什么她会觉得他是坏人呢？在她失去记忆后的这段时间里，明明他才是最纯粹、最明朗的那个。

他笑起来像纯真的孩子，怒起来像暴躁的狮子，冲动之余又比谁都细心，看似不靠谱却比谁都执拗、有耐性……而且，堂堂罗氏企业的少爷，竟然有个怕狗的弱点……

林蔚然突然轻轻地笑了起来。她脑子里有关罗子骜的记忆很少，而且大多闹得非常不愉快，但她一直很诧异，为什么每次和他的相遇她都记得无比清晰，清晰得就好像发生在昨日，或许是因为他一直活得认真又坦荡吧，所以，她竟然已经在不知不觉中这么了解他了。

看到林蔚然的笑脸，罗子骜所有的怒火瞬间一滞，积攒的一肚子骂人的话顿时就骂不出来了。他再度伸手，用力将她冰冷的身体拥入怀中，恶狠狠地在她耳边说：“没见过比你更没良心的女人……”他身子一歪，松了口气，下巴压在她的肩上低声道，“吓死我了……”

当林蔚然在叶家和他告别时，他就觉得她有些反常，猜测她会不会做出什么极端的事。

她失踪的这一个月其实一直在罗家祖宅，天天和他那个老狐狸爷爷待在一起。那天在医院，她教训了叶朝晖和林可欣后，就把自己关在了休息室。

叶朝晖要应付各大股东和随后赶来的警察和媒体，自然抽不出空去纠缠林蔚然，就算他能抛下一切去和林蔚然解释，那时候的林蔚然也不会见他。至于林可欣，光是一众股东各种意味深长的眼神就足够让她难堪地离开，所以，罗子骜才能捡到便宜赖在林蔚然身边。

罗子骜以为林蔚然会很消沉，然而她没有。他以为林蔚然会拒绝他的陪伴，她却主动对他说，她想见他的爷爷。

找那个老狐狸喷火暴君做什么？罗子骜心里一百二十个不情愿，但林蔚然鲜少对他提出什么要求，再加上她连续遭受各种打击，媒体也很快会赶来围堵医院，于是，他和伊诺里应外合，避开所有人的注意力，将她偷偷带出了医院，悄悄回了罗家祖宅。

他不知道林蔚然对他爷爷说了什么，只知道老爷子之后每天都眉开眼笑，看向他的眼神变得无比诡异，还对林蔚然赞不绝口，但是他爷爷不准他和林蔚然见面，只说自己和蔚然有重要的合作要谈。

一个月后，林蔚然似乎终于和老爷子达成某个协议，而老爷子也把林蔚然对付叶朝晖和林可欣的计划告诉了罗子骜，还让罗子骜配合林蔚然去处理后续事宜。罗子骜叹为观止的同时自然欣喜地答应，对于现在的他来说，没有什么事情比看到叶朝晖和林可欣倒霉，以及让林蔚然发泄怒火更加重要。

而且，林蔚然的计划里有一环是要跟叶朝晖离婚，罗子骜顿时美得心都要飞起来了。等林蔚然恢复自由身，他岂不是就能光明正大地再次追求她？既不用害怕给她惹来什么流言蜚语，也可以用以后的时间来保护她，治愈叶朝晖给她带来的痛苦和伤害。但他无论如何都想不到，林蔚然报复他们的方式竟然会搭上她自己。

罗子骜庆幸自己发现了林蔚然的反常，一如既往地悄悄跟在了他们身后。当林蔚然和叶朝晖、林可欣登上游艇离开海港，驾驶着快艇的罗子骜也跟了过去。当他看到林蔚然跌入海中，想也不想就跟着跳了进去，然后，他就看见林蔚然毫不挣扎地沉入深海，而她悲伤的神色里写满了万念俱灰。

为什么要这样呢，林蔚然？你已经受了这么多伤，你的心已经这么疼了，为什么还要对自己这么苛刻，要用这种方式来虐待自己？错的明明不是你，你为什么要用这种方式来寻求解脱？

眼看希望就在面前，眼看出口就在前方，眼看一切悲伤能就此画上句点，罗子骜怎么能容许她在这个时候放弃。他托着林蔚然奋力地回到了海面上，然后朝远离叶朝晖的方向努力游去。

游轮上的叶朝晖从林蔚然跌入海中后就失去了所有反应，像是所有知觉都被抽离了一样。大受刺激的林可欣几近崩溃，紧紧地拽住叶朝晖，不停地询问他爱的到底是谁，所以，这两人竟然都没有发现罗子骜将林蔚然救了起来，然后将她永远带离了他们的世界。

听到罗子骜后怕的低喃，林蔚然再一次忍不住笑了起来，她将目光落向不远处的海面上，看着只剩下一个黑点的双体游轮，突然觉得过往的一切竟离她那么遥远，而她的心也随着身体被托出海面后一点点松懈，所有的悲伤和痛苦仿佛都化为了云烟，只剩下有些感慨的释然。

一切都过去了吗？在大生大死、大彻大悟以后？又或者是因为身边有一个声音一直在聒噪个不停，喋喋不休地念叨着她的名字，那太阳般的光芒终于驱散了她前半生的黑暗，最终将她带向了光明。

罗子骜因为她的笑容有些发蒙，在他的记忆中，除了少年时期的第一次相遇，她似乎再也没对他笑得这么干净纯粹过。他认真看了看林蔚然的表情，她的眼神和脸色都很平静，但这种平静不像一个月前那么压抑，仿佛所有的阴霾都已经散尽，只剩下洗尽铅华的清润与淡然。

这有些像以前的林蔚然，又和以前的林蔚然不太一样。她过去骄傲又嚣张，浑身上下带着鲜明的棱角，虽然那炫目的光芒无比耀眼，却也容易将人灼伤。如今的她也能一眼就吸引住别人的目光，但她周身的气息已经变得平和又沉静，虽磨平了棱角，却保留了独特的风情。

罗子骜心里有些欣喜，却又觉得有些疼。她从嚣张的女神变成柔弱的附庸，又在沉沦的梦境中找到了方向。当她踏过那么多的悲伤与痛苦，最终沉淀成现在的模样，他又希望她永远还是以前的林蔚然，张扬明艳、纯粹耀眼。罗子骜突然伸手，一把将林蔚然拽到身后，背起她朝海港的出口走去。

“喂！”林蔚然被他的举动吓了一跳，抬起头却被迎面的风沙吹了满脸，她顿时明白，他是要用自己的身体为她阻挡风沙，用他的体温来为她驱散寒冷。

罗子骜再一次开口骂道：“以后要是看谁不顺眼，我教你怎么教训他！比如这个叶朝晖，你完全可以利用我，找来媒体放出消息，就说你林大小姐在外面有情人，送他一顶大大的绿帽子，让他成为整个C城的笑柄。我不介意被你利用啊。”

林蔚然“噗”的一声笑了起来：“你神经病啊！”

罗子骜无语地哼了一声：“每次都骂我神经病……”

林蔚然微笑着侧过头，环紧他的脖子，靠近他的颈窝，静静地闭上了眼睛。一定是他的体温太烫人，所以她竟然觉得有些困了。

“蔚然？”低沉的声音缓缓地传来，林蔚然漫不经心地应了一声：“嗯？”

“要结束了吗？”他感受到身体贴合的温度，心里软成了一泓清泉，微微侧头轻声问道。

“快了吧……”林蔚然的声音越来越低，“原本没这么容易结束的，可我突然觉得累了。”

她不想把时间浪费在那两个人身上了，过去的阴霾既然已经过去，她又何必跟他们纠缠，浪费时间？明明还有更好的人在身边，她还要守着妈妈等妈妈醒过来……

“蔚然……”罗子骜嘴角勾起一丝微笑，眼里闪过一丝期待，“你是不是已经跟叶朝晖一拍两散了？”

林蔚然眉间闪过一丝嫌弃：“我从来就没有跟他结过婚……”

林可欣都说那场婚礼是假的了，跟叶朝晖登记的根本不是她林蔚然，她现在依然是个未婚女人。虽然当初媒体大肆报道了那场婚礼，但媒体上刊登的可都是林家小姐和叶氏少爷举行婚礼，从头到尾没提过新娘的名字叫林蔚然。当初她并不觉得哪里不对，但现在想想，应该是媒体在叶朝晖的授意下搞出来的文字游戏。

林可欣和林蔚然都是林家小姐，等他们的阴谋达成，把当作替代品的林蔚然除去，林可欣就可以公然登堂入室，成为名正言顺的叶太太。啧，这两人真是算得滴水不漏，林蔚然打心眼里佩服他们。

“蔚然……”罗子骜的声音越来越远，林蔚然的思绪也飘了很远。

她突然觉得此时的经历也非常熟悉，仿佛在很多年前的某个傍晚，也有这么一个少年背着一个张扬的少女，迎着落日的余晖慢慢向前。但那两道影子太遥远，远到林蔚然怎么努力都想不起来。她在心里叹了口气，然后沉入了清爽的梦境中。梦里没有肆虐的海浪，没有伤心的背叛，也没有暗沉的天空，只有稚嫩的少年和少女在落日下相视一笑——

“我叫林蔚然，你呢？”

“你好，林蔚然，我叫罗子骜。”

林蔚然嘴角勾起一丝微笑，而罗子骜还在喋喋不休：“蔚然，再过不久就是圣诞节了，平安夜一起过怎么样？”

他方才好像听见林蔚然说，她跟叶朝晖根本就没有结婚？他一时间有些弄不明白这是怎么一回事，但他心里瞬间涌上无法言喻的狂喜。没有结婚，没有结婚……林蔚然由始至终没有嫁给过别人？呸！管他林蔚然到底为什么没有结婚，他只要知道林蔚然现在是单身就好了。

于是，罗子骜厚着脸皮道：“你是不是孤家寡人，没有人陪你啊？林阿姨现在还在加护病房，你一个人照顾她是不是会很辛苦，要不要我帮你一起啊？”林蔚然没有答话，罗子骜耳根微红，不死心地说，“蔚然，你跟我爷爷相谈甚欢对吧，你还记得我以前找你买过《牡丹图》吗？呃……

要不我们想个办法，一起拥有《牡丹图》怎么样？那个，蔚然……”

罗子骜顿住脚步想要认真告白，却突然听到耳边传来浅浅的、有规律的呼吸声。他微微一愣，侧头一看，就看到她精致的睡颜在他面前放大，那平静的表情像是婴儿的睡脸，干净得不染半点尘埃。

罗子骜也勾起嘴角笑了，他将她背得更稳，脚步更轻地向前走去。夕阳拉长了两道交叠的身影，他温柔的声音被海风吹散：“蔚然，既然累了就好好地睡吧，剩下的就让我来帮你处理干净。”

完结章

女神的新生

林氏集团总裁办公室里，叶朝晖像不久前那样静静地坐着，面前放着他之前锁起来的亲子鉴定报告。

就如林蔚然所说，他不是没有怀疑过，他只是不敢相信，上天会将真正的林蔚然送回他身边。她一模一样的五官，偶尔流露出的神情，都让他心里有过一丝奢侈的期待。可是他不敢看结果，如果真的是她，他要如何是好呢？

她是万众瞩目的女神，永远站在人群的最高点，她想要的东西会直接下手去抢，喜欢的人也会坦诚地挑明。叶朝晖出身书香门第，从小接受的教育就是要温雅内敛，相较林蔚然这种张扬难掌控的性格，他觉得简单纯洁的林可欣才更加适合自己。

所以，当少年时期的叶朝晖第一次见到林家那对姐妹，而那对姐妹都表露出对自己的好感后，叶朝晖就决定他要喜欢林可欣，不喜欢林蔚然。

但林蔚然是林家堂堂正正的大小姐，是众星捧月的林家传人，林可欣却只是林崇阳收养的养女，更有传言说她是林崇阳的私生女。当林蔚然直白地宣布叶朝晖的归属权，表明她喜欢叶朝晖后，叶父和叶母自然不会让他们的儿子拒绝林家大小姐，去选择一个不受宠的二小姐，于是，叶朝晖就迎来了人生中第一个不能掌控的意外和不完美。

他的人生只能自己决定，他的完美容不得一点瑕疵。叶家之所以畏惧林家，是因为林家在C城商界占绝对的主导地位，既然这样，那就把林氏集团连根拔起，让叶氏永远取代林氏的地位，就再也没有人能折辱他的自尊。林蔚然那么讨厌林可欣，他若是执意选择林可欣，将林蔚然想要的感情都给林可欣，那她素来完美的人生也会和自己一样留下污点，她高傲的女神面具就会碎裂，她也会尝到和自己一样的挫败感。于是，叶朝晖静静地接受林蔚然的宣告，不回应也不拒绝，看着众星捧月的林蔚然只围绕着他转动，所有的喜怒哀乐都牵挂在他身上，他却把所有的温柔和耐心给了林可欣，许诺她想要的一生一世，帮她夺走她想要的林氏企业。

可是，女神永远是女神，太阳永远是太阳，不管走到哪里都会颠倒众生、熠熠生辉。林蔚然越来越美，林可欣却越来越贪婪，当他的目光也禁不住一直随着林蔚然转动，当她身边有了越来越多的追随者，他突然发现她是独一无二的林蔚然，他却不是独一无二的叶朝晖。因为叶家没有和林家对等的地位，林蔚然随时会有更好的选择，叶朝晖一直表现得对林蔚然不冷不热，当她终于有一天失去耐心，他岂不是会失去她的真心与执着，失去她多年的追逐与狂热？

叶朝晖觉得这种感觉非常讨厌，讨厌到让他第一次觉得不安。他第一次冲动地回应了林蔚然，看着她因为惊喜绽放炫目的美丽，那一刻，他突然忘记所有，觉得她是他见过的最美丽的风景，而他的心也满足到像是拥有了一切。

可惜，林崇阳似乎早就看出叶朝晖对林家姐妹的态度，看出他与林可欣的关系不一般。林崇阳不愿林蔚然伤心，也不愿强迫她放手，所以，他就将刀刃对准了叶家，制定了一个企划案想要掏空叶家，想要将叶家的势力从C城连根拔起，进而将叶朝晖踢出林蔚然的世界。

叶家很快面临破产危机，叶朝晖也是第二次因为林家人被打乱了人生轨迹。林崇阳践踏了他最在意的东西，那他也要夺走林崇阳的心头珍宝。

国粹大赛不过是一个诱饵，一个叶朝晖永远夺走林蔚然的诱饵。得不到，那就毁掉吧，毁掉让他失控的人，让他的人生重新被自己掌控，他是这么决定的。那个时候他根本不知道自己有多爱那个人，只以为是刹那惊艳，却不想刹那就是永恒。

然后，他成功了，他亲手毁掉了林蔚然，也亲手毁掉了林崇阳，并且很快就能让叶家取代林家，成为凌驾一切的掌控者。当他发现自己竟然那么爱她的时候，他当然也后悔过，但是另一种近乎扭曲的情感在心里滋生。虽然他再也见不到林蔚然，但林蔚然死前爱的一直是他，以后便没人有机会抢走林蔚然，他的人生也能一如既往地完美下去。

但他没想到林崇阳竟会留下那样一份遗嘱，令他的打算落空了一半。林可欣根本得不到林氏的继承权，但叶氏企业已经岌岌可危。林可欣总催促他，想早点得到林氏，他厌烦之下只能频繁出国，然后，他在R国的街头偶遇了那个女人。她那么肮脏、那么丑陋，胖得五官模糊，令人不想再看第二眼。但她的眼睛清澈明亮，轮廓也像极了他频频想起的某个人。只一眼而已，他空洞的心脏就被填满了。他觉得那是上天赐予他的宝物，于是他将她变成了心中的那个人，看着她成为女神的影子，看着她戴上了女神的假面，她除了他以外一无所有，清澈的眼中只有他一个人的影子。

这种亲手塑造出一个自己喜欢的林蔚然的感觉很美妙。他以为他会开心，但他越来越焦躁，心里像是破开了一道口子，身体像是坠入了冰冷的深渊，他越发想念那个逝去的女人，那个被他亲手毁灭的女人。每当他看到那个替代品和林蔚然逐渐重合，他在瞬间狂喜之后便只剩下厌恶和悔恨。原来这世间再也不会有第二个林蔚然，原来他一直想要的竟然只有林蔚然……

叶朝晖缓缓坐直身体，狠狠地攥住那份亲子鉴定。他不敢看吗？他害怕确认第二次坠入海中的依然是林蔚然吗？如果她不是，那他在两年前就毁灭了自己的心；如果她是，那他就彻底失去了她的爱。

叶朝晖眼神变得很冷，指尖也微微颤抖，就在他忍不住要再将那份报告锁进抽屉时，办公室的大门被人强行推开。他沉着脸抬头，看见面色苍白、游魂一样的林可欣站在他面前。

林可欣近来一直在重复一个噩梦——

两年前，当林崇阳得知林蔚然坠海身亡的消息后，巨大的悲恸竟然一瞬间击倒了这个商业帝国的王者。他不敢相信，更不能接受不久前还和他互通电话的女儿竟然再也不能回来。搜救队在事发海域搜索了很久，却一直没有任何消息，林崇阳终于受不住内心的煎熬，中风倒地，被送进了医院，自此之后再也没站起来。

大小姐坠海身亡，董事长中风瘫痪，林氏集团受到了前所未有的重创。林可欣每天都陪在林崇阳身边，对他悉心照顾，尽心尽力，可病中的林崇阳并不领情，对林可欣的态度一如既往的冷淡。

一天，林可欣见林崇阳精神不错，于是凑到他面前说："爸爸，您一直病着，姐姐又出了意外，公司不能没有人打理，不如让我帮您分担……"林可欣还没说完，林崇阳直接撞翻了面前的床桌。林可欣看着他恼怒的模样，顿时愤愤不平地道，"爸爸，姐姐在世的时候，您就只偏心姐姐，把林家的祖传刺绣技法教给她，连她欺负我您也不过问。我从来没想过要跟姐姐争什么，只是想和姐姐一样孝顺您，如今姐姐已经不在了，您为什么就不能多看我一眼，难道我就不是您的女儿吗？"

林崇阳挣扎着想说些什么，却支支吾吾说不出半个字来。刚从林氏集团回来的邬曼云恰好也将林可欣的话听入耳中，她冲过来狠狠给了林可欣一个耳光，不客气地斥责道："终于暴露你的目的了？你一直惦记着林氏集团的继承权，你心里一直祈祷着蔚然出事对吗？你爸爸如今卧病在床，你竟然还故意刺激他，我们真是瞎了眼才养了你这个狼心狗肺的东西。"

林可欣捂着脸委屈地泣道："妈妈，我只是想帮爸爸分担，为什么姐姐可以，我就不可以？"

邬曼云直接将林可欣轰了出去。

林可欣独自走进了漫无边际的黑夜，她喝了酒，却无比清醒。

她记得很多年前，她也是这样，孤零零地跟在一个女人身后，亦步亦趋地走进了林家，她非常害怕，可是她什么也不敢问。年幼的她懵懂无知，现在的她却流落街头，她心中顿时生出了难以化解的恨意。她不愿就此放弃，她不想再委曲求全，她要用更主动的方式去争夺原本就属于她的一切！

然而，她找不到任何机会。就在林可欣无计可施时，叶朝晖在国外带回了一个和林蔚然长得一模一样的女人。为了得到林家的财产，他把那个女人当成工具，与她举行了盛大的婚礼，想要名正言顺地继承林家的财产。

但林可欣做梦也没有想到，叶朝晖真正爱的人，根本就不是她。难道她这辈子都逃不出林蔚然的阴影？难道她到死都得不到她想得到的一切？

林可欣想到那天林蔚然说过的话，想到叶朝晖看到林蔚然坠海时的反应，她恍然明白——原来叶朝晖爱的真的不是她，她才是个悲哀到极致的替身。

见林可欣愣愣地盯着自己不说话，叶朝晖眼里闪过一丝毫不掩饰的厌恶。

林可欣身子微微一颤，她冷笑着上前一步："再过几天就要召开股东大会了，林蔚然现在真的死了，我就是林氏集团真正的继承人，你打算什么时候宣布她的死讯，然后告诉他们和你结婚的人是我？"

"蔚然没有死，你给我出去！"叶朝晖面无表情地移开视线，不想再多看林可欣一眼。不料林可欣却直接上前一把将他手里的亲子鉴定夺了过来，用力将外面的封皮撕开。

"既然你早就给她做了亲子鉴定，为什么一直不肯看报告结果？难道就像林蔚然说的那样，你不敢看吗？如果早知道她是真正的林蔚然，我们也不至于走到今天！"林可欣用力将那份报告摔到了叶朝晖面前，将报告的结果袒露在他的视线内。

他当初是拿林蔚然的头发和邬曼云的头发做的亲子鉴定，如今报告书的最后清晰地印着一行结论：DNA 相似度 99.9%。

叶朝晖像是顷刻间被抽光了全部的力气。如果不看，他可以假装自己什么也不知道，假装没有害死林蔚然两次。可是看了，他却有一种微妙的解脱感。

这是报应吧，是他自作聪明地想要扼杀自己真正的心意的报应。

这个世界上有数十亿人口，遇见爱人的概率是数十亿分之一，好不容易遇到了喜欢的人，他却没有好好面对自己的心，他自以为是地做出了选择，他的不坦率和逃避，最终让一切荒腔走板地走到了今天这个地步。多么可笑，他和她从故事的起点走到了终点，又从终点回到了起点，他舍弃了一切，所谓的自尊与骄傲他都不要了，她却永远不要他了，再一次跳入冰冷的大海，决绝到不给他一点挽回的余地。

他开始害怕睁开双眼面对崭新的一天，因为他知道，这些他曾经期待的未来，再也不可能有她存在的痕迹了。他固执地不肯相信她死了，两年前她活下来了，所以他贪心地祈祷这一次她仍然活着。

“朝晖……”林可欣看着他，他却仍然不肯看她，“你看看我啊。”

她觉得很委屈，她不明白到底哪里出了错，为什么世界顷刻间就分崩离析了。她以为爱着自己的人其实从不曾爱过自己，她以为已经死去的阴影，仍然好好地活着。

叶朝晖没有理她，他这个人看上去比谁都温柔，但其实比谁都冷漠。她往前走了几步，站在他面前，他终于缓缓地抬起头，目光落在她的脸上。那是什么样的眼神呢？仿佛灵魂已经死去，对这世界万物再也不感兴趣一样。

“不过就是个林蔚然！”林可欣大声吼道，“叶朝晖，她已经死了，掉进海里死掉了！为什么？一直陪着你的人是我，我也很爱你啊，你为什么就是看不到我？你看看我啊！”

他的目光渐渐有了焦点，最终落在了她的脸上。他觉得这个人很吵，吵得他没有办法专心沉溺于思念。她在说什么鬼话，她爱着谁他一点都不在乎，不在乎的。

“那个女人有什么好！她根本配不上你，她嚣张得不可一世，她死了太好了！”林可欣的声音戛然而止，因为叶朝晖死死地掐住了她的脖子。他的眼神仿佛在看一个死人，他的手非常用力，他是真的想要掐死这个人的。

林可欣心里涌起一股强烈的恐惧感，她眼角落下泪来，掉在他的手背上。他像是被烫到一般，用力甩开手。林可欣摔在了地上，她浑身止不住地颤抖，她害怕极了，这个人真的是叶朝晖吗？是她喜欢了那么多年的叶朝晖吗？她喜欢的那个人明明是世间最温柔的男人，他曾经不是这样的。

叶朝晖已经站起来朝她走过来，她心里一慌，再也扛不住这种压力，爬起来飞快地跑了出去。

叶朝晖蹲下身，捡起掉在地上的一样东西，那是林可欣带来的一张邀请函。这张邀请函之所以会吸引他的注意力，是因为邀请函上印着林家的传家之宝——《牡丹图》。

林蔚然曾在国际国粹大赛中以一幅《牡丹图》夺得了一等奖，她的名字更是因此名扬海内外，这《牡丹图》是林家的标识，也是林蔚然的标识……

现在大概只有和林蔚然有关的人和事，才能让他提起一丝兴趣吧。林蔚然，你果然还活着吗？

如果她还活着，就一定会来找他吧，毕竟以她那爱憎分明的性格，她还有仇要找他报呢。来找他复仇吧，他想要再一次见到她，哪怕只是确认她还活着。

都说男人比女人迟钝，而他的爱，他明白得太晚太晚。事到如今，他似乎已经不能再做什么了，他们的人生会渐行渐远，她会忘记他，就和从未认识过他一样，这是比她死了，更让他难以接受的事。

“蔚然。”他慢慢地打开那张邀请函。那是一场拍卖会的邀请函，今晚在绣品珍藏馆里，会拍卖林家的传家宝《牡丹图》。而林家的《牡丹图》，只有林蔚然才知道在什么地方。

叶朝晖的手蓦地握紧，她果然还活着！他必须去见她一面，他想要见她。他从不知道，自己有一天会对一个人朝思暮想成这样。越是温柔的人越是残忍，无论是对别人还是对自己。

叶朝晖站起身，抹了一把脸，走进里面的房间，终于决定好好地收拾自己一下，他不能用这种鬼样子去见她。

下午两点，绣品藏馆。

叶朝晖一扫之前的颓败之气，重新变得矜贵无双，举手投足都能吸引在场众多女人的视线。今天来的人挺多，有商业巨子，有各色收藏家，还有C城有名的名媛。林可欣也站在名媛之列，一直盯着入口，她期待他来，又希望他不要来。

这个地方叶朝晖并不陌生，因为它的前面是一所私立中学，而他和林蔚然的少年时期都是在那所学校里度过的。他见证了林蔚然在学校里的风采和辉煌，而她在整个青春里几乎只追着他一个人的身影。

蔚然……为什么他们会走到这个地步呢？他眼里一酸，心里觉得非常难过。

“哟，这不是叶总吗？竟然有雅兴来参加我们的拍卖会？”刺耳的声音打断了他的思绪，他眼神一冷，抬头就看到一身黑色西装的罗子骜站在入口处，正一脸嘲讽地看着自己。

“请帖是你寄给我的？”叶朝晖缓缓上前，面无表情地对罗子骜道。

他知道这个绣品藏馆是罗家的产业，因为罗子骜的爷爷非常喜欢收藏古典藏品。但叶朝晖此时非常不想看到这个男人，因为他与林蔚然有今天的结局，全是因为罗子骜在其中搞鬼。若非这里是藏馆门口，叶朝晖发誓自己一定会狠狠揍罗子骜一顿。

“叶总还挺会自作多情的。”罗子骜漫不经心地瞥了他一眼，“拍卖会是我爷爷办的，请帖自然是他的秘书寄的，世界各地知名的收藏家人手一份。我跟你又不熟，为什么要给你寄请帖？”

“你这人怎么说话这么讨厌！”一直站在一边和其他名媛寒暄的林可欣，终究没有办法看着叶朝晖被人这样挤对，飞快地迎上来骂罗子骜。

叶朝晖没有回头看她，直接越过罗子骜朝藏馆内走去。林可欣狠狠地瞪了罗子骜一眼，然后追着叶朝晖急匆匆地跑了进去。

“啧，送到手里的不要，扔了你的上赶着去找……啧，真是欠哪！”

罗子骜不屑地看着叶朝晖的背影，恍惚间突然觉得这句话哪里不太对，好像连自己也绕进去了，于是他脸色一黑，又把叶朝晖从头到尾咒骂了一遍，这才哼了一声也进入藏馆。

藏馆内，叶朝晖看着里面黑压压的人群皱了皱眉头。因为要举办大型拍卖会，所以原本供展览用的展柜已全部撤走，改换成了临时搭建的展台和嘉宾席。看着焕然一新的藏馆内部，叶朝晖有些惊讶。这些摆设不是一朝一夕就能完成的，印象中他两个月前经过藏馆的时候，里面的摆设还和以前一样，也就是说，拍卖会是最近才开始策划筹办的。

《牡丹图》是林家的传家宝贝，林蔚然在婚前并没有恢复记忆，所以，她不会记得真正的《牡丹图》收藏在哪里。如今，藏馆要拍卖《牡丹图》真迹，那就说明罗家人见过林蔚然——恢复记忆的林蔚然。

算算时间……叶朝晖眼里闪过一丝喜色，蔚然果然还活着？

他比照着请帖上的号码找到自己的位子座下，林可欣也紧跟着坐到了他身边。但叶朝晖的心神都凝在前方的展台上，对身边的林可欣视而不见。

叶朝晖出现的时候，拍卖会场几乎已经坐满了人，在他进来之后，罗子骜便悄悄地吩咐工作人员闭馆，然后对展台打了个手势。

会场内的灯光顿时暗了下来，然后，前方的展台上出现了一个巨大的荧幕，荧幕上出现一个张扬明艳的女子，而展台正中半人多高的玻璃柜里，就是今晚要拍卖的《牡丹图》。

蔚然！叶朝晖嘴角勾起一丝笑容，双眸一眨不眨地盯着荧幕上栩栩如生的巨型照片。

他记得，那是林蔚然在两年前的国粹大赛上获奖时拍的照片。那个时候的林蔚然满心满眼都是他，耀眼至极。他的手轻轻捂住胸口，每次想到这些，他的心就疼得厉害。

林可欣的视线从叶朝晖脸上移开，落在了大屏幕上。

林可欣和叶朝晖的位置在嘉宾席正中间，算是视野最好的位置之一，如今她对着正前方的屏幕，看着身高拉长了好几倍的林蔚然，就好像两年前的林蔚然正俯视着自己，对自己进行无声的嘲讽。林可欣紧紧捏着拳头，脸色也很不好。林蔚然，你凭什么？！

今晚的拍卖会完全是为了《牡丹图》量身打造，只拍卖这一件藏品。叶朝晖几乎可以确定，送来《牡丹图》的一定是林蔚然。只要他能把《牡丹图》拍下，他就一定能再见到林蔚然。有一件很重要的事，他必须在林蔚然面前才能完成。而这《牡丹图》是林家的传家宝，他也绝对不会让它流入外人手中。

这或许是他能够为她做的最后一件事，哪怕她或许并不想要。

叶朝晖看着前方林蔚然的照片，眼神变得极其平静，整个人恢复了平时的沉稳内敛，像是无论对什么都志在必得。

不多时，前方有主持人上台，她先是对参与拍卖的一众嘉宾问好，然后介绍了一下《牡丹图》的历史渊源，最后又介绍了一下继承《牡丹图》的林氏集团现任董事长林蔚然，这才宣布拍卖会开始。

叶朝晖的神经顿时绷紧起来。《牡丹图》是无价之宝，历年来都有许多收藏家来询问林家愿不愿意割爱，却没有一个能成功。如今好不容易逮到机会，在场的嘉宾不停喊价，很快，拍卖价格就被叫到了三亿。

嘉宾席上的林可欣一时间脸都绿了。她虽然也是在林家长大，可以称得上是衣食无忧，却从来比不上林蔚然的奢华。她知道林氏集团在C城的地位，也知道林崇阳名下的财产一定不少，但她对具体的数目没有半点概念。如今听到一幅《牡丹图》的价格就飙到了三亿，而这一切都是林蔚然拥有的，林可欣脸上的表情瞬间就被嫉妒淹没。

为什么林蔚然就可以享受这些，为什么这些从来都不属于她林可欣？

她正恍惚间，《牡丹图》的价格再度飙升，已然上升到了五亿，眼看拍卖师已经喊到第二次，若是无人再加价，《牡丹图》就要以五亿的价格成交，会场正前方突然传出一个清脆的嗓音：“十亿。”

一时全场哗然，皆朝喊价的声音望去，叶朝晖也沉下脸抬头，然后就看到最前方的罗子骜对自己露出了挑衅的笑容。叶朝晖想也不想地跟着报价：“二十亿。”

“朝晖你疯了！”林可欣一愣，随即使劲拽住了叶朝晖的手臂。二十亿……他竟然拿二十亿巨款来买属于林蔚然的绣品！

叶朝晖拂开她的手。疯了吗？或许他早就疯了吧，就在两年前亲手将林蔚然推下海的那瞬间，他就已经彻底疯了。

“三十亿。”像是故意捉弄叶朝晖一样，在叶朝晖开口之后，罗子骜不紧不慢地再度加价，会场里顿时变得鸦雀无声，一众嘉宾目瞪口呆地望着这两个针锋相对的男人，心里同时涌现一个念头——这两人怕不是真的疯了吧……

《牡丹图》虽然是至宝，但是三十亿的价格，的确已经远远超过作品本身的价格了。

“我怎么不知道罗少的身家何时有这么高了？”叶朝晖冷冷地看着罗子骜，嘲讽道。

“比起吃软饭的叶总确实差了点，不过，听说蔚然已经把你和你妻子都踹出了林氏，看来叶总近来从林氏搜刮的油水不少啊。”论嘴欠缺德，罗子骜自诩从不输给任何人，他笑眯眯地挑衅叶朝晖，专拣叶朝晖的痛脚狠狠地往下踩，踩完还要吐两口口水，那嚣张的模样令叶朝晖脸上很快蒙上了一层灰青色，偏又无法对他的话进行反驳。

与他登记结婚的确实不是林蔚然……他与林氏集团的继承权没有半点关系，也无法在这种场合下证明他的妻子是林蔚然。叶朝晖相信，只要他开口，罗子骜一定会用恶毒的方式来羞辱他。

这里不仅有C城的名流，还有来自世界各地的收藏家，如果自己在这里名声扫地，那叶家以后不管在哪里都将没有立足之地。而最重要的是，他不愿意别人知道这些，林蔚然是属于他的，是他的妻子，他希望在他做完那件很重要的事情之前，不要被人揭穿这一点。

叶朝晖看着罗子骜，眼里是一种介于绝望与释然之间的矛盾之色：“一百亿。”

他是一定要见到林蔚然的，他放在口袋里的手，触碰到了一个冰冷的东西，无论用什么代价，如果见不到林蔚然，他所拥有的一切都毫无意义。而且，这些钱已经一点都不重要了，反正，他已经决定去死了。

是的，他今天是抱着必死的心态来的，想用最好的样子见她最后一面，想让她明白，看着挚爱的人死在自己面前，那种感觉真的很痛苦，他经历过两次，此生难忘。与其活在这个世界上，接受她与自己渐行渐远，最终被彻底淡忘，他宁愿在她心上狠狠刻上一道烙印——她此生都无法淡忘的那种。

所以，已经什么都无所谓了。

林可欣听到叶朝晖报出的天价，几乎在一瞬间晕过去。一百亿……就算把整个叶氏卖了都不值一百亿，他从哪里弄这么多钱去买《牡丹图》？

"叶总，您别打肿脸充胖子瞎喊啊。"罗子骜嘲讽地看着他说，"以叶氏企业的规模，再加上你叶家所有的家底，只怕也凑不出一百亿来买《牡丹图》。拍卖有拍卖的规矩，先亮底牌来公示，让公证嘉宾鉴定一下你到底有多少财力，你再来跟我喊价也不迟。别不小心卖了家底，倾家荡产，穷得没裤子穿。"

"罗子骜！"叶朝晖心里很是烦躁，为什么这个人总是来妨碍他呢？林蔚然在自己身边的时候，他阴魂不散，如今他赢了，却仍然咄咄逼人。叶朝晖冷着脸朝台前走去，走到展台左边的公证区，抬手写下了一串数字递过去。

几个公证嘉宾在看到那串数字后微微一愣，面面相觑后对罗子骜说："罗少，这是瑞士银行的VIP账户，是身家百亿以上的客户段编码。"

下方又是一阵哗然，众人皆没想到，C城里连上层都排不上的叶家，单一个叶朝晖就有百亿的身家。

罗子骜摸了摸下巴，咂舌道："叶总藏得挺深的嘛，既然如此，那我们就继续。"

说完，罗子骜邪恶地一笑："一百五十亿。"

原本来参与拍卖的嘉宾瞬间疯了。

不管他们多喜欢《牡丹图》，也不会花这种价钱来买一幅绣品。这已经不是拍卖会，完全是意气之争！不仅如此，叶朝晖被爆出百亿身家已经让人震惊，罗家虽然是这次拍卖会的主办方，却并不代表罗家的财力有多傲人，否则，这C城也就没林家的事了。

如今，面对叶朝晖喊出的百亿天价，罗子骜竟然再度飙出新高……疯了疯了，C城的经济什么时候这么发达了？单两个富二代就能登上富豪排行榜了。

“罗子骜，你质疑我拍卖《牡丹图》的能力，那你呢？”叶朝晖实在不信罗子骜有那个财力和自己叫板，在他眼里，罗子骜跟个地痞无赖没什么差别，也敢跟自己争夺《牡丹图》？

“罗家既然是这次拍卖会的主办方，自然会秉持公平公正的原则。罗家的底线是多少，在拍卖开始之前就已经公证过了，若是我筹码不够，公证嘉宾自然会强行阻止我喊价。”罗子骜冷哼了一声回答，“整个C城的人都知道我爷爷喜欢《牡丹图》，我一定会把《牡丹图》拍回来送给他。”

“罗子骜……”叶朝晖沉声道，“你是不是一定要跟我作对？”

“没错啊。”罗子骜坦然地承认，“我说什么都不会让你把蔚然的《牡丹图》带走。”

周围的气氛瞬间变得异常紧张，众人已经不关心谁得到《牡丹图》，他们只关心这场意气之争会将《牡丹图》的价格炒到多高。

很快，叶朝晖没有让他们失望，他一脸淡定地喊出了一个价格：“两百亿。”

这个叶朝晖怕不是真的疯了吧……台下的林可欣已经再度，昏死过去，叶朝晖松了一口气，罗子骜却打了个响指，紧跟着又喊：“二百五十亿……”

拍卖师都已经停止了喊价，面无表情地看着这两人在台下互飙天价。他从事拍卖行业这么多年，第一次看到这么胡来的拍卖现场，也是第一次听到这么出尘脱俗的喊价。

二百五十亿……罗子骜你莫不是个二百五吧！

罗子骜邪恶地道："叶总要是就这么放弃了，可就是被我的二百五给打败了。"

呸！台下嘉宾皆忍不住在心里吐槽，要是叶朝晖再喊出一个天价，那他岂不是比二百五还二百五？

叶朝晖并没有被激怒，只是静静地看着林蔚然的照片。他忽然笑了起来，在这瞬间他忽然有些明白这场拍卖会的意义了。为什么罗子骜会和他过不去，一次一次将价格刷新到让人瞠目结舌的地步？就如叶朝晖所料，这场拍卖会是一场复仇，要将他算计林氏的完完整整地讨回去。所以他喊不到某个价格，罗子骜是不会停止的。

——可是蔚然，你不需要这样的，只要你要，只要我有，我全部都会给你的。

叶朝晖的眼神显得无比落寞。

"三百亿。"叶朝晖最终喊到了这个价格。

罗子骜似笑非笑地看着叶朝晖，他知道，这场拍卖会的意义，叶朝晖已经知晓。罗子骜拍了拍手："叶总好魄力，我自愧不如，这幅《牡丹图》就归你了。"

说完，他对前方的拍卖师打了个响指，拍卖师僵着脸敲下了木槌，宣告林家的《牡丹图》以三百亿的天价拍卖给了叶朝晖。

签卡，成交。当巨额财产在公证方的见证下从叶朝晖的账户上划走，叶朝晖眼睛都没有眨一下，他只是盯着罗子骜道："可以见她了吧。"他的手紧紧地握住了口袋里那冰冷的小玻璃瓶。

"别急啊叶总，拍卖会不过是热场节目，真正的好戏还没开始呢。"罗子骜脸色猛然一冷，四周的声音也猛然一静。玻璃展柜"啪"的一声裂开，里面的《牡丹图》落在了地上。众人都受了惊，慌忙望向展台，只见一个透明的玻璃瓶出现在展台上，瓶子里面是灰色的咖啡粉末。

聚光灯突然打到了展台正中心，所有人都不明白这又是唱的哪一出。

如果林可欣此时清醒着，大概会发出一声尖叫，因为那咖啡粉末，正是叶朝晖冲给林蔚然喝的，里面含有安定还有MDMA，MDMA是一种致幻的毒品。

一波未平一波又起，屏幕上，林蔚然的照片消失不见，一段监控画面出现，画面里显示的正是在林氏集团的地下停车场，林可欣开着灰色SUV撞向邬曼云的那一幕。叶朝晖一点也不意外，仿佛只是在看一场与自己无关的闹剧。

“啊！”林可欣的尖叫声终究还是响了起来，她被人拍醒，看到了屏幕上的画面。她站起身就要朝会场外逃去，坐在她身边的嘉宾却飞快地伸出手，一把将她给按了回去。林可欣惊惧地看着四周的人，发现他们脸上早没了拍卖会刚开始时的笑意，个个都变得神情冷漠，严丝合缝地将她堵在了中间。

“林可欣，你涉嫌两桩蓄意谋杀案以及非法侵占他人财产、金融诈骗案，请跟我们回去接受调查。”

“我没有！我是叶家的二小姐，你们不能带走我！”她的嗓音很尖锐，表情十分惶恐。

“林可欣……”罗子骜看着她，一脸嘲讽，“你一直在仇视蔚然，你觉得蔚然抢走了属于你的一切，可你应该想象不到，由始至终你都是最可耻的那一个。你根本就不是林伯父的女儿，林伯父年轻的时候也没有出轨，是你那个所谓的妈妈给你编造了一个梦，而你的贪婪也让你相信了这个梦。你跟蔚然没有半点血缘关系，以后别再打着林家二小姐的旗号给蔚然抹黑，你不配！”

“你说什么？”林可欣又是一声尖叫，“你胡说！我是爸爸的女儿，我是爸爸的亲生女儿！罗子骜你在胡说八道，你们放开我！”然而没有人听她说，她被人押着往外走去，开始害怕地朝叶朝晖呐喊，“朝晖，朝晖救我……”然而喊出口后她才反应过来，事到如今，叶朝晖根本不会救她，也根本救不了她。她就这么被押着往外走，一步一回头，看着人群里的叶朝晖笔直地站着，从头到尾不曾看她一眼。

林可欣低下头，眼泪滚了下来。

“她在哪里？”叶朝晖很认真地问道，“向我复仇的话，她不来，要怎么确认呢？”叶朝晖轻笑了一声，“这就是她想要的吗？也好，那我配合她就是。我承认两年前是我将她从游艇上推下去的，那场海难是我制造的。但蔚然没有死，我又把她找了回来。我在她的咖啡中长期投放安定和MDMA，使她的精神出现异常，甚至还利用她进入林氏集团，想要转移集团里的可流动资金，掏空整个林氏，毁掉林氏的所有信誉。”说着，他又看向正前方的林可欣，“蔚然的母亲是被她蓄意撞伤的，证据你已经找到了。”叶朝晖说完，重新看向罗子骜，这个骄傲的男人，此时已经没有一丝一毫自尊，他把自己踩到了尘埃里，只想要再见那个人一面，“这样够了吗？林蔚然呢，她在哪里？”

罗子骜眼里的戏谑和笑意消失了，他的表情变得非常难看，望着叶朝晖的眼神也格外冰冷。

这人什么意思？做了那么多对不起蔚然的事，他却云淡风轻地当着这么多人的面把这些坦白一遍，他以为这样做了，林蔚然就会原谅他吗，开什么玩笑！

罗子骜举办这场拍卖会的目的，就是想在万众瞩目下让叶朝晖身败名裂，让他尝一尝失去一切的痛苦，然而到此时罗子骜才发现，这一切没有任何意义。他已经不要自尊了，罗子骜想毁掉的东西，他已经先一步自己放弃了。

“叶朝晖，你的人生挺可悲的。”罗子骜自诩不是什么好人，只是脾气执拗，对在意的东西从不轻易放手，而且他并不像这些人一样认为自己有多么高贵，所以他有的是方法达到自己的目的，将这些人的虚伪狠狠地撕裂。他明亮的黑眸里多了一丝怜悯，“你以为这样就能让蔚然原谅你？或者说，你用这种清高的态度承认一切，是为了让蔚然恨你，进而永远记住你？”

叶朝晖平静到近乎麻木的脸上终于出现一丝裂痕。罗子骜继续道：“你那么聪明，应该知道蔚然绝对不会再爱你。在未来，你们只会互相淡忘，再无交集。可是你这种变态，不会允许这种事发生，毕竟你连找个人替代她这种事都干得出来。所以你就想让她恨你？可你难道忘了……”罗子骜的声音猛然一沉，“蔚然已经在北港跳入了海中，她当着你的面跳了下去，她已经永远回不来了！”

“蔚然没有死！”叶朝晖脸上平静的面具瞬间碎裂，那顷刻间乌云密布的沉冷似令四周的空气都凝固了。他坚信林蔚然没有死，抱着还能见她最后一面的心情而来，如果她已经死了，那么他刚刚所做的一切又有什么意义？她不在了，她不会回来了，这世间再也没有林蔚然，再也没有爱他的林蔚然。

叶朝晖顿时暴躁得像头愤怒的孤狼，他终于失态，抓住罗子骜的衣领，疯了一般追问：“蔚然她在哪儿？如果她死了，《牡丹图》为什么会在这里？”

“我说过我刚才展出的是《牡丹图》真迹吗？”罗子骜冷笑了一声，“如果没有《牡丹图》，我如何引你上钩？我怎么能诈出你利用林氏集团进行金融诈骗所得到的三百亿？”

叶朝晖猛然抬头，就见罗子骜又打了个响指，背后的大荧幕上顿时出现一沓厚厚的企划案文件。罗子骜看着荧幕上滚动的种种证据资料：“你进入林氏集团以后，打着林氏集团的名号宣传叶氏企业也即将上市，制造了无数虚假的财务数据和投资计划，暗地里向社会公众非法集资。你父亲前阵子频繁出国，为的也是在国外注册空头公司，跟叶氏进行无实质性交易，然后把公司变更登记，非法占有诈骗所得资金。而且，叶氏企业三个月内一共向银行贷款十一次，加上你们非法集资的数额，刚好是你刚刚参与拍卖的三百亿。”罗子骜冷冷一笑，摸了摸下巴感叹，“叶家怎么说也是书香门第，怎么就出了叶朝晖你这样一个骗子，骗女人感情、骗银行贷款、骗普通民众的血汗钱……你以为蔚然为什么死都不愿意跟你在一起？因为跟你在一起是她这辈子最大的失败与污点！”

“罗子骜，你骗我！”叶朝晖终于失去理智，靠前的嘉宾中顿时蹿出十几个男人，直接把叶朝晖按在了地上。

“你骗我！”叶朝晖反反复复地重复着这一句话，表情疯癫，他说不清是在哭还是在笑。将一切真相说出来他不在乎，交出三百亿他也不在乎，可是无法见到林蔚然，这让他无法接受！

“叶朝晖……”罗子骜一脸同情地看着他，“三百亿的金融诈骗款，你说你会不会把牢底坐穿？你永远别想再见到蔚然！凭什么一切都要按照你的想法进行？叶朝晖，这辈子你都不会再见到林蔚然。”

“她还活着对不对？”便衣警察已经上前押住了叶朝晖，他仍然看着罗子骜，“你告诉我，她还活着对不对？”

罗子骜看着他，目光里满是同情：“你猜啊，你猜她活着还是死了？”

“只有她知道《牡丹图》在哪里，她一定还活着！”叶朝晖说得那么笃定，与其说这就是事实，倒不如说这是他期盼的现实。

果然，他还是希望她能好好活着，活着，记得他，然后好好过下去。

罗子骜面无表情地看着叶朝晖：“真正的《牡丹图》的确在罗家，蔚然已经将它送给我爷爷，这发生在她回叶家和你做了断之前。你心里其实比谁都清楚，蔚然到底是不是还活着！”

叶朝晖脸色瞬间惨白，罗子骜这个人狠起来比他狠太多，连他最后的心愿都不肯成全。

“叶朝晖，你已经和她没有关系了，你把她的人生搅得天翻地覆，已经足够了吧。”罗子骜叹了一口气。

叶朝晖忽然笑出声来，笑着笑着，眼泪就落了下来。

罗子骜说，他把林蔚然的人生搅得天翻地覆，可不是这样的，事实上，是林蔚然将他的人生搅得乱七八糟。他平静的心被她打乱，她那么霸道地要他爱上她……可是林蔚然，你为什么不能有始有终？就算我中途走错了路，将我们之间的康庄大道走成了深沟，可是你爱我不是吗？爱我的话，为什么不能再给我一点点的耐心呢？我明明已经决定跟你走了啊，我的心已经跟你走了啊。

叶朝晖用手捂住眼睛，嘴里溢出一丝哽咽，众目睽睽之下，这个男人是那么绝望。

这世界上为什么不存在后悔药呢？如果有后悔药的话，他一定会回到与她初遇的那一天。如果早知道他会这么爱她，他一定会在她爱上他的一瞬间，就张开双臂去拥抱他。如果他没有因为少年时可笑的自尊心而选择扼杀那份喜欢就好了。

他哭得那么伤心，比两次看着林蔚然坠入深海都要伤心，因为这一次他明白，他会彻底从她的生命里除名。

林蔚然一直是爱恨分明的性格，她从不会为自己的决定后悔，也从不会留恋过去的经历。从此，她的人生将和叶朝晖一刀两断。他的爱，早已经被毁灭在两年前的深海里。而他以后的人生，将永远埋葬在苍白死寂的铁窗内。

他的手从玻璃瓶上放开，他本想死在她面前，在她心上留下一道深可见骨的伤痕，可事到如今，他不想死了，死了也见不到她，地狱空荡荡的，会更难熬吧，那就活着吧，在那高墙铁窗内，和她呼吸同一个地球的空气，哪怕她忘记他也没关系，至少——

他不会忘。

绣品藏馆里满地狼藉，人都已经走完了，只有罗子骜还没有走。他站在藏馆中间，脑中不断浮现的是叶朝晖离开时的模样。

为什么呢？明明替林蔚然讨回来了一切，罗子骜却不觉得高兴，只觉得无比唏嘘。叶朝晖曾经那么优秀，他应该是很有资格站在林蔚然身边的人，却平白让她的人生多了很多苦难。但如果不是那些苦难，自己和林蔚然之间也许根本不会出现交集，罗子骜想到这里，心情就无比复杂。该说谢谢叶朝晖吗？可是为了和林蔚然遇见，让林蔚然吃了那么多苦，他要如何觉得高兴？

“子骜。”苍劲有力的声音从背后传来，罗子骜身子一僵，黑着脸回头道：“爷爷？”这老头子坐在一旁看了半天的戏，这会儿又想找什么碴？

“蔚然来了。”罗西烈淡淡地说道。

“啊？”罗子骜瞬间一惊，“她在哪儿？”

因为她之前说了对报仇什么的不再有兴趣，也懒得再浪费时间跟他们纠缠，所以这拍卖会完全是罗子骜一个人策划的，会场里所谓的收藏家也是他打电话通知各国的狐朋狗友来凑的数，现场观摩他如何空口白话，一点都不心虚地喊出二百五十亿天价的。

“拍卖会是两点开始的，我通知她四点在外面的公园等你，说你有话要告诉她。”罗西烈笑得像只奸诈的老狐狸。

“爷爷！”罗子骜无语地瞪着他道，“你要我跟蔚然说什么？”

“蔚然当初把《牡丹图》送给我的时候，我在心里许了一个条件给她。”罗西烈缓缓地说。

“心里？”互许利益还能在心里许？那蔚然知道个屁啊！罗子骜简直想对着罗西烈翻白眼了。

“哦，那女娃儿有魄力、有能力，我第一眼看了就喜欢。上百亿的《牡丹图》说送就送，这可不是一般人干得出来的，所以我就把你卖给她了。”

“啊？”罗子骜瞬间惊悚了。

“罗子骜，你要是不把这个孙媳妇儿给我找回来，你以后就不要再踏进我罗家的大门了。”说着，罗西烈脸色突然一沉，“还不快滚！”

罗子骜下意识地拔腿就跑，直到出了藏馆后才郁闷地停下，无语地翻了个白眼。这老爷子，就为了人家的《牡丹图》把自己卖了？他罗子骜难道就值几百……

未出口的低咒被他咽了回去，他顿时想起他的身价确实比不上《牡丹图》，毕竟《牡丹图》在拍卖会上飙出了二百亿的天价。

败家子啊！传家宝说送人就送人，那女人难道一点都不心疼吗？罗子骜臭着一张脸暗暗腹诽，两手插进口袋里，不紧不慢地朝前方走去。

藏馆对面的树荫下，一个穿着米色风衣的女人正静静地站在那里，清澈的目光落在罗子骜身上。

罗子骜的心顿时飞扬起来，他原本还想装腔作势一下，但几步之后就压抑不住心里的喜悦，飞快地奔到了林蔚然面前。

“你找我干什么？”林蔚然淡淡地问道。

“没事就不能找你吗？”罗子骜没好气地回答。

林蔚然柳眉一扬，瞥了他一眼就转身离开。

罗子骜心里顿时更加郁闷，他飞快地上前跟在她身边说："有很重要的事情要告诉你。"

"什么？"林蔚然一边走一边漫不经心地开口。

"是……"罗子骜思索着要用个什么借口糊弄过去，突然想到刚才被警察带走的林可欣，不由得眼睛一亮道，"告诉你个好消息啊，伊诺前阵子查到一件陈年旧事，有关于二十多年前，你爸爸出轨的真相。"

林可欣五岁之前都是在福利院长大的，因为从小性格就不讨喜，没有人愿意收养她，就算被收养，也会很快被送回福利院。这种状况一直持续到她五岁那年的冬天，一个长得非常美丽的女人收养了她，从被这个女人收养的第一天起，她就被告知自己存在的意义就是得到林氏的财产。

收养林可欣的那个人是邬曼云曾经的朋友，她先遇见林崇阳，林崇阳喜欢的却是邬曼云。当年，那个女人用尽手段怀上了林崇阳的孩子，可惜那个孩子没有保住，她执着地认为如果那个孩子还在，她就一定能嫁给林崇阳。她收养了林可欣，谎称林可欣是自己的女儿，骗林家人说林可欣是林家的私生女。

她带着林可欣找上林家，想借机住进林家，却被邬曼云轰了出去。邬曼云声明，林家只收养孤儿，绝不接受私生女。邬曼云本是想让那个女人知难而退，却低估了那个女人对她的嫉妒与恨意。为了把林可欣送进林家，毁掉林家，那个女人用极端的方法了结了自己的生命。林可欣因此进入了林家，以林家养女的身份在林家住了下来。但邬曼云也因此失去了第二个孩子，并且永远失去了生育能力。

"哦。"听罗子骜道明林可欣的身份后，林蔚然回头看了他一眼，那眼神无比平静自然，仿佛他说的并不是什么不得了的事。

"喂，你这是什么反应啊！难道你一点都不高兴？"罗子骜不爽地抱怨道。

"高兴啊，等妈妈的身体好点了，你可以去医院告诉她。不过……

已经无所谓了吧，对于妈妈来讲，这些过去，说不定已经不重要了。”林蔚然依旧淡淡地说。

“还有，林可欣和叶朝晖都被带走了。”罗子骜顿了顿，纠结了一下，还是决定告诉林蔚然，“叶朝晖……可能是真的爱你。”

“我知道。”林蔚然很认真地点头，“正因为这样，才绝对不能原谅。”

“喂，你这女人……”罗子骜抱怨的话还没来得及说完，林蔚然脚步突然一顿，抬手伸向空中：“罗子骜，下雪了。”

罗子骜微微一怔，突然道：“我忘了，今天是平安夜啊！”

平安夜的雪，也是今年的初雪。C城今年的初雪来得格外晚，但这个时机好像很巧妙。洁白的雪花从空中飘飘扬扬地洒落，像是所有的黑暗与脏污都不复存在。罗子骜看着纯白雪花中美得如梦似幻的林蔚然，刚才的郁闷一下子烟消云散。这么好的气氛，这么好的天气，他为什么要提那些惹人不开心的人、不开心的事？

罗子骜不由得笑道：“蔚然，你把《牡丹图》白送给我爷爷，不后悔啊？”老爷子最近美得睡觉都合不拢嘴，天天夸林蔚然会做人。

罗子骜的心肝都在颤抖。

不过是请罗西烈出山，让老爷子请以前的老朋友查清楚她爸妈遇害的真相，然后去搜集叶朝晖和林可欣所犯罪行的所有证据，再配合她向叶朝晖复仇，她就直接把《牡丹图》给了老爷子。罗子骜觉得以后再也不好意思说自己是纨绔子弟，要是爷爷再骂自己败家子、赔钱货，他大可以把林蔚然搬出来，理直气壮地怼回去——

看人家林大小姐把自家的传家宝都送了，我哪能跟那个气死祖宗十八代的败家子比。

这魄力……只怕整个C城商圈再也找不到第二个了吧。

“后悔？”林蔚然不冷不热地回答，“为什么要后悔？”那不过是一件生不带来死不带走的东西，既然有人愿意欣赏收藏，交给更喜欢它的人岂不是更有意义？

“蔚然，你以后想做什么？”罗子骜碎碎念地问。

“等妈妈的身体痊愈了，带她到处走走看看吧。”

这些年发生了这么多不好的事，她和妈妈的世界里都充满了太多阴暗，而这一切全是因为林氏集团的继承权。林氏承载了太多悲剧，由太多欲望演变出了一幕幕纠葛。她已经放下，但妈妈还需要时间。幸好，所有的悲剧真的结束了，那些不堪回首的往事已经成为过去了。

林蔚然眼里闪过一丝唏嘘。这世间有太多事无法预料，越想要的越抓不到，顺其自然反而会不期而遇。比如她和叶朝晖，比如她和……罗子骜。

林蔚然侧头看了罗子骜一眼，那眼神异常温暖、异常平静。可惜，罗子骜正焦躁地想着自己的心事，一点都没看到林蔚然那温柔的眼神，他心中又是期待又是纠结。

一切都结束了，一切悲剧都过去了。林蔚然在这段时间承受了太多苦难，她为自己少年时的张扬付出了代价，可那真的是她的错吗？有多少是欲望和自私交织下的产物，又有多少是利欲熏心之人推脱的借口？只有她默默地承受了一切，淡然地接受了一切，自苦难的遭遇中蜕变，自绝望的悲剧里重生，然后重新登上神坛，变成了更加完美的林蔚然。

眼前的她似乎更加优雅、更加理智、更加淡然，但好像……也更加难追了，他要如何对林蔚然表明自己依然未变的心事？

看着罗子骜那郁闷的神色，林蔚然心里生出一丝无奈。

“罗子骜。”林蔚然突然开口道。

罗子骜微微一愣，连忙问道：“怎么了？”

他像只巨型忠犬一样跟在她身边，就听她问：“你有没有听说过，这世间有两种最美的感情？”

“两种？”罗子骜想也不想地反驳道，“怎么可能，世间最美的感情只有一种。”

“一种？说说看。”

“当然是生死相依、不离不弃啊。”

不管是亲情、友情还是爱情，只要能做到这八个字，就是无法超越的最美的感情，就像他对林蔚然一样。

“嗯……”林蔚然轻轻点了点头，“好像是有那么点道理。”

罗子骜立刻好奇地凑到她面前：“那你说的两种是什么？”

林蔚然侧头看着他回答：“第一种叫曾经沧海。”

曾经沧海难为水，除却巫山不是云。这首诗被传颂了一代又一代，描述的就是独一无二、没有任何东西能取代的爱情。

罗子骜脸上笑容一僵，眼里闪过一丝黯然。她说的是她和叶朝晖吗？她是想告诉自己，在经历了叶朝晖之后，她已经无法再爱上别人了？罗子骜顿时一阵泄气，连脑袋都耷拉下来了，像是一只垂头丧气的落水狗。

林蔚然的声音却再度传入他耳中：“还有一种呢，叫尘埃落定。”

“啊？”罗子骜有些茫然地眨了眨眼睛，林蔚然则看着他暖暖地笑了起来。

尘埃落定……

那种感情并不会很激烈，会不疾不徐地陪伴在你身边，像呼吸一样自然，像太阳一样温暖，却又时常被你忽略。可当你有一天突然回头，你会发现原来你早已经离不开阳光的照拂，更离不开呼吸所提供的氧气。平淡中的安逸，宁静中的陪伴，或许，这就是罗子骜刚刚说的生死相依、不离不弃？只要看这个人一眼，你就会明白，他会永远留在你身边，哪儿也不会去。这个人啊，从她根本都不记得他的少年时代，一路喜欢她到现在……

林蔚然停下脚步，站定在一条小巷子的入口。罗子骜郁闷地抬头，看着林蔚然娇小的身影，却突然觉得四周有些眼熟。

遥远的记忆瞬间苏醒，多年以前，还是少年的罗子骜就是在这里遇见了林蔚然，那个时候的他害怕得不得了，然后她就出现了，如同此时一般——

林蔚然露出一个笑容，狡黠之色在眼里闪过。她突然对他伸出了手：“你好，我叫林蔚然。罗子骜，你跟着我，我保护你呀。”

他与她的故事，从这里开始，一走就是那么多年。但曾经只是他个人的独角戏，他徘徊难安，一颗少年心因她的喜怒哀乐而起起落落。

岁月里，总有一些感情被辜负，也总有一些感情被吹去浮沙，被人小心翼翼地捧起。

罗子骜笑了起来，眼里有些泛酸，他抬起手，将手放进了她的手里——余生交给你，全部给你。

（全文完）